凤栖宸宫

FENG QI CHEN GONG

上册

转 ZHUAN SHEN 身

著

江苏凤凰文艺出版社
JIANGSU PHOENIX LITERATURE AND ART PUBLISHING, LTD

【上册】

第一卷　万里江山一局棋

第二卷　九重城阙烟尘生

第一卷

万里江山一局棋

第一章
皇后之名

凤栖宫里一贯寂静，清冷得一点不似六宫之首的皇后正殿。

路映夕倚在窗棂旁，纤长的手指漫不经心地拂着窗前的珠帘，带起一阵悦耳的玎玲脆响。这珠帘上串的每一颗都是拇指大的东海珍珠，光泽圆润，贵气逼人。此等奢华，仿佛说明她深受君宠，但事实上，她嫁入皇朝半年，皇帝只在她的寝宫里留宿过一夜。

路映夕淡淡地扬唇，绝美的容颜漾出夺目的光华。皇朝的帝王——慕容宸睿，比她预料的更加深沉莫测。大婚那一夜，他丰神俊朗，笑意温和，身上不显丝毫的凛冽之气，就像是一个儒雅淡泊的翩翩公子，但他拥她入怀的时候，她感受不到一丝暖意。果然，他并没有占有她。当着她的面，他亲手割破他的指尖，把血渍染在床褥的白缎上。

想到此，路映夕唇畔的笑容不由加深，笑得有几分嘲意。象征她贞洁的艳红，是他的血，而非她的。这个男人，习惯了掌控所有事，睿智深沉，不容任何人挑战他的权威。要在这样的男子眼皮底下玩花样，那一定是自寻死路。可是，她已无路可退。

“公主。”低低唤声响起，那是她的陪嫁侍女，晴沁。

路映夕转过身，笑道：“小沁，我们已不在邬国，你该叫我娘娘，以免落人口实。”

晴沁露出甜甜的笑容，微微屈身：“是，娘娘，奴婢又忘记了，真该罚。”

路映夕漫不经心地笑着，忽地敛了神色，目光掠过晴沁，然后收回视线，低了嗓音：“说吧。”

晴沁跪下，声音很低，面容上却已浮起凌厉之色：“公主，您已经浪费了半年时间。”

“我心里有数。”路映夕低垂明眸，掩住眼中的憎恶，再抬眼时只剩一片清明无波，“你退下吧。”

“是，娘娘。”晴沁恭敬应道，站起身退了出去。

寝居内恢复了原来的安静，路映夕无声地叹息。每当晴沁称呼她为“公主”，就是在提醒她，她并非自由人，她有重大任务在身。而这个任务的第一步，就是争得君宠。呵，那个慕容宸睿的宠爱，其实她打心底不想要。

“启禀皇后娘娘，皇贵妃在外求见。”寝居外，一道清脆的宫女声音传来。

“请她进来。”路映夕扬声回应，清眸轻微眯起。在这后宫之中，如今荣宠最甚的就是这位皇贵妃贺如霜。因她身怀龙嗣，皇帝特赐她无须到中宫请安，今日无端上门来，颇令人深思。

须臾，身穿一袭粉紫色宫装的柔美女子袅袅而来，屈膝行礼："皇后娘娘凤安。"

"妹妹有孕在身，不必多礼，坐。"路映夕微笑着上前，轻拉她的手，一同在榻座上坐下。

"如霜唐突，扰了皇后姐姐的清净。"贺如霜柔柔一笑，也换了亲切的称谓。

路映夕但笑不语。宫女奉上热茶，而后侍立在旁，便见贺如霜的神情有了几许为难。

"都下去吧。"路映夕挥了挥手，心中清明如镜。所谓无事不登三宝殿。

果不其然，待到无人时，贺如霜才幽幽地开了口："姐姐，若非事关重大，如霜也不愿意惊动姐姐凤驾。"

"何事让妹妹烦忧？"路映夕温声问，不着痕迹地打量她。容颜柔弱，风姿楚楚，娇小婀娜，虽不是绝色，不过也别有一番韵味。

贺如霜的眉眼一黯，氤氲上凄楚之情，低声道："不怕姐姐笑话，如霜自怀有身孕以来，一直处处小心，对于汤药和饮食更是谨慎，必定经过贴身侍女试饮之后才会入口。"

路映夕点了点头："小心谨慎，是应该的。"在深宫之中，每个人都如履薄冰，因为危险无处不在，只是难得贺如霜说得这样坦白。

"今早……"贺如霜犹疑了片刻，很轻地道，"早膳里有毒，试吃的那个侍婢死了。"

路映夕凝视着她，直看入她的眼底："你一点也不怀疑是本宫下的毒？"她身为皇后却有名无实，而贺如霜的份位仅在她之下，且又怀有皇嗣，照常理来说，贺如霜第一个要怀疑的人就应该是她。

只听贺如霜叹息着回道："皇后姐姐一向无争无求，这是整个后宫都知道的事。何况，女人都有直觉，如霜能感觉得出来，姐姐对如霜并无嫉妒之意。"

路映夕不禁莞尔。这个看似柔柔弱弱的小女子，倒是个伶俐人儿，一来就开诚布公，反叫人讨厌不起来。

"兹事体大，为何不向皇上禀告？"路映夕收了笑容，正色问道。

"皇上近来忙于和司徒将军商讨征伐龙朝之事，如霜不想给皇上增添烦扰，而此事终是后宫家事，如霜认为应该先告知姐姐。"贺如霜有条不紊地解释。

路映夕站起身，边行边道："且去你宫中看看。那份膳食可还在？侍女尸首可有人动过？"

"如霜已宣了太医，此外，没有其他人敢动。"贺如霜跟在她身后，唇角微微一勾，旋即又抿了去。

路映夕没有回头，唇边亦浮起似有若无的淡笑。贺如霜此次借题发挥，想要借她之手铲除绊脚石，但对她来说，又何尝不是一次机会呢？

两人乘步辇前往，不多时便到贺如霜的寝殿。

踏下辇车，路映夕仰头望着在日照下闪光的金漆殿匾——白露宫。

这是皇帝御赐给贺如霜的殿名。诗经有云，蒹葭苍苍，白露为霜。所谓伊人，在水一方。这位皇贵妃的圣宠之隆，可见一斑。

路映夕抿唇一笑，悠悠然举步走了进去。

“皇后娘娘凤安！”殿中的漫地金砖上，低眉垂眼的宫婢太监跪了一地。

“都起身吧。”路映夕语气轻浅，目光直接落在锦绣屏风后的软榻上。

身后的贺如霜低声道：“皇后姐姐，徐太医正在验那侍婢的尸首。”

路映夕颔首，毫不避讳地绕过屏风。长榻上白布下，是一张苍白清秀的脸，看起来不过十三四岁的模样，然而已气息全无，死寂沉沉。路映夕不由叹息，宫廷之内，人命如草芥。

“老臣徐晋叩见皇后娘娘。”徐太医恭谨行礼，“皇后娘娘，贵妃娘娘，此宫女所中之毒，乃是‘封喉血’，只要食入少许，就会当场毙命。”

“嗯。”路映夕淡淡应了一声，俯身细看那侍婢的喉间，果然有一点如血般的印记。后宫争斗，花样百出，用毒属于平常事，不过大多数人会选用慢性毒，很少人会用绝顶剧毒。

“皇后姐姐……”贺如霜以纨扇遮面，扭过头去，不忍再看那气绝的尸身。

路映夕走出屏风，立在正殿中央，明眸一扫，睥睨着跪地的宫婢内监们，清冷出声：“贺贵妃的食膳，由何人负责烹饪？食材又由何人带入？”贺如霜怀有龙嗣，故而她的白露宫中自备小厨房，待遇比照凤栖宫。

“回、回皇后娘娘，是奴婢负责烹饪……”一个年纪较长的宫女颤声回答，“食材则由小良子从御膳房取得，送来白露宫。”

“禀皇后娘娘，奴才小良子，所有食材都是经过御膳房的御厨严查过后，奴才才领了回宫。”小太监颇为机灵，口齿清楚地接话。

路映夕的视线停在那宫女的身上，嗓音低了下去，平添几分厉色：“你，叫什么名字，入白露宫之前，侍候的是哪个主子？”

“奴婢芳菲，奴婢以前在韩淑妃的宫中侍候……”那宫女跪伏在地，身子隐隐发抖。

路映夕敛去严厉之色，轻轻一叹，清眸中染上一丝无奈。下毒者是何人，尚是个谜，但贺如霜显然无意查明真相，只想把矛头指向四妃之一的韩淑妃。

“皇上驾到——”

忽然，一迭声的尖细喊声，自不远的宫门传来。

路映夕习惯性地眯了眯眸子，眼角余光瞥见贺如霜面露喜色，小女人的娇美之态尽现。

“皇上圣安。”

路映夕行屈身礼，并不言语。通禀皇帝的人，自然就是她。事关人命，而且关乎皇嗣，她万不能托大，把自己栽进去。

皇帝俊脸漠然，抿着薄唇，手一抬，沉声道：“平身。”

“皇上！”贺如霜凄凄一唤，柔弱上前，美目泛泪，“臣妾，臣妾……”语未完，已先哽咽。

路映夕心中暗笑，叹为观止。

皇帝的脸色稍缓，柔声道：“有朕在，爱妃且放心。”他似此时才看到路映夕，“皇后劳心了。”

路映夕温和微笑：“臣妾无能，烦扰皇上了。”

不料皇帝竟朗声大笑，意味深长道：“邬国长公主岂会是无能之辈，皇后过谦了。”

路映夕不语，一味平静地浅笑。他防她已不是一天两天了，要取得他的信任，实在太难。父皇啊父皇，您要女儿做的事，堪比登天。

静默间，只听皇帝道：“此案就交由刑部去查，意图伤害朕之龙嗣者，朕决不轻饶！”

“皇上圣明。”路映夕温顺附和，眸中的嘲讽一纵即逝。

皇帝幽蓝至黑的眸子一闪，泛起同样嘲讽的光芒，淡声道：“想起来朕倒是很久没有去皇后的凤栖宫走一走了，不如就由朕送皇后回宫。”

“皇上……”贺如霜惊愕，怎么也没想到皇帝居然不安慰她这个受惊的人，却要随被冷落多时的皇后一起离开。

“朕晚些再来看爱妃，爱妃好生歇着。”皇帝温言宽慰，语毕，就摆驾离去。

路映夕慢吞吞地上了御辇，安静地坐在皇帝身边，一声不吭。

皇帝慵懒地倚靠着软垫，突然闲闲地出声：“皇后想见朕，派人通报一声便是，何须如此大费周章。”

路映夕呵呵笑着，不答话。

皇帝蓦地坐直身子，眸色渐锐，直视着她，一字一顿道：“朕最厌恶在朕面前耍小聪明的人。”

路映夕笑得更加愉悦，绝美容颜宛如明媚阳光，绚丽耀目，脆生生道：“皇上，其实天底下处处都是这样的人。”

皇帝俊容微凛，眼神深沉了几分：“玩弄小伎俩的人，最后只会聪明反被聪明误。而真正大智慧的人，才叫朕不得不提防。”

路映夕无辜地看着他：“依臣妾看，这世上，真正有大智慧的人，除了皇上您，再无

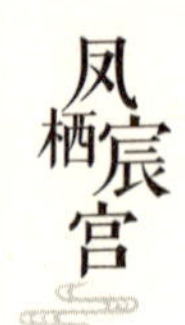

他人。”

皇帝的薄唇慢慢勾起，似笑非笑：“原来，朕的皇后有一张甜如蜜的小嘴。”

路映夕低头敛眸，状似羞赧。

因这一低头，她光洁白嫩的颈脖露了出来，颈后一朵艳丽绯红的芍药恣意怒放，衬得那如雪的肌肤越发诱人。

皇帝的幽眸陡然一暗，伸出手，抚上那纤细的颈子，手掌张开，一点点地逐渐握紧。

路映夕一惊，抬头对上他的眼光，心中顿时大震！

杀气！

他竟对她起了杀心？

“皇上……”她弱弱地唤了声，感觉缠绕在脖间的力道越发重，胸腔里的空气被抽空，心肺胀痛得几欲崩裂。

皇帝的黑眸泛起凛冽锋芒，杀气渐浓，寒冷似冰。

路映夕垂放着的双手发狠地握紧，指甲掐入掌心，强迫自己不要挣扎。她必须赌！赌他不会就这样杀了她！

“为何不反抗？”皇帝的大掌依旧冷酷地桎梏着她，声音仿若调情般低柔悦耳。

路映夕白皙的脸涨得通红，几乎要滴出血来。她的牙齿因极度的忍耐而发出咯咯声，体内浑厚的真气本能地涌动翻腾，即将迸发而出。

不可以！她一定要忍！他休想陷害她意图弑君！

“呵！”皇帝低笑一声，突地松开手，面上平静无澜，仿佛方才什么事都未发生。

“咳咳……”路映夕猛咳几声，大口呼吸，明亮眼眸染上了几缕血丝。

“朕的皇后，真是能忍人之所不能。”皇帝低沉的笑声不断，似乎欢快至极，可深邃如潭的眼底毫无笑意。

路映夕又咳了会儿，才顺过气来，沙哑地道：“皇上，臣妾不明白。”

“朕以为，你是明白的。”皇帝直勾勾地盯着她，语气轻淡，“皇后出自帝王之家，必然听说过一句话，君要臣死，臣不得不死。朕希望，今日之后，皇后能牢牢记住这句话。”

路映夕温驯地点头，敛下眸子，隐去眼中一闪而过的怒光。他是在告诉她，如果她敢有丝毫异动，他就会杀了她。但是，他未免太小看她路映夕了！

皇帝似满意地扬唇淡笑，悠闲地抬起一手，为她扶正秀发间那支微有倾斜的赤金凤钗，手势无限温柔旖旎。

路映夕抬眸看他，亦是浅浅而笑，绽出美丽的梨窝。

两人笑望着，眼神相对，却犹如有一股隐晦的强大气流相撞，火花飞溅。

良久，皇帝惋惜般地叹息一声，意有所指道：“可惜，可惜皇后并非男子之身。”如果她是男子，或许就是他一统天下的劲敌。

“臣妾若是男子，又怎能有此荣幸成为皇上的帝后？”路映夕笑得嫣然，应对自若。就算她是女子，也照样有能力灭他于无形。

皇帝懒洋洋地睨她一眼，修长的手指掀开御辇的锦帘，淡淡道：“凤栖宫到了，朕想起还有政事待办，就不送皇后进去了。”

“多谢皇上送臣妾这一程。”路映夕盈盈一礼，优雅地下了御辇，转身离去。

回到寝宫，路映夕静坐在镜台前，清冷的明眸轻轻眯起。脖间的那一圈指痕，红得刺目，可见慕容宸睿下手之时，没有半点怜香惜玉之心。

绯粉的菱唇缓缓弯起，她忽然扬声道：“替本宫宣韩淑妃前来！”

寝宫外即刻有宫女脆声应道：“是，娘娘。”

不过一盏茶的时间，穿着蓝裙的淡雅女子踏着轻曼步伐进来，不卑不亢地屈身行礼：“皇后娘娘凤安。”

路映夕站起身，并不说话，直视着她。

韩清韵神情沉静，并不回避她的打量，清美的脸上甚至带着一点傲气。

路映夕细看她，心有赞叹。韩淑妃比贺贵妃更加容色出众，美而不俗，丽而不艳。她衣饰素简，蓬松云髻上只插着一支简单玉钗，玉色映得一张雪白脸孔越发高华出尘。

“韩淑妃，相信你已经知道白露宫那边出了事。”路映夕开门见山，没有打算和她寒暄。

“略有耳闻。”韩清韵淡淡回道，清瘦的身子防备般挺得笔直。

“那你可知道，如今最大嫌疑的人，就是你。”路映夕云淡风轻地直指重点。

“皇后明鉴，清韵绝不曾做过。”韩清韵的脸色骤冷，隐约带点怒气。

路映夕不由喟叹，这般骄傲的人儿，在深宫后苑是要吃亏的。

见她不出声，韩清韵也抿起红唇，神色愈发冷傲倔强。

“本宫相信你。”路映夕轻淡地道。

韩清韵一怔，抬眸望着她。

“这件事，本宫会为你做主。”路映夕微微一笑，“不过，你的倔脾气，有时可要收一收，不然惹恼皇上，本宫也帮不了你。”

韩清韵愣了愣，半晌，稍软了面色，屈膝一礼，道：“清韵谢过皇后娘娘。”

“客气的话本宫就不说了，你且下去吧，无须太过担忧。”路映夕敛了笑，眉宇间泛起一丝倦意。

“不扰皇后歇息，清韵告退。”韩清韵再次揖礼，旋身退了出去。

路映夕重新坐回镜台前，揉揉眉心，口中低叹一声。她自幼便看遍后宫的险恶丑陋，

最不愿意生活在这样的地方，但事与愿违，她注定逃不开如此的宿命。

兀自冥思许久，直到身后一道刻意压低的声音响起。

“公主。”是晴沁。

“说。”她没有回头，意兴阑珊。

“公主，贺贵妃所怀的皇嗣，不可留。”晴沁低低地道。

“嗯。”她淡漠地应了声，眉尖却忍不住蹙起。

“还有一件事，奴婢收到消息，空玄子神医进宫了，受邀为贺贵妃安胎。”

路映夕脸色陡变，突地站起来。衣袖不经意扫过镜台，珠钗铛铛散落一地，可是她毫无所觉，怔忡失神。

他来了！

恍惚间，她竟不自知地红了眼眶，心底那硬生生埋葬的思念，一瞬间似泉涌般汩汩冒出来。因为太浓烈，她感觉自己将要被湮没，无法喘息，疼痛难当。

第二章 帝心莫测

晴沁无声地退了出去。

路映夕怔怔伫立着，清美的面容有些幽凄迷蒙。

取起梳妆台上的一柄精小手镜，她背过身，撩开颈后的乌黑青丝。

手镜里，映照出身后的那面大铜镜，铜镜中，纤细洁白的颈上有一朵鲜艳欲滴的芍药，美丽而栩栩如生。

她轻轻叹息。那是他为她种下的灵机，抑制着她与生俱来的心疾，减少发作时的痛苦。

除了胜于常人的聪颖天赋，她这一身本事，全是他所授。他是天下罕见的纵世奇才，剑法内功、医术兵法、奇门遁甲样样精通，只是他性情淡泊，悲天悯人，平生志愿便是医病救人，视名利荣华为浮云。

曾经，她很想与他携手浪迹天涯，悬壶济世，闲来无事时煮酒弹琴，一起坐看云卷云舒。

这个愿望，今生大抵是无望了。她生于帝王之家，注定只能活在权力斗争的旋涡里，无法抽身，不得自由。

放下手镜，她换上素净的月牙白衣裙，举步走出了寝宫。

“娘娘，可要准备凤辇？”寝居门外，两个宫女恭敬地问。

“不必了，本宫只是想去御花园走一走。”路映夕淡淡而笑，漫步前行。封喉血的毒性奇特，其中有一味药是珍贵的羊乳花。整个皇宫之中，只有御花园里才有。她既答应了韩淑妃，自然要费点心思查案。

偌大的御花园，格局巧妙雅致，亭台依水而筑，路径以彩色卵石铺砌，园内佳木葱茏，百花争妍。

路映夕神情悠闲，慢慢步行观赏，走到一处花圃时才停住脚步。羊乳花长得并不特别起眼，花冠乳白，内面深紫，其种子有翅，含皂苷，可供药用。

她的目光轻飘飘地掠过花朵，随即就收了回来，转头对身后的宫女道：“小南，去问问，是何人打理这处花圃。”

“是，娘娘。”名唤小南的宫婢样貌清秀，神色十分内敛，一看便知是久居内廷之人。

小南离开片刻，很快就带了一个小宫女前来。

“奴婢叩见皇后娘娘，娘娘凤安！”那小宫女诚惶诚恐地跪下行礼，低着头不敢抬起。

“抬起头来。”路映夕温声道。

“是，娘娘。”小宫女面带惊惶地微仰起小脸，水灵的眼睛如小鹿般惹人怜爱。

路映夕心中一突，暗暗震惊。竟有人长得与她如此相似？五官极为肖似，但这个小宫婢更年轻，神情更单纯无邪。

那宫女显然也感到震撼，愣愣地看着她，说不出话来。

“你叫什么名字？”路映夕定了定心神，若无其事地问。

“回娘娘，奴婢名叫栖蝶。”那小宫女犹在出神，眼也不眨地看着路映夕。

“芳龄几何？”路映夕伸手扶她起来。

栖蝶受宠若惊地站起，忙回道：“奴婢十六。”

“这处花圃是你在料理？”路映夕绽唇微笑，眸底暗芒一闪。人有相似并不稀奇，可像到这般地步，分明有蹊跷。

栖蝶不察路映夕心中所思，怯怯一笑，道：“禀娘娘，奴婢十一岁进宫，一直随兰姑姑学习园植，在御花园当值已有五年。”

路映夕点了点头。看来那个兰姑姑是关键人物。

明眸流转，心里已有想法，路映夕温和地问：“栖蝶，你可愿意到凤栖宫来，侍候本宫？”后宫各人的最终目标，不就是争得君宠吗？既然人家有心安排，那么她就顺水推舟。

栖蝶睁大黑白分明的眼睛，不敢置信地嗫嚅道：“奴婢、奴婢可以吗？”

“本宫说可以，就可以。”路映夕扬唇浅笑，纤长的身形傲然如松柏。与其费心揣测，不如化暗为明。

“奴婢多谢皇后娘娘隆恩，奴婢一定会尽心尽力伺候娘娘。”栖蝶跪下谢恩。

“小南，你先带栖蝶回宫，本宫想在这里多留一会儿。”路映夕唇角的笑意不减，从容淡定。

“是，娘娘。”小南温谨地应声，表情平和，躬了身，便带着栖蝶离去了。

路映夕慢慢眯起眸子，望着她们远去的背影，眸光清湛。沉静的小南，锋芒内敛，也是一个不容小觑的人物。她本是皇帝寝殿的近身侍婢，也就是说，她是皇帝安插在凤栖宫的眼线。如此也好，省却她不少力气，今日遇见栖蝶之事，想来皇帝很快就会收到消息。他越防她，就越会怀疑她有阴谋诡计。

想到此，路映夕弯了弯粉唇，颊上露出小小的梨窝，笑得很是狡黠。

是夜，宫灯盏盏，亮起橘黄的光辉。

凤栖宫的寝居里，拳头大小的夜明珠高悬一角，照得满室明如白昼。

路映夕懒散地倚在软榻上，随意翻着手中的书卷。一袭滑顺丝缎裁成的寝裙，贴合她玲珑有致的身躯，长长的漆黑乌发垂散在胸前，添了几分漫不经心的慵懒之美。

榻旁，栖蝶安静侍立。

一炷香的时间过去，路映夕放下书卷，嘴角微扬。差不多该来了。

没有听到太监的高声通禀，一身明黄色锦袍的挺拔男子直接走了进来。

“皇上圣安。”路映夕慢悠悠地起身，屈膝一礼，“皇上今夜怎会过来？”

皇帝不出声，长眉斜挑，俊容上浮起些微嘲讽，目光瞥向一旁的栖蝶。

栖蝶被他一看，惊得跪下，讷讷道：“奴婢叩请皇上圣安。”

皇帝扬手，冷淡道：“退下。”

“是，皇上。”栖蝶依言退了出去，略显稚嫩的妍丽脸上满是掩不住的失望。

路映夕感到无限惋惜，明眸眨了眨。

“皇后实在有心。”皇帝淡淡地睨着她。

“谢皇上赞赏。”路映夕无辜地抬眸回望他。

“你知道朕在夸你什么？”皇帝的脸色深沉莫测，喜怒难辨。

“臣妾不知，不过只要是出自皇上口中的赞美，臣妾都深感欢喜。”路映夕盈盈微笑，答得滴水不漏。

“朕的皇后似乎很想把朕推给别的女人？”皇帝优美的薄唇缓缓勾起，划出一个迷人的弧度。

“雨露均沾，是后宫之福。”路映夕迎上他暗藏锐芒的眼，柔声回道。

“皇后此言，似是埋怨朕没有经常留宿凤栖宫？”皇帝眼神幽深，墨色眸子中蒙着一层惑人的蓝紫光泽。

“臣妾绝无此意。”路映夕轻轻摇头，软了嗓音，“臣妾只是不懂，为何皇上始终不愿意……”她赧然垂眸，话未说完，但意思已清晰。纵使她不愿，她还是必须拥有一个皇嗣，这是她的任务，无可逃避。

皇帝轻笑出声，声音却冰冷：“你终于忍不住说出口了。”他不碰她，就是不想将来继位的太子是她所生。

路映夕暗自咬牙，压下心底的羞愤。他以为她想说这些？他以为她想要他碰触？她比他更不愿意。

饶是如此，她还是微仰起脸，凝视着他，低低地说：“皇上，今夜可要留下？”

本以为他会断然拒绝，没想到他竟一口答应：“好，今夜朕留下！”

路映夕一怔，愕然望着他，无言以对。

皇帝唇边勾着优雅淡笑，负手而立，一双冷然蓝黑色眼瞳闪着耀目的慑人光芒。

路映夕心跳失律，手心渐渐濡湿。他真的要留宿凤栖宫？

“皇后似乎在质疑朕的话？”皇帝挑眉，睥睨着她。

“臣妾不敢。”路映夕柔顺地回答，低眉敛眸，可心里却早已翻江倒海。他终于决定要了她？虽然明知此事无可避免，但她还是感到无比恐慌。

“口不对心。”皇帝语气散漫，话里隐含芒刺，“皇后的心，不知遗落在何处。朕从你的眼睛里看到，你并不希望朕留下。”

路映夕暗自深吸一口气，抬眸，微笑道：“臣妾垂着眼，皇上都可看见臣妾的心？”

“一瞬间，也已足够看清。”皇帝向她跨近一步，修长手指调情般抬起她的下巴，“朕的皇后有一双明若星辰的眼睛，可惜并非清澈见底，朕要细细留心，才可探知其中蕴含的奥秘。”

他的指腹缓缓摩挲着她的肌肤，路映夕忍耐着没有抗拒，黛眉却本能地蹙起。

“朕的碰触，让皇后觉得难以忍受？”皇帝口中低柔地问着，冰凉指尖划过她的菱唇，然后冷冷收回。

“臣妾只是觉得紧张。”她抿唇，用力一咬牙，忽然张开手臂抱住了他。

皇帝沉稳站立，不动如山，任由她僵硬地拥抱着他。

“皇上，让臣妾为您更衣……”路映夕轻声道，手下动作十分温柔，慢慢褪去他的外袍。

锦袍还未脱下，冷不防地，皇帝一把握住她的柔荑，目光幽深凉寒，直视着她，锐利得像要探入她的心。

路映夕微扬着小脸，迎上他的眼，不闪不避，大有壮士一去兮不复还的凛然。

皇帝淡淡扬起薄唇，笑道：“皇后这个样子，倒像是要赴刑场。”

“臣妾只是紧张。”路映夕重复刚才的那句话。她找不到更好的理由，她确实觉得犹如赴死。

“看来皇后紧张得厉害。”皇帝笑意盎然，眸底却是讳莫如深。

路映夕轻咬下唇，狠了狠心，旋过身去，抽落腰间的丝带蝴蝶结，衣裙滑下香肩，散落在地。

光裸的美背，柔白胜雪，衬着漆黑长发，愈加显得肤如凝脂，格外诱人。皇帝的黑蓝眸子蓦然一暗，闪过复杂的情绪波动。

“皇上……”路映夕的嗓音有些颤抖，没有转身面对他，背脊挺得异常笔直，可是仍掩饰不住那细微的战栗。

皇帝抬手，抚上她的长发，蜿蜒而下。

路映夕浑身轻颤，咬紧了牙根，竭力克制着一掌拍开他的念头。

皇帝似乎对她乌黑顺滑的长发爱不释手，轻柔抚摸着，低吟道：“淡扫蛾眉朝画师，同心华髻结青丝。”

路映夕无心听，只觉得万分煎熬。他像是在故意折磨她，是想看她能够忍耐到何时吗？心中不禁开始天人交战，若她现在反悔，他是否会龙颜大怒，借机降罪于她？

内心正挣扎着，身后那贴近的男子气息突然散了去。路映夕诧异，惊疑不定地扭头看去，对上一双深邃惑人的眼眸。

“气候尚凉，皇后小心感染风寒。”皇帝不紧不慢地开口，拾起地上的衣裙披在她肩上，目光明朗磊落，可又仿佛闪烁柔情的微光，令人迷惘。

路映夕定下心神，束好衣裙，盈盈转过身，绽开甜美笑容：“臣妾多谢皇上关怀。”不管他是因为什么原因而不碰她，她都由衷松了口气。她本以为只要一咬牙就能忍过去，直至现在她才发现，这件事很难很难。若不爱他，她又如何能够心甘情愿把身体给他？

这时，寝居外，一道恭谨的太监声传来——

“皇上，奴才有要事禀告。”

皇帝看了路映夕一眼，神色平淡，扬声道：“何事？说。”

“禀皇上，白露宫方才进了刺客，贺贵妃受惊，动了胎气。”

皇帝脸色骤沉，疾步走出寝居。

路映夕站在原地，没有跟上去，依稀听见皇帝与太监的对话，心头猛然抽紧！“他”串通刺客？不可能！绝对不可能！

夜已深，白露宫中灯火通明，辉煌亮堂，却寂静得令人不安。

前殿外，一排带刀侍卫凛凛站立，神色肃穆冷峻。殿中的金砖地上，跪着一个身穿浅灰色素袍的俊逸男子。他虽双膝跪地，但不显半分卑微，眉目间温雅清俊，神情平和悠远，眸光清浅而煦暖。殿门外一阵微风吹来，掠过他的素袍，便见衣袂飞扬，似要随风而去。

路映夕隔着几步距离凝望着他，绝色的丽容在此时失了光华，明眸之中一片郁悒黯然。

“映夕。”那男子开口唤道，一双墨眸幽深如古井，波澜不惊，雍容淡然。

“师父。”路映夕低低应声，走近前去。

“半年未见，你可好？”男子唇角微扬，露出清淡笑容。

“好。”路映夕亦浅浅微笑，向他伸出手，欲要扶他起身。

他纹丝不动，温声道：“贺贵妃动了胎气，确是我的错。”

路映夕无奈，收回手。皇帝尚在内殿寝居，这里她做不了主。

据说白露宫先前进了刺客，当时师父正为贺贵妃施针安胎，因这意外而一针错位。其实以师父出神入化的医术，即使略有差池，也必定依旧能保贺贵妃腹中胎儿无恙，但贺贵妃不肯再接受师父的诊治，疑心之重，令人感慨。而那名黑衣刺客行动失败，被师父当场制伏，却立即咬破舌下毒囊，自尽身亡，如今死无对证。

大约过了一炷香的时间，皇帝终于大步走出来，俊容冷冽，眸色深沉。

“南宫渊。”皇帝语气森凉，直呼那男子的名讳，没有客气称他为空玄子神医。

“敢问皇上，贺贵妃的情况如何？”南宫渊举目直视皇帝，不卑不亢。

皇帝的语气越发冷厉：“朕的孩子，未能保住。”

路映夕在旁听得心中一震，南宫渊却只是悲悯地叹息一声，似早已预料到。

“刺杀之事，朕会细查。”皇帝深不见底的眸中闪过寒芒，冷声道，“南宫渊失手误医，其罪确凿。来人，将他打入天牢，交由刑部发落！”

路映夕大惊，急道：“皇上——”

还不待她求情，皇帝已冷冷睨她一眼，截断她的话：“皇后有何意见？”

见他神情阴鸷，路映夕抿唇，沉默下来。现在她若冲动行事，不仅救不了师父，更会惹怒皇帝，无益于事。

殿外的侍卫领命，鱼贯进入殿中，架住了南宫渊。

“映夕，不必为我担心。”南宫渊面容平静，任由侍卫们押着离去。

路映夕望着他的背影逐渐消失，双手发狠地握紧。以师父的绝世武功，倘若要反抗，又有谁能擒得住他？可他偏却生有一副慈悲心肠，不愿杀生，不愿伤人。贺贵妃的事，他定是感到愧疚自责。

皇帝走到她身旁，半眯眼眸，突然握住了她的手。

“皇上？”路映夕心中暗惊，轻微抽了抽手，他却猛地加重力道，握得她手生生发疼。

“皇后好像极为关心南宫渊？”皇帝不松手，不经意似的问了一句。

“臣妾为人徒弟，自然忧心师父的安危。”路映夕恭顺地回道。她一定会想办法救师父，即使必须不择手段。

“皇后与南宫渊师徒情深，真让朕羡慕。”皇帝的大手又收紧一分，脸上神情漠然。

路映夕吃痛，倒吸一口凉气。她甚至听到自己的指节被他钳得咔咔异响。慕容宸睿，你未免欺人太甚！

“朕在和你说话，为何不出声？”皇帝像是一点都不知道她的痛楚，直勾勾地盯视她的眼睛。

路映夕强忍心头翻涌的怒火，暗暗丹田一沉，灌注真气于手心，以抵抗他毫不留情的施力。

皇帝的薄唇慢慢勾起，笑意未达眸底，手下愈加用力，竟也已驱动内力。

静默无声中，两股同样强劲的真气猝然相撞，激烈拉锯，互不相让。刹那间，空旷的殿堂内温度骤降，充斥冷森森的肃杀之气。

但片刻之后，皇帝便逐渐敛了内劲，一点一点地收回来。

路映夕心底不禁松了口气，也慢慢撤回真气。现在并不是可以撕破脸的时候，虽然她很想痛痛快快地和他打上一场。

"原来朕的皇后是一位深藏不露的高人。"皇帝放开她的手，淡淡道，"如此绝顶的武功，世间罕有，想来皇后的师父更是高深非凡了。"

路映夕陡然一颤，抬眸望他。他的心思竟然这般深沉。故意逼她动用内劲，不仅要探她的底，更是要探师父的实力。枉她自负聪慧，可看穿人心，却这样轻易中了他的诡计。

"师父性情宽厚温和，更以治病救人为终生志愿，这次意外害得贺贵妃痛失胎儿，师父必定深感愧疚。"她轻叹，复又柔声劝慰道，"皇上与贺贵妃都是福泽绵厚之人，来日定会再孕育龙嗣。"

"福泽绵厚？"皇帝冷哼，脸色冰寒，"继下毒事件之后，又出现了刺客行凶，依朕看，有人根本见不得朕的皇室血脉延绵。"

路映夕不语，垂下眼帘，掩去清澈如雪的眸光。没想到他已经猜到，近日这些事并非后宫妃嫔争风吃醋钩心斗角而造成。父皇终是按捺不住了，不等她有所动作，已先铲除了可能成为皇朝未来太子的胎儿。只有父皇才会想到利用师父来害怀孕的贺贵妃。只是可怜了那无辜孩子，才成形便夭折。

"若让朕查出幕后凶手……"皇帝眸中绽起幽蓝的锋芒，犹如万年寒冰，冷锐刺骨。

"天网恢恢，皇上一定能查出真凶，将其缉拿归案。"路映夕无视他那危险的目光，沉静地附和。

皇帝深深地看她一眼，似审视探究，又似威胁警告。

路映夕下意识地感到背脊发凉。她不能够坐以待毙了，她必须主动出击，先下手为强。

"皇上，之前'封喉血'的下毒案，臣妾已略知端倪。"她镇定地回视他，轻声开口。

"哦？"皇帝眉宇间的云霾不散，神色冷酷。

"此处不便详谈，请皇上移驾凤栖宫可好？"她微微一笑，自信笃定。

"皇后该不会以为此时此刻朕还有心情享受温香软玉？"皇帝讥诮地勾唇。

"虽然臣妾敬慕皇上已久，但也不至于愚钝如斯。"她温柔浅笑。总有一日，她会征服他的心，再夺他江山，这一切不急于一时。

皇帝冷淡地睨她，像看穿她的心，优美薄唇中缓缓吐出一句无情的话："收起你那可笑的妄想。"

她不惊不惧，美眸流转，光华璀璨。谁输谁赢，还言之过早。

皇帝不再赘言，拂袖举步先行。

路映夕安静地跟在他身后，眼光如芒，直刺他的后背。慕容宸睿，你最好不要动师父一根毫毛，否则我要你不得安生！

第三章
师徒情深

与白露宫的华丽不同，凤栖宫十分庄重大气，皇后寝居更是素雅至极。一面象牙抽丝织成的屏风，隔开帷幔低垂的凤床，而外间摆设寥寥，只有一座软榻和几张楠木桌椅。

皇帝随意地倚着长榻，慵懒开口道："皇后说已查出些许眉目，不知是何头绪？"

路映夕清声回道："封喉血的毒性复杂，其中有一味药是御花园里种植的羊乳花，臣妾认为这是一条线索。"

"嗯。"皇帝不咸不淡地应了一声，语气散淡，"素闻皇后精通医理，看来传闻不假。"

"臣妾只是略懂皮毛。"路映夕语气谦逊，抬眼回视他，平缓道，"料理那一处花圃的主职宫婢叫兰姑，或许从她口中能问出一些端倪。"

皇帝不语，勾唇淡笑，幽眸如潭，深不可测。

路映夕也不再多言。据她分析，那兰姑应该是父皇安排下的棋子。贺贵妃失了皇嗣，兰姑是时候出来顶罪了。

皇帝微凉的目光紧锁着她，突然出声道："南宫渊是皇后的师父，朕在想，是否需要从轻发落。"

路映夕心中一凛，知道他这句话含有试探之意，斟酌片刻才道："师父原是无心之失，但也确实应该负上一部分责任，臣妾不知以皇朝律例当作何罪罚。"

皇帝嘴边的笑容加深，带着一丝轻嘲，似在笑她的言辞谨慎。

"南宫渊下针时失手，损伤皇室龙脉，朕本应治他死罪。"皇帝话语一顿，眸光渐利，如刀锋直射向她，"况且，刺杀之事和他是否有关，尚是未知。皇后，你说朕要如何卖这个面子给你？"

路映夕心底升起一股凉气。他话里的意思，是不会轻易放过师父了！

"不过，皇后也无须太忧心，如若查明刺杀之事与南宫渊无关，朕自会网开一面，留他一条性命。"皇帝撑着长榻扶手站起，走近她，优雅笑道，"朕说过，皇后与南宫渊师徒情深，朕很羡慕。"

"皇上一向以仁德治国，臣妾自是不担心的。"路映夕微笑，并不流露丝毫惊慌。他已把话说得十分明白了，他看穿师父是她的软肋，捏着她的死穴警告她别想轻举妄动。师父此次死罪可免，只怕活罪难饶，轻则将被软禁牢中。

皇帝忽然低叹一声，道："虽然朕有心轻罚，不过刑部做事向来果决利落。刺杀皇贵妃，伤及皇嗣，此案事关重大，恐怕少不得要严刑逼供。"

路映夕闻言，无声冷笑。他是九五之尊，又怎会干涉不了刑部的审案手法?

虽如此想着，她脸上仍是一派温婉，轻声道："皇上，臣妾想去天牢看望师父，不知可否？"

"夜已深沉，皇后明早再去吧。"皇帝又跨近一步，一手揽住她的香肩，柔声道，"朕之前答应过皇后，今夜留宿凤栖宫。"

路映夕呼吸一滞，倏地抬眸看他。他竟要把她逼得这样紧?

"皇后脸色欠佳，是否身子抱恙，可要宣太医？"皇帝神情似是关切，抬手探了探她的额头，"并未发热，反却冰冷得很，皇后觉得哪里不舒服？"

路映夕暗暗咬牙，太阳穴一抽一抽地猛跳，异常疼痛。这是心疾发作的前兆。该死，她最不愿被他看见她软弱无力的一面。

"皇后？"见她神色不对，皇帝扶她到软榻上，伸手探上她的脉，半晌，俊脸上添了一分真实沉凝，"脉象紊乱，汹涌急促，皇后可是宿疾缠身？"

路映夕苦笑，面色已是渐渐泛白，喉头一阵阵浊气上涌，心肺撕裂般地剧痛。这病是从娘胎里带出来的，不定时发作，一旦病发便是来势汹汹，无药可治，只有硬生生熬过去。连师父都医不好她，她更不指望宫中御医。

"撑着！"皇帝沉声道，坐于她身侧，撩开她颈后的青丝，露出那朵红艳欲滴的芍药花。

"皇上？"路映夕疑虑出声，秀眉紧蹙，额上已渗出一层冷汗，体内的丝丝痛楚蔓延全身，煎熬难忍。

皇帝不出声，端坐着气运丹田，灌力于掌心，然后一掌贴熨在她颈间的那朵芍药上。

汩汩热气传来，沁入五脏，慢慢舒缓了激剧的疼痛，路映夕的眉头稍稍舒展，心底却是大受震撼。他居然知道她至为私密的事。灵机是她和师父的秘密，他如何得知?

两刻钟过去，皇帝缓缓收掌调息，淡淡道："治标不治本，朕帮得了你一次，但未必你每次发作时朕都在你身边。"

路映夕抬袖轻拭额角的汗滴，长舒一口气。以往病发，至少要半个时辰，有了他的真气镇痛，易挨许多。

"多谢皇上援手。"她向他颔首致谢，露出浅浅一笑。

皇帝微眯起眸子，扫过她犹显苍白的小脸，眼神不由幽暗了几许。此等惊世容色，肌肤晶莹若玉，明眸流盼间宛如新月生晕，光彩照人。她的确不负绝色倾城的盛名。如果她并非邬国公主，或许他会欣赏怜惜她。但是可惜，艳花有毒，红颜祸水。

“皇后病发体虚，应当好生歇息，朕就不扰皇后就寝了。”皇帝悠悠收回视线，话语温情体贴，说完就转身扬长而去，毫无一丝留恋。

路映夕凝望他颀长的背影，唇畔的笑容一点点消失，清眸中一片冰雪凛冽。他既知灵机的秘密，就更不会对师父手下留情了。今夜她必须冒险闯一闯天牢。

以她的绝顶轻功，要神不知鬼不觉地潜入天牢并非难事，可是她深知师父的性情，他不可能愿意畏罪潜逃。

细细思量之后，她沉住气，落落大方地前去探监。狱卒见皇后娘娘亲临，不敢阻拦，毕恭毕敬地将她迎了进去。

但凡是牢狱，必是肮脏阴暗，天家大牢也不例外。一间独立的石砌囚室里，灯火昏暗，脏污的石壁上光影摇曳，愈显得阴森逼人。在一排冷冰冰的铁制刑具前，素袍男子神情淡定，虽被绑在刑架上，衣衫染着鲜红血迹，神态依然从容。

“师父！”路映夕低呼一声，她终是来迟一步，他们竟已用刑。

刑部尚书沈奕见她踏入，恭敬一礼：“恭请皇后娘娘凤安。”

“沈大人的动作真是迅速得紧。”路映夕淡淡嘲道，不掩微愠。

“微臣奉皇上口谕，严加审问疑凶，还望皇后娘娘海涵。”沈奕约莫二十五的年纪，俊秀儒雅，眼神却是沉着严厉。

路映夕震怒于心，目光清寒。慕容宸睿，这笔账，以后我会慢慢跟你算！

她沉着脸，冷声道：“皇上仁厚，难道会允你滥用私刑？”

沈奕抿起唇角，没有辩驳，姿态中隐含几分傲气。

路映夕凝视他片刻，心明如镜。这位年轻的尚书大人有一身铮铮铁骨，然而心高气傲，急于建功，对这样的人不能用强。

她心念转动，脸上渐渐露出几分忧色，柔了嗓音：“沈大人，本宫想与师父单独说几句话，还请沈大人通融。”

沈奕看她一眼，迟疑须臾，然后躬身退了出去。

路映夕知道他离得不远，但也不介意，走到南宫渊面前，轻轻道：“师父，映夕来晚了。”

南宫渊扬唇浅笑，眉目清朗澄明，温和回道：“映夕，不必自责，师父做错事，自当负起这个责任。”

“那是意外，师父为何偏要耿耿于怀？”路映夕有些怅然，幽幽道，“师父心善，别人却未必感激。”如果当时贺如霜肯继续接受师父的诊治，绝不会失去胎儿。贺如霜自己种下的因，却要师父背起这个果。

只听南宫渊低低叹息：“尚未出世的婴儿，亦是一条人命。几日牢狱之灾，权当祭奠那可怜胎儿。”

听闻此言，路映夕眼中掠过一丝喜色，压低嗓音问道：“师父早已算出此劫？”

南宫渊微不可见地点了点头，墨黑如玉的眸子闪着一点温柔笑意。

路映夕放心不少，绽开笑容来，音量仍压得极低：“师父，虽只是几日，可是酷刑难挨，必要时一定要用内力抵抗。”

“只是鞭笞而已。”南宫渊轻描淡写地接话，仿佛身上那渗血的鞭痕并不是落在自己身上。

“倘若不仅于此呢？”路映夕眸底显出忧急。师父太固执了，那慕容宸睿必不会如此心慈手软。

南宫渊像是没有听见她的话，径自道：“映夕，我会留在宫中陪你一段时间。”

路映夕顿时怔住。师父是否估算到他将会被软禁宫中？她原本尚存一念希望，希望自己揣测错误，可慕容宸睿是那般深沉精明之人，他必然会趁势扣留下师父，借此牵制她的一举一动。

南宫渊知晓她的忧虑和愧意，温言安抚道：“与你无关，是我命中注定有此劫数。”

路映夕抿了抿唇，坚定地道：“师父，无论如何，映夕都会竭尽全力护你周全。”话落，她突地抬手，迅雷不及掩耳地把藏在掌心的一颗丹药塞进他嘴里。

那药丸入口即化，南宫渊来不及拒绝，不由无奈笑道：“映夕，续命丹珍贵无比，我用十年时间只炼制出一颗，你倒这样浪费了。”

“不给师父服用那才是浪费。”她笑答。续命丹是师父以前送给她，怕她将来病发得厉害挨不过去，特地让她留着保命的。可是现在师父遇难，他的命她看得比自己的更重。

“我已服了续命丹，你可以安心了？”南宫渊墨眸微亮，泛着隐约的温柔。

路映夕用力摇头，不够，如何足够？续命丹之效只是护住心脉，以防万一，可却挡不了皮肉之痛。

南宫渊俊逸脸上掠过不易察觉的怜爱之色，柔声道：“映夕，你应该知道，我从不看重外表皮囊，如有损毁，我希望你也不要为我介怀。”

“师父！”路映夕心头狠狠一震，“师父，你还算到了什么？”

南宫渊不语，含笑缄默。

见他如此，路映夕的眼眶发热，浮起一层朦胧雾气。师父不说，她也已猜到。这个劫，并不像他说的那样简单易过。

此时那年轻尚书已经无声走近，恭声道：“夜深，请皇后娘娘保重凤体，早些回宫歇息。”

路映夕不看他，只定定地看着面前这张熟悉而俊朗的脸庞。她用眼神在恳求他，求他逃狱，避过此劫。可是，他温雅却毅然地回视她，淡淡摇头。

“皇后娘娘？”沈奕低声再唤道。

路映夕冷冷瞥他一眼，不发一言，旋身离去。为难臣子无用，她只有找主位者谈判。谁若敢再伤害师父一分一毫，她一定会以其人之道还诸彼身。

然而，要到很久以后，她才会明白，纵使她再怎么聪明缜密，再怎么防患于未然，也对抗不了上苍的无情捉弄。伤他最重的人，从来都不是旁人。

翌日清晨，事情就如她所料，有了新进展。

那兰姑一经盘问，不多久便认罪伏法，不仅招了下毒之事，还一并揽下刺杀案。她声泪俱下地言道，贺家仗势欺人，强抢民女，她的妹妹被贺家人强纳为侍妾，不出月余就受虐至死。她一心要为亲妹报仇，苦于身在宫中，只有把此仇转嫁到贺贵妃身上。毒杀不成，她便买通江湖杀手。最后又悲愤道，如今事败，她无话可说，但即使做鬼也要向贺家人索命。

路映夕安静地听着晴沁悄声汇报，默不吭声。待晴沁退下，她才轻叹出声。父皇此计甚为高明，那兰姑确是皇朝人氏，其妹之事亦是属实，就算有人怀疑，也查无可查。只不过，慕容宸睿是何等人物，他又怎会尽信？他不再彻查，选择息事宁人，只是谋定而后动。将来，他必会一举报复。毕竟，那无辜逝去的，是他的子嗣，是他的亲生骨肉。

路映夕心中有一丝怜悯，清亮眼眸不由黯了黯。父皇所做，是为了邬国万千子民，她无可置喙。

现今天下四分，皇朝、邬国、龙朝、霖国，四国鼎立。霖国地小兵弱，不足为患。龙朝一贯注重军政，近年来四处征战，攻城占地。而皇朝的皇帝虽年轻，但睿智深沉。从他主动和邬国结盟开始，已逐渐显露出一统天下的野心。

她慢慢敛去眸中的幽暗，缓步走出寝宫。

刚出大殿，就见一角明黄衣袂掠过朱门。

“皇上金安。”路映夕顿住，屈身行礼。

“皇后这是要去哪儿？”皇帝俊脸上带着微笑，一派亲切无害。

“臣妾本想去宸宫向皇上请安。”她浅笑着回答，并不隐瞒。她要和他谈师父的事，只能主动去宸宫——那个令她憎恶的地方。

“皇后愿意去宸宫？”皇帝轻声笑起来，英挺的眉眼微弯，煞是温柔迷人。

“宸宫乃是皇上的寝宫，臣妾想去，可却不能常去。”她歪着头看他，清美面容上带着一点点娇俏。既然他要做戏，那么她便奉陪。

“皇后若想去，随时可以去，朕无限欢迎。”皇帝伸手扣上她的纤腰，揽着她往寝居内走去，状似恩爱缱绻。

“多谢皇上特准，臣妾深感欢喜。”她的身子本能地僵了僵。终究还是习惯不了他的碰触，记得当初她封后不久，他宣她去宸宫侍寝，那原是只有皇后才有的殊荣，其他嫔妃皆无资格在宸宫留夜。可是，他故意折辱她，给她一个下马威。

进到寝居，皇帝便松开了手，优雅地扬唇笑道：“皇后似乎还在记恨那一桩往事。”那时他的确有心让她难堪，激她尽快行动，倒没有想到她这样沉得住气，韬光养晦，不急不躁。

“哪桩往事？臣妾怎么不记得了？”路映夕装傻，一脸疑惑地看着他。

“有些事，确实忘了才好。”皇帝唇边的笑意不变，话却说得意味深长。

路映夕不语，装傻也是要适可而止的。其实他和她都心知肚明，她不可能忘记，也许一生都会牢记。那一夜，在龙床之上，他慵懒斜倚着，手中握着一卷书册，姿态闲散。他说：“有劳皇后掌灯，朕觉得这夜明珠的光不够亮。”只这一句轻飘飘的话，她就必须手捧烛火站在龙床旁，为他照明。宫灯本来应有纱罩，但太监送上来的却是一支红烛，那艳红的蜡油滴滴落在她的手背上，异常滚烫。她记得很清楚，他总共看了三卷书，直到天蒙蒙亮，早朝时间将近，他才放她回凤栖宫。她离去时，右手一片红肿，丝丝疼痛。她不觉难忍，只觉羞辱。

“皇后竟在朕面前神游太虚？”皇帝语带戏谑，并不含责怪之意。

路映夕拉回思绪，微微一笑，回道：“臣妾只是在想，师父身上的鞭伤，何时会结痂。”

皇帝的黑眸一闪，如璞玉生辉，尊贵耀目，沉声道：“虽然刺杀一案与南宫渊无关，但误医之罪不可不判。先前朕答应过皇后会轻罚，现在自然不会重治。皇后大可放心，朕已下令，南宫渊在天牢思过三日，而后遣去太医署，编写医籍，以期来日造福黎民，可算戴罪立功。”

“皇上宽厚，臣妾替师父谢皇上隆恩。”路映夕屈膝一礼，低眉敛眸。她心里清楚，他不过是找个借口软禁师父，但至少师父暂时安全了。区区一个太医署，根本困不住师父，只看师父愿不愿意离开罢了。

这样一想，她心宽许多，唇边绽出嫣然笑容，温声问道：“皇上可用过午膳？不如留在凤栖宫用膳？”

“也好，朕正饿着。”皇帝口中话语随意，视线紧锁着她的脸，眸光深邃幽暗，隐约浮上几许危险之色。

她暗自一惊，下意识地抬手抚上自己的脸颊。

皇帝见状似觉好笑，眉宇舒展，眼中锐色退去，低柔道：“皇后有一对可爱的梨窝，笑时天真无邪，惹人怜爱。”

她怔望他一眼，脸上飞红，染上两朵绯云。这人分明是调情高手，她在这方面单纯无知如白纸，不是他的对手。

心头暗恼，但她还是不服气，反唇回道：“臣妾记得皇上之前说过，臣妾并非一眼可窥底的人，那又怎会天真无邪？”

皇帝朗声而笑，嗓音醇厚悦耳，边笑边道：“朕还真没有看出，原来皇后还有这般可爱的一面。”

路映夕微愣。她刚才怎会说那么赌气的话？只怪他的眼神太惑人，害她一时失了防备。从第一天见面开始，她就察觉到，这个男人是她看不透的，他的内心变幻莫测，无法捉摸。这种感觉让人很不安。

“又出神了？”皇帝似乎心情十分愉悦，忽然俯下头，在她颊上一啄，笑吟道，“美人如斯，一笑倾国。”

路映夕赧然垂首，心头隐震。一笑倾国，他是在暗指，她有意毁他江山？

她轻抬起头来，正想借着亲自备膳的理由退出去喘口气，突听寝门外一声软软的细微呻吟飘来。

她习惯性地眯了眯眼，清冽眸中闪过一丝不易察觉的寒色。近来皇帝频频驾临凤栖宫，看来有人终于按捺不住了。

第四章
蠢蠢欲动

皇帝唇边噙着一抹似笑非笑的弧度，眼中带着些许玩味，斜睨向寝门。

“皇上，臣妾去看看。”路映夕微笑着开口，不待他答话，自顾自举步走去。

走至门槛，见侍婢一袭月牙白宫裙，立在寝居外，容色绝丽，气质飘逸如水。

路映夕弯了弯菱唇，只觉有趣。栖蝶学她倒是学得十足，只是可惜，栖蝶错估了一点，皇帝并不青睐她这样的人。

“娘娘。”见她现身，栖蝶似是一惊，双腿一软，便要跪下。

“不必多礼。”路映夕摆摆手，神情亲和，问道，“今日是你当值？”

“回娘娘，是奴婢当值。”栖蝶言语恭敬，却蹙着秀眉，脸色苍白，好像正忍受着不适的痛楚。

“身子欠安？”路映夕伸手探了探她的额头，确实一片滚烫。

“多谢娘娘关怀，奴婢撑得住。”栖蝶站直身子，微微笑了笑，眼神清澈纯真。

路映夕淡淡笑着，未再多言。病是真病，但方才那一声细软呻吟，却是故意。

“皇后，何事？”身后，一道低醇有力的嗓音靠近。

路映夕回头看去，但笑不语，明眸中带着一点揶揄之色。以皇帝的睿智，又怎会看不穿这小把戏？她很想看看，他会如何处理这种事。

皇帝走到她身侧，凝视着屈膝行礼的栖蝶，半晌，挑起长眉，笑道：“上次匆匆一瞥，朕还真没有发现，原来这位小宫女和皇后长得如此相似。”

“皇上也这么觉得？”路映夕温婉地附和。

皇帝觑她一眼，再道：“不过，无论多么肖似，也不及皇后冰雪姿容之万一。”

此话一出，原本谦卑垂首的栖蝶忽然抬起头来，怔怔望着皇帝。

路映夕不由轻笑：“皇上，您这么说，栖蝶可要不服了。”

皇帝亦笑，踏前一步，温和问道：“你叫栖蝶？姓氏为何？”

栖蝶愣了愣，片刻才缓过神来，白嫩脸颊慢慢变得嫣红，似羞还喜，细声回道：“回皇上，奴婢因是弃婴，并无姓氏。”

皇帝不再问，犹自悠然散淡地睇着她。

栖蝶羞怯地低下头去，耳根染上绯红，如云霞妩媚，又不失稚嫩甜美。

凝望须臾，皇帝突然转头，对一旁闲闲看戏的路映夕，沉了声道：“皇后认为，此事应当如何处理？”

路映夕心中掠过一分惊讶，听他话里的意思，似乎是要责罚栖蝶？

“皇后？”皇帝的嗓音又低沉了一些，幽眸中泛起毫不掩饰的锐芒。

栖蝶懵懂，偷望了望英俊挺拔的皇帝，面带不自禁的喜色，以为皇帝要向皇后讨了她。

路映夕的视线扫过栖蝶，缓缓收回。其实人若单纯无知，也未尝不是一件幸福的事。

“皇上，臣妾认为，无须为一桩小事而坏了用膳胃口。”她轻描淡写地道，替栖蝶挡下一顿皮肉之苦。依照后宫律例，凡宫婢蓄意媚主，杖责十棍。

“嗯。”皇帝浅淡颔首，唇角始终勾着那一抹似笑非笑。

栖蝶眼底隐隐浮现一丝幽怨。在她听来，是皇后硬生生掐断了她飞上枝头的希望。

路映夕在心里无声叹息。她本想旁观看戏，岂料无端叫皇帝看了好戏。她不得不承认，他的手段高上她许多。因为她心软，而他，郎心似铁。

“栖蝶，去吩咐膳房，皇上会在这里用膳。”她略觉无奈，软了声又道，“你身体不适，就下去歇息吧，让小南过来。”

“是，娘娘。”栖蝶屈了屈膝，也不谢恩，就此退下。

路映夕忍不住摇头。也不过半刻钟的时间，她就多了一个敌人。这深宫内苑，果然是个“好”地方。

皇帝看着她，愉悦地轻笑：“皇后宽容善良，朕甚感欣慰。”每个人都会有弱点，而他这位皇后，虽然聪慧过人，可也有不少软肋。

“皇上谬赞，臣妾汗颜。”路映夕抬眼，望入他深邃的眼眸，不着痕迹地凝神细看。他有一双至为罕见的眸子，瞳色如墨，但每当他有情绪波动时，瞳眸中便会染上蓝紫之色，那微冷的幽光，神秘而又危险。

她移开目光，远眺宫墙之外的晴朗碧空，神色渐渐沉笃坚毅。再强大的对手，也必然有死穴，她一定会找到。

皇帝敏锐的眼光定在她脸上，口中只是调笑般地道：“皇后在朕面前似乎总是心不在焉，是否朕面目可憎？”

路映夕抽回思绪，四两拨千斤地回道：“皇上英伟不凡，这是毋庸置疑的事。”但纵使他俊美如神祇，她也不会为他神魂颠倒。

“皇后的嘴如此甜，听得朕真是心花怒放。”皇帝懒洋洋地倚在门扉上，笑睨她一眼。

正值午时，阳光普照，他的周身仿佛笼着一层金色光泽，尊贵傲然得令人不敢逼视。

路映夕浅浅笑着，眸光璀璨，光华四溢。她忽然很好奇，像他这样喜怒不露的人，发起火来会是什么样子。

带着一点点恶作剧的心情，她慢条斯理地道："皇上，贺家仗势欺人之事，可是属实？"

"尚在查证中。"皇帝挑了挑眉梢，神态依然闲散。

"倘若属实，此事可会牵连贺贵妃？"路映夕的语气微含关切，不浓不淡，恰到好处。贺氏一族权势显赫，贺老将军手握西关兵权，贺大公子官拜礼部尚书。那凌虐兰姑之妹的人，是贺老将军的小儿子，此少年声名狼藉，喜好女色，性子阴狠，在房事方面尤甚。此次皇帝若是严惩，恐怕朝堂将有政变；若是不罚，又无法堵住天下悠悠之口。这件事，足够叫皇帝头疼一阵子了。

"皇后可有高见？"皇帝眯起眸子，隐有不悦。

路映夕缓慢而清晰地吐出两个字："没有。"

皇帝蓦地压低身子，胁迫性地盯着她，冷冷道："不要试图挑衅朕。"

路映夕婉约一笑，柔声道："挑衅？臣妾不敢。"

皇帝眸中凌厉杀气一闪而过，衣袖一挥，冷淡道："朕胃口尽失，皇后自己用膳吧。"

"臣妾恭送皇上。"路映夕仿若不察他的愠色，微笑着目送他离去。

望着那明黄色的颀长身影，直至消失于视野中，她才轻轻地眯了一下眸子。他未发怒，就已流露出肃杀之气，可以想象当他真正大怒时会是多么可怕。

贺氏的事并不棘手，路映夕暂且不理，施施然前去天牢探望南宫渊。

她面上虽然从容，心底却莫名感到不祥，偏偏又找不到头绪，越发觉得忐忑难安。

午后的天色明媚，但牢狱里一贯阴暗，常年燃着烛火，空气污浊，令人忍不住皱眉。

"师父。"她轻唤，挥退了守牢的四名狱吏。

"怎么又来了？"南宫渊清淡微笑，眉目俊逸，目光温柔。

"师父，他们可还有用刑？"她低了嗓音，不放心地端详他全身。幸好，除了原有的鞭伤，再无更多伤痕。

"没有，别担心。"南宫渊双脚受缚，困于牢笼中，脚下铁链嗒嗒作响，他伫立在牢柱后，神情仍是一片云淡风轻。

"皇上可有亲自来过？"路映夕微微蹙眉，觉得那铁链异声极为刺耳。师父并非重犯，却被如此谨慎地囚禁，可见慕容宸睿绝无心放师父自由。

南宫渊颔首，浅笑道："他来过，给我吃了一种药。"

路映夕不禁大惊，急道："是何药？"

"只是祛功散而已。"见她眉头又皱紧，南宫渊的语气更加柔和，好言相劝，"映夕，你这样担心我，我便成了你的负担。你知道的，这是我不想看到的事。"

"师父……"路映夕轻幽地唤一声，明眸中闪过一丝脆弱。如果可以，她现在就劫了师父走，从此就算亡命天涯，她也心甘情愿。可是，师父是这般高雅绝世的人物，她又怎能害他背上与帝后私奔的污名？

“映夕，我留在这里，不是要拖累你。”南宫渊幽深如古井的眸中浮现一点波澜，似怜惜又似无奈，“你天生便是尊贵非凡的命格，不过，将来你或许会遇上一个大劫。我留下，是要帮你避劫。”或者说，是帮她挡煞。他愿承受那未知的苦痛，只要她平安喜乐。

路映夕眉心紧锁，低低地道：“师父，你服了祛功散，内力全无，映夕担心……”担心万一哪天慕容宸睿要狠下杀手，师父无法逃命。祛功散本不是什么厉害的毒物，毫不伤身，只是封住人体内几处重要的气脉，可是无药可解，只能枯等三个月的药效过去。

“映夕，告诉你一个秘密。”南宫渊笑容和煦，宛如春风不经意吹拂而过，沁人心脾。

“秘密？”路映夕疑惑。

他凝睇着她，笑意温暖，缓缓道：“我必不会死于这皇宫之内，如此你可放下心头大石了？”

见他眸光清朗宁和，她终于漾出一抹微笑，用力地点了下头。

这时，囚室外响起几句模糊的对话声。路映夕神色一凛，侧耳倾听。

“皇贵妃，皇后娘娘在里面……”

“所以本宫不可以进去？”

“不是，可是……”

“让开！”

伴着一声气弱的厉喝，牢门猛地被推开。路映夕转身望去，淡淡道：“妹妹身子尚虚，何以来此湿冷之地？”

贺如霜的脸色苍白如纸，身形微晃，扶着牢墙才能站稳。她顺了口气，才幽幽抬眸道：“皇后姐姐，如霜惭愧，如霜若不怀疑空玄子神医，也就不会……一切皆是如霜命薄……”

路映夕走近她，轻轻搀住她的手臂，感觉到丝缎衣袖下的皓腕轻微发颤，像是那身躯的主人虚弱不堪，又似是正竭尽全力克制着某种情绪。

“皇后姐姐……如霜来探望空玄子神医，是想问神医……”贺如霜的美眸中泛着血丝，容颜憔悴疲倦，显然是哀伤过度，夜不能寐。

路映夕心有怜悯，柔了声，轻问：“你想问师父什么？”

贺如霜的眼角渗出泪珠，已是哽咽难言：“如霜想问，神医能否不计前嫌，救一救如霜？”

路映夕微诧，心念一转，突然领悟。她细诊片刻，不由叹息。

“皇后姐姐？”贺如霜满目悲恸，近乎绝望，哑声问道，“是否无救？”

“有救。”路映夕肯定地回答。

“真的？”贺如霜眼中顿时绽放出光彩，急切追问，“皇后姐姐懂得如何医治？”

路映夕摇头，斩钉截铁地道："只有师父能治。"

贺如霜转眸望向牢笼里的南宫渊，倏地双膝跪下，含泪恳求："还望神医原谅如霜之前无知无礼，再施一次援手。"

"皇贵妃请起。"南宫渊温声开口，目光平淡无波，"有人求医，我自会尽医者本分，皇贵妃无须如此大礼。"

贺如霜面露惊喜，起身，感激地连声道谢。

路映夕走近牢笼，以独门内功传音至南宫渊耳里："师父，胎血未尽，孕卵残留，如若处理不当，她会终生不孕。她来此求救，必是因为宫中御医皆束手无策。师父可有信心医治此症？如果师父有信心，治愈贺如霜之后，师父一定要用这个功劳向慕容宸睿讨回自由。"

南宫渊真气被封，只能听，无法用内力回答，只是淡笑着点了点头。

路映夕暗暗吁出一口气，才回头对贺如霜道："妹妹现下的身体状况，万不可拖。迟一刻，便多一分危险。"

"是！是！"贺如霜急急应声，"如霜这就去找皇上，求皇上今日就赦空玄子神医出天牢。"

"爱妃急着见朕？"冷不防地，一道沉冷嗓音从牢房外的走道上传来。

路映夕听着这语气，便知事情有异。她心忖，难道皇帝封锁贺如霜病症之事是为了防她和师父？他早料到她会借此机会让师父脱身？假若真如她所想，那么皇帝早已狠下心牺牲贺如霜。贺如霜目前的情况，御医们一定能保住她的命，但极难保证她将来还可孕育子嗣。若是终生无法生育，对于一个女人，尤其是对后宫嫔妃来说，是多么残忍的事。慕容宸睿，好狠的心啊。

"皇后也在此？"皇帝跨入牢门，一眼就瞥见垂眸沉思的路映夕。他心中冷笑，她那副深感寒心的模样，真是无比碍眼。他若真铁了心要隔绝消息，如霜又岂能轻易来到天牢？他只不过是不信，全皇宫的御医都比不上一个南宫渊。但最后事实证明确是如此，他自然也不会再顽固坚持。

"皇上圣安。"路映夕举目望去，躬了躬身，便静默不语。或许她想得有些过激，可是她不信他不曾动过此念。

皇帝亦是沉默，眸底蕴着阴鸷之光，直射向她。就算他脑中曾闪过一念，那又如何？何时轮到她来置喙。

路映夕抿唇，毫不退缩，明眸中闪耀着清冷的轻讽，定定地回视他。

隔着约莫十步的距离，两人的目光遥遥对峙，同样夹杂嘲讽，也同样傲然凛冽，无声中碰撞交锋，迸出无形的炽烈火花。

"皇上……"

贺如霜柔弱的唤声打破了古怪气氛，路映夕微垂眸子，静观其变。

只听贺如霜软声道："皇上，皇后姐姐说，空玄子神医能够救治臣妾的病症。"

皇帝走至她身旁，怜爱地拥住她娇弱轻颤的纤肩，低声道："爱妃放心，有朕在，你一定会痊愈。"

路映夕暗自嗤笑。他在又有何用？他懂医术吗？

仿佛察觉她的心思，皇帝冷睨她一眼，眸色深沉："朕现在就下令特赦南宫渊，准他在宫中自由走动，皇后认为如何？"

"一切但凭皇上做主，臣妾并无意见。"路映夕浅浅而笑，姿态温顺。

皇帝盯着她颊畔的小小梨窝，幽眸倏然一暗。她笑起来的时候格外甜美，有一种毫不设防的稚气纯真，但他很清楚，她绝非天真无知的少女，她是他遇见过最具杀伤力的女子。

"皇上？"贺如霜轻扯了一下皇帝的衣袖，眼带迷茫惶惑，愈发显得楚楚可怜。

皇帝收回视线，薄唇扬起优美的弧度，柔声道："爱妃莫急，朕这就陪爱妃回宫。"

贺如霜迟疑地望向牢笼中的南宫渊，张口欲言，却被皇帝一个手势打断："皇后也许还有话要和她师父单独谈谈，朕陪爱妃先行。"

举步离去时，皇帝突然转头，对着路映夕高深莫测一笑。

路映夕只作没有看见，垂掩着长睫，压下心底泛起的一阵凉意。看来就算师父治好了贺如霜，也未必能轻易脱身。

"映夕，"一直沉默的南宫渊此时才开口，温润的墨眸中闪着点点笑意，"你如此警戒，倒叫我惊讶。"

"师父？"路映夕凝眸看他。

南宫渊面带微笑，似饶富兴味："你五岁就拜我为师，至今已十三年。你天资甚佳，无论武学或才智，极少人是你的对手。如今，你怕是遇上了第一个真正的对手。"

路映夕亦笑，语气沉静："师父心明如镜，洞悉世情，映夕无法否认。"她本以为，这世间最出色的男子就是师父，谁知，竟还有一个，也叫她遇上了。

南宫渊慢慢敛去唇边的笑，正色道："映夕，他是聪明人，你若要对付他，不能用计。"

"那么？"路映夕接话，疑问。

"要用'心'。"南宫渊点到即止，不再细说。

"用心？"路映夕喃喃。她明白师父话里的意思，可是这代价太大，她付不起。何况，她还有"心"可以给予他人吗？

静默间，她凝视着南宫渊，半晌，才轻声道："师父，我的心……早已寻不回来了。"

南宫渊闻言浑身一震，眼底极快速地闪过一丝隐晦痛色。对他来说，她的心，是全天下最珍贵之物。可是他不能要，也要不起。

两人对望无言，一股淡淡的感伤弥漫开来。

一名狱吏走入石牢中，默默地替南宫渊解了枷锁。

“师父，你要保重。”路映夕轻声叮嘱，未再多留，旋身离开。

她能感觉到，身后那道柔和温悯的目光一直紧随着她，但她不敢回头，怕一回头望，就会失去继续走这条路的勇气。

回到凤栖宫已是晚膳时间，栖蝶见她返来，乖巧伶俐地端上绘有金凰的红漆膳盒。

路映夕一向喜爱素食，口味清淡，并不讲究皇后排场，也不必宫女试毒。她举筷慢食，栖蝶安静地侍立在旁。其实她之前早已吩咐过，让内苑太医来替栖蝶看诊，不料这小宫女颇为固执，竟婉拒了。

“娘娘，参汤。”待她食毕，栖蝶送上一盏精致瓷盅。

路映夕瞥她一眼，笑道：“今日为何有参汤？”

“回娘娘，是御膳房送过来让娘娘补身子的。”栖蝶恭敬地答道，顿了顿，又添一句，“皇上体恤娘娘体弱，特地交代御膳房专门炖的。”

路映夕直视着她，唇角噙着一抹笑。这盅参汤里，多了一样不该有的东西，她一闻即知。

栖蝶被她清冽迫人的眼光盯得浑身不自在，不禁低下了头。

“栖蝶。”路映夕突然唤她。

“娘娘？”栖蝶一惊，忙抬起头来。

路映夕盯视她片刻，叹息着道：“罢了，你下去吧。”

“是，娘娘。”栖蝶看了看膳桌上未动过的参汤，眼中似有遗憾之色。

路映夕感到好笑，干脆端起瓷盅大喝一口，末了，咂嘴赞道：“味道甚好。”

栖蝶这才心满意足地退下，眼角眉梢暗藏着丝缕窃喜。

路映夕无奈摇头，过了须臾，扬声道：“晴沁，进来！”

“娘娘。”容貌秀丽的宫婢踏入膳居之门，谦卑跪下。

“查出来了吗？栖蝶是谁安排的人？”路映夕半眯明眸，冷冷扫过那盏瓷盅。

“奴婢无能，查不到任何蛛丝马迹。”晴沁微仰起脸，柳眉皱了皱，接着道，“娘娘，此人来历不明，心存不轨，不宜留在身边。”

路映夕只淡淡道：“除掉一个栖蝶，又怎知不会有第二个第三个再来呢？”她纤细的手指漫不经心地抚摸着盅沿，再道，“晴沁，后宫女人玩的这些把戏，不足为惧。但贺氏的事，要叫曦卫盯紧了。”西关兵权，她势在必得。

“是，奴婢知道。”晴沁颔首，见她无意再开口，起身静静退了出去。

路映夕端坐不动，暗自凝神，心中骤凛。殿顶上有人，且轻功上乘。

第五章
龙颜暗怒

她站起，淡淡含笑，静待殿顶那人现身。

一道黑影如鬼魅，飞掠似疾风，闪入朱门，下一瞬便负手立于她面前。

她定睛一看，粉唇微微张开，惊愕一瞬。

男子一身玄色锦衣，伟岸冷傲，浑身散发着一股无与伦比的慑人气势，赫然就是慕容宸睿。

“皇上！”路映夕做震惊状，慌忙屈身一揖。事实上她是真的惊诧万分，他居然亲自监视她？这般看得起她，抑或只是一时心血来潮？

皇帝扬起浓眉，收敛面上的肃杀锐气，戏谑道：“朕的这身夜行衣可好看？”

“皇上为何着夜行服？”路映夕眼露困惑，暗自沉下气来。不知他是否听见了什么？

“朕突然兴起，想趁着这美丽夜色练一练轻功。”皇帝答得一派轻松，优雅笑容里带着一点促狭，问道，“是否吓着皇后了？”

路映夕轻拍胸口，嗔道：“臣妾的心疾，险些就要发作了。”

“可是依朕看，皇后不像这般胆小之人。”皇帝的幽眸中渐渐浮现锋芒，如寒刀般扫过她的脸。他虽只听到只字片语，也已足够猜到，原来她野心并非一般的大。

路映夕抬眸望他，笑吟吟道：“臣妾只是一介柔弱女子，胆小如鼠。”就算被他听到了什么，她也不怕，她早已有部属，定要叫他防不胜防。

皇帝忽地大笑，似是开怀至极，边笑边道：“柔弱女子？胆小如鼠？皇后太谦虚了！”

路映夕不语，只是抿着菱唇浅笑，而清澈明眸中并无一丝怯意。

皇帝缓缓收了笑声，眉眼斜挑，凝睇着她，口中不紧不慢地道：“皇后可知，朕为何执意要留南宫渊在宫中？”

“臣妾愚昧，不敢妄自揣测圣意。”路映夕神色不变，微笑着回视他。

“朕倒是十分好奇，这世上还有什么事是皇后所不敢的。”皇帝的眼眸深邃如潭，一抹奇异幽蓝暗暗闪耀。

“很多事，臣妾不敢。”路映夕低了嗓音，语气温顺。这一句，是真话。她不敢自由翱翔，不敢随心而活，不敢爱自己想爱的人。

“朕欣赏你敢做的那些事。”皇帝悠悠然道，唇角轻扬，意味深长。如果她是男儿身，登基为邬国君王，他倒很有兴趣与她一争这天下。

路映夕沉静地凝望他，不动声色。他眼里的欣赏是真，可也夹杂着几许轻蔑。这个男人狂傲自负，视女子如无物，这一点未尝不是他的致命伤。

皇帝向她跨近两步，墨黑锦袍卷起清凉夜风。他凑近她耳畔，吹气似挑逗，轻柔道："你不敢做的那些事，可与南宫渊有关？"

路映夕心尖微颤，后退一步，无言半晌，才轻轻出声道："皇上，臣妾永远是您的女人，是您的妻。"

这句话，口吻如此温柔，也如此坚定，仿佛宣誓，又似郑重承诺。

皇帝毫无一丝动容，薄唇微勾，意兴阑珊，懒懒回道："朕的女人，却不止你一个。"言下之意，即随时可以废掉她这个皇后。

路映夕的神情依然虔诚卑微，柔声道："皇上乃人中之龙，坐拥后宫佳丽三千，亦是寻常事。臣妾无怨尤，也无悔。"即便将来事败，不得善终，她也无悔。

皇帝眸中的嘲讽越来越浓，唇角越扬越高，道："确实，人不该做让自己后悔的事。"

路映夕不愿再与他打太极，低垂下眼帘。他话里的警告这般明显，她又怎会听不懂。如今师父受制于人，就等同于她受人威胁，她必须尽快想办法送走师父。

见她沉默，皇帝亦不出声，嘴角噙着冷冽笑意。他自然知道，她急于救南宫渊出困境，但他必不会让她如愿。接下来的日子，他会叫她忙得分身乏术，自顾不暇。

两人各自盘算间，朱门外响起一声低沉禀告。

"皇上，已有消息。"

这声音并非太监特有的尖细嗓音，路映夕转眸看去，门外那人黑衣劲装，身形高大，眉目冷峻，不苟言笑。

"嗯。"皇帝淡淡地应声，往外走去。

路映夕眯眼留心，那黑衣男子脚下无声，呼吸极浅，应该是内功深厚的高手。他的样子及表情，不像是武将，反倒更像是冷血杀手。

皇帝和那男子站在门口石阶上，低声交谈，竟皆用内力控制着音量，一字都无泄露。

过了片刻，那男子抬头向居室内看了一眼，目光炽烈灼人，打量中依稀含着几分鄙夷。

路映夕对他微微一笑，那男子这才拱手行礼，而后大步离去。

皇帝折身返回，走至她身旁，调侃道："皇后看得目不转睛，莫非他比朕更英俊迷人？"

路映夕笑而不语，心中估摸着那男子的身份。方才他那眼神，有些奇怪。

皇帝大方地替她解惑，淡笑着道："他是朕少年时结识的一个江湖朋友，名叫范统。"

"饭……"路映夕猛咳一声，止不住想笑，掩唇再道，"姓范？范统？"

皇帝见怪不怪，解释道："统领之'统'。"

路映夕忙点头，强忍住想大笑的感觉。他的父母居然给他起了这样一个名字……

“想笑就笑，憋着做什么？”皇帝瞥她一眼，不以为然道。

路映夕抿起唇，就是不愿意笑。以貌取人，失之子羽；以名取人，就更要不得了。

“皇后，你可知小范查到了什么消息？”皇帝突然沉了面色，语气肃冷。

路映夕早已习惯他的喜怒无常，平淡回道：“臣妾不知。”

“他查到……”皇帝拖长尾音，幽眸眯细，冷声道，“灵机的秘密。”

路映夕一愣，刹那间遍体生寒，如坠冰窖。

皇帝的脸色深沉莫测，眼光森然如刀，逼视着她，说道：“朕孤陋寡闻，本以为灵机只是抑制痛楚的奇特良方。”

路映夕轻咬下唇，脑中一时间闪过无数念头。他到底知道了多少？她是否该先坦诚，以表清白？但是，若被他知晓内情，师父就更加危险了。

皇帝眯起眸子，神情十分冰冷，再道：“南宫渊果然不负神医之名，皇后没有拜错师。”

路映夕微扬着下巴，径直回视他。他只是在试探吧？他至多只查到灵机的药引，假若他连其中细节都清楚，此时他必已勃然大怒。

如此寻思着，她心中略定，柔声开口道：“师父医术精湛，可惜臣妾这是天生的心疾，连师父也无能为力。灵机，只能减少臣妾病发的频率，无法根治此症。”

皇帝勾了勾唇角，不掩浓浓讥诮，却不出声，只是冷冷地睥睨着她。

路映夕的眼神黯淡下来，真诚低语道：“皇上，师父用他的血为臣妾种下灵机，臣妾一生都感激师父的恩德。”

“还有呢？”皇帝的神色阴晴不定，似怒似愤，极为复杂。

“还有什么？”路映夕迷惑地睁大眼睛，容颜俏丽无辜。她方才说的是事实，没有欺君。只不过，并非事实之全部。

皇帝眼底寒光大盛，面色异常凌厉，骤然一掌拍在结实的梁柱上，砰然大响。

路映夕一惊，迟疑唤道：“皇上？”

皇帝紧抿薄唇，突地一把抓住她的手腕，力道强悍，握得发紧。

路映夕忍痛，暗蹙眉头，软声问：“皇上，出了何事？”

皇帝依旧静默，大掌猛一使力，嗞的声响，毫无预警地撕裂她的衣袖。

路映夕怔忪，下意识地飞速捂住光裸玉臂。

“放开手。”皇帝厉喝一声，眸中尽是骇人的森冷，视线紧紧锁着她的手臂。

事已至此，路映夕心知躲不过，也不再有隐藏的必要，索性把心一横，伸出手臂袒露到他面前。纤细的皓臂，肌肤白皙粉嫩，在宫灯下泛着晶莹光泽，完美无瑕得令人感叹。

皇帝目光如芒刺般掠过她的臂膀，俊容一片铁青，双手仿佛克制着什么而狠狠握紧。

“皇上，可看够了？”路映夕轻淡出声，话语里甚至带着一丝轻讽。他若相信眼见为实，那么她也不会多作解释。

皇帝英挺的眉宇间布满阴霾，咬牙从齿缝间迸出一句：“你信不信，朕现在就可以将你和南宫渊五马分尸？”

“凭什么？”路映夕无视他的厉色，顾自微笑，从容镇定。

皇帝未答，大手蓦然扬起，眼见就要掌掴她的脸颊，却硬生生地凌空顿住。

“路映夕。”他缓慢地收回手，嗓音阴寒，显然正压抑着翻涌的怒火，“虽然你邬国与我皇朝结盟，但并不表示朕不敢杀你！”

路映夕看他一眼，自嘲地笑起来，反唇回道：“皇上，你从不曾喜欢过映夕，不是吗？既然如此，又何必在乎呢？”

皇帝的胸口微微起伏，腾腾怒气囤于胸腔内，他暗自深吸一口气，调息稳住情绪。

“莫要得寸进尺。”冷淡地吐出一句警告，他倏然转身，大步流星地离去。

路映夕目送他离开，几不可闻地叹息一声，独自苦笑。她的手臂上，没有守宫砂。皇帝连这种事都能够忍耐，足以证明他为了鸿鹄大志，可以忍常人所不能。此次触怒了他，相信短时间内他不会碰她了。这样也好，她终究是不愿意把自己送给一个不爱的男人。

伫立原地良久，无心就寝，她步出凤栖宫，漫无目的地散步。

不知不觉间，走到了御花园的那一处花圃前。此处已被填平，再也没有朵朵羊乳花，只剩灰泥墟土。她忽然想起，她是在这里初见栖蝶，那般的巧，就像有人刻意安排。她已让晴沁查过，栖蝶与兰姑并无特殊关系，似乎只是单纯的孤苦小宫女，可是她有一种直觉，这个栖蝶，绝不简单。

上天仿佛有心验证她的想法，远远的小石径上，有人正朝她这个方向走来。那人像是心有不安，不断扭头回望，怕被人跟踪。

路映夕无声扬唇，悄然闪身，迅捷地躲到一棵粗壮古树后。再凝神细看，她心头顿惊，难道栖蝶是皇帝的人？

她愈加谨慎地屏息，丝毫不敢放松，也不敢探头窥视。此时虽然夜色漆黑，但以皇帝的武功修为，她若稍有异动，必会被察觉。

竖起耳朵倾听，她听见女子的脚步声渐近，大约已走到花圃前。那女子似在拨土，不知在寻何物。

“何人如此鬼祟？！”冷厉的喝声骤响，路映夕心中一颤，莫非被发现了？

不过下一刻就听到栖蝶惊慌失措的声音：“皇、皇上？！”

“三更半夜，你在此做什么？”皇帝冷然斥道，“拜祭兰姑？你不知宫中规矩？”

“奴婢……”栖蝶扑通一声跪下，细软的嗓音微微发抖，语带啜泣，“奴婢知道不应

该，但兰姑姑生前对奴婢很好，奴婢只是想偷偷给她烧些纸钱……”

皇帝沉默了片刻，转而问道：“朕问你，皇后待你如何？”

路映夕听他提及自己，不由惊讶，更加小心屏气，侧耳聆听。

“回皇上，皇后端庄亲和，待奴婢是极好的。”栖蝶恭敬回答，听不出真假。

皇帝低低地笑起来，似觉得这个答案十分可笑。

又听栖蝶侬软再道：“皇上，奴婢真心羡慕皇后，如若奴婢有皇后万分之一的福分，奴婢折寿十年都甘愿。”

这句话说得含蓄，可也已然委婉地表露了绵绵情意。路映夕的菱唇悄悄扬起，笑得有几分幸灾乐祸。她就看看皇帝如何享受这艳福。

那厢栖蝶正怯怯地小声说着：“奴婢是否说错话了？”语调天真，惹人爱怜。

“起身吧。”皇帝仿佛觉得无奈，长叹口气，道，“朕今夜烦闷，你就陪朕去水榭饮几杯。可会弹琴？”

“会，奴婢会弹琴！”栖蝶难掩欢喜之情，连声应道。

路映夕扯了扯嘴角，在心中腹诽，看来纵使英明睿智如他，亦不过是个好色之徒，美色当前便来者不拒。

听着他们两人离去，静待半晌之后，确定他们没有折返的迹象，路映夕才从树后走出来。

她扫视了一眼花圃，地上确有香烛冥纸。她蹲下身，翻了翻香烛旁的泥土，明眸中闪过一丝诧异。免死金牌？栖蝶竟然拥有御赐的免死金牌？

栖蝶究竟是否皇帝安插在她身边的棋子？如果是，栖蝶又怎会在那盅参汤里加浣花草，她应知她与皇帝并无行房，无须下药防她怀上皇嗣。如果不是，她从何处得到免死金牌？她的身份，到底为何？

路映夕一边思索一边把泥土拨成原样，站起离开，并未拿走那块免死金牌。她心底还有另一个猜测，却不敢深思下去。倘若皇帝与栖蝶早有交涉，那么方才的一幕，岂不是故意做戏给她看？若真是如此，这个男人城府之深，以及栖蝶的演技之高，无不令人心惊。

夜深，凉寒。天上残月如钩，光泽昏暗，一团乌云飘近，就慢慢吞噬了那弯月。

日子看似平静如水，几日后，皇贵妃的身子好转，已无大碍，只需静心调养。然而奇怪的是，皇帝并不去抚慰痛失孩儿的贺如霜，反却频频驾临凤栖宫，且夜夜留宿。

路映夕坐在镜台前，漫不经心地梳着长发。皇帝依然没有碰过她，共枕而眠，同床异梦。外人不知内情，都以为她这个有名无实的皇后终于争得君宠。显而易见，这就是皇帝的目的。他要为她带来无尽的麻烦，让她陷于后宫争斗之中，无暇理会旁事。

“娘娘，韩淑妃求见。”寝门外，宫女小南恭声禀告。

"传。"路映夕放下桃木梳，走至外间，明亮清眸中漾起点点笑意。终于来了。

韩淑妃仍是一袭水蓝色宫裙，淡雅美丽，而眉眼间有一抹天生的倔强傲气。她屈膝一礼，平淡道："皇后娘娘凤安。清韵今日前来，是为感谢皇后还清韵一个清白。小小心意，还望皇后笑纳。"她摊开手心，递上前去。

路映夕微笑着接过，温言回道："妹妹多礼了。"

韩淑妃凝目直视她，缓声道："这枚指环，是韩家庄的信物。皇后娘娘身份尊贵，应是无须用到此物，清韵身无长物，只好借它聊表谢意。"

路映夕微诧："如此贵重？"这枚纯银指环，看起来毫不起眼，竟是韩家庄的信物？

"虽说是信物，只不过具有江湖救急之用罢了。皇后娘娘深居宫中，必是安康无忧，这枚指环皇后娘娘就当俗物把玩便是。"韩淑妃抿唇淡笑，神情倒是坦荡。

路映夕不禁对她刮目相看。韩家并非官宦世家，但在江湖上颇有地位。坊间有这样一个传言，韩家庄若放话要追杀一个人，那人必活不到隔日天亮。现在韩淑妃愿意给她信物指环，不就等于她能要求韩家庄做一件事？她虽帮了韩淑妃，其实只是顺水推舟的人情而已，没想到这个女子磊落大方，知恩图报。

"皇后娘娘，如果没有其他事，清韵就先告退了。"韩淑妃躬了躬身，没有多余赘言，沉静地离去了。

路映夕凝望她亭亭的背影，心中感慨良多。如此红颜，犹如一株傲梅，可却偏偏长于皇宫深苑，可惜，委实可惜了。皇帝宠幸贺贵妃，应该是为了笼络贺氏一族，但以皇帝的城府韬略，绝不可能看着外戚坐大，所以，贺氏迟早要被打压。至于韩淑妃，皇帝是真的欣赏她，还是看中她娘家的势力呢？

默思须臾，路映夕踏出寝居，打算去太医署探望南宫渊。

刚走到凤栖宫的外殿，就见一排佩剑侍卫守于殿门之前，气势汹汹。

"发生了什么事？"她皱了皱眉，开口询问。

"禀皇后，宫中疑有刺客潜入，卑职等奉皇上之命，守卫凤栖宫。请皇后回内殿，以策万全。"侍卫统领跨前一步，揖礼回话。

路映夕的眉心蹙紧，眸中掠过寒光。慕容宸睿这是要禁她的足？还是他要开始对付师父了？抑或，他根本已经有所动作了。她太高估他的容忍度，即使他并不爱她，也未必代表他能容忍她的"失贞"。他不惩治她，可是极有可能会拿师父开刀。

素手狠力一握，她旋身返回内殿。不能再心慈手软，今日她就要他也尝尝受制于人的滋味。

第六章
争锋相斗

风和日丽，天色明朗，阳光洒落金黄色的暖光。一个身姿修长的女子坐在后苑树荫下的秋千上，随风摇荡，白裙轻轻飞扬，长发乌黑如瀑，远远看去，宛若一幅清逸绝伦的仙谪画像。

范统正大步走来，眼中掠过一丝惊艳之色，不自禁地放轻脚步。

“范侠士，有事？”路映夕并未睁眼，却已知来者何人，轻柔出声。

范统脸色一僵，懊恼自己刚才那一分怜香惜玉之心。这个女子，分明是一个水性杨花不知廉耻的人，他生平最憎恶的就是这种女人。

等了半晌，身后仍是静默无言，路映夕跳下秋千架，扬眉望他，道：“后宫禁地，若无皇上特允，男子不得擅入。不知范侠士是否奉了圣意前来？”

范统下意识地垂眼，不愿直视她明艳的面容，沉着声回道：“皇上有命，要范某在此保护皇后安全。”

“那么有劳范侠士了。”路映夕语气温和，不再多言，径自走回寝居。

范统不吭声，紧跟其后，直到寝门外才停住步伐，静立守候。他并不认为这个美丽女子有何天大的能耐，但皇上对她颇为忌惮，因此他也不会掉以轻心。

路映夕随手关上门扉，敛去唇畔的浅笑，明眸中一片清寒。皇帝派范统跟着她，摆明了就是监视她，此举足以说明，皇帝确实要对师父下手了。而她，也该做点什么了。

缓步走至凤帐内，她悄然摸索着床板，只听极细微的声响，宽敞凤床的内侧显露一个空洞。她轻手轻脚地爬入，床底有一道斜形阶梯，蜿蜒而下便是一间小小石室。

“公主殿下。”黑暗的石室里，七名戴着银色面具的女子单膝跪地。

“这条密道已挖掘至何处？”路映夕轻声询问，在黑暗中她的眼眸依然晶莹闪亮。

“已到皇宫外的西郊岩洞。”一名女子回答，嗓音肃穆清冷。

“嗯。”路映夕满意地颔首。花费半年时间，总算小有所成。

“殿下是否有任务要吩咐属下？”那领头女子冷静问道。

“是，本殿要你去做一件事，只许成功，不许失败。”路映夕的声音不高，却不怒而威，仿若是君临天下的王者。

“曦卫一号领命。”那女子未问是何任务，即刻叩首。身为曦卫，没有名字，只有编号，她们皆是精英，亦是死士。

“慕容宸睿尚未有皇子，只有一位小帝姬，本殿要以帝姬的命来保师父的命。你可明白？”路映夕语速平缓，淡然无波，话落，不待曦卫回话，便踏上阶梯。

素雅寝居里，依旧静谧宁和，看不出丝毫异样。路映夕从凤床上下来，倚着床柱慵懒地扬起菱唇。至多等到天黑，慕容宸睿就会来找她算账了。她很乐意看一看他气急败坏的样子。不过在此之前，她还是要先去探望师父，这样才能彻底放心。

刚出门，就见面无表情的范统冷看她一眼。

“范侠士似乎很讨厌我？”路映夕面露微笑，也不自称本宫，只是挑眉望着他，带着一点似有若无的挑衅。

范统轻嗤一声，并不答话，眼神疏离而冷漠。

“单凭某人的一面之词，就对一个人下定论，是否太过草率？”路映夕不介意他的反应，自顾自地道，“有时候，真相并不是我们听到的那样，也未必是我们看到的那样。只有用心去分辨，才能穿透本质。”

范统低哼：“巧言令色，鲜矣仁！”

路映夕不由笑起来，伸手拍了拍他的肩膀，道：“很好，果然很固执很忠心。”

范统闪身一避，似嫌她手脏一般，不悦道：“皇后请自重。”

路映夕笑得越发灿烂：“你不是早已认定我是放浪之人？我只是顺手成全你的想法。”

范统轮廓冷峻的脸上露出一丝羞恼，炯炯褐眸中迸出隐忍的怒光。这女子果真恬不知耻，青天白日竟调戏他。

路映夕笑望着他，悠然自若，旋了身，往外殿走去。

范统狠瞪她的背影，猛一握拳，还是跟了上去。他奉命监视她的行踪，无论她去何处，他都要守牢。

路映夕径直走至凤栖宫外，一排侍卫揖身行礼。

“本宫现在要去太医署，如果你们不放心，就全都跟着来。”路映夕淡淡地抛出一句话，便举步而行。

一众侍卫面面相觑，然后齐齐向范统看去。

“我跟着就行了。”范统硬声道，脸色犹有几分僵硬。

路映夕没有回头，听着他的语气，暗自好笑。这人看起来冷酷无情，实则耿直得很。

偌大皇宫，乘辇半个时辰才到太医署。她问了当值内监，却得知南宫渊并不在太医署里。

背脊忽然阵阵发凉，心底涌起一股不祥的预感，她蓦地转身，盯住紧随其后的范统，冷冷开口道：“说，我师父在哪？”

“我又怎会知道？”范统神情亦是严肃，无惊无惧地对上她的眼。他确实不知，皇上只交代他看紧她。

路映夕狠狠咬牙，心中那不安的感觉愈来愈强烈，她再也顾不了其他，脚下一点，纵身飞掠殿阁之上，展开轻功疾行前往宸宫。

身后，范统的凌厉掌风随即袭来。

她踮于殿瓦上，回身接住这一掌，空中顿时响起清脆击撞声。两人的身躯同时一震，彼此眼中都闪过一缕钦佩之色。

“不要拦我，我要去宸宫找皇上。”路映夕凝眸直视他，沉声道。

“飞着去？”范统剑眉一扬，不客气地道，“皇后这是想吓坏宫人？”

路映夕暗握拳头，忍下焦急之情，回道：“好，只要你不拦我，我走过去。”

范统不语地点了点头。他负责看守她，不是要为难她。方才那一掌，只不过是试试她的武功是否有皇上说的那般厉害。

路映夕无心揣测他的心思，率先跃下殿顶，疾步快行。她无法肯定，范统是否在故意拖延她的时间。而皇帝，到底想对师父做什么？

金色日光下，恢弘殿宇的黄琉璃瓦泛着粼粼的光泽。宸宫正殿之内，梁枋绘刻龙凤和玺彩画，殿顶雕琢盘龙衔珠藻井，栩栩如生，气势雄伟。

路映夕微微仰头，轻眯起眼眸，仿似不胜炽热阳光的照拂。这里，就是皇帝的寝宫，她潜意识里想要远离的地方。

抿了抿唇，她将双手拢于宽袖内，紧攥成拳，面色平静地踏上汉白玉石阶。

殿门外无人守卫，寂静得反常。她站立于空荡的大殿内，转头回看，范统已无踪影。

“皇上。”她扬声一唤，眸光犀利如电，直射向御座后的镂雕彩漆屏风。

醇厚的低笑声响起，一道颀长身影绕出屏风，英挺的眉目带着俊朗笑意，却掩不去眼瞳中的锋锐光芒。

“皇上在与臣妾玩捉迷藏？”路映夕弯了弯菱唇，笑吟吟地遥望他。

“皇后今日好兴致，竟来宸宫找朕。”皇帝从半丈高的御台缓步走下，神态闲适。

“臣妾并非来找皇上。”路映夕淡淡笑着，再道，“臣妾是来找师父。”

皇帝挑眉，懒洋洋道：“朕倒不知道，原来朕这宸宫是南宫渊的地方。”

路映夕笑容不变，温声道：“皇上，据臣妾所知，师父已治愈贺贵妃的恶疾。皇上是否应该论功行赏？”

“确实应该。”皇帝抬手摩挲着坚毅下巴，思考着沉吟道，“不如赏赐黄金万两？”

“可是臣妾却寻不到师父他人，或者由臣妾先代领了这赏赐？”路映夕似觉为难地蹙起黛眉，恼道，“臣妾原本以为，皇上召见了师父。现下真不知师父去了哪儿，如此玩忽职守，师父也太叫人生气了。”

皇帝朗声笑起来，语带调侃：“皇后幼时定是十分喜爱观戏。”

路映夕只笑不语，神色落落大方。若论演戏，她又怎及他？

皇帝顾自笑了会儿，才又开口道：“朕的确宣见了南宫渊，皇后没有猜错。”

路映夕盯视他，没有接话，心头暗凛。

“朕非常欣赏南宫渊的精湛医术，想要封他为一品军医，随军出征。”皇帝直勾勾地看着她，眼神沉笃自信，好像就是等着她急切抗议。

路映夕脸色微变，心中百转。如今皇朝正与龙朝交战，沙场凶险，倘若师父的内功尚在，那也无妨。但眼下情形，显然是皇帝要故意调离师父，让她鞭长莫及。而将来师父若是“不幸”死于战祸，皇帝也可推得一干二净。这一招，不可谓不毒，确实精妙。

“皇后既无异议，那就这么定了。”皇帝扬唇而笑，丰神俊朗，不显一丝戾气。

“皇上，师父人呢？”路映夕不理会他的话，只做疑惑状地询问。

“朕请司徒将军带他去军营看看。”皇帝悠然回道。

路映夕的眼光不易察觉地一冷。看来皇帝筹谋已久，存心等到镇国大将军司徒拓班师回朝时，才动手对付师父。司徒拓手握北关兵权，治军严谨，旗下皆是精兵，要从他的军营中劫回师父，实属难事。

“皇上。”她忽然抬眼凝视着皇帝，不疾不徐地道，“师父一向以治病救人为己任，想必会欣喜皇上的此次派任。那么臣妾就不在此打扰皇上了，臣妾告退。”

她恭敬屈膝，然后转身离去。

无须回头她也能感觉到，身后那一道蕴藏深沉探究的目光紧追着她，如芒刺在背。她不在乎地扬唇，就算慕容宸睿这般善于谋略，可他终究是一个人，有血有肉的人。他的心，不可能是铁石铸成。既然他捉着她的痛处不放，那她就以其人之道还诸彼身。

夕阳西下，夜幕渐渐降临。

路映夕亲手煮茶，慢悠悠地端起小巧的紫砂茶杯，轻啜一口。差不多时候了，这次该换皇帝焦急震怒了。

不过须臾，寝门外响起小南诚惶诚恐的声音：“皇上——”

嘭——

一声巨响，朱漆门扉撞上内壁，顿时摇摇欲坠，几近裂毁。

路映夕抬眼看去，毫不惊诧，对神情不安的小南摆了摆手，示意她退下。

“路映夕。”皇帝大步走来，面色铁青，森冷黑眸中泛起幽蓝厉光。

"皇上圣安。"路映夕站起身，递过一杯茶盏，泰然自若地道，"臣妾正在煮茶，皇上可要尝尝这普洱？"

皇帝衣袖一挥，猛然甩开她的手，厉声道："你今日果然兴致甚佳。"

路映夕稳稳地握住手中茶杯，放回茶几，才出声问道："皇上为何怒气冲冲？可是朝中出了事？"

皇帝眼中火光大炽，倏然逼近她一步，大掌蓦地梏住她的脖颈。

路映夕也不挣扎，只是睁着清澈的眼眸望他，唇畔甚至带着一分浅笑。

皇帝眸底阴霾愈浓，手劲突地加重，勒紧她纤细的脖子，薄唇中蹦出一句狠话："路映夕，你是否想试试生不如死的滋味？"

路映夕的脸颊慢慢涨红，仍勉强吐出清晰的回话："臣妾相信皇上有无数种折磨人的方法。"而她，也同样有。

皇帝是何等聪明之人，她话里的威胁，一听即明，脸色不由地越发阴沉。

在他狠力的钳制下，路映夕依然冷静无畏。他独特的瞳眸犹如一潭深邃旋涡，墨黑和蓝紫色交错重叠，瞳孔中仿佛燃着两簇愤怒的烈火。她没有赌错，已逝林德妃所生的小帝姬，确是他的软肋。那五岁的小女孩，失智痴傻，是因她母妃怀她时，被皇帝一掌错伤所致。林德妃难产而死，稚女更是无辜，皇帝必定深感愧疚，宠爱更甚。

"救她！"皇帝猝然松开手，冷冷喝道。

路映夕喉间发痛，咳了几声，低哑回道："救谁？"

"还要在朕面前做戏？"皇帝此时已渐敛情绪，声音沉冷，隐忍凌厉杀气。

"臣妾不明白皇上在说什么。"路映夕哑着嗓子，语声平淡。她又怎能自露马脚，可否保住师父，全在此一举。

皇帝冷笑，直望入她眼底："朕很清楚你想要什么，朕会遂你的愿。如此可足够？"

"臣妾斗胆，可否请皇上说得再明白一点？"她并不闪避他森冽的眼光，轻缓追问。

皇帝眼中掠过一抹压抑的怒光，沉沉道："朕决定让南宫渊留在宫中，一切不变。皇后可满意朕的这个决定？"

路映夕不予回应，淡淡一笑，道："皇上还未说到底出了何事？"

皇帝冷冷盯着她，负手背后，手背上青筋毕露，竭力忍住一拳揍过去的冲动，平稳说道："蕊儿身中奇毒，朕知道皇后的医术了得，想请皇后去看一看蕊儿。"她下的毒，她自然有解药，这该死的蛇蝎女人。

路映夕却轻轻摇头："臣妾学术不精，恐怕没有这个能耐。"

皇帝的拳头又握紧一分，指节发出咔咔异响，眼底已现腾腾杀气。

路映夕不着痕迹地扫过他紧绷的手臂，镇定地又道："皇上不是决定让师父留在宫中了吗？请师父去为小帝姬看诊吧。以师父出神入化的医术，必能妙手回春。”

皇帝眯起眼眸，从牙关里挤出一句冷森森的话：“原来，你打的是这个算盘。”

路映夕不语，神情浅淡，丝毫不显跋扈得意。她很清楚一个道理，欺人不要太甚，尤其是对他这样内心骄傲的男人。她对小帝姬下的毒，不是一两天可解，需要费时近半年，逐点祛除体内毒素，才会痊愈。她要的不是皇帝一句空头承诺，而是实实在在的保障。

“皇后的心思，纵观全后宫的嫔妃，无人能及。朕，小瞧了你。”皇帝一字一顿地道，话语透寒，凛冽如冰。

话毕，他一眼也不愿再看她，转身快步离去。明黄色的锦袍随风扬起一角，竟显得那般冷冽决绝。

路映夕望着那挺拔的背影，低低叹息。他是指，她的心思歹毒，比后宫任何一个女人都更毒辣。可是，是他先宣战的，她只是反击。如果她有错，那也轮不到他来审判。

隔了两日，路映夕前去探望帝姬。

时值黄昏，天色尚未全黑，小女孩却已入眠。甜美的睡脸显得分外乖巧，长长的黑睫如蝶翅垂掩，看不出分毫痴傻的模样。她精致清秀的五官极似慕容宸睿，琼鼻粉唇，肤如凝脂，可以预见长大以后定会出落得沉鱼落雁。

路映夕坐在床榻边沿，注视着这巴掌大的秀丽小脸，心生几许愧疚。虽然她有心挑选了无痛症的毒药，可还是害这无辜小女娃每日嗜睡，平白少了许多玩乐的时间。

“映夕。”温润的嗓音淡淡响起。

她站起身，回头看去，轻声问：“师父，映夕是不是做错了？”

南宫渊低叹，俊逸的双眉间染上一丝浅浅无奈：“映夕，你是否觉得师父如今手无缚鸡之力？”

路映夕微怔，垂下眸子。是她太过在乎，才会这样心急。

“映夕，你要记住，世事皆有因果。”南宫渊凝望着她，终是不忍苛责，只道，“你触犯了别人的底线，只怕前路会更加难行。”

她抬起头来，语气轻浅，却很固执，“师父，他要对你不利，映夕不能坐视不理。”若不是太清楚皇帝的脾性，她会干脆要挟他放师父自由。只是她若这么做，就不仅是触犯到皇帝的底线，而是已然逾越了。

南宫渊清淡一笑，神色清明如水，温言道：“你不应怪他，没有男人能够容忍那样的事，你该向他解释清楚。”

路映夕不禁苦笑，无言以对。师父料事如神，她不奇怪他会知道缘由，但是，她能如何？难道要她对皇帝说，请你相信我，我仍是完璧之身？

“映夕，你有没有想过，你还有另一条路可走？”南宫渊定定地直视她，温雅如玉的黑眸中漾过一点波澜。

“师父？”路映夕狐疑地望着他。

南宫渊移开视线，远望天边余晖，声音格外的柔和：“与他相斗，不如与他相爱。”

路映夕心头陡然一痛，胸口涌上浓浓的苦涩。为什么她没有第三条路可选择？

安静中，一名宫婢端着汤药进入，屈身恭敬道：“皇后娘娘，南宫神医，帝姬到时辰服药了。”

“嗯。”路映夕淡淡颔首，望了南宫渊一眼，他却不肯再多看她，径自接过宫婢手上的瓷碗，走到床榻旁。

她转身，举步离去，隐约之中，听见一声轻叹。她知道，师父所做的一切，都是为她好，包括他特意从邬国前来皇朝。她从不怀疑他爱护她的心，可是，越明白，越心酸。

回到自己的宫中，已是华灯初上。

她莫名觉得非常疲累，倚靠在长榻上，完全没有用膳的胃口。

栖蝶侍立一旁，温顺地柔声询问：“娘娘，可要让膳房重新送热食过来？”

路映夕摆了摆手，睁眼看她，忽然问道：“栖蝶，你可有什么愿望？”

栖蝶愣了片刻，低垂螓首，细声道：“奴婢出生卑微，不敢奢望太多，若侥幸获得一分快乐，奴婢就已心满意足。”

“何事会让你快乐？”路映夕坐直身子，温言再问。

栖蝶微抬起眼，怯生生道：“奴婢愚钝，说不好。”

路映夕露出浅笑，斜瞟她一眼。

栖蝶对上她晶光湛湛的眸子，有些不自在，低低又道：“奴婢觉得，能守在心爱之人身边，便是无上的快乐。如若不能，远远看着，也是一种小小的快乐。”

路映夕很是赞同地点头：“说得很好。”人若不贪心，就容易快乐。可能够做到如此豁达的，又有几人？

“多谢娘娘夸奖。”栖蝶有些惶恐，许是怕她话里有话。

路映夕笑看着她，只道：“你先退下吧，本宫想小憩一会儿。”

“是，娘娘。”

栖蝶依言退了出去，寝居里变得寂静无声。

路映夕合目躺靠着软榻，一阵阵困意袭来，慢慢陷入浅眠。迷蒙间，意识恍惚，她分不清是现实或梦境，模模糊糊地听见几句对话。

“皇上，娘娘正在小憩。”那甜软的嗓子，像是栖蝶。

“朕是来看你。”皇帝的低沉声中带着一点笑意。

“皇上？”栖蝶既惊又喜，语气含羞。

皇帝朗声笑起来，惬意而放肆：“朕觉得你比皇后可爱得多。”

路映夕这时才真正醒过来，懒懒地扯动嘴角。皇帝存心要她看他风流？他总不会认为她会吃醋吧？

她轻咳两声，才端起榻边的清水喝了一口。

寝门应声而开，皇帝大步踏入，他身后那张羞怯丽颜一闪，慌忙避开路映夕的视线。

“皇后醒了？”皇帝撩起龙袍衣摆，坐在榻畔，口吻亲昵，戏谑道，“美人初醒，如春日海棠，风情万种，真叫朕看痴了眼。”

路映夕充耳不闻，顺了顺略微凌乱的长发，开口道：“皇上用过晚膳了吗？”

皇帝随意地颔首，身躯一倾，欺身压向她，口中低柔道：“如此绝色，朕若不尝一尝，岂不是暴殄天物？”语意中，竟明显含着邪狎之意。

路映夕心底恼怒。他今日是故意来侮辱她的？是因帝姬之故，抑或因为贺氏？贺家小公子早已被囚，但府中又死了一个民女，是早前被虐，重伤不治。她趁势让曦卫在市井间渲染此事，顺便“放”了一些官银在贺老将军的书房里。她要借百姓舆论给皇帝施压，削贺家的权势，照理说皇帝也早就想这么做了，她算是帮他一把。至于西关兵权将会落在哪一位新将之手，皇帝不可能猜到她所安排的那人才对。

脑中思绪转动，仅是瞬间，皇帝颀长的身躯已贴合而上，俊脸越靠越近，几乎快碰触到她的唇。

“皇后可是用玫瑰花瓣沐浴？香味这般怡人。”皇帝低语着，温热的气息吹拂在她的颊边，如调情如魅惑。

“臣妾不用任何花瓣沐浴。”路映夕伸手推着他的胸膛，冷淡回道。

“那就是自然体香了？朕更喜欢。”皇帝勾唇而笑，不掩邪肆。

路映夕强忍恼恨羞愤之感，以一般力道推他，但他不动如山，还一手揽上她的纤腰，牢牢盈握。

“皇上！”她低喝一声，明眸中已腾起火光。

“何事？”皇帝悠闲回道，俯低下头，挑衅般地在她唇上轻啄一下。

路映夕怒睁眼眸，本能地一掌掴去。

待那清脆刺耳的啪声响起，她才愣住。她今日怎会这样沉不住气？

皇帝的右脸上逐渐浮现出清晰的五指印。他缓缓眯起幽眸，不怒反笑，薄唇一点一点地勾起冷峭弧度。

满室死寂，一时间气氛森寒如冰。

第七章
神秘刺客

因为太寂静，路映夕只听到自己胸腔里怦怦的心跳声。她抬目看他，嘴唇动了一下，一句抱歉哽在喉咙里。

皇帝面无表情，眼神如冻结的寒潭，深埋阴鸷戾气。有那么一瞬，她以为他会一掌甩过来，不过最终他只是淡淡地启口道："皇后今日见过南宫渊，因此心情很差？"

路映夕心尖微颤，无法应对。他的敏锐令人胆寒，她确实一直在想着师父的那句话——与他相斗，不如与他相爱。可是，感情如何能够控制？纵使她再不济，也不愿意拿爱情来做戏。

"照你邬国律法，掌掴皇帝该当何罪？"皇帝的语速极为缓慢，波澜不惊，却隐含着不明的危险。

"死罪。"路映夕低低地吐出两个字，诚实无欺瞞。

"照此说来，你认同朕可治你的罪？"皇帝似嘲似讽地问。

"臣妾一时冲动，还望皇上恕罪。"她轻浅地接言，避重就轻。

皇帝抬起手来，抚过她粉嫩的脸颊，低沉道："路映夕，你真是有恃无恐。"

她没有闪避，任由他温热的手掌在她颊上摩挲。她能清晰感觉到，他的掌心有厚茧，带着些许粗糙的刺痛感。这不是养尊处优的贵公子的手，而是勤练骑射和武艺之人的手。

"映夕。"他忽然唤她的名字，以一种奇异的温和口吻。

"皇上？"她心中忐忑不定，抬眸凝睇他。他的反应太过怪异，竟没有雷霆大怒。试问谁会在被赏耳光之后这般温柔？

"如果我承诺你，保你邬国子民安康，你可会相信？"他第一次没有自称"朕"，深邃眸光格外的悠远绵长，其中又似氤氲着几分凝重疲倦。

路映夕定定地望着他，没有出声。他这句承诺背后，是巨大的野心。他要邬国俯首称臣，归顺于皇朝，成为皇朝的附属国。如果她答应，也许她将得到荣华富贵和安乐日子。可是，她怎能拿父皇以及全邬国百姓的尊严，来换取一己私利？

见她长久地缄默，皇帝神色一敛，恢复如常的傲然优雅，慢条斯理道："自古以来的定律，天下合久必分，分久必合。既然战祸难免，那么聪明人应该未雨绸缪，思量如何减少损失。"

路映夕抿唇，心中无声回道：你太狂妄，这天下未必是你的。

“一郡之王，与一国之帝，对你父皇来说，本质上其实差别不大。”皇帝不紧不慢地再道，“你做这么多的事，朕看着都替你辛苦。身为女子且贵为公主，你本应无忧无虑，坐享荣宠。那些劳心劳力的事，何不就让男人来担待？”

路映夕终于忍不住，开口道：“皇上，您和父皇一样，皆是帝王，倘若父皇提出同样的要求，您可会甘愿双手奉上一壁江山？”

皇帝的眸子渐渐眯起，冷了嗓音：“你可知何谓实力悬殊？”如果不是因为龙朝正虎视眈眈，他又岂会放任邬国、放任她放肆？

路映夕微微一笑。她同样也很了解当今的局势，慕容宸睿想要不劳而获，未免有些天真。

“朕并非想不劳而获。”皇帝睨她一眼，看穿她的想法，冷冷道，“你已是我慕容宸睿的皇后，夫妻一场，朕不想有朝一日必须亲手杀你。”

路映夕只是浅浅笑着，并不出声。软硬兼施，对她没有用。她和他都很清楚，只有互相制衡，才可保持暂时的相安无事。如若有一人举手投降，那人绝不会有好下场。

皇帝亦不再赘言，面色沉寂。他并不认为单凭这一番话就能说服她，他只是突然有点倦，他不习惯和女人争锋相斗。

两人安静良久，路映夕的目光停留在他右脸的指印上，轻轻道：“皇上，臣妾不应打人，甘受责罚。”

皇帝勾了勾薄唇，闲散道：“确实该罚。”

路映夕温婉含笑，明眸中漾起一丝狡黠光亮，道：“臣妾让皇上打回来，决不还手，绝无怨言。”

“当真以为朕下不了手？”皇帝唇边的笑意加深，颇显诡异，修长手指挑起她尖巧的下巴，“皇后可知，男人惩罚女人，往往不是用手打？”

路映夕脸上飞红，咬牙暗恼。这人又开始用这招了！可恨！

皇帝直盯着她，好整以暇地欣赏她羞恼交加的表情。

路映夕别过脸，避开他的手指，若无其事地浅笑道：“皇上仁厚，臣妾多谢皇上不会以牙还牙。臣妾尚未用晚膳，现下觉得有点饿了。”说着，她自顾自从榻上站起，往外走去。

皇帝斜睨着她，也不阻止，漫不经心地道：“皇后慢慢用膳。长夜漫漫，朕并不心急。”

路映夕脚步一滞，顿了顿，才又重新举步。

皇帝望着她纤细玲珑的背影，低声笑起来，醇厚笑声甚是悦耳。

但待她身影消失，他便即刻收了声，幽深眼眸中一片寒寂。于他而言，是否要了她，是个难题。如若出于男人的自尊心和征服欲，他早该占有她，而不是由着她一直为南宫渊

"守身"。可他不屑为之，他不想侮辱了自己。

宽袖一拂，他沉着脸离去。

路映夕在膳居磨蹭许久，当返回寝室时，发现已是空荡无人。逸出一声叹息，她无意识地捂上自己的唇。他亲了她。那一种男子独有的气息，似还萦绕在鼻端，让人心悸不安。

怔忡间，寝门外响起宫女小南的禀告声："娘娘，皇贵妃求见。"

"宣。"她放下手，旋身应道。

不一会儿，消瘦憔悴的贺如霜垂首前来，一进门便盈盈跪地，神色凄楚。

"皇后娘娘……"贺如霜幽幽一唤，伏地叩首。

路映夕走上前去，将她扶起，温言道："妹妹为何行如此大礼？"

贺如霜顺着她的手起身，身姿十分柔弱，凄凄道："皇后姐姐，如今除了您，再也没有人能帮如霜了。"

"发生了何事？"路映夕蹙眉，关切地问道。

贺如霜抬眸看着她，无语凝噎，眼睫一颤，落下两行清泪。

路映夕已猜到几分缘由，扶她坐到软椅中，柔声道："妹妹，有事直说无妨。"

贺如霜泪眼蒙眬，哽咽道："皇后姐姐，皇上要逐如霜出宫。"

路映夕微微挑起眉梢，暗忖，皇帝未免太薄情，口中只是疑惑地问："本宫亦有所耳闻，贺老将军告老辞官，但此事和妹妹无关，皇上为何有此决定？"贺父迫于民间舆论和皇帝暗中施压，只能自动告老归田。不过贺家大公子仍是官居尚书，不受影响，她原以为皇帝不想一下子将贺家逼得太紧，没想到他竟对贺如霜毫不留情。

"如霜听说……"贺如霜抬袖拭泪，深吸口气，眼神渐厉起来，夹杂着怨恨，"韩淑妃在皇上耳边进言，指责如霜一贯溺爱胞弟，常常私下拿宫中财物接济胞弟，才导致胞弟变得挥霍无度，不知天高地厚。"

"韩淑妃？"路映夕微诧，那个如冬梅般清高的女子，也会这样搬弄是非？韩淑妃和贺如霜之间，是否早有私怨？

"皇上现在最宠爱皇后姐姐和韩淑妃，如霜知道皇后姐姐绝非善妒之人，可那韩淑妃却未必有容人雅量，她既能如此对如霜，难保来日不会对付皇后姐姐。"贺如霜直言不讳，眼角泪痕犹在，眸光却是赤裸裸的怨恨。

路映夕淡淡一笑："那么妹妹希望本宫为你做点什么？"

"皇上要如霜迁至梁城行宫静心休养。"贺如霜缓缓说道，语气已显平静，只有手中被揉皱的绢帕泄露了她的情绪，顿了片刻，她又低低地吐出一句话，"这与打入冷宫又有何区别？"

听至此，路映夕已完全明白。皇帝并非寡情，反而是念旧情。他把贺如霜送走，就算将来贺氏一族犯了大事，也不至于牵连贺如霜。可惜贺如霜不明白，或者她是明白的，可终究无法甘心。

贺如霜慢慢松开揉成一团的绢帕，微抬螓首，美眸莹莹含泪，一字一句清晰道："皇后姐姐，求您在皇上面前为如霜说几句好话，如霜必会感恩图报。"

路映夕浅浅绽颜，清眸明朗澄澈，并未接话。贺如霜话里的另一层意思，即愿意效忠她。在这后宫之中，笼络人心与建立个人势力是很重要的事。只不过，她想要的从来不是这些。

寂静了一阵子，她才轻声开口问道："皇上安排你何时起程？"

"半个月之后。"贺如霜面容黯然，思及皇帝的无情决绝，眼中又泛起点点泪光。

"你且先回去，三日内本宫会答复你。"路映夕轻拍她的手背，语带宽慰。

"多谢皇后姐姐。"贺如霜站起躬身一礼，带泪感激一笑，告退离去。

望着她明显清减许多的身影，路映夕心有唏嘘。宫中女子都是可怜人，皇帝只需一句话，就能决定她们一生的命运。正因这样的无奈，她们才越发狠了心，不择手段地去争取那一丝丝君怜。其实她有点好奇，像皇帝那样内敛深沉的人，到底有没有真心爱过人?

走出寝宫，在夜幕星空下，她漫步于茵茵庭院。角落里那一座藤蔓秋千，迎风飘荡，仿佛自带一种逍遥悠然的气息，令人神往。

她走近，刚坐上秋千，一侧头，就见一张俊脸映入眼帘。

那入鬓的眉，冷冽的眼，高挺的鼻，淡薄的唇，自然就是慕容宸睿。

"皇上。"她欲要起身，却被皇帝的一个手势止住。

"朕为皇后摇秋千。"皇帝淡淡勾起薄唇，笑得娴雅温和，柔化了他如刀刻的分明棱角。

路映夕回以笑容，坐稳。皇帝走到她身后，推着秋千，一边戏谑道："如果这秋千荡得够高，是否能荡出宫墙之外？"

路映夕闭起眼睛，感受凉凉吹过的清风，笑着答："心若自由，在哪里都是一样。"

"皇后的心，可自由？"皇帝语气随意，闲谈一般。

路映夕一个跃身，从秋千上跳下来，动作轻盈灵巧，旋过身笑望他："那皇上的心呢？"

皇帝深眸蓦地一暗，眼中极快速地掠过一抹复杂情绪。

路映夕静静地凝望他，心里隐隐有些惶然。他去而复返，必是事出有因。她虽是有意探问，可他若真的吐露内心尘封的往事，她又能否承受得起?

"朕的心？"皇帝忽然放声大笑，姿态狂傲，英挺眉宇间尽显霸气，"皇宫虽大，宫墙虽高，但又岂能困得住朕的心？"

路映夕望着他，深感无语，却也暗自松了口气。显然他不打算袒露心扉，如此甚好，她最怕听人心事，尤其像他这样喜怒难测的人。

“皇后似乎不以为然？”皇帝挑起长眉，觑她一眼。

“皇上乃是人上人，胸怀鸿鹄大志，臣妾一向敬佩。”路映夕应得十分得体。他未曾掩饰过他的野心。权倾天下，对来他说真有那么重要吗？即使会造成尸横遍野，血流成河，他都执意开疆拓土？虽然她明白弱肉强食的道理，也清楚如今这局势已是风云暗涌，烽火必燃，但她心底还是不忍。战火一起，最苦的将是平民百姓，到时他们流离失所，四处流亡，他于心何忍？

皇帝慢慢止了笑声，眸子微眯，意味悠长地道：“朕身为皇朝的帝王，有责任保护皇朝的子民不受外敌侵犯。”

路映夕露出梨窝，目光清灵，简略接言：“是。”她的出发点，亦是相同。所以，她不能有妇人之仁。

皇帝未再出声，定定地对上她的眼，似在估量她，又似蕴含一丝赞许。

路映夕迎上他深长的眼光，神色不变，淡然从容。不知为何，她竟有一种奇特的感觉。仿佛在这一刻，他与她在无声中达成了一个共识，各凭己力，胜者为王。他终于不再轻视她为女儿身了吗？终于把她当成一个对手来看待了吗？

静了须臾，皇帝才又启口，语气平和，锋芒暗藏：“贺氏的事，朕倒应该多谢皇后助朕一臂之力。”

“臣妾愚昧，不明皇上所指何事。”路映夕笑着回道，神情无辜。

皇帝也无意把话挑明，只缓缓道：“一个计谋，若让人轻易识穿，便不是上佳的谋略。”

路映夕很是认同地点头：“皇上所言甚是。”

皇帝勾唇，笑睇着她。他就等着看，她还有哪些计划和策略。莫叫他失望才好。

路映夕仰起头，望向繁星闪烁的夜空，轻声道：“夜深了。”

“皇后是在对朕下逐客令？”皇帝笑问。

路映夕抽回远眺的视线，低低问道：“皇上今夜可要留宿凤栖宫？”

皇帝颔首，敛了笑意，瞳眸中闪过复杂难辨的晦暗之色。

路映夕心细如发，之前就已察觉他心情有异，带着试探的口吻唤他：“皇上？”

皇帝俊容微凛，抿了抿薄唇，半晌，才沉声道：“有件事，应该告知皇后。半个时辰前，南宫渊在他寝房里遇袭，受了剑伤。”

路映夕陡然一震，双手猛地握紧。师父遇袭？受伤？皇帝却故意拖延到现在才告诉她？

心中惊怒交加，可她不能质问，只能强作平静：“可有捉到刺客？师父的伤严重吗？”

“太医已替南宫渊诊过，只是皮外伤，未伤及心肺。”皇帝扫视着她，再道，“刺客是一名女子，与南宫渊可能是旧识。”

路映夕皱眉。师父从不亲近女色，那女刺客是何人？

皇帝不疾不徐再补一句：“南宫渊放走了那刺客。”

路映夕暗握的拳头松了又紧，心里思绪翻腾。不难猜想，皇帝派了人监视师父，否则不会知晓得这般清楚。师父放走了那女刺客，背后必有深意。可是，为什么连皇帝的人都不追缉刺客？

皇帝眸色幽暗，如夜漆冷，突然问道：“南宫渊的身份，到底为何？”

路映夕疑看他，如实答道：“师父是孤儿，自幼被玄门收养。十五岁受邀入宫，授臣妾医术。那时玄门已遭仇家剿灭，只有师父幸存。”

“玄门。”皇帝沉吟，嗓音中隐含几分凌厉。南宫渊以超凡医术闻名天下，玄门一早被灭也是世人皆知，但他总觉得其中另有诡谲蹊跷。

“皇上，那女刺客……”路映夕斟酌着用词，“是江湖人士？杀手？”说不定是师父的同门弟子，或仇家余孽。一直以来她都心存疑团，玄门被灭着实奇异，玄门师祖能教出师父那般非凡的人物，门下其他弟子又怎会是无能之辈？

“那女刺客已被小范就地正法。”皇帝淡淡回道。

“死了？”路映夕诧异，“也许幕后另有主谋，范侠士为何不留活口？”

“据小范说，那刺客武功极高，他都险些丧命，又如何能生擒？”皇帝皱了皱浓眉，显露一丝不悦，“皇后莫不是在指责朕的人办事不力？”

“臣妾并无此意。”路映夕轻缓摇头，心中却一点也不相信皇帝的说辞。皇帝分明是刻意杀人灭口，又或者，是存心要保护那刺客。这个女杀手的身份，越发显得神秘。

“皇后可要去探望南宫渊？”皇帝语气稍缓，温言问道。

“夜已深，臣妾明日再去。”路映夕婉拒，不愿在此时犯了忌讳。

皇帝冷不丁牵住她的手，往苑门走去，口中温柔道：“皇后心有牵挂，必是难以入眠，朕陪你一起去。”

路映夕没有挣脱，也不吭声，默默地与他并肩前行。他的手温很低，凉寒如冰，为什么？

出于一种对危险的直觉，她的眼皮开始跳，心逐渐往下沉。

皇帝侧头看了她一眼，松开她的手，继而目不斜视地径自前行。

“皇上。”她停下脚步，盯着他的背影，忽然清声问道，“那女刺客，可是宫中之人？”

皇帝身躯一僵，极为缓慢地回过头来，眸光阴鸷得骇人。

他一点点眯起眸子，眼底寒光乍现，冷冷吐出一句话：“皇后若有疑问，大可去问你那悲天悯人的师父。”

第八章
借故搜宫

路映夕神色不变，只道："臣妾命人备辇。"说完她快步而去，片刻返回。

两人上了辇车，无人开口，气氛寂静得要凝滞。皇帝面上像微愠又似郁悒，复杂难究。

路映夕合目倚靠着软垫，与他保持半臂距离，兀自冥思。那个女刺客，太叫人好奇。皇帝要保她，师父也要保她。何等身份的人，才有这种分量？

约莫过了一炷香的时间，辇车停了下来，皇帝率先下车，并不理会她，直入太医署。

署内当值的太监毕恭毕敬地领路，行至南宫渊的寝房外，皇帝挥退那太监，才沉声道："皇后有何事不明，自行去问个清楚，朕就不进去了。"

路映夕不与他客套，微笑着点头，敲响房门："师父，映夕前来探望，你的伤可无碍？"

里面沉寂须臾后，一道温润的声音徐徐传出："无甚紧要，只是有些疲倦，已歇下了。"

"师父好生养伤，映夕就不打扰了。"路映夕泰然以对，不显半分忧虑。

皇帝睥睨着她，唇角嘲讽地勾起，无声冷笑。

路映夕转眸向皇帝，浅笑道："皇上，臣妾都说明日再来了，这不，扰人好眠了。"

"倒是朕的不是了。"皇帝扬着唇淡笑，但眼底一片阴寒，缺失温度。

路映夕往署外走去，边道："皇上莫怪，是臣妾失言。"

皇帝不再吭声，一路淡漠无言，唯有瞳眸中闪着起伏不定的波光，像是私密心事被撩拨，起了巨大波澜。直至洗漱就寝，他都没有再说过一句话。

夜很静。宽敞凤床上，路映夕安静地躺着，依旧与皇帝保持着半臂距离。

虽然他与她已不是第一次同床共枕，但他从来都是侧卧，以背脊对着她，空气中总是仿佛弥漫着冰冷的气息。

她闭着眼，听到他的呼吸比往常重。她想，今夜他大概要失眠了，是为了那个神秘女子吗？其实她并不急着追根究底，她若要查此事，只需命曦卫花费点时间，必能查到蛛丝马迹。可是，师父拒绝见她，即说明师父不希望她知道其中秘密。她相信师父，所以，她决定不再追究下去。

此刻已是夜深，万籁俱寂，偌大的寝居只有她与他深浅交错的呼吸声。大抵过了很久，忽而响起一声似有若无的叹息，那低醇的嗓音仿若只是自语："你一定知道'爱，不得'是什么样的感觉。"

路映夕没有睁眼，莞尔地微弯起菱唇。原来，他也爱过人。

“朕登基七年，七年前的年少轻狂，如今想来，恍如隔世。”那浑厚低声的话语，模糊地飘散在明黄幔帐里。

路映夕默默倾听着，心中想，那是他少年时候爱上的女子吧，不知因为什么缘故他们没能有情人终成眷属。是有人移情别恋？抑或感情牺牲于皇权斗争之下？他并不算是迷恋女色的帝王，除了照祖例封有一后四妃，其他那些秀女晋升分位为嫔的，他不太常宠幸，甚至可以说是态度冷淡。而四妃之中，林德妃已逝，如今较有地位的只有贺贵妃和韩淑妃，另外一位姚贤妃据说极不得宠，因皇帝长期不待见而自己请旨搬入斋宫，长伴青灯。

他始终没有转过身，又听隐约一句低吟：“卧榻之侧，岂容酣眠。”

她闻言不禁好笑，他此言所指非常有深意。想了想，她忍不住轻声回了句：“最是无情帝王家。”他应知道，他有他的无奈，她亦有。天底下每个人都不过如是，都背着或轻或重的包袱。

“皇后觉悟甚高。”他低低笑起来，语气已是闲散如常，“假若可以选择，皇后想生于哪样的人家？”

“平常百姓家，日出而作，日落而息。”她温声答道，“但是现实既定，臣妾也一样会用心去生活。”

“倘若是生于贫苦人家，皇后耐得住穷困辛劳？”他随口接着问。

“那么皇上呢？”她没有答，轻声反问。

“朕的人生里没有假如，也不需要任何假设。”他的口吻漫不经心，却带着与生俱来的狂傲霸气。

“嗯。”她轻应了一声，未多话。

仅寥寥数句的交谈，寝居内又恢复静谧。过了小片刻，她再凝神细听，发现他的气息平稳均匀，应已渐渐入睡。她心中不由佩服，这人太善于压抑情绪波动，就算揣着心事，也能尽量理智地控制。

她又静躺了会儿，才翻个身寻找舒适的姿势，慢慢睡去。

她并不知，黑暗中，一双深邃寒凉的瞳眸蓦然睁开，闪过毫不掩饰的锋锐光芒。

显然，他方才流露的一丝罕见孤寂和感慨，是七分真三分假。

他企图一点一滴地卸下她的心防，麻痹她的聪慧敏锐……

清晨的阳光，丝丝缕缕透射进素雅寝居之内，照得满室暖光流溢。

皇帝早已上朝，路映夕懒洋洋地起身，梳洗，用膳。在某种程度上，他给了她足够大的自由，默许她不需遵守一部分的繁文缛节。可是，他越表现得纵容她，后宫的嫔妃就越

会把她看成眼中钉肉中刺。而这结果，就是他乐见的。

辰时过后，她为自己沏了壶茶，手捧一卷医书，悠闲翻阅，实则脑中在思索，贺如霜的事该如何妥善处理。

“娘娘。”侍婢晴沁侍立在旁，低声道，“娘娘可有听到奴婢的话？”

她抬起眼，慢条斯理道：“小沁，你越发没有规矩了。”

晴沁垂首，轻轻地跪下，恭声道：“娘娘，奴婢收到消息，栖蝶暗中与几个贵嫔走得很近，奴婢担心她们将会对娘娘不利。”

路映夕抬手扶额，微有倦意：“小沁，你记住，莫要自作主张。”

晴沁姿态恭谨，但字字清晰：“奴婢不敢，奴婢只是为娘娘担忧。娘娘要尽快铲除障碍，才可完成任务。”她一顿，再缓缓道：“昨日刺杀空玄子神医的人，是……”

“小沁！”路映夕低喝一声，截断了她的话，“有些话，你认为在此时此地适合谈论？”

“奴婢疏忽了，请娘娘息怒。”晴沁低眉请罪，却又道，“奴婢不明白，为何娘娘似乎并不愿听此事。”

路映夕没有回应，淡淡瞥了她一眼，意兴阑珊地摆了摆手，道：“你先退下吧。”

“是，娘娘。”晴沁依言退下，神情却是肃冷，与甜美长相极不相符。

待她的身影消失，路映夕才皱起眉头。晴沁是父皇安排给她的人，对父皇无比忠心，对她却未必有丝毫情谊。最初她确实打算选择父皇建议的那条路，先争君宠，再诞下皇朝龙嗣，然后筹谋一个精密毒杀计划，慢性毒药毒死慕容宸睿。那么她所生的皇子便可顺理成章继承皇位，而她自然可以幕后摄政。但是，现在她的想法有所改变。若要赢，她要赢得令慕容宸睿心服口服。

揉了揉眉心，她放下书卷，走出寝居。刚踏出门槛，就见一脸凶煞气的范统迎面大步走来，他的身后跟着四名带刀侍卫。

“范侠士，何事？”她微微挑眉，问道。

范统不响，绷着脸，没有表情。

其中一名侍卫躬身行礼，语气尚算恭敬：“皇后娘娘，卑职等奉皇上口谕，搜查凤栖宫。”

“哦？”路映夕淡笑一声，也不深究，随手指向寝门，道，“既然是皇上的圣谕，你们就进去吧，查仔细点。”

侍卫们一齐揖礼，而后鱼贯进入朱漆寝门。

范统却伫立原地，不动如山，炯炯褐眸中闪过一丝厌恶之色。

“范侠士，为何你不进去搜？”路映夕笑意盈盈，没有分毫被冒犯的愠怒。他们直冲她的寝居而来，显然是有人特别指明。那人存心陷害她，而皇帝一早就想看到这局面，自是准备隔山观虎斗了。

“皇后寝居，范某不便进入。”范统脸色不佳，似乎很不情愿来此，更不想看到她。

“不知你们想寻什么？告诉我，也许我能帮得上忙。”路映夕神情轻松，笑望着他。

范统的眼角隐隐抽动了两下，万分看不惯她这副满不在乎的模样，硬着嗓子回道：“有人密报，皇后寝居里的熏炉中掺有催情药，此药会伤及皇上龙体。”

路映夕一眼瞥见他耳根泛红，不由掩袖遮唇，轻咳了两声，抑下想笑的冲动，正色道：“本宫从不用熏香，又何来熏炉，何来催情药？”皇帝应该最清楚这一点，但他却任这栽赃的无稽戏码继续演下去。

范统冷哼了一声，道：“事实如何，终会水落石出。”这等淫秽之事，他都羞于出口，而她毫不在意，果然是不知矜持为何物的女子。

路映夕耸了耸肩，挪步到门侧。她虽与范统在交谈，但眼角余光一直留意着居室内。

侍卫们搜完外间，便要绕过屏风，她即时出声喝道：“站住！”

范统又闷哼了一声，十分不屑，认为她做贼心虚。

路映夕无暇理他，朗声道：“本宫的凤床，你们也敢窥视搜索？”

侍卫们互相对看一眼，退了出来，恭敬道：“卑职不敢。”

“他们不能搜，那么朕可不可以搜？”不期然间，一道浑厚的嗓音由远至近。

路映夕眯眼看去，明媚的阳光下，那一袭尊贵明黄色龙袍，耀眼得刺目。

“皇后莫气，朕也只是想还皇后一个清白。”皇帝走近，扬眉笑得煦暖俊朗。

路映夕亦漾开浅笑，屈身为礼：“那就有劳皇上了。”她心中不无嘲讽地想，原来，他不仅要看戏，而且还另有目的。

皇帝伸手牵住她，道：“皇后陪朕一起吧，免得朕不小心碰坏皇后的心爱之物。”

路映夕笑着点头，与他一起跨入寝门，心里暗忖着他究竟意欲何为，该不会他已察觉了什么……

才行两步，门外突响起微喘的惶恐娇声：“皇上，皇上明鉴！这不是奴婢房里的东西。”

路映夕扭头，那张与她肖似的脸庞怯弱中带着惊慌，梨花带泪，楚楚可怜。

栖蝶像是这时才看见她，扑通跪下，凄凄哀求道：“皇后娘娘，奴婢是冤枉的，求您为奴婢做主。”

路映夕没有接话，目光越过她，看见她身后有一名侍卫以刀架在她脖子上，难怪她这般惊惧。如此看来，皇帝并不是只下令搜查她的寝宫，而是要彻查整个凤栖宫。

这么大的动作，所为何事？难道……他真的知道她在凤栖宫里暗掘密道？

她转脸，对上皇帝深沉莫测的眸光，一时间哑然无语。

密道之事若败露，她再无翻身余地，即便不丧命，也必被打入冷宫。

克制住心绪，她作壁上观，不准备插手。

栖蝶眼中含泪，委屈啜泣，见她无意介入，便转而对皇帝凄楚道："皇上，奴婢是无辜的。奴婢房里原本没有这东西，定是有人故意栽赃。"

皇帝神色冷漠，看向押着她的侍卫，沉声问道："搜到何物？"

"禀皇上，卑职搜到一包可疑粉末，像是熏香之用。"那侍卫恭敬回道。

皇帝眯了眯眸子，冷声道："药粉交到太医署，暂且把人押下去。"

"是，皇上。"侍卫应声，一把揪起栖蝶，毫不怜惜地架着她离开。

只听那幽幽凄凄的哀怨声逐渐远去，"皇上……奴婢冤枉啊……"

路映夕收回视线，微微笑着，瞥向皇帝。这出戏，越来越精彩了。

皇帝回看她一眼，抿起薄唇，大步往内居凤床走去。

路映夕跟在他身侧，不动声色地看着。他没有翻动任何物品，只是负手而立，目光锐利如刃，扫过每个角落，最后定格在宽大凤床上。

路映夕心中一突，脸上益发控制得镇定无波。她设置的机关，巧妙绝伦，他不可能轻易发现。何况他昨夜刚睡过这张床，如已发觉异常，不会今日才动作。这样看来，是有人今早给了他消息？究竟是谁？谁有这般能耐？

片刻之后，皇帝转过身来，淡淡扬唇，开口道："此事委屈皇后了，想来是那栖蝶胆大妄为，私藏秽药。"

路映夕恭顺屈膝请罪："臣妾宫中发生此等事，全怪臣妾管束不力，请皇上责罚。"

皇帝亲手扶她起身，俊容柔和，缓声道："皇后无须自责，不过后宫之中不应存在淫秽之物，朕会继续命人彻查清楚，这两日怕是要扰皇后清净了。"

"皇上圣明，确是应当搜查清楚。"路映夕不着痕迹地抽回手，浅浅而笑。他还想再查下去，不查出密道不罢休吗？

"皇后如此明理，朕甚感欣慰。"皇帝笑看着她，语气亲和，再道，"朕尚有政事待办，就不陪皇后了。"

"臣妾恭送皇上。"路映夕又一屈身，目送他离去。

顷刻间，所有人都散去，宽敞的寝居变得宁静无声，路映夕这才沉了脸。这次的事非同寻常，照常理来说，若有人存心陷害她，就应该把熏香药粉放在她的寝宫里，而不是栽赃给栖蝶。只怕这是一个障眼法，目的是……不希望她怀疑栖蝶？

时过午时，她用了凤辇仪仗，落落大方地前去太医署探病。

南宫渊正在药房捣药，并未休憩养伤。

"师父。"她轻轻一唤，绽开真心的笑容。师父的精神不错，那么确实伤得不重。

"映夕。"南宫渊洗净双手，向她走去，温颜笑道，"亲眼看见，可放心了？"

路映夕点了点头，亦笑着道："不知是何人吃了熊心豹子胆，竟敢刺杀师父？"

南宫渊清朗的眉眼掠过一丝忧心，半晌，才轻描淡写回道："那刺客已被就地正法，就不要再提了吧。"

"师父都不追究了，映夕自然会尊重师父的决定。"她的笑脸不变，只眸光隐约黯了几分。她和师父相处十三年，她太了解他的情绪波动。他是真的在为那个女刺客担忧。可是担忧什么呢？那女子与他是什么关系呢？

她挥了挥手，示意两名随行宫女到门外候着，压低声道："师父上次说映夕将会遇到一个大劫，是怎样的劫呢？"

南宫渊只是清雅微笑，道："天机不可泄露。"

路映夕的嗓音更低了一分，沉凝而认真："既是映夕命中的劫数，理应由映夕自己承担，师父不该违逆天命定数。"

"映夕，师父一直把你当成亲人看待，又怎能明知你有难而袖手旁观？"南宫渊语气温柔和煦，却有一种坚定的底蕴。

"亲人？"她喃喃重复，明艳容色染上一抹落寞。

南宫渊凝望着她，心中知晓她的忧伤，却狠心再淡淡补上一句："师父自幼看着你长大，若说把你当成女儿看待也不为过。"

路映夕周身一震，倏然抬眼，直愣愣地盯着他。女儿！他怎么可以说出这样残忍的话？她明明感受得到，他对她……难道只是她的错觉？她的一厢情愿？

南宫渊黑眸沉寂如古井，波澜不起，唇角微扬着淡雅的弧度，温和地接着道："师父年长你十岁，为不了父，也可为兄了。映夕，我只会在宫中停留半年时间，以后你要学着自己照顾自己。有时候不要太固执太倔强，不要为了一口气而非争输赢。"

路映夕张了张嘴，终又闭上。就算师父对她有几分情意又如何？他从未表达过，也没有一丝要带她远走天涯的意向。她不能逼迫他，也不能任性地抛弃肩上的责任。

她轻轻别过脸去，目光飘远，穿透墙壁，似在这一瞬间回到了少年时的场景。

那一年，她初及笄，身穿金线绣凤的公主宫裙，在他面前撩着裙摆转了一圈，脆声道："师父，映夕终于长大了。"

他却低声叹息，吐出一句深奥难懂的话："越来越近了，也越来越远了。"

她闻言，明眸中闪过一丝哀伤，但仍努力扬着嘴角，嫣然笑道："师父，你越来越高深了，映夕不懂。"

他望着她，露出淡泊的笑，伸手宠溺地揉了揉她的发顶，未再言语。

那是他最后一次做那样亲近的动作。后来他与她说话，必定保持着两步距离。

其实早在那年她已明白，"越来越近"是指政治联姻，"越来越远"是指他与她的距离。她不甘心，可是，事情终究还是发展成这般情景了。

第九章
赠吾发妻

这两日，催情熏香之事在后宫闹得沸沸扬扬。众人皆言，皇后为了拴住皇帝的心，无所不用其极。

当然，还有更尖酸难听的话。比如，皇后擅用床笫之术，平日看似端庄正经，其实私底下淫媚浪荡。再如，宫女栖蝶受皇后胁迫，不得不代其顶罪，皇后手段强悍，心肠歹毒，是不折不扣的蛇蝎美人。

对于这些飞短流长，路映夕听了也只是一笑而过。倒是皇帝为示公允，下令搜了所有嫔妃的寝殿，不过显然仅仅是做个样子罢了。

栖蝶一直不肯认罪，坚持自己的清白，可仍旧因证据确凿而挨了三十大板，一身血淋淋地被抬回来，几乎去了半条命。

路映夕去看望过栖蝶，心中有些怀疑。那伤，绝对是真伤，没有半分作假，也无一点手下留情。如果栖蝶真是皇帝安插的密探，皇帝也未免太心狠。如若不是，那么到底是谁察觉密道的端倪？

“娘娘。”侍婢晴沁垂首敛眉，恭顺开口，轻柔语气中隐有一丝阴沉，“奴婢认为，宁可错杀，也不能放过。”

路映夕抬眼看她，淡淡笑道：“如此一来，本宫岂不是正应了众人的评价？做贼心虚，于是杀人灭口。”

晴沁不禁语塞，深思半晌，才又低声道：“奴婢往后会更加严密地监视栖蝶。”

“嗯。”路映夕颔首，叮嘱一句，“不要做得太着痕迹。”

“奴婢知道。”晴沁屈身应道，长睫低掩的眸中快速闪过一抹杀气。

路映夕微眯清眸，锐利地扫视她，明白警告道：“小沁，你若敢擅作主张，本宫决不会轻饶你。”

晴沁的头垂得愈加低，恭敬回道：“奴婢不敢。”

路映夕轻叹一声，挥手让她退下。凡是一个人心中起了杀意，就必定会散发无形的凌厉之气。即使小沁的姿态再谦顺，也遮盖不了那股戾气。她并非心慈手软，只是心底总隐约感觉，栖蝶的身份极不简单，杀了她恐怕会惹来很大的麻烦。

静坐片刻，待到小沁再次折返，禀告皇帝今夜宿在宸宫的消息，路映夕才施施然去沐浴。虽然皇帝不来，但她还是不敢轻举妄动。在这非常时刻，她若启动机关进入凤床底下的密室，难保不会被人暗中窥见。纵使她自恃内功甚好，耳力甚佳，也不能夜郎自大，毕竟这世上人外有人。更何况，也许皇帝是故意不来，存心给她机会与曦卫会面。

沐浴过后，她换上月牙白罗裙，并没有打算就寝。她不喜欢被人占尽了掌控权，她要反被动为主动。

亥时，月明星稀，夜风习习。

路映夕踏出寝居，不让任何宫女随行，独自出了凤栖宫。她先在御花园随意逛了一圈，至子时，方在静僻处展开轻功，飞于琼楼殿宇之上。耳侧隐隐听到细微的风声，她弯唇悄然一笑。这不是正常的风声，是衣衫掠动的异响。

她只作不察，依然疾速而行，直到跃入无忧宫的朱色高墙，才落了地。

这一座宫殿，宽广而死寂。没有灯火，没有人声，荒草萋萋，壁画斑驳。

这里，就是皇朝的冷宫。可极为讽刺的是，它取名为“无忧宫”。是否先帝认为，女子无争无求，才能无忧？

路映夕绕过大门紧闭的正殿，到了阴森荒芜的后苑。在一棵不起眼的小矮树旁，她蹲下身，摸索着地面泥土。一小会儿之后，她像是放心般地舒出一口气，悠然离去。

她相信，那一路暗随的人，一定会把她今夜的行踪详尽地告知皇帝。

隔日上午，贺如霜依约前来。如同上次一样，她卑微地双膝跪地。

“妹妹身子孱弱，起身说话吧。”路映夕示意侍候的宫女赐座，然后宣退宫女。

贺如霜等那宫女的背影完全消失，才柔柔开了口：“皇后姐姐，已经三日了。”

路映夕微笑着点了点头，干脆应允道：“本宫决定帮你。”

“真的？”贺如霜惊喜低呼，难掩喜悦，忙问道：“皇后姐姐可想好如何劝说皇上了？”

“既然答应帮你，本宫自有把握。”路映夕扬起黛眉，笑得自信，却再道，“但是，妹妹必须为本宫做一件事。”

“何事？”贺如霜稍稍收敛了欢欣之色，眼露疑虑。

“贺老将军手下有一名得力副将，年轻有为，骁勇善战。本宫希望贺老将军力荐此人，接掌西关兵马。”路映夕顿了顿，笑看她越发狐疑的表情，继续道，“妹妹也是知道的，本宫是邬国人，在皇朝并无任何可信赖的朝臣。”她点到即止，没有再赘言解释。

贺如霜亦非笨人，一点即明，娇美脸庞绽开了笑容，应道：“如霜定当尽全力说服父亲。其实陆副将确实是难得的将才，以往皇上也甚欣赏，就算不会晋升陆副将为西关统帅，也应会委以重用。”

路映夕但笑不语，神情似颇为满意。贺老将军虽已辞官，但多年来培植的朝野势力仍不可小觑，他要推荐一个人上位，并非难事。可这并不是她的目的，她只是要转移皇帝的焦点，让他不会怀疑到她安排的人身上。那人才是真正年轻有为的将才，十七岁入军，十年间建立大小功勋无数，不过有时锋芒毕露并不是好事，所以她才要再暗中推一把。

贺如霜见她不说话，自觉不便再追问她到底打算如何劝服皇帝，只好起身告辞。

“妹妹保重身子，其他的事无须担心。”路映夕笑吟吟地与她话别。

“皇后姐姐对如霜的恩德，如霜今生今世都不会忘记。”贺如霜屈身为礼，话语感激而诚挚。

路映夕仍只是微笑，目送她离开。她的感激是真是假，并不重要。大家只不过都是互相利用，各取所需罢了。

午膳时间将近，皇帝身边的随侍太监前来传话，请她去一趟宸宫。

她勾起菱唇。她正想知道，皇帝对她昨夜的行迹有何反应。

皇帝在宸宫的偏殿接见她，殿中一方长桌，两侧众宫女侍立，手捧精致白瓷餐具。

见她袅袅走来，皇帝坐于御椅中未动，淡笑着开口道：“皇后这边坐，陪朕一起用膳。”

路映夕屈了屈身，面带笑容地走到他身旁落座。

侍膳宫女动作伶俐地摆上碗碟银筷，然后领着其他宫婢安静地退下。

对着满桌热气腾腾的美食，皇帝却不动筷，优雅地抬手示意：“皇后无须拘谨。”

路映夕颔首，口中温婉道：“皇上先用。”

“皇后如此步步小心，可会觉得辛苦？”皇帝一手支着下巴，笑睨着她。

“宫规不可废，臣妾只是谨遵礼法。”路映夕微微一笑，仿佛听不出他话中的讽意。

“若要说宫规，皇后难道不知，如果没有朕的命令，不可以进入无忧宫？”皇帝轻轻挑眉，好整以暇地看她。

“臣妾昨夜闷得慌，就四处走走，一时好奇……”路映夕并未否认，只做懊恼状，再道，“是臣妾的过错，还请皇上恕罪。”

“皇后对冷宫很有兴趣？”皇帝也不责怪，慢悠悠道，“若是皇后有兴趣，不如朕特准皇后去冷宫住上一段时日？”

听闻此言，路映夕只好站起身，单膝跪地请罪：“臣妾莽撞，请皇上网开一面。”

“朕只是说笑罢了，皇后莫惊。”皇帝唇角噙着一抹笑，瞳眸中泛着微光，似深思似讥诮。

路映夕没有起身，柔声道：“臣妾对冷宫好奇，其实是因为贺贵妃。贺贵妃如今身子尚弱，若要迁去梁城行宫，怕是更不利休养。”她说得委婉，没有言明迁居行宫实则如同住进冷宫。

“那与冷宫又有何关系？”皇帝眯了眯眸子，玩味地问，“难不成皇后希望朕将贺贵妃打入冷宫？”

路映夕抬头，明知他故意扭曲她的意思，却也不能恼怒，只能温言恳求：“皇上，让贺贵妃留在宫中可好？”

“皇后为她求情？朕倒不知，皇后与她何时有了这般深厚的交情。”皇帝用指节轻敲桌面，神情看似漫不经心，“如果朕答应皇后这个要求，不知皇后准备如何感谢朕？”

路映夕不禁好气又好笑。那是他的妃子他的女人，现在反倒像是成了她的责任！

“皇后怎么还跪着？”皇帝忽然诧异地道，似乎此时才发觉她未起身，“地面凉寒，皇后快快请起。”

路映夕暗自扯动嘴角，垂首站起，坐回原位，出声询问道：“皇上想要臣妾做些什么呢？”

“朕打算修葺无忧宫，皇后认为如何？”皇帝无端转移了话题，“这冷宫，虽然目前无人居住，但或许将来有嫔妃犯了错，将会搬进去。朕总觉得，即便是冷宫，也应该像个人住的地方。”

“皇上宅心仁厚，臣妾自是没有异议。”路映夕浅笑回话，明眸中流转清寒光泽。他是要她管理修葺无忧宫的事吧？一是为了便于查探密道，二是……暗指将来会搬进去的人是她自己？

果不其然，皇帝顺着她的话道：“既然皇后也赞同，那么这件事就劳烦皇后多费心了。”

“皇上同意让贺贵妃留在宫中了？”路映夕亦同样打蛇随棍上，“臣妾先代贺贵妃多谢皇上隆恩。”

皇帝随意地点了点头，深眸中掠过沉凝的思绪。如霜迟早要送走的，不过路映夕既有所动作，他就先看看她到底意欲为何。她笼络贺氏，仅是为了建立个人势力，还是为了兵权？若是后者，她未免太天真。

“皇上。”殿门外，一道铿锵有力的嗓音忽地响起。

“何事？”皇帝举目看去，见范统一脸肃穆，便起身走向他。

路映夕静默，望着皇帝步出殿外，与范统越行越远，消失于视野中。她这才径自开始用膳，饮完燕窝，再慢条斯理地夹菜。皇帝似乎不喜欢被人伺候着用膳，与她的习惯较为相近。只是她不得不怀疑一点，这张膳桌如此之长，桌上珍馐如此之多，纵使皇帝的手臂再长，也夹不到桌末的那几碟菜吧？

一边胡思乱想着，一边填饱肚子，漱口之后，她也不等皇帝返回，踏出殿门，扬长而去。

出了宸宫，却有一人阻拦下她。

“范侠士？你不是在与皇上议事吗？”她扬眉觑他，笑意晏晏。

“范某有话要与皇后谈一谈。”范统绷着脸，褐眸灼灼，如烈焰炎炎。

“是皇上授意？还是范侠士自己有话想说？”她兴味盎然地看着他。这人是她在皇宫里看到的最不擅长遮掩心思的一个，面冷，心却不见得冷。

“范某有话说，与皇上无关。”后半句，他加重了语气。

“在这里说？”她瞥向不远处当值的宫婢太监，笑问道。

“请皇后移步后花园。”说完，他大步先行，脊梁挺得笔直，头也不回，仿佛这样就可以避嫌似的。

路映夕笑着轻轻摇头。后花园，多么暧昧的地方。这人是个直肠子的硬汉，也是人情世故方面的傻瓜。

宸宫的后花园占地不大，但清幽雅致。只见长廊蜿蜒回转，松柏高耸葱郁，异卉奇石环绕，与御花园的百花争妍大不相同。

“范侠士，此处适合相谈？”走入一座亭台，路映夕挑了挑眉梢，开口道。这里是皇帝的私密地方，连她都不能轻易踏入，若不是范统带路，她未必能走得这样顺畅无阻。由此可见，皇帝非常信任范统。

范统皱起剑眉，面色郁郁，沉声道：“皇后大可放心，范某绝对不会做任何逾矩之事。”

“私会皇后，不算逾矩？”路映夕笑眯眯的，像在谈论他人，而自己并不是当事者。

范统的褐眸又添几分阴霾，嗓音益发冷硬：“范某规劝皇后，行事莫要轻佻。皇后母仪天下，当谨守女戒女容，方可为天下女子的典范。”

“范侠士这是在指责本宫的不是？”路映夕故作气怒，黛眉不悦地微蹙，摆起皇后架子。

范统拱手一揖，语气却没有分毫放软，依旧硬邦邦：“范某不敢。范某只是希望皇后清楚自己的身份。”

路映夕觉得无趣，不再佯装严肃，懒懒问道：“范侠士到底想说什么？直说便是。”

范统也不啰唆，炯目如炬，盯着她，直言道：“灵机一事，皇上已知晓，皇后是否应该从此与南宫渊一刀两断？”

路映夕不由微怔。皇帝都未说什么，他倒管起这闲事来？着实是忠心耿耿，愚勇可嘉。

又听他义愤地道：“皇上仁慈，不欲追究，可是皇后竟无一丝羞愧之心？”

路映夕深感无奈，叹气道："你们知道灵机的什么事？"

范统的脸色渐渐涨红，不知是因过于气愤，还是夹杂羞窘，咬牙愤愤道："皇后心知肚明，还需再问？"

路映夕耸了耸肩，一副无所谓的样子："我又怎会知道你们知道了什么。"她喜欢用"我"字自称，可惜在这宫中甚少能如此。但不知为何，她纵容自己在范统面前这样自称，或许因为他是江湖人，并不属于皇宫，这令她感到些许自在。

范统此刻的脸色已是由红转黑，牙根咬得咔咔响，再顾不得宫礼，怒极而斥："我从未见过像你这样不知廉耻的女人。明明已经嫁做人妇，还明目张胆地与旧情人暗通曲款。你如何对得起你夫君！"

见他愤怒至极，路映夕反而笑了，淡淡回道："清者自清，我不需要向你解释。"她和师父之间，清白如水。莫说身体，就连心，也隔着一层膜。这是她内心的一处暗伤，她不想对任何人诉说。如果范统和皇帝始终认定她不贞，那就随他们吧。

"灵机的玄密，就是以灵药混杂人血，再用深厚内功注入病者后颈大穴，范某可有说错？"范统冷眉倒竖，语气咄咄逼人。

"没错。"路映夕诚实地点头。

"运功之时，两人皆需赤身裸体，方不会受体内翻腾的热气所影响，否则便会走火入魔，是否如此？"范统狠狠瞪着她。看她还有何话狡辩。他查到此事时，惊诧不已，难以置信，待到皇上告知他，皇后手臂上没有守宫砂，他才不得不信。那南宫渊与这女人，当时定是把持不住，做出苟且之事。想皇上是何等英雄盖世的人物，却配上这样一个失贞皇后，天理何在。

路映夕抿了抿唇角，明眸暗沉，未再言语。范统所说，是事实。但当时她与师父中间挡着一帘绸布，除了颈项，并无一分春光外露。她失去守宫砂，是因为药性。最初她不希望被皇帝知道，就是怕造成误会。可是如果大婚那夜皇帝与她洞房，这一切也就不会成为问题。

"无话可说了？"范统厉色盯着她，愤怒难平。

路映夕敛眸片刻，然后云淡风轻地抬眼，浅笑道："我和皇上的闺房事，为什么范侠士这样关心？"

范统被她的话一堵，轮廓分明的脸有些扭曲，再度涨红起来，半晌，最后蹦出一句话来："范某是为皇上不值。"

"莫非……"路映夕促狭地看着他，拖长尾音，才把后面的话说出，"范侠士该不会倾慕皇上吧？"

范统双目大瞠，目眦欲裂，直想即刻一掌拍死她。

路映夕呵呵笑着，自言自语道："原来真是如此，有趣，有趣。"

她嘀嘀咕咕地呢喃着，转身走出亭台，兀自离开后花园。

范统驻足原地，高大身躯绷得僵直，眼角猛抽了两下，胸腔里囤满腾腾恼怒。这该死的无耻女人。行为浪荡，思想龌龊，何止不配为后，根本就不配为女子。

与范统的怒气滔天相反，路映夕怀着愉悦的心情回到凤栖宫，菱唇扬着一抹笑。没想到这种言语的小把戏也能捉弄人。这位范大侠真是罕见的"奇才"。

不过，刚一跨进寝居，她唇角上扬的弧度就收了回来。

"皇后心情很好？"皇帝懒洋洋地倚在长榻上，斜眼看她。看样子已等了她一会儿。

"皇上怎会在臣妾宫中？方才不见皇上用膳，不如臣妾现下命人炖盅参汤？"她边殷切关怀，边在心中腹诽，他身为一国之君，不理朝政，跑她这里倒跑得勤，叫外人知道，又要说她狐媚惑主了。

"不必了。"皇帝摆摆手，似随意地道，"朕折回的时候发现皇后已不在，就来凤栖宫看看。"

路映夕暗暗皱眉，可要告知他，她与范统私下谈话？这却是有失礼数的事。

皇帝觑着她，勾起优美的薄唇，漫不经心说道："皇后可要注意些了，近来宫中盛传的流言，想来皇后亦有所耳闻。"

路映夕慢慢舒展开眉头，悠闲笑道："皇上圣明，定知谣言止于智者。"听皇帝的话意，显然是知道范统找她了。皇宫虽大，实则一切都尽在他的掌握吧？

"话虽如此，终究人言可畏，皇后可要万事小心，切莫落人口实才好。"皇帝语气柔缓，像是发自肺腑的关心。

"多谢皇上提醒，臣妾必当谨记于心。"路映夕从善如流，温声应道。

皇帝单手撑着软榻扶把，雍容起身，走近她，右手摊开于她面前，口气宛若春风般温柔，"这支木簪，是朕少时亲手所雕，今日赠予皇后。"

"谢皇上赏赐。"路映夕接过他手中的簪子，举起细看，心中不免一突。这木簪手工十分精细，可见雕者之用心，约指粗的簪身上刻着几个小字——赠吾结发妻。

她抬眸凝望他，一时无语。此木簪并不值钱，可是，他为何要送她？只因她是他的皇后，抑或他试图软化她的心？又或者，他当初雕这木簪时，早有意中人。那夜他的几句低语，那句"爱，不得"，所指何人？

见她怔忡，皇帝唇边笑意更浓，取过她手里的簪子，为她插上，而后退开两步，欣赏着道："朕的手艺似乎还不错，皇后清丽绝伦，如此更显淡雅。"

她微笑，轻声开口："皇上当初雕这支木簪时，就是想要送给将来的皇后吗？"

"嗯。"皇帝颔首，目光不禁变得悠远，似在回忆那青葱少年时光，口中缓缓道，"那时朕尚未登基，不知将来会是怎样的女子陪在朕身边。懵懂无知少年时，心里难免有希冀，举案齐眉，执手结发。”

听至此，路映夕心中更加肯定，曾经有那么一个女子存在于皇帝的往昔岁月里。她凝眸看着他，他如刀削般的脸庞俊美无俦，长眉入鬓，狭眸深邃，只是英挺眉宇间已隐约染上几许疲倦风霜。若不细看，不会发觉，可她看得出，他的心比他的年纪沧桑许多。

安静片刻，她接着他的话，低吟道：“愿得一人心，白头不相离。”

皇帝淡淡笑起来，眉眼微弯，俊朗迷人。

路映夕亦笑，明眸澄澈，与他静静对望。

他和她都知道，这首诗的前两句——“闻君有两意，故来相决绝。”

她是在为那个不知名的女子叹息，也是为他感叹。曾经的有情人，已另娶，而那佳人，不知如今芳踪何在？

她忽然深深觉得，他和她是这样相像，都是不得自由的人。也许正因如此，他才想要争取更大的权势和更巩固的江山，只有这样，他才能安枕无忧，拥有多一些的自由。

相隔一步的距离，两人默默对视着，眼神皆是晶亮明耀，仿佛同样地能够穿透人心。

可是，即便看透了，又如何？他与她，注定是敌人。

第十章 昔日情人

离开凤栖宫之后，皇帝把自己关在御书房里。

门窗紧锁，一室昏沉幽暗，寂静得连空气都近乎凝滞。他坐在紫檀木的桌案后，仿佛入定冥想，一动不动，只有狭长瞳眸中泛着隐痛的晦涩波光。

静坐良久，他自御椅中起身，半蹲于桌案旁，双手轻轻摸索着桌下的地砖。

只听机关启动的细微异响，砖面突起，显出一小方地底空格，其中放置的赫然是和氏璧国玺。

国玺和印玺不同，只有在颁发重大诏书时才用，比如封号、传位。而在珍贵国玺旁边，静静地躺着一支不起眼的木簪。

他将木簪取出，然后关闭机关。

这支簪子，才是他少年时亲手所刻。思及此，他不由露出苦笑。他已经不是当初那个意气风发的少年皇子，而"她"，也已不是旧时纯真的俏丽少女。一切都回不去，连缅怀都似乎变得多余。

他还记得那一年，登基前数月的某日，他笑着对她说："即便将来后宫佳丽成群，也只有我的皇后才配戴上这支发簪。"

她歪着头笑吟吟，粉嫩脸颊染上一抹赧然的胭脂色，娇美可人。

他说过的话，最终没能实现。而她清甜的笑容，后来再也看不到了。

一幕幕昔日的画面浮上脑海，皇帝的面色越发沉凝，右手稍稍用力，便听木质发簪发出咔的脆响。

断了。其实，早该断了。

断裂成两截的簪子，一段的簪身上写着"赠吾结发妻"，另一段上是个单字——"凌"。

这支簪子与送给路映夕的那支几乎一模一样，差别只在于没有特别刻名。他自嘲地扬唇，眸光陡暗，五指猛地收紧，掌中运足劲道，指缝里渐渐掉落木屑碎粉。

不可否认，他送路映夕木簪，居心不良。但也是他为自己举行的一个告别仪式。

已经七年了，"她"始终无法原谅他曾经的伤害。而他，也忘不了她当初的狠辣决绝。

既然如此，就让往事随风，谁也不要再回头。

凤栖宫里的路映夕自然不会知道皇帝的复杂心情。傍晚时分，她去看望小帝姬。她总是选在帝姬睡觉时去，也许是因为潜意识里的愧疚，不想看见小女孩天真无辜的眼神。

去往帝姬的寝殿，恰巧经过斋宫的侧门。她示意凤辇停下，掀帘定睛细看了片刻。

“娘娘？”随行的宫女小南走近辇帘，轻声询问，“娘娘可是有事？”

路映夕收回视线，淡淡笑道：“本宫嫁入皇朝这么久，倒从未见过那位姚贤妃。”

小南低眉垂眼，恭敬回道：“姚贤妃诚心礼佛，不理世事，皇上就免了贤妃娘娘问安的礼节。”

路映夕点了点头，随口问道：“姚贤妃搬入斋宫多久了？”

小南略微迟疑了下，才答道：“如果奴婢没有记错，大概有六年了。”

路映夕心中隐隐一跳，再问道：“四妃之中，可是她最早入宫？”

“回娘娘，姚贤妃和林德妃是一个时间入宫的。”小南答得严谨，并不多嘴。

路映夕自辇车中走下，边道：“本宫想去斋宫拜会姚贤妃。”

小南脸色一僵，为难道：“娘娘，听说姚贤妃不喜见人……”

路映夕扬眉，笑道：“本宫只是想向她请教佛禅，并无他意。”说完，她不理小南的欲言又止，兀自走向斋宫的侧门。

门外两名宫婢守着，见她走来，忙屈身行礼，可待礼毕，却道：“皇后娘娘，贤妃娘娘正在做晚课，恐怕不便见客。”

路映夕吃了颗软钉子，也不恼，浅笑着道：“那么本宫进去等姚贤妃。”

两个宫婢面有难色，须臾，其中一名较年长的宫婢做了个手势，为她带路：“皇后娘娘请。”

这座宫殿出奇的幽静，里面没有太监，只有宫女。那些宫女大多有些年纪，竟无一人是豆蔻年华，且都神情严谨，面色冷淡。

入得厅堂的茶室，便闻袅袅檀香，香味不浓，甚是清雅，令人有一种凝神静气的感觉。宫女奉上热茶，轻手轻脚地退了出去，只余小南和原先的那名宫婢伺候在侧。

路映夕环顾这间茶室，心中有些诧异。没想到皇宫里有这样的地方，简直像风雅隐士的居所。左壁挂着一幅山水画，笔墨浅淡，清逸横生，疏简构图中可见一丝孤高。看这幅画的纸质，应是旧图。而右壁则是一首题诗：“春有百花秋有月，夏有凉风冬有雪，若无闲事挂心头，便是人间好时节。”以诗为画，禅意澄明。

路映夕微微一笑。诗画应是新作，想来下笔之人的心境已有了改变。

她端起茶盏轻啜一口，看向身旁侍立的宫婢，问道：“壁上字画，可是姚贤妃的大作？”

“回皇后，奴婢不知。”那宫婢屈了屈身，恭声回道。

路映夕含笑，不再追问。其实每幅字画的右下角都有一个小小的署名，只不过刻意用契文所写，甚少人能识得。

姚贤妃的闺名，可是“凌”字？

路映夕暗自摇头，是她疏忽了，竟一直没有关注这位避世的神秘妃子。

等了一盏茶的时间，门口响起一道低浅的嗓音，稍显喑哑：“皇后娘娘。”

路映夕轻轻眯眼，转头凝望，心中微震。

这位就是姚贤妃？灰袍裹身，长发如瀑，五官俏丽，可是，一道疤痕从她眉心蜿蜒至下颚，触目惊心。

姚贤妃声音沙哑，像是长久没有开口与人说话。她带着伤残的面容平静无波，抬手示意宫婢退下，方屈了身道：“皇后娘娘凤驾亲临，姚凌未及相迎，还望皇后恕罪。”

路映夕浅浅一笑，也宣退小南，温和回道：“姚贤妃无须多礼，本宫只是过来串串门。”

姚贤妃沉静地望着她，眸光如水，清凉无澜。

路映夕站起，走近她，不着痕迹地打量。她方才说话的语气，客气疏离，淡漠至极，仿佛并未把自己看做宫中人，更遑论是皇帝的妃子。毋庸置疑，这是一个有故事的女子，芳华正茂，可心却早已苍老。

姚贤妃对上她的目光，没有丝毫闪避，淡然道：“这几日，姚凌一直在等皇后前来。”

“为何？”路映夕疑问。

姚贤妃的视线掠过她的脸，然后轻飘飘地扫过她的发髻，口吻依然轻淡：“姚凌那日刺杀南宫神医未遂，便在等待着审判的来临。”

路映夕心中一愣，讶异看她。她和师父有何仇怨，居然要杀之而后快？如今她又为何要自首？

姚贤妃慢慢移开目光，看向壁上的诗画，低哑道：“多年前，家父宿疾缠身，南宫神医见死不救，姚凌为人子女，不得不为父报仇。这世上的一切本皆是虚空，可惜姚凌慧根不足，总要为亡父尽过绵力，方觉心安。”

“师父善心仁术，又怎会见死不救？”路映夕蹙起眉头，心里疑虑重重。师父从前每年都会外出游历，采药治人，不分贫富，为何独独不救姚贤妃的父亲？

“陈年往事，随风而逝，再提无益。”姚贤妃低眸，默念了几句佛语，才又抬眼看着她，“皇后要如何处置姚凌，姚凌都无怨尤。”

路映夕没有接话，抿紧菱唇。这个女子，给人的感觉异常矛盾，似看透红尘，又似终究抛不开。她要报仇，却不彻底。她要认罪，却明知皇帝有心庇护她。

沉默良久，想起师父并没有受到严重损伤，路映夕轻轻启口道：“姚贤妃熟读佛经，想必应知何谓得饶人处且饶人。往后若有机会，本宫会常来向姚贤妃请教佛禅。”

她说得迂回，姚贤妃的回应更加晦涩：“菩提本无树，明镜亦非台。本来无一物，何处惹尘埃。”

路映夕只觉话不投机半句多，干脆告辞：“本宫还要去看望小帝姬，姚贤妃且珍重。”

姚贤妃无意挽留，神色静默。

旋身举步时，路映夕发上的那支木簪突然掉落在地。

“簪……”姚贤妃蓦地出声，又戛然而止。

路映夕弯腰拾起簪子，回头对她微笑道：“多谢姚贤妃提醒。”语毕，便不再多言，径直离去。

有时候，只需要窥见一角，就可拼凑出真相的全部。原来，这位姚贤妃，便是皇帝深埋心底的伤痛。

探望过小帝姬之后，路映夕返回凤栖宫，毫不意外地看见皇帝的身影。

他站在寝居前的庭院里，长身玉立，背影寂寥。

她低叹一声，开口唤道：“皇上。”

他缓慢地转过身，幽暗眸子犹如寒潭，深不见底。

她宁静地凝望他，半晌，抬手摘下发上簪子，递到他面前。

他扬起薄唇，笑容很淡，低沉道：“这是朕亲手所刻，皇后嫌弃？”

路映夕摇头，柔声回道：“君子不夺人所爱。”虽然她注定要与他相斗，但她要夺的，不是这些。

“朕送出的东西，不会收回。”皇帝嘴角的弧度渐渐扩大，可瞳眸中却没有一丝笑意，冰寂如冷冬。

“从无例外吗？”路映夕温声问。包括付出的感情，也不会收回吗？可她总觉得，他不是这样的人。他不仅会收回，还会从此收藏得十分严密，不让人看见一丝哀伤痛楚，并且，再也不会轻易付出同样的东西。

皇帝没有回答她的话，散淡道：“如果皇后不喜欢，扔了也无妨，朕不会责怪。”

听他这么说，路映夕只好笑了笑，重新把木簪戴回。

“皇后刚才去了斋宫？”皇帝的语气随性，负手踱步，没有注视她。

“臣妾一时兴起，就去拜会了姚贤妃。”路映夕如实答道。她自然知晓，皇帝对她的行踪了如指掌。

“如何？”皇帝目光眺远，越出宫墙，不知在遥望天边云朵，抑或其他。

路映夕无声地漾开笑容，颇觉玩味。他问得没头没尾，是在问她见过人之后的感受，抑或问那个“她”的现况？

斟酌片刻，她简单地回了两个字："很好。"

"嗯。"皇帝不咸不淡地应了一声，不再继续这个话题，转而道，"朕明日要微服出宫，皇后可有兴趣陪朕一起？"

路映夕一怔，惊讶道："臣妾也可出宫？"

皇帝低低地笑起来，侧过脸看她，语带戏谑："皇后不是一直向往外面的世界吗？"

路映夕不语，只是微笑。她确实向往，但她不会饮鸩止渴。即使能出皇宫，对她来说也只不过是透透气罢了。

安静了会儿，她柔缓地反问："皇上呢？"

皇帝懒懒地挑眉："难不成还能指望长居在外，闲云野鹤？每个人都有自己应该站的位置，倘若心有旁骛，尽是羡慕别人所拥有的，那无疑是自找罪受，自我煎熬。"

她认同地颔首："皇上见解独到。"

皇帝稍敛了散漫神情，正色道："近日有许多难民涌入京都，朕要亲自去看一看。"

路映夕没有搭腔。她也收到风声，皇朝和龙朝开战，国界边城的百姓深受战乱之苦，流离失所。可疑的是，京都离边城甚远，百姓怎会一路逃难至此？其中必有蹊跷。也许，贫民中混杂着一些奸细。明日出宫之行，显而易见，一定有凶险。皇帝特意带她一起，是想趁乱要她的命？还是想试试她有几分能耐？

正思量着，一名小太监神色惶恐地快步走来，仓促地朝路映夕行了礼，然后立即到皇帝身边，附耳小声禀告。

皇帝脸色骤变，转眸对向她，凌厉地瞪了一眼，宽袖一拂，大步离去。

路映夕看着他疾速的步伐，眉心轻轻皱起。她今日第一次去斋宫，这才一转眼，那边就出事了？未免太凑巧。

她并不急着跟上去，她倒想等着看皇帝会如何处理这件事。如果他是那种会被感情蒙蔽心智的昏庸男子，那么，他不配当她的对手。

第十一章
攻心为上

斋宫失火，但，仅是那一间茶室。据说火势极旺，熊熊燃烧，整间厅室不多时就付之一炬，来不及挽救。

路映夕听着晴沁的汇报，抿唇一笑。那位姚贤妃，看似超然出世，然则性情十分刚烈。

“娘娘，是否要摆驾去斋宫看看？”晴沁恭声问。

“不了，你下去吧。”路映夕眸光清明，宛如初雪。她站立在窗畔，眺望远处半空中飘散的几缕残余黑烟。是否只因她踏入过那间茶室，观赏过壁上诗画，姚贤妃就要彻底毁之？

路映夕轻轻摇头，关上窗户。有一种人，对于洁净有严苛要求，被别人碰过的物品，永不再用。姚贤妃，或许正是这种人，极端执着。如果真是这样，恐怕连无边佛法都很难平静她的心。

夜幕一点点垂降，凤栖宫静谧如常。

路映夕沐浴过后，早早就寝，不理琐事。她睡得安稳，酣梦中，隐约感觉身边有轻微的声响。她转醒，没有睁眼，假寐着。

四周黑暗，有人翻身上床，躺在一侧，呼吸沉缓，并未惊扰她。那人身上有一股浅淡的龙涎香，在这静夜里显得格外清晰。路映夕心中想，其实他比她更了解姚贤妃的个性吧？之前他瞪她的那一眼，是怪她破坏姚贤妃修身养性？可是，如果一个人自己控制不住心魔，怎能归咎于旁人？

大抵过了很久，皇帝低低的嗓音响起，情绪难辨：“有什么想说？”

路映夕在漆黑中睁开眼睛，无声地弯了弯唇，轻语道：“臣妾在想，皇上在想什么。”

“皇后冰雪聪明，又怎会不知朕在想什么。”他的语气极淡，不冷不热。

她没有接这个茬儿，轻柔道：“姚贤妃容貌出众，只可惜那一道伤疤……”

皇帝轻嘲地笑起来，声音越发低沉：“皇后七窍玲珑心，该不会以为那是朕下的手？”

路映夕安静了会儿，温文回道：“臣妾从未如此想过。”

“说说你是如何想的。”皇帝好像起了倾谈的兴致，口气悠悠深长。

“每道伤口的背后，都有一个故事。”路映夕平淡地说道，不欲剖析。伤口若已结痂，又何必再残忍地撕开。她对于别人的感情事，并没有浓重的好奇心。

皇帝却仿佛存心要揭开旧伤疤，只不知那是他自己的伤，还是那个“她”的伤。他的语速放得非常缓慢，不带温度，娓娓道："为了报复，她亲手割毁自己的脸。当她满面鲜血来到朕面前，朕才发觉，什么叫做说不出话来。那道伤口划得很深，皮肉外翻，鲜血滴淌，令人惊悚骇然。她却笑得异常灿烂，似乎因此得到了什么。可是朕看着，只觉得她在哭，那眼泪是红色的。"

路映夕默默听着，心里有点发凉。他描述得太细腻，她的眼前幽幽浮现出那样一张脸，面色极为苍白，鲜血极为艳红，犹如怨气深重的厉鬼。大多女子最珍惜的，便是自己的容颜，可姚贤妃竟能狠心对自己这般残忍，这算是对谁的报复？值得吗？

"朕不喜欢去斋宫，也许是不习惯那里弥漫的檀香味，又或许，是觉得再浓的檀香也覆盖不了记忆里的血腥味。"皇帝似有若无地笑了笑，自嘲道，"朕的记性太好，算不算一件好事？"

"有时候，记忆会骗人。美好的变得更加美好，不好的变得更加不好。"她平和接言，什么也不问。

故事刚刚讲述了开头，皇帝没有继续把它说下去。路映夕心忖，这桩多年前的深宫秘事，内情会是如何的错综复杂？除了血腥伤害之外，是否也掺杂了刻骨铭心的缠绵悱恻？

两人皆无言，气氛凝寂。忽地，路映夕觉得锦被一紧，皇帝拉住被角，微微用力，连带将她扯近。

"皇上？"她有些吃惊。他们一贯隔着距离共眠，现在他想做什么？

皇帝不出声，缓缓拥住了她，手势轻柔，不含侵略的情欲之意。

她没有挣扎，任他抱着。他的手心贴着她的腰，凉寒失温。锦被甚厚，可他的身躯却僵冷如冰。

她维持着原本的姿势不动，良久，低声道："皇上，夜凉，不如臣妾让人再拿一床被褥来？"

他轻咳了一声，只道："就这样，很好。"他的手掌稍稍使了点力，将她整个人揽进了怀里。

男子独有的气息窜入鼻端，路映夕感到不自在，本能地挪了挪身子，他即刻再搂得用力一分。

他的下巴轻抵她的肩颈，她觉得痒，终于忍不住翻了个身，背对着他。

他仍没有松开手，从后面环抱着她，低低叹息："映夕，你的身子很暖。"

她心尖一颤，心跳莫名急促起来。明知他可能是在使攻心术，可她还是无法抗拒。如果她现在一脚踹他下床，会有什么后果？她暗自苦笑。这人太坏，刻意流露一丝脆弱给她看。演得那么真切，让人即便怀疑，也不忍戳破。

他就这么抱着她，不说话，贴牢她的后背，没有更进一步的动作。

她僵直着背脊，感觉他的呼吸近在耳边，微微掠动她的发丝。

"睡吧。"他近乎呢喃地吐出一句话，就再无声音。

她亦不出声，许久之后，他的身体渐渐温热，扣在她腰间的手也略松了，应是已经入眠。她这才吐出长长一口气，觉得这种情况如同守城御敌，心身皆不敢松懈分毫。

这一夜，他睡得很浅，时不时下意识地将她抱紧，害她彻夜无眠。

翌日一早，路映夕将修葺冷宫的事务交代给晴沁，然后换上荆钗布裙，一张清美面庞不施脂粉，白皙素净。

皇帝今日身着一袭浅紫色的锦袍，金冠束发，仿佛一个风度翩翩的富家公子，虽然风流倜傥，却无杀伤力。

路映夕站在他身旁，像是他府中的丫鬟。而几名侍卫青衫便服，就如大户人家的护院，并不起眼。

一行几人，就这样出了皇宫，驾着两辆马车来到南城门。

城门口挤着众多难民，拖儿带女，排队入城。

皇帝下了马车，走到一边静僻处观望，随口问路映夕道："可见过这等情景？"

路映夕点了点头，没有说话。从前在邬国，她时常随师父出宫，行医救人，或跋山涉水勘地采药。她并非不知人间疾苦的娇贵千金，也曾尝过辛劳饥冷。有时在荒山里，风餐露宿，只能挖草根野菜充饥，睡在阴寒山洞里。

皇帝扫视着鱼贯进入城门的百姓。这些人之中，难保没有奸细。就算每日混入十人，十天便有百人。如此下去，京都必将大乱。龙朝人擅巫蛊之术，如果他们对驻京军队下蛊毒，后果不堪设想。

路映夕转脸看向皇帝，见他神情凝重，不由开口道："公子，户籍文书可以伪造，但人的本领难藏。倘若龙朝派探子潜入我城，定是会武之人。"

皇帝闻言，赞赏地瞥她一眼，颔首道："此言有理。"

路映夕微微一笑。看他的反应，应该已经做了一些安排。其实只要暗中让武学高手佯装守城士兵，检查入城百姓的时候，搭一搭每人脉搏，就可分辨端倪。不过，纵使如此，仍难保万全。毕竟，如今是非常时期。

"还有什么建议？"皇帝注视着前方，淡淡问道。

路映夕知他是在问她，思索片刻，压低嗓音道："对于巫蛊之术，预防重于事后医治。映夕曾经和师父研究过龙朝蛊毒，小有心得，可是有一味药引非常难寻，所以一直未研制出防备之药。"即使能配出药，但要在军民中普及，用量极大，不仅需要人力，还需要时间。

皇帝目中闪过一丝亮光，偏过头，灼灼地盯着她："是何药引？"

她踮起脚尖，凑在他耳边低语几句。

皇帝的脸色慢慢沉了下来，抿唇不语。

路映夕清浅地笑了笑。在此时，她和他是盟友。邬国派兵助他攻打龙朝，那么她帮他，算是帮自己。

皇帝又静观了一会儿，折身走向马车。踏上马车之前，他不经意似的叮咛一句：“映夕，上车来。”

马车徐徐慢行，途经市集。正值午时，街市繁华热闹，人流络绎，叫卖声不断。

皇帝掀开帘布，颇有兴致地看着，见一处小摊前围着不少人，一阵阵食物的香味迎风飘来，不禁出声喊停了马车。

“公子？”坐在他身边的路映夕笑着唤他。

皇帝挑起长眉，慢条斯理道：“本公子饿得紧，咱们觅食去。”

路映夕莞尔。没想到他平日总是深沉内敛，却也有这样玩心忽起的时候。

那处摊位，卖的只是普通烧饼，然而浓香四溢，引人垂涎。

“公子，不如回府再用午膳？”路映夕心想，皇帝身份尊贵，且心思缜密多疑，应该不会真的在外吃这种食物吧？

“买几个。”皇帝伸手一指，兴致盎然。

路映夕回头看看紧随的侍卫，他们皆一脸为难，踌躇迟疑。

她笑着摇头，轻扯皇帝衣袖，小声道：“公子先回马车，映夕帮公子买。”

皇帝斜睨着她，一点也没打算合作，大步走近烧饼摊，顾自对小贩道：“小哥，来两个烧饼。”

路映夕不阻止，她就不信皇帝身上会带着碎银子。

谁知皇帝竟从腰间的锦囊里掏出一张银票，递给小贩，大方道：“不用找了。”

那小贩拿起银票一看，惊喜大呼：“谢谢公子！谢谢公子！”

旁边的民众好奇地涌上去，争相看那银票是真是假，一边啧啧称奇道：“居然花一百两买两个烧饼，这是哪家的贵公子啊？”

“难道是城西姜员外的那个败家子？”有人猜测，眼角觑向皇帝。

皇帝优哉地接过烧饼，点头道：“正是正是，在下就是那不争气的姜家少爷。”

“是吗？可是听说最近姜家少爷得了麻风……”一人质疑地上下打量他。

此话一出，众人惊恐的目光聚焦于皇帝脸上，自动退离他好几步。

路映夕哭笑不得，轻轻拉住皇帝的袖子，示意他离开。

直到上了马车，放下帘布，还能隐约听见那些百姓的纷纷议论。譬如姜家少爷不是得麻风，而是花柳病，又说连青楼都不敢去了，怎么有脸出来买烧饼。

马车疾行，鞭声大响，奔驰而去。显然，侍卫们听不下去了。

车厢内，皇帝笑得愉快，手拿一个烧饼，递了另一个给路映夕，道：“这烧饼可算是得来不易，皇后一起享用吧。”

“谢皇上。”路映夕温顺地接过手，低头扯了扯嘴角。他这算与民同乐吗？倒像是存心捉弄百姓。

“皇后不吃？”皇帝笑看她。

“皇上，虽说民间小吃别有风味，但皇上是万金之躯，小心为上。”路映夕瞥了一眼他手中的烧饼。不难看出，他并没有打算真的吃，他终究是一个谨慎的人。

“嗯。”皇帝应了一声，把烧饼搁在一旁矮几上。

“皇上，回宫之后，臣妾就去与师父探讨巫蛊之事。不过，那味药引……”路映夕语气一顿，为难皱眉。

“回宫再说。”皇帝敛去轻松笑容，目光沉下，眼底一抹厉光迅速闪过。

路映夕微眯眸子，只作不知，面色平静如常。

夜里，路映夕听皇帝时有咳嗽。隔日清早，御医为皇帝诊脉后，神色显得有些凝重，吞吞吐吐道：“皇上，您的体质特殊，近日恐怕不宜行……房……”

路映夕站立在旁，暗暗狐疑。何谓特殊？又为何不能行房？

皇帝躺靠着龙床，挥了下手，淡淡道：“朕心中有数，照常煎药就是。”

御医躬身退下，路映夕这才出声，道：“皇上，臣妾略懂医术，不如……”

还未说完，皇帝已截断她的话，轻描淡写道：“不必。”

路映夕疑虑更浓，难道皇帝有不可告人的恶疾？

皇帝瞟她一眼，戏谑低笑：“皇后在想什么？难不成，怀疑朕不能人道？”

路映夕微怔，缓神忙道：“臣妾并无此意，只是忧心皇上的龙体。”

“皇后无须担心。”皇帝睇着她，平缓道出个中缘由，“朕前些年意外中毒，后来虽解了，终是落下些许病根，每当换季之时，便易染风寒，入夜后更是身躯冰冷。也没有什么大碍，休养几日就好。”

路映夕静听着，心中已然明了。皇帝体内残留寒毒，染病时身体僵冷如冰，如果于这种时刻和女子交欢，就会把寒气过给那女子。难怪，他登基多年，子嗣甚少。

她抬眸望他，见他俊容微倦，张口欲言，但还是忍住了。此症不是不能根治，可是，她不能治他。

皇帝勾唇一笑，似乎知晓她心里所思，不疾不徐道：“朕已习惯了，皇后不用犹豫，也不用挣扎。”

“皇上千万保重龙体。”她只是四两拨千斤地回道，神情婉约柔和，若无其事。

“皇后之前提及的药引，朕会想办法。朕累了，皇后就先回凤栖宫吧。”皇帝半合双眼，无意再谈。

第十二章
寒毒难解

出了宸宫，路映夕便往太医署行去。如今她有了光明正大的理由去见师父，可为什么内心竟如此不安？以前师父总说，医者父母心，现在她却不肯为皇帝医治，这算不算有错？

太医署的偏堂，清寂无声，只有一身浅灰色素袍的男子坐于桌案后，埋头翻阅医籍。

“师父。”路映夕站在门槛外，低声一唤。

男子没有抬头，轻淡应道：“映夕，可是为了巫蛊之事而来？”

路映夕心中佩服，颔首回道：“是的，师父。”

“龙朝位于南域，最擅用金蚕蛊。现今两国开战，龙朝必定会无所不用其极。”南宫渊轻声叹息，举目看向她，见她立于阳光的阴影里，面容忧郁，不禁关切道，“映夕，是否遇到了难事？”

“没有。”她隐去眸中阴郁之色，展开笑容，踏进门内，“师父，如果有了药引，那么研制大量配药，需要多少时间？”

“需要医者一千人，费时一个月。”南宫渊黑眸深如海，寂静无波，却又似蕴含无限温柔，“映夕，不要太计较得与失。当你在付出的时候，无形中已得到了回报。”

“师父……”路映夕终于藏不住心事，低低道，“师父是否早已看出他体内残留毒素？”

南宫渊淡淡点头，道：“第一眼见他时，就已知晓。虽然剩下的寒毒很轻微，不至于伤及性命，可却十分折磨人。映夕，你内力深厚，能抵抗其寒气。”点到即止，他没有再说下去。

“映夕会仔细考虑。”她弯唇苦笑。这个问题，真不该和师父讨论。

南宫渊的眸色隐约沉了几分，凝视着她，缓缓道：“映夕，可还记得你出嫁之前，师父对你说的话？”

“记得。”她低眸，没有看他，语气黯然，“那时，师父说，世上的一切束缚皆属虚无，若决心想要挣脱，终有一日能够挣脱。但前提是，必须清楚自己心之所向。而心，是变幻莫测的东西，随着时间流转，它会有不同的走向。”

“所以，不要抗拒你的心。它会告诉你，你应该如何做。”南宫渊接言，嗓音分外温和。

路映夕下意识地攥起拳头，脸上却露出微笑，道："师父，映夕想起还有事情待办，先走了。"

南宫渊不响，瞥了她垂着的双手一眼，目送她离开。

走出太医署，路映夕伫立在明媚的日头下，狠狠眯起眸子。好，她就治皇帝。

折回宸宫，她心中犹有几分苦涩，自嘲地想，就算救人，她也并非完全出自医者的善心。

内侍太监将她迎进了寝殿，没有通传，许是之前已得到皇帝授意。入了后殿，一室寂静，光影斑驳，只有混杂药味的沉香缭绕。她站在龙床旁，静静地俯视着皇帝。

他双目紧闭，大抵已沉沉入睡。不知是否正陷于梦魇，他的浓眉微皱，神情疲倦萧索。纵然如此，他仍英俊得令人感叹。分明如斧削的轮廓，入鬓似剑锋的长眉，就连刚毅的下巴都是线条完美，无可挑剔。

她望着，有些恍惚，脑中慢慢浮现另一人的模样。两个风姿绝世的男子，却这样的迥异。一个淡泊温雅，一个深沉傲然；一个无欲无求，一个野心惊人。

想到此，她的眼光黯了黯。事实上，她并没有资格评论，她也怀揣着巨大野心，踏入这异国他乡，从此归期遥遥。

不知不觉间思绪逐渐飘远，她低低轻喃："黄沙百战穿金甲，不破楼兰终不还。"

雕龙大床上的那人未睁眼，却发出一声低哼："皇后还是早些打消了'还'的心为好。"

皇帝缓缓睁开眼眸，坐起身来，几缕漆黑发丝掠过额前，姿态慵懒散漫，而目光一片清寒。

路映夕屈膝一礼，不接茬儿，只当自己方才未开过口，浅浅笑道："皇上醒了。臣妾实在不放心，所以又来了。"

"皇后有心了。"皇帝语气闲淡，视线锋利逼人。

路映夕略微倾身，靠近他，轻问："皇上，让臣妾为皇上把一下脉可好？"

皇帝沉沉地轻笑，撩起衣袖，朝她伸出手臂。

路映夕握住他的手腕，目不斜视，仔细把脉。他似乎早已料到她会返来？他这般深谙人的心理，令她越发有一种如履薄冰之感。

凝神片刻，她收回手，沉静出声："每年夏秋换季时，皇上是否就会有段时间身体不适？"

皇帝淡然点头，回道："就是这时节，必会咳嗽百日。"

路映夕没有再多问。他说得轻松，然而一定深受此苦。百日，一开始只是咳嗽体寒，接着就会如置冰窖，寒冷彻骨。若他不是练武之人，挨了几年下来早就缠绵病榻了。据说他一贯勤政，登基七年不曾懈怠，由此可见，他的意志刚强，非常人可比。

静了须臾，她轻轻道："臣妾斗胆，敢问皇上为何会中了寒毒？"

皇帝长眉一扬，懒洋洋道："皇后不像是多事的人，怎会对此好奇？"

路映夕抿了抿唇，不语。她并非好奇，只不过是想对症下药，以免错诊。罢了，每个人都有秘密，他不愿说也不妨碍她尽力一试。

"皇上体内残留的毒素，其实有法子清除干净。"她看着他，微笑道，"相信皇上亦是心中有数。"

皇帝不置可否地回视她，悠悠然道："皇后要真的想清楚了才好。"

她唇畔的笑容加深，笑靥如花："能够为皇上略尽绵力，是臣妾的荣幸。"

皇帝似笑非笑地道："皇后愿意为朕无私付出，朕甚是感动。"

"臣妾并非圣人。"她笑意盈盈，直言不讳，"如果臣妾能治好皇上的宿疾，可否求一件赏赐？"

"皇后想要什么奇珍异宝？"皇帝优雅淡笑，深眸中带着一丝玩味。

"臣妾想要一块免死金牌。"她大胆索求，不是商量，而是交换。

皇帝放声大笑，眉目舒展，似欢畅至极："皇后的算盘打得如此精妙，不做商人着实可惜。治一症，换一命，这买卖倒是朕亏了。"

路映夕不言，镇定含笑。这症不好治，皇帝应该比谁都明白。

皇帝兀自笑了一阵子，抚掌干脆地应允："好，朕就答应你这个要求。"他若要她的命，免死金牌也挡不住。他若存心想折磨她，也多的是办法。

路映夕自然清楚这一点，但多一重保障总是好的。免死金牌，日后必有用处。她单膝跪地，谢恩道："臣妾叩谢皇上圣恩。"

"平身。"皇帝半眯幽眸，睥睨着她，"皇后准备何时替朕诊治？"

"就现在如何？"路映夕站起，暗吸口气。这个交易划不划算，此刻言之尚早。

"确定不会后悔？"皇帝唇角一勾，笑得魅惑，"朕给皇后最后一次机会，现下若要反悔，还来得及。"

路映夕轻缓摇头，神情坚定。他的苦，她将代他受。她并不怕冰寒苦楚，可却不能不担心，以后寒毒发作时，再加上她原本的心疾，那会是怎样的地狱般煎熬?

"皇后别忘了，你也是宿疾在身的人。"皇帝出言提醒，一针见血，"当你把朕的寒毒渡到己身，很可能会立刻引发旧疾，到时定然万般痛苦，稍有不慎，或许会丧命。"

路映夕神色不动，不露分毫迟疑。若不是他封了师父的内力，又怎需她做这件事？师父曾说，一切因果循环，自有定数，想来果然有道理。

皇帝定定地凝望她，良久，眸光转缓，低叹一声，道："朕命人去安排一下，多搬几座暖炉过来。"

"嗯。"她轻淡应声，心中不无嘲讽地想，人总是自私的，他不会感激她，更不会感到一丝内疚。毕竟，她把此事当成筹码，换取免死金牌。他只会当做各取所需，各自求仁得仁吧？这样也好，大家互不亏欠，将来也无须手软。

皇帝扬声唤人，目光未移，一直紧锁着她。说他自私也好，卑鄙也罢，他就是要看看一个女子能为大业牺牲到什么地步。她有图谋而不愚蠢，有手段而不狠毒，有才能而不嚣张。这样的女子，他不得不承认，他很欣赏。

宫人们闻声而入，然后领命退下办事。

皇帝看着路映夕，忽然笑了笑，温言道："皇后可听过一首诗？"

"不知皇上是指哪一首？"路映夕对上他幽深的瞳眸，发觉他这一刻的眼神罕见地柔和。

"北方有佳人，绝世而独立。一顾倾人城，再顾倾人国。宁不知倾城与倾国？佳人难再得。"皇帝的嗓音低柔如清风，温存地吹拂而过，撩动人心。

路映夕不出声，垂下眼帘，却暗暗地用劲握拳，犹如在抵御外力入侵。手心，因为过于使力，顷刻就渗出薄汗，濡湿黏腻。

皇帝不动声色地望着她，徐徐又道："越用心分析对手，越是交心的战斗。"

路映夕蓦然抬眸，如被雷击，心神激荡。交心？不！她的心绝对不会交给他！他们之间，只能有大业之争，决不会有情爱牵绊！

皇帝一瞬不瞬地盯着她，眸光温柔而危险。如果缘分天注定，他很想知道，他和她，谁先服输。

四座暖炉冉冉冒烟，热气升腾。龙床旁侧的矮榻上，已叠放着两床锦被，另有姜茶备妥。宫人们动作轻巧地退下，关上了寝殿大门。

"皇上。"路映夕低低开口，"请盘腿而坐。"

皇帝依言在床上坐稳，神情异常懒散，慢悠悠道："皇后为何不考虑另一种方法？"

路映夕眼睫一抖，维持着平静的神色，温婉答道："因为臣妾对于此法比较有把握。"

皇帝勾起薄唇，笑得意味莫名。

路映夕暗恼，抿嘴不语，坐到他身后。所谓另一种方法，便是阴阳交合。且不说这样渡寒毒必须云雨欢爱，更紧要的是她会伤身。如果寒气深重，可能导致她终生无法生育。

皇帝回过身，握住她的手，戏谑道："皇后，朕喜欢另一法。"

路映夕压下心头愠怒，淡声道："皇上，不要说笑了。"

皇帝面色倏地一沉，不悦道："朕并不是在说笑。"

路映夕轻轻抽出被他握着的手，扬唇一笑，眸光却十分清冷："也许皇上今日不想治病，臣妾改日再来。"

话落，她利落地翻下床，准备离去。他未免欺人太甚，即使她不是出自诚挚之心，可也是帮他。他反倒要害了她才甘心？

"站住！"身后，传来皇帝冷冷的喝声。

她转身，淡漠地望着他："皇上有何吩咐？"

皇帝眯着眸子睨她，俊容森然，语气沉冷："纵使只是交易，也应遵守其规则。除非，你不想要免死金牌，也不想保南宫渊将来的安康。"

路映夕眸中闪过一丝讥诮。她确实想把免死金牌送给师父，但这并不表示她不分轻重。

"皇上说的对，这是交易。"她缓慢地接话，一字一顿道，"既是交易，就要一个愿买，一个愿卖。"

"很好。"皇帝颔首，脸上冷峻之色敛去，朗声轻笑，"皇后并未被利诱迷惑，依然心绪清明，难得，难得。"

路映夕站立不动，暗讽地注视他。他在试她，试她会不会为师父牺牲到底。世人总说君王多疑，而若让她说，他，尤甚。

"过来。"皇帝对她招手，表情已是一派温和。

她走近两步，立于龙床前，一声不吭。

"映夕。"他突然唤她的名，声音醇厚而温柔，"你可知道，你最大的弱点是什么？"

她抿紧了唇，仍是不发一语。

"每个人都有弱点，但有些人被戳中那一软处，仍旧谈笑风生，决不会让人察觉。"皇帝像是有感而发，惋惜而又怜爱一般，叹息道，"你的道行尚浅。"

路映夕不由怔忡，想起师父曾劝她不要太过倔强，倒与皇帝这番话里的深意不谋而合。

皇帝再轻叹一声，接着道："朕再提醒你一次，寒毒伤身，也许比你所想象的更严重。不要做让自己后悔的事。"

路映夕终于启口，沉静道："皇上，臣妾想得很清楚。"普天之下，只有玄门弟子才兼具深厚内力和渡毒之法，她若不治，他还能求医于何人？

皇帝凝眸看她，笑着摇头："朕肯定，以后你会后悔。"

她不说话，静静地回视他。

"朕改变主意了。这余毒，不清也罢。"皇帝笑意浓浓，带着一点自傲狂气，道，"朕要你有一日心甘情愿，为朕做这一切。"

路映夕不禁睁大眼眸，觉得这人不可思议。他不只喜怒无常，心思莫测，而且骄傲自大，简直令人无语。他觉得她会爱上他？爱得奋不顾身？

皇帝眸光透亮，泛动锐色，继续道："你为南宫渊索取免死金牌，除了出于师徒之'情'，也必有自己的考量。"那个情字他加重语气，顿了顿，再道，"这般不纯粹的牺牲，朕若是他，朕不会要。"

路映夕扬起眉梢，并不否认。她确实另有考量，不想师父受制于人，而使她也间接被牵制。

"朕若要，便要纯粹彻底，无一丝杂质。"皇帝话至此，不再说下去，转而道，"区区寒毒，朕还不看在眼里，皇后不如花精力研究巫蛊之事。"

路映夕对他方才的豪言妄语不予置评，心中滑过一丝钦佩。他终是不屑为一己之私，利用女子代他受苦。他的谋略手段，他的狠厉无情，是用在社稷大事上面。有此等胸襟，才可算真正的帝王。

皇帝瞥她一眼，促狭笑道："现在可发觉朕的好了？"不待她答，他话锋一转，正色道，"解蛊毒的药引，朕会在三日内取到。"

"到时臣妾定当竭力制药。"路映夕应声，唇边弯起一个很浅的弧度。

刚刚松口气，又听他不紧不慢地吐出一句话："朕染风寒之后，体温必会骤低，冷夜难挨，皇后今晚就宿在宸宫吧。"

"是，皇上。"她恭顺回道，脑中飞快寻思，这段时间是他的非常时期，应该不会做什么邪恶的事。只是这人的性子难以捉摸，她还是得小心点。

第十三章
静夜初吻

回凤栖宫沐浴更衣，路映夕趁机交代晴沁去白露宫一趟，告知贺贵妃关于皇帝龙体抱恙的消息。

“娘娘，眼下正是大好机会，娘娘为何要让给贺贵妃？”晴沁疑问，眼中露出一丝隐约的不满。

路映夕梳着潮湿的鸦青长发，淡淡道：“小沁，你是在教本宫如何做事？”

晴沁垂首咬唇，恭敬道：“奴婢不敢，奴婢这就去。”

路映夕看着她退下，眯了眯明亮眼眸。小沁越来越沉不住气了，终有一日会坏了她的大事。现今西关的十万大军已分成两营，她安排的人拿到其中一块虎符，可算成功了一步。将来邬国如果和皇朝决裂，至少，西关是一处突破口。不过这些都是后话，眼前当务之急，是助皇朝灭了兵力强盛的龙朝。

她换上月牙白的绣凤宫裙，再次前往太医署。今晚有贺贵妃去向皇帝献殷勤，她正好可以和师父好好相谈。

天色尚早，空中夕阳绚丽，宛如盛开的大朵艳花。

南宫渊伫立在静谧无人的庭院中，仰首遥望，不知在沉思何事。

路映夕对着他清瘦的背影，轻声道：“师父是否有烦心之事？”

他缓缓转过身来，面如冠玉，眉目朗逸，儒雅笑道：“映夕，我已备好一些解蛊毒的药材，你无须时常来太医署。”

“师父，映夕有一件事，想不明白。”她没有接他的话，轻蹙双眉，道，“佛语说，扫地恐伤蝼蚁命。但如果不得不为，该怎么办？”

南宫渊笑容温和，言语却格外直接，“你想杀谁？”

路映夕一愣，随即低低叹息。她想杀小沁，可终究于心不忍。小沁以为自己做得神不知鬼不觉，其实她早已察觉异状。留着一个不服从命令的下属，或许比养一个奸细更危险。

南宫渊凝望着她，柔和扬唇，语如春风：“映夕，是我给了晴沁毒药。”

“师父？”路映夕猛然抬目，神情错愕。

“那个与你容貌肖似的宫女，是克你之人。可你却一直轻敌，晴沁也只是为大局着想罢了。”南宫渊轻叹，似有遗憾，夹杂悲悯，“我给晴沁的药，是慢性毒药，不至于毙命，但日久就会心智衰退，与孩童无异。”

路映夕怔怔无言。栖蝶自从受了廷杖之后，休养未愈，反而伤情加重。她本以为是晴沁一个人搞的鬼，没想到师父在暗中插了手。

静了良久，她抬眸望他，温软开口：“师父，皇宫复杂龌龊，不适合师父长留。”她多么不想师父的手染上脏污。

“半年之后，师父自会离开。”南宫渊面容平和，黑眸沉寂如古井，即使掠过波澜，也是极浅极淡的涟漪。

“如果映夕一定要师父提前离开呢？”她眉头紧皱，心中烦扰不堪。她不要师父参与到这些事中来，她不要看到他为她做一些违背良心的事。

南宫渊恍若未闻，径自再道：“到那时候，你若要与师父一起走，师父会带你归隐山林。”

路映夕心头大震，睁大了双眸。他终于说出口了？他愿意带她走？这是否说明他对她……有情？

可南宫渊只是淡定地微笑，温柔地望着她，没有更多的表示。

“师父，为什么是半年？”她小心翼翼地问。

“天机又岂可泄露。”他笑容明朗，清风吹起他的灰色素袍，衣袂飞扬，分外飘然。他不会告诉她，她的人生中注定有重要抉择。连他自己都没有信心，最后他能否与她远走高飞，何况是现在身负重任的她？

“好，半年。”她自言自语地轻喃。她会把这个时间当成约定，一个对她来说非常重要的约定。

“时辰不早了，映夕，回去吧。去做你想做的事，师父永远都会支持你。”他淡笑着，率先举步，与她擦身而过，不回头，绝尘远去。

她停在原地，凝视着那单薄的灰袍、挺拔的身躯，久久回不了神。

入夜，宸宫那边果然没有派人来宣她。她很早就上床准备就寝，可是辗转反侧，难以入眠。之前师父说的话，还依稀回荡在耳旁。

归隐山林，无拘无束，逍遥自在，她可以吗？是否半年后天下已大定？她会不会输得一败涂地？抑或慕容宸睿会输？有没有可能出现双赢的局面，不伤子民，不起战火？

夏末的夜风清凉如水，从敞开的窗口灌进来，撩动低垂的床幔。

路映夕长叹一声，起身走到窗边，眺望夜空悬挂的皎月。这轮明月，与在故土时所见，毫无不同。只是她已不是当日轻松无忧的公主。

站得久了，感觉有些寒意，她正要旋身回床，突然本能地背脊一凛。

须臾，身后有人走近。忽觉身上一暖，已有件披风裹住她的肩头。

“想和朕一样感染风寒？”低沉的嗓音近在耳畔，温热的气息吹拂她颈后的发丝。

“皇上。”她转头，浅浅一笑，“夜这么深了，皇上还未眠？”

“朕被贺贵妃扰得心烦，还是皇后这里清静。”皇帝扬唇轻笑，温情脉脉地看着她，“皇后似乎总想逃避朕的亲近？”

“臣妾一直在等着皇上宣见。”她笑着回道，心里则想，他近日专用柔情攻势，是意图征服她?

“山不就朕，朕可以就山。”皇帝笑意晏晏，伸手揽住她的纤腰，略一使力，将她扯进怀中。

她顺势依偎在他胸口，却道：“皇上的体温甚低，若被皇上这样抱上一夜，臣妾想不受寒也难。”

“那么就做一些加温的事。”皇帝目光渐炽，氤氲一抹灼热。

她直觉不安，用手轻推他坚实的胸膛，和缓道：“皇上，臣妾去命人点燃暖炉。”

“不用了。”他勾起薄唇，忽然俯下头来，覆上她的粉唇。

她顿时僵住，脑中空茫。反抗？或者顺从?

一时间，满室悄然，只剩两人交错起伏的呼吸声。

窗外月光融融，银辉洒落，将两人相拥的侧影透射在帷幔，犹如一对交颈鸳鸯。然而实际上，路映夕心中正陷入天人交战。是一把推开他？还是任由他亲吻?

皇帝咬她一口，低低笑道：“这么不投入？”

话音刚落，不待她反应，他再次吻下，稍稍用力地咬了一下她柔嫩的唇瓣，似在惩罚她的不专心。

路映夕心头颤动，惶然不自知地紧闭眼睛。

他舌尖灵巧地撬开她双唇，窜入她口中，肆虐般恣意，纠缠吸吮她的舌。男子独有的阳刚气息将她整个人笼罩，从唇舌上传来的细微痛感，混杂着一股酥麻，令她浑身软绵，心神迷惘。

她恍惚听见自己胸腔里心跳的声音，怦怦急促，失速混乱。

他时而寻着她的小舌交缠，时而舔舐她柔软的唇瓣，占尽主控权，霸道探索着她的青涩和甜美。

她微仰着脸，面颊热烫，双手抵在他的胸前，终于狠狠一使力，推开了他。

皇帝从她唇上抽离，后退一步，却也不恼，反而愉悦地勾唇，低笑谑语：“人美，唇甜。人间极品。”

路映夕的脸色愈发艳红，除了羞赧，还添上几分怒气。气他轻薄的言行举止，更气自己没有及早推拒。

皇帝笑得畅快，眸光灼亮，仿若天上繁星闪耀。

“皇后若再这样盯着朕，朕可无法保证，会不会再继续。”他笑笑地看着她。

她垂眸，不语地走向凤床。原来，吻是这样的感觉。她从不知，亲吻会让人瞬间心旌神摇。

皇帝跟着她的步伐，走到床沿坐下，见她顾自缩进锦被，蜷缩地躲到床侧，不禁摇头失笑。他第一次看到她使小性子的模样，倒也可爱有趣。

“映夕。”他唤她的名，语气轻柔，“朕的吻，可会让你觉得反感？”

路映夕背对着他，不出声。她应该要觉得反感的，但方才似乎并没有感到厌恶。她这样，如何对得起自己的心？

皇帝没有再追问，眼底浮上一丝不易察觉的阴郁。他自己最清楚，刚才吻她时，他心中是何感觉。他曾经爱过人，他知道什么是悸动。

眸色渐暗，冷芒骤现。他决不容许自己对她有一点点的情愫滋生。他要的只是她爱上他，而不是自己一同陷落。

寂静中，两人各有所思，皆有挣扎。

过了片刻，路映夕掀开被子，坐起身来，神情恢复平静温婉，说道：“皇上，夜深，不如早些就寝？”

皇帝的面色亦是温和无波，淡笑回道：“好。”

他自行宽衣上床，仰面平躺，与她隔着一些距离。

她拉过被子替他盖上，轻声道：“皇上服过药了吗？”

“嗯。”他淡淡应声，侧转了身子，将她拥住，低声问，“朕抱着你睡，可好？”

她本想拒绝，转念一想，只道：“皇上把手给臣妾。”

他也不问缘由，在锦被底下牵住她的手。

她的手指移到他腕间，暗自运气，指尖一脉真气灌入他的命门，绵厚不断。大约一盏茶的时间，她调息收回手，温声道：“皇上是否觉得暖一些？”

“暖了许多。”他的声音十分温柔，却不带情绪起伏。

她听得出，其实他这种温柔并不含丝毫的真实情绪。可她也不介意，她只不过是还他一个人情，上次她心疾发作时，他帮过她。

挪了挪身子，她背对他，平心静气，努力入睡。

他很轻地搂着她，低低沉沉地道：“映夕，你有没有想过，朕可以给你的，比世上任何一个男子都多。”

她没有转过脸，语气浅淡："皇上可以给臣妾荣华富贵，还有显赫地位。可是这些，臣妾原本就有。"

"不，朕并不是指这些。"他的下巴抵着她的肩颈，似有若无地摩挲着，缓声道，"朕能让你成为全天下最幸福的女子，知你，懂你，怜你，宠你。"

她无声地弯唇，笑得自嘲。他独独少说了一样，那就是爱。他与她都再明白不过，他们是无法相爱的两个人。

他也沉默了一会儿，才又徐徐道："映夕，有时候做人不要太清醒，才会容易快乐。"

"皇上快乐吗？"她轻轻地问。

"偶尔。"他答得坦诚，"朕时常希望自己糊涂一点。"

她不由真心地笑起来："如果皇上糊涂了，恐怕朝臣和百姓都要头大了。"

他跟着低声笑，道："看来朕和你都是天生劳碌命，享不了清闲之福。"

"也许，会有那么一天吧。"她隐有感慨，又想起师父今日说的话。半年后，归隐山林，能实现吗?

"等到那一天，只怕已不是现在的心境。"他回得颇有寓意。

她不再吭声，闭上眼，放缓呼吸。他们不该谈心，因为无心可谈。这是冥冥中早已注定的事，他们都不应该逆天而行。

幽暗中，他扯了扯唇角，眼神深远凉寒，透出一股孤寂的冷涩。既然她宁可保持清醒，那么，以后就不要怪他冷酷无情。

第十四章
斗智斗勇

修葺冷宫的事，进行得有条不紊。晴沁是一个得力帮手，做事利落，手腕强硬，效率很高。

路映夕心中却十分唏嘘。她故意叫晴沁布下谜团，误导皇帝怀疑密道可能在无忧宫内。可是她总觉得皇帝并非那般好糊弄的人，他下令翻修冷宫，摆明是对她的警告。也许，真的有一天，她会住进那座阴森凄冷的无忧宫。

无声一叹，她抛开杂绪，独自前去看望卧病在床的栖蝶。

宫婢的居所，略显窄小，除了桌椅便是床铺，没有任何奢华之物。栖蝶半倚着床头，像在沉思，神色有些怠倦，清美容颜添了几许憔悴。她见到路映夕前来，一惊，忙要下床行礼。

“你有伤在身，无须多礼。”路映夕抬手止住她的动作，温言垂问，“身上的伤，好些了吗？”

栖蝶浅浅地露出一个笑，回道：“多谢皇后娘娘关怀，奴婢好多了。”

看她的样子，应该不知道自己已经中毒，路映夕心有怜悯，在床沿坐下，握住她的手，轻拍一下，好言安慰道：“你只管安心休养，不必急着回来当值。本宫会交代下去，月俸照旧。”

“得娘娘照拂，是奴婢的福分，奴婢一定会铭记娘娘恩德。”栖蝶感激地望着她，情真意切。

路映夕的手指不着痕迹地滑过她的脉门，然后收了回来，心里暗自一惊，竟没有中毒的迹象？

栖蝶黑白分明的眼睛直视着她，笑颜纯美，水眸中亮着感恩之色，一派诚挚。

路映夕莫名地全身泛起寒意。师父说的没错，她太轻敌了。这个栖蝶何止不一般，简直是深藏不露的人物。

“娘娘，奴婢再休养几日，应该就无大碍了，到时便能伺候娘娘左右，报答娘娘怜惜之恩。”栖蝶语声依软，神情天真稚气，脆声道，“娘娘是奴婢遇见过最好的主子。”

“好生歇息，本宫就不多留了。”路映夕笑了笑，站起身。

“奴婢恭送娘娘。”栖蝶挣扎着下床，跪地迎送。

这次路映夕没有再体恤她，冷眼扫过她低眉恭顺的模样，旋身离去。

回到自己的寝殿，路映夕谨慎地关闭门窗，启动机关进入凤床底下的石室。

“殿下。”暗室内，只有一名曦卫留守，一贯的面无表情，冷若冰霜。

“传本殿旨意，派出两名曦卫，彻查宫女栖蝶的身份。”路映夕命令，言简意赅，语毕，即刻折身返回地面。密道不宜多留，多待一刻就多一分危险。

寝居里如常的清静，路映夕凝神侧耳，确定没有异声，才放下心来。

三日之期已至，但是皇帝还未派人送药引来，她思量了会儿，决定亲自去催促他。

正值下朝时间，皇帝尚未回到宸宫，她便在偏殿等候，挥退了太监宫女，一人悠然饮茶。大约等了一刻钟，有人大步踏入，朝她拱手一揖，硬着嗓子道：“皇后娘娘凤安。”

路映夕搁下手中茶盏，懒懒抬眼：“范侠士，几日不见，别来无恙？”

范统皱起剑眉，冷漠道：“范某奉皇上之命，前来知会皇后一声，皇上政事缠身，今日无暇接见皇后。”不知为何，他一看见这女子，就有股浊气上涌，既觉厌恶又觉烦躁。

路映夕懒懒地弯唇而笑。看来皇帝内心不舍，迟迟下不了手。他特意让范统来传话，又是何用意?

范统的眉头越皱越紧，他最看不惯她这种笑容，似笑非笑，浪荡不正经。

“范侠士这样直直盯着本宫，可是还有话要说？”路映夕斜觑他一眼，心中不由好笑。他明明是一个冷面男子，为何在她面前却是七情上脸?他对她的嫌恶鄙夷，似乎怎么也掩饰不住。

范统两道浓黑剑眉蹙得近乎扭曲，绷着面庞道：“皇上命范某送皇后回宫。”

“那就有劳范侠士了。”路映夕眼中带笑，站起身来，先行举步。

她上了凤辇，范统跟着辇车，大步流星，紧随在侧，却是一声不吭，像在与谁生闷气。

路映夕掀开帘布一角，探头问道：“宫中是否发生了什么事情？”

范统的脚步与辇车速度保持一致，目视前方，口中冷冷淡淡回道：“无事。”

路映夕放下锦帘，靠着车内软垫，合目假寐。必定有事，否则皇帝也无须派范统守着她。

从宸宫到凤栖宫，本应半炷香就到，辇车却行了一炷香仍未停下。路映夕缓缓睁开明眸，菱唇勾起凛冽弧度，眸中光芒闪耀。

一路前行，清风吹过，卷起锦帘边角，路映夕眯着眼望出去。青石小径，庄严阁楼，异常僻静。

待到辇车终于停下，路映夕已看清阁楼匾牌上的金漆大字——藏书阁。

据说，这里是皇帝最钟爱的地方，除了随身内侍定期来打扫之外，其他人皆不允许踏入。

路映夕缓步走下凤辇，抬辇的太监们早已恭谨地退离，只剩范统一人伫立，与她对视。

“范侠士。”她举目环顾，不紧不慢地启口，“皇上命你带本宫来此，有何要事相谈？”

范统目光如炬，紧盯着她，沉声道：“范某听说，皇后有一枚银指环。”

“嗯。”路映夕玩味含笑，回道，“范侠士的消息如此灵通，实在叫人佩服。”

范统不擅长迂回言辞，拧了拧剑眉，直接便道：“为了大局着想，还请皇后慷慨拿出指环。”

路映夕轻轻地笑出声来，嗓音如银铃悦耳，清眸中却泛起一丝嘲弄。皇帝不愿失去韩家庄带来的民间势力，于是就打算让她来当这个丑人？

见她兀自漫笑，范统微恼，硬声道：“皇上也是为了社稷安定，皇后又何必自私留着那一枚指环？”

“本宫自私？”路映夕凝目回望他，笑着摇头。人不为己，天诛地灭。自私的人，不只她，还有皇帝。药引就在韩家庄，是韩氏的传家之宝，绝不可能轻易交出。如果皇帝强势施压，韩氏或许不敢不从，但必然从此心生嫌隙，不如从前真心拥戴他。而如果由她出面，挟恩索报，结果也是相同。将来她若失势，韩家必定会落井下石，狠踩她一脚以泄愤。

范统不知她心中所思，只觉她不识大体，器量狭隘，她霸占着那指环，于她又有何用？

路映夕慢慢敛了笑容，淡淡出声道：“范侠士，倘若本宫不愿意拿出指环，你欲如何？”

范统脸色一肃，拱手道：“范某想与皇后赌一把。无论轻功剑法、内功相拼，任由皇后挑选。若是范某输了，但凭皇后处置。”

路映夕不响，眸光清冽，心明如镜。假若是她输了，便要给他银指环。这个赌局，于她无益。可是，她更看重范统的忠心，她要收服他。

思忖片刻，她温和接言：“好，本宫就与你打这个赌。”

“皇后想要如何赌法？”范统自信满满，胸有成竹。

路映夕微笑，眸中光华流转，清声道：“不如就简单点，每人出一掌，被击者不可闪避，不可反击。谁若能寸步不移，屹立不倒，就为赢。”上次她与他交过手，知道彼此的内力不相伯仲，不过她赌的是，他不敢或不忍全力袭击一个女子。

范统犹豫了下，迟疑道：“如若两人都挺得住，又当如何？”

路映夕傲然昂首，道：“那就当你赢。若都撑不住，也当你赢。”

范统不屑，本要驳斥，可转念想及皇帝之前的嘱托，暗自咬牙，点头道：“既然皇后这般有信心，范某却之不恭，就请皇后先出掌。”说完，他眼一闭，挺胸而立，气沉丹田，运起真气护住全身。

路映夕向他跨近一步，唇边笑意渐浓。她早已猜到，以他磊落的性格，一定会让她先出掌。可他却不想，等他受袭之后，体内真气混乱，需要时间调息，如此一来，反倒是她占了便宜。

“范侠士，可准备好了？”她浅笑问道，已然暗提内力，蕴于右手。

范统神色镇定，稳稳站立，静待她的掌击。

路映夕轻旋手腕，掌心挟着雷厉疾风，直袭向他。

仅是掌风，已如此凌厉猛烈，范统一凛，心中闪过震惊。只是瞬间，气息微乱，他高大的身躯被掌风扫得晃了晃，嘴角溢出一丝血迹。

路映夕眼神坚决，并未收手，反而加重劲道，骤然狠狠击中他的左胸。

霎时间，一声砰响，惊破这幽静之地，不远处的古树枝桠上鸟雀纷纷惊飞。

范统噗地喷出一口鲜血，身受震荡，即使勉力控制，仍是踉跄了一小步。

路映夕收回手，从腰间香囊里取出一只精巧玉瓶，倒出一颗红色药丸，然后以迅雷不及掩耳之势塞进范统口中。

那丹药入口即化，范统来不及吐出，只能怒瞪着她。

“范侠士莫惊。”路映夕轻笑，解释道，“这是玄门特制的疗伤药。”

范统提气匀息，须臾，确实感觉气脉畅通，断定了方才那药并非毒药。

“轮到范侠士出掌了。”路映夕笑吟吟地看着他。

范统抬袖擦了擦嘴边的血渍，尚有些气虚，但赌约已定，他自然要尽力到底。深深吸气，他正欲出手，却突然听闻一声低笑。

“不必再赌下去了。”阁楼的门吱呀轻响，一道明黄身影施施然地从里面走出来，俊容朗逸，笑容优雅，边行边道，“小范，虽然你武功不凡，可惜心性太过耿直。”

路映夕抬眼一瞥，屈身道：“皇上万安。”她垂着眸子暗忖，他言下之意，就是指她用计欺负老实人。可他也不想想，谁才是始作俑者。

“皇上。”范统羞愧低首，讷讷道，“范某有负皇上所托。”

皇帝唇角噙着一抹笑，不以为意地摆摆手，“无妨。小范，你先去疗伤吧。”

范统瞧了路映夕一眼，没有说什么，沉默地转身离开。

路映夕心中明白，他那一眼，是在告诉她，他会说话算话。

“皇后好手段。”皇帝似赞似叹，笑睨着她。

“皇上谬赞，臣妾汗颜。”路映夕温顺地应话，心中轻嗤，若论手段，他也不差。

“那指环，皇后真的不舍得送给朕？”皇帝的口吻柔如暖风，像好言商量，更像软语劝诱。

“皇上既开了金口，臣妾又怎敢不送？”路映夕笑着答，隐含嘲讽，“臣妾若是拒绝，岂不是抗旨的死罪？”

皇帝扬起薄唇，笑得和煦，似乎非常好说话：“皇后此言，倒像是朕威逼你了。既然如此，朕也和皇后赌一局。”

路映夕点头，清丽面容依然带笑，艳光照人，而又凛冽如霜雪。

夏风拂面，阳光暖暖地照耀，四周景物仿佛都镀上一层绚烂的金黄色。皇帝慵懒地眯了眯眸子，神态悠闲，开门见山道：“如果朕输了，朕就赐皇后一面免死金牌。”

路映夕微微一笑，询问道：“皇上可想好了如何赌法？”

“方才皇后与小范比的是武，现在比文如何？”皇帝睇着她，目色温润如玉，却暗藏锋芒，锐光敛于内。

路映夕定定地回望他，心头忽起一念，脑中顿时豁然明朗。原来，他之前眼底闪过的厉色，并不是针对韩家，而是针对她……

好深的心机！他就是要她与韩家庄敌对。试问谁被强夺了传家之宝后，不会伺机报复？他不肯让她有安宁的日子过，这个赌局，他必不会让她赢。

皇帝笑容淡雅，散漫地再道：“朕听说，皇后天赋异禀，幼时便有过目不忘的本领。朕的藏书阁里，有一本千字兵书，如果皇后翻阅之后，能在两个时辰内默背出来，朕就服输。”

路映夕不语，心中暗思，千字，她只需一刻钟就能记下，这太过容易，反倒显得诡异。虽如此质疑着，她还是浅笑着道：“可否容臣妾先看那兵书一眼？”

“皇后怕朕使诈？”皇帝低声笑起来。

路映夕缄默，只是笑望着他。兵不厌诈，她不能不防。

“好，你随朕来。”皇帝似觉无奈地摇了摇头，往藏书阁走去。

路映夕跟上他的脚步，入了阁楼朱门。阁楼内木梯蜿蜒而上，直达二楼。举目望去，满屋罗列排立的书架上，尽是丝绸装裱的卷轴，一叠叠，一排排，壮观惊人。

皇帝走向一个角落，熟稔地抽出一卷，随手翻开，道：“皇后可以检查看看，是否有不妥之处。”

路映夕定睛注视，他翻到的那页，字迹清晰，并无异常。

“如何？皇后敢不敢接受朕的这个赌约？”皇帝把书卷合上，笑问，语气中带了几分挑衅。

路映夕只觉骑虎难下，明知其中必有蹊跷，可又难以拒绝。

“皇后若是不敢，那朕就当你弃权认输了。”皇帝长眉斜挑，轻嘲地看着她。

路映夕怎会不知他在使用激将法，她终是点了头：“臣妾愿意尽力一试。”

“那么朕就不扰皇后在此看书，两个时辰后，朕会回来。”皇帝唇角勾起一道愉悦弧度，递出手中书卷，悠然离去。

路映夕拿到兵书，立刻将整卷粗略地翻了一遍。确实字数不多，也无玄机，是普通兵法罢了。

她正准备从头开始细看，突闻几声异响，偌大一间阁室陡然变得漆黑无光。

阁楼里竟设置了机关。四面皆是玄铁铸造的铁板，严严实实地密封了整座阁楼。

路映夕恨恨咬牙，卑鄙的慕容宸睿，果然使诈。

室内空气逐渐变得稀薄，她虽然习惯随身带着火折子，但现下一点燃不多久就熄灭，根本无法照光阅书。

路映夕恼怒低咒：“两个时辰，慕容宸睿，你这是要我的命。”这么长的时间，不就是要将她闷死在这里？

长吸一口气，她定了定心神，走到壁沿处，摸索着冰冷的铁板。幽闭的黑暗空间，伸手不见五指，她探索片刻，便放弃了。凡是机关，必有开启和关闭二重。她深谙奇门五行之术，已能确定开启点并不在室内，而是在阁楼外。

她席地坐在角落，静心凝思。皇帝不会就这样让她死，所以他一定会计算好时间，等到她缺气晕厥，他就会进来。

静静思索，她缓缓地扬起菱唇，笑得傲然。就算她势必会陷入昏迷，但在昏迷之前，她也会先背下这本兵书。

摸黑摊开书卷放在地面，然后她解下颈上红绳，一块晶莹剔透的观音坠赫然出现于掌心。这坠子由夜明萤石雕刻而成，在幽暗中熠熠生辉，只可惜光泽不够强，不足以照明。

此时她已顾不得许多，只能抓紧时间，就着微弱的光快速翻阅兵书。不一会儿，眼睛已极为酸痛，看得格外辛苦。

待她终于勉强看完，额上已是冷汗涔涔。

周遭的空气越来越稀薄，呼吸变得越来越困难，她疲软地挨着铁壁，心中仍在默念书卷上的字句，身子不受控制地斜斜歪去，眼皮沉重，意识逐渐模糊不清。

混沌间，她似乎听见了机关启动的异响。

阁楼内，瞬间恢复了光明。皇帝脚步轻声，一步步走向她。扫了地上的萤石坠子一眼，他不禁摇首喟叹。这个女子太硬气，纵使置身逆境，也始终不肯服软。但是，这次，她必须输。

他俯身将她抱起，轻拍她的脸颊，低唤：“映夕。”

她迷蒙睁眼，浓黑长睫如蝶翅颤了颤，复又软软垂掩下来。耳畔好像有一道低柔醇厚的嗓音在对她诉说着什么，可她已听不清楚。

第十五章
惊闻喜脉

一觉醒来，已是斜阳西沉，暮色降临。寝居里静悄悄的，只有晴沁侍立凤床侧，一直守候着。

路映夕幽幽睁眼，抬手揉了揉额角，感觉浑身发软，饥肠辘辘。

“娘娘醒了？”晴沁见状，恭谨地屈了屈身，道，“娘娘睡了一日一夜，奴婢备了燕窝粥，娘娘可要喝些暖胃？”

路映夕掀被下床，稍作梳洗后，才慢慢饮粥。沉默食毕，迷蒙的神智逐渐清朗，忆起早前的事。她竟睡足十二个时辰？分明是某人暗中对她下了特殊迷药，才会令她梦魇缠身，神智混沌。

懒懒地扯动嘴角，她眼中闪过一抹讽光。早有预感，皇帝不会轻易让她赢。

“娘娘。”晴沁站在一旁，轻轻出声，“皇上交代，待娘娘醒来之后，要即刻上禀。”

“嗯，你去吧。”路映夕淡淡应道，并不意外。

晴沁依言退出去，路映夕站起身，长长地舒出一口气，似要吐尽胸腔内的浊气。现在她的脑海里，仅剩零星的只字片语，那本兵书，她已记不全了。

悠悠地走出寝居，她驻足庭院中，闭眼感受傍晚清风带来的凉意，菱唇微扬起浅浅的笑弧。这一赌局，皇帝狡诈使计，但说到底他并没有违反规则，谁让她事先没有与他详细地约法三章呢？如同她之前赢范统，也是用了心计，手段虽不同，本质却相近。这个世界，胜者为王，天经地义，无可厚非。更何况，她本就没有打算固守那枚指环。要灭龙朝，不是现今的邬国能够做到，所以，无论她甘愿与否，都必须帮助慕容宸睿。

庭前树荫成影，四周寂静，只闻草丛促织低鸣。路映夕仰头望向茁壮树枝，忽生兴致，卷了裙摆，脚尖一点，飞上枝头。

坐稳结实的枝桠间，她怡然自得地晃着绣花宫鞋，眺望远处一座座宫殿楼宇。金碧辉煌，恢弘雄伟。她却对此壮丽景观没有丝毫感触，只散漫想着，目前她与皇帝之间，互相使的都只是小计谋。而她心中有一股隐隐的期待，当某日真正兵戎相见时，她与他，谁胜谁负。这场明争暗斗，也并非完全没有趣味的。

天色一点点暗下来，前方拱形石门外，一道明黄身影跨入。

路映夕居高俯视，觑着他，并未跃下树头。

皇帝缓缓走近，头也不抬，朗声吟道："枝头罗绮春无限，落尽天人一夜华。"

路映夕闷哼一声，他倒还好意思消遣她。

皇帝闻声，这才仰首，佯做诧异状："皇后攀得如此高，可要当心跌下来。"

路映夕扬起眉梢，盈盈笑道："臣妾正为此烦恼。身处于这个位置，却不知如何下来了。"

皇帝摇着头调侃道："高处不胜寒，皇后却偏喜欢挑战难题。"

"此处风光独好，皇上可要上来一起欣赏？"她朝他招手，笑颜如花，烂漫动人。

皇帝未接言，身形掠动，眨眼间已至树顶。

枝桠巍巍摇颤，显然不堪负荷两人的重量。路映夕端坐着不动，笑看他，闲闲道："皇上，看来这里只能承载一人。"亦如这天下，最后只能有一个人站在最高点。

皇帝手扶枝干，稳稳站立，回道："皇后说得对，一山不容二虎。"两虎相争，必有一伤。最终的王者，方可睥睨天下。

两人目光相对，笑意淡淡，仿若这习习凉风，沁人心脾。

良久，皇帝伸手向她，携着她飞下树头。

双手交握不过片刻，落地后，皇帝便松开她。

路映夕缩手拢于宽袖内，掌心尚存余温，可却熨烫不了心田。她抬眸看他，微笑开口："臣妾愿赌服输，皇上请验收战利品。"

她旋了身，走向寝居，很快折返，递上指环。

皇帝接过，随手把玩，边道："朕也会遵守承诺。"他解下腰侧锦囊，交到她手上。

路映夕跪地谢恩，然后才打开锦囊——一面赤金令牌，烁烁发光，金光刺目。

她眉眼弯弯，却道："皇上，韩氏指环是韩淑妃赠予臣妾，不如就由臣妾出面交涉。"

皇帝挑了挑长眉："此事吃力不讨好，皇后愿意揽下？"

路映夕点头，笑而不语。她并非要自寻麻烦，而是怕他暗中再害她一次。如果他拿着这指环把一切责任推到她身上，她岂不是百口莫辩？

皇帝自然想透了这一层，深眸中泛起丝丝笑意，道："皇后聪慧能干，朕就将药引的事全权交给皇后负责。"

"臣妾领旨。"路映夕屈身一礼，"臣妾定当尽力办妥，不叫皇上失望。"

"如此甚好。"皇帝颔首，话锋一转，道，"皇后可知，免死金牌不可转赠他人？"

"臣妾无知，未曾听闻。"路映夕平静回道，心忖，恐怕这是他故意定下的律法吧？

不出所料，只听皇帝徐缓道："朕与朝中众臣商议过，皆认为应立此新法，以免有人滥用特权。"

"皇上圣明，臣妾没有异议。"路映夕自嘲地笑了笑。就算有异议，也轮不到她置喙。

皇帝看她一眼，淡笑道："药引之事，迫在眉睫，有劳皇后费心了。"

"那么臣妾现在就去找韩淑妃？"路映夕心中已在思索，要让人送出传家之宝且又心甘情愿，该如何劝说。

"去吧。"皇帝挥了挥手，一派事不关己的轻松。

"臣妾担心力有不逮，可否请皇上陪臣妾同行？"路映夕微微皱眉，语气忧切。他想置身事外，她偏要拉他下水。

皇帝像是无可奈何，应允道："那就一同去吧。"

皇帝和皇后一同驾临，是何其隆重之事，婉兮宫外，跪拜了一地太监宫婢，齐声恭迎道："皇上圣安，皇后娘娘凤安。"

皇帝衣袖一拂，示意众人平身。

路映夕抿唇微笑，抬头扫过殿匾上的龙飞大字。

此宫殿取名为"婉兮"，应是皇帝封妃之后的赐名。与白露宫一样，源自诗经——"野有蔓草，其露溥兮，有美一人，清扬婉兮"。

路映夕莞尔，暗想，皇帝想做得不偏不倚，可是女人天生爱计较，贺贵妃和韩淑妃之间的争斗，可能最初从这殿名就开始了。

眼前，一名窈窕女子屈膝行礼，而后挺直站立，神情稍显淡漠。

路映夕含笑静观。这位韩淑妃依旧姿态骄傲，并不因为皇帝在场而折腰。

众人恭迎帝后入内殿，奉上热茶，便都被挥退。宽阔的殿堂，一时清寂无声。

路映夕看向立在旁侧的韩淑妃，温声启口道："韩淑妃，坐。"倒成她反客为主了。无奈地扬唇，她又再道，"本宫有事想要请韩淑妃帮忙。"

韩清韵刚坐下，闻言又起身依礼一躬，回话道："皇后有何事吩咐？"

皇帝望着她们二人，轻声笑起来："是否因为朕在此，皇后和淑妃才这般拘谨？"

路映夕顺势接话："皇上，臣妾实在不知如何开口，还是请皇上……"

话未完，皇帝手一抬，慢条斯理地截断她："既已全权交予皇后处理，朕就不过问了。朕去后园走走。"他径自站起，潇洒地离殿。

剩下两个女子相对无言，安静半晌，路映夕轻叹一声，道："韩淑妃，本宫需要韩家庄帮一个忙。"

"皇后直说无妨。"韩清韵语气平淡，有礼，而不热络。

路映夕颇为婉转地道："韩淑妃应该也知道，边疆战事紧迫，龙朝兵强马壮，皇上近日为了军政事务扰心。"

韩清韵沉默不语，只是静听。

路映夕只好接着说下去："龙朝人擅用蛊毒，而解蛊之药……"说至此，她便顿住，笑了笑，带着些许歉意。

韩清韵轻蹙柳眉，美眸中划过一丝愠色，开口道："清韵斗胆一问，为何皇上将此事交予皇后办理？"

路映夕静默了会儿，缓缓回道："皇上怜恤你，不忍你为难。"

韩清韵放于膝上的双手十指绞紧，似乎正抑制着怒气，低着嗓子道："还望皇后见谅，清韵已是嫁出之女，无权干涉韩家处事，恐怕此次帮不上忙。"

路映夕凝眸看她，心中感叹。韩淑妃有一双掩不住情绪的美丽眸子，清澈灵动，而又倔气高傲。若她所嫁之人并非皇帝，而是江湖侠士，也许会缔造一段武林佳话。可惜，深宫埋人，她迟早会被磨尽棱角。

"韩淑妃。"路映夕微敛神色，淡淡道，"本宫知你难做，本宫也只是奉命行事，无可奈何。你要考虑清楚，抗旨是何等大罪。"

韩清韵牵了牵唇角，笑得讥嘲，脱口道："清韵愚昧，不知违抗的是皇上圣旨，还是皇后懿旨？"

路映夕轻眯起明眸，声音不由沉冷下来："韩淑妃，你仔细想想，若非事不得已，本宫为何平白无故要与你过不去？个中缘由，难道你真的想不明白？"

韩清韵一怔，眸光渐黯，露出一丝苦笑，低声喃道："明白，怎会不明白。"

"有些事，身不由己，要怪只能怪……"路映夕正觉事情进展顺利，欲要再接再厉，可是此时皇帝恰好返来，她不得不噤声。

"淑妃明白了何事？"皇帝边行边问，俊容带着闲适笑意，朗逸轩昂。

"皇上。"韩清韵转头望向他，幽幽一唤，眼含怨责。

"怎么？"皇上疑惑扬眉，走到她身旁，关切地问，"淑妃受了什么委屈？朕在此，必会为你做主。"

路映夕心里冷嗤，这柔情蜜意，未免太假。

皇帝轻拍韩淑妃的肩头，眼角却瞥向路映夕，那眼神毫不掩饰，尽是赤裸裸的戏谑，仿佛在说，朕就是在做戏，你奈我何？

路映夕忍不住低哼一声。就让他好生安慰美人，她落得清闲。

"皇后呼吸不畅？"皇帝余光瞟去，薄唇噙着一抹诡谲笑容，"既然皇后身子不适，就早些回去歇息吧。余下的事，交给朕善后。"

路映夕直觉不妥，但见皇帝眸中浮起隐晦冷光，她只得起身告辞："多谢皇上关怀，臣妾先行告退。"

韩清韵行礼恭送："清韵恭送皇后娘娘。"

路映夕慢步离开，身后两人的絮絮轻语逐渐含糊难辨。她摇首叹息，如果韩清韵足够了解皇帝的冷酷性格和强硬手段，应该不会迁怒旁人。

出了婉兮宫，夜风迎面吹来，有几分寒意。

路映夕脑中突然灵光一闪，蓦地止了脚步。皇帝故意支开她，是想要扭转乾坤，使韩淑妃从怨他转变成憎她？

思及此，她踏上辇车，速回凤栖宫。看来今次她无论如何都挣不脱这个局，那么，她只有先下手为强了。

待到返回寝居会见曦卫之后，路映夕才略觉安心。她斜躺在长榻上，掩袖打了个呵欠。之前睡足一日一夜，现下又困了。这就是迷药的后劲，不过三日退不尽。

闭目养神，不知不觉间意识飘散，似醒似梦间，她听见皇帝低柔的声音。

他说："映夕，情非得已，别怪朕。"

模模糊糊地，又听他说："朕尚需要韩氏的势力相助，这次你代朕背黑锅，来日韩氏若要暗杀你，朕一定会保护你。"

路映夕浑身一个激灵，陡然醒了过来。她记起来了，那是她在藏书阁昏迷时，隐约听到的话。由他那番话可以推断，韩家庄，恐怕比她所以为的更不简单。慕容宸睿，他是否已令她陷入一个非常危险的境地？

双手缓慢地握起，她的目光转为冷锐。想不到，她助他打天下，他依然分毫不留情。

隔日，曦卫带回来的消息令路映夕大惊。她派人暗地里盗取药引，是不得已的下策，但这样可以避免皇帝推她出去与韩氏为敌。岂料，竟因此牺牲了两名曦卫。

石室中，曦卫一号身染血渍，跪地道："属下办事不力，请公主殿下责罚。"

路映夕眉头锁紧，沉声道："韩家庄藏龙卧虎，是本殿估计错误，你起身吧。"

曦卫依言站起，面无表情，语声肃然："殿下，韩家庄私下招兵买马，培植死士，实力足以与一支军队匹敌，不可小觑。"

路映夕点了点头，清眸中亮起寒芒："韩家显然得到了皇帝的默许，将来必会成为我们的障碍。从今日起，严加监视，不过，切莫轻举妄动。"

"是，属下领命！"曦卫领命颔首。

路映夕返身离去，心中思绪万千。如今贺氏一族不足为惧，韩氏却异军突起，成为她的心腹大患。皇帝此番部署，意在暗藏一股实力，留待来日攻人于不备。

路映夕端坐静思，忽听寝殿外一迭声的通禀。

"皇上驾到——皇上驾到——"

她心生诧异，皇帝来她宫中一向随意，今日怎么这般隆重其事？

前往外殿迎接，举目一望，她不由更觉震惊。

“皇后。”皇帝见她发怔，薄唇边的笑意渐浓，悠然道，“现在有了药引，接下去的日子，皇后可要忙了。”

路映夕低眸一礼，收敛心神，温声回道：“臣妾定当协助太医署尽速制药。”

皇帝似是满意地看着她，挥退身侧的太监，漫不经心地伸手一指：“药引珍贵，皇后先去看看吧。”

“是，皇上。”路映夕神色恭顺，走向殿堂中央。

丈余长的绒毯平铺在地，其上尽是一个个草还丹，皆如拳头大小，晒成干果，状如小儿人形。这样满满一地，蔚为奇观。

异香扑鼻，路映夕不禁轻叹。韩家终究还是献出来了，只不知皇帝是如何劝服的。草还丹又名人参果，本是良药，而长至人形模样，更是罕见的圣品。据说长期食用可使人长生不老，传言虽然不可尽信，但草还丹确实能够令人延年益寿。纵观天下，唯有韩家祖辈植有一株灵根树，几年前古树枯死，其果实便成珍稀至宝。世人最贪图的除了权势财富，当然还有长寿，韩家庄此次献宝，只怕心中正在滴血。

“皇上。”她转眼望向皇帝，试探地轻声问，“是否韩淑妃出面相助？”

皇帝俊容带笑，不置可否，只道：“过程如何并不重要。”

路映夕回以微笑，不再追问。他肯定应承了韩淑妃和韩家某些好处，否则这件事不会这般顺利。

她弯唇浅浅笑着，眸光流转，光华四溢。他也应允过，他会保护她，她等着看，他会不会信守承诺。

“皇后，如果药引没有问题，朕就命人送去太医署。”皇帝走近她，牵住她的手，笑道，“今日天气晴朗，阳光明媚，朕不想为琐事烦心，不如皇后陪朕四处走走。”

“臣妾遵命。”路映夕柔声应道，“皇上想去哪儿呢？”

皇帝未答，忽地俯头，在她唇上一啄，笑吟吟道：“皇后想去哪儿，朕就去哪儿。”

路映夕怔愣，还未及反应，殿门口突然响起一道惊惶的抽气声。

那一袭鹅黄色的衣裙，在日光下越发显得娇美俏丽。路映夕转头，菱唇一勾，笑得玩味。

“栖蝶参见皇上，皇后娘娘！”盈盈屈膝，栖蝶细声请安。

皇帝懒洋洋地睨去，并不出声。

栖蝶的神情愈加不安，惶恐又含委屈，双腿一软，跪伏在地：“奴婢莽撞，还望皇上和皇后恕罪！”

“何罪之有？”路映夕笑着走上前，作势相扶。

栖蝶却坚持不起，执意跪拜，以额触地，用力磕头，口中凄凄道："奴婢有罪，奴婢有罪……"

路映夕挑起眉梢，饶有兴味。栖蝶刻意选皇帝在殿中时出现，其意图，昭然若揭。且就看看她有何伎俩。

"皇后娘娘……"栖蝶幽然抬起眼，额上已是一片红肿，语带泣音，"奴婢罪该万死，奴婢怀了身孕……"

"什么？"路映夕大吃一惊，下意识地扭头朝皇帝看去。

皇帝似乎十分无奈，扯了扯嘴角，散淡开口道："莫非是朕的龙种？"

栖蝶闻言，眼露惊痛之色，泪珠扑簌簌滚落脸颊，哽咽道："皇上……那夜，那夜……"

皇帝哼了一声，竟不接话。

路映夕忆起，有一晚她在御花园窥见栖蝶，后来皇帝也至，他们二人一同离去。难道就是那夜的露水姻缘？

她思索一会儿，柔了嗓音，道："栖蝶，若你怀有身孕，之前受了杖责，也许已动了胎气。本宫略懂医术，让本宫为你诊一诊？"

栖蝶面色哀戚，悲伤难掩，慢慢伸出手来，道："先前奴婢自己也不知，已怀上龙、龙……"她含泪凝噎，伤心得无法再说下去。

路映夕搭上她的手腕，细细诊脉，极为惊诧，果真有孕！她上次把过栖蝶的脉，但仅是一瞬的触摸，没有仔细探究，现在才发觉，栖蝶体内居然有一股真气盘踞，藏得极密，应是被人封住了任督大穴，如此便难怪廷杖之刑都没令她滑胎。

栖蝶仰着清美小脸，泪如雨下，泣不成声："皇后娘娘，胎儿可安好？"

路映夕收回手，转了身，定定地望着皇帝。

皇帝脸色如常，俊朗优雅，却是一派悠闲，仿佛事不关己。

路映夕隐生怒气，一字一顿地清晰道："皇上，栖蝶确实有了身孕。"

第十六章
共枕缘分

皇帝自若地勾着薄唇，一双幽蓝瞳眸深不见底，不显丝毫波澜，淡声说道："那夜，朕饮醉了。"

"皇上的意思是？"路映夕扫过垂泪的栖蝶，语气不由冷淡起来。她不管皇帝如何风流多情，但作为男人，自己做过的事又怎可抵赖。

皇帝随意地挥挥手，示意栖蝶起身，继而道："皇后医术超群，朕自然相信皇后的诊断无误。既已如此，皇后就替朕想想，该给栖蝶一个怎样的分位。"

路映夕淡淡回话："先晋升栖蝶为才人，皇上认为如何？待到皇嗣出生，再另行赏赐。"

"皇后乃六宫之首，此事就由皇后决定吧。"皇帝无所谓地耸肩，神情轻佻不羁。

路映夕不愿再看他，回头望向栖蝶，温和道："栖蝶，本宫会命人打点，赐你一座寝阁。"才人之位尚属低微，并不如嫔妃有资格独享一座宫殿。

"奴婢叩谢皇上圣恩，谢皇后恩典！"栖蝶一边拭泪，一边谢恩。

"如今你身怀龙种，要万事小心，先下去歇息吧。"路映夕无意嘘寒问暖，心中暗思，皇帝的态度未免太过冷漠。

栖蝶满面感激地退下，路映夕特别留了心注意，发现栖蝶离去前，并未再多看皇帝一眼。

殿堂中陷入寂静，路映夕直视着皇帝，想从他眼中探究出一丝情绪，可是一无所获。

"皇上。"她低声唤他，轻叹道，"皇室血脉，岂可儿戏。"

皇帝却是意兴阑珊，懒懒回道："皇后不必忧心，朕自有分寸。"

路映夕无声嗤笑。他的分寸，她实在捉摸不透。也许他和栖蝶之间，早有协议，而她被蒙在鼓里。

"皇后生气了？"皇帝瞧着她，唇边勾起一抹笑，"气朕滥情博爱？"

"臣妾不敢。"路映夕亦笑，笑得讽刺。谁敢要求帝王一心一意？即使有人得到专宠，那也只是一时风光罢了。

"其实，朕也想专情。可惜，朕这颗心，没人有能耐拴得住。"皇帝跨近一步，揽住她的纤腰，如蛊惑般在她耳畔低语，"映夕，朕期待你有这个本事，能征服朕的心。"

路映夕轻轻推开他，半玩笑地道："如果臣妾有这个本事，皇上可会为了臣妾而废除整个后宫？"

皇帝长眉一挑，朗声大笑："只要能够令朕心甘情愿，莫说区区后宫，就算锦绣河山，拱手相送又如何？"

路映夕不响，笑望着他。她很确定，这是不可能的事。他非纣王，她亦非妲己。

皇帝止了笑声，再次伸手一拥，将她搂进怀里，额头抵着她的额头，姿态亲昵："映夕，你嫁入我皇朝，便是皇朝人。若你有此觉悟，诚心助朕打天下，朕可以应允你，将来的天下霸业，朕与你共享。"

"信口开河。"她小声咕哝一句。这样的话，她已听腻。

"朕一言九鼎。"他松开她，后退两步，与她认真对视，"朕坦白告诉你，和朕作对的人，不会有好下场。朕怜惜你有惊世之才，不愿见你以后惨淡收场。"

她轻轻一笑，心平气和，不受撩拨。

他深深凝望她，许久，叹息道："朕言尽于此，你好自为之。"

她不语，沉静地目送他拂袖离去。

原本，路映夕并不十分明白皇帝的那番话，直到曦卫查出了栖蝶的身份。

"娘娘。"晴沁皱着秀眉，不掩担忧之色，"不如趁早解决了她？"

路映夕沉吟不决，思虑甚重。小沁这个建议，也不是没有道理，却不可行。皇帝已经安排好后着，相比之下，她落尽下风。

见她不吭声，晴沁加重了语气："奴婢知道娘娘心善，但有时万不可妇人之仁。那栖蝶贵为霖国公主，却匿藏皇朝多年，分明居心叵测。"

路映夕走至窗旁，望着庭院里那两棵并排而立的梧桐树。物有相同，人有相似。可她没有想到，栖蝶与她相像至此，连怀揣的目的都相近。

霖国是小国，占地最少，兵力最弱。虽然强国不急于吞食它，但其已然自危了。假如皇朝成功灭了龙朝，下一个要攻占的，不是邬国就是霖国。很明显，不久之后，她和栖蝶，只能留下一人。

路映夕轻舒眉宇，浅浅扬起菱唇。她与栖蝶之间，有一点绝不相同。栖蝶选择依附慕容宸睿，而她，要战斗到底。

"娘娘？"晴沁看她一味沉默，不禁更加忧虑。

路映夕旋过身来，微笑着道："小沁，要杀栖蝶并非难事，但霖国必会追究。而且，她现在怀有龙种，若她出事，只怕连皇帝也不会善罢甘休。"

"难道就这样什么事都不做？"晴沁不甘，语气不忿。

"也不是。"路映夕缓缓摇头，道，"她有孕之事，或许有蹊跷。小沁，你去备辇。"这次，她只能找师父帮忙了。

晴沁不解，见她自信笃笃，便恭敬回道："是，奴婢即刻去。"

晴沁退出寝居不久，路映夕忽然皱眉，手捂胸口，面上渐渐露出痛楚之色。这心疾，竟又发作了。

她一手撑着墙壁，趔趄跌到软榻上，只觉心如刀绞，疼痛难挡。

"来人……"她勉力扬声唤人，"快宣南宫神医前来……"

门外无人回应，她这才想起先前与晴沁谈话，屏退了所有宫婢。

扯唇苦笑，心口阵阵剧痛，犹如被人狠狠剜肉，她蜷缩着抱住自己。只不过小片刻，她已冷汗透衣。脑中模糊想起，上次病发之时，皇帝施以援手，使她减缓痛苦。

"娘娘？"晴沁不一会儿返来，见状大惊。

"宣太医，不要惊动师父……"路映夕用力压着胸口，勉强抬起头，嘱道，"还有，设法让皇上知道本宫病发……"

"是，娘娘。"晴沁领命，匆忙去办事。

路映夕躺倒榻上，脸色苍白，鬓发汗湿，唯黑眸中仍有光芒闪烁，晶莹雪亮。

两刻钟之后。

徐太医皱着一张老脸，表情惭愧，躬身禀道："老臣无能，皇后这先天心疾，实难根治。"

"退下吧。"皇帝面色微沉，手一扬，推开寝门跨入。

长榻上，路映夕蜷成一团，白皙的丽容痛苦得近乎扭曲，额上冷汗涔涔，不断滑落鬓角。

皇帝坐在榻沿，轻轻地把她抱到胸前，低声安抚道："映夕，再忍一会儿，朕渡真气给你。"

路映夕睁开眸子，嗓音喑哑无力："谢皇上……"

皇帝将她扶正，不再言语，温热的掌心贴熨于她后颈，如同上次一样，为她注气镇痛。

路映夕软绵地靠在他怀里，乌黑长睫轻颤垂掩，眸底复杂的晦光一闪而过。

时间一点一滴流逝，她感觉心房的剧烈痛楚得到舒缓，颈脖后的那只厚实手掌却越来越冰凉。

她似有若无地勾了勾唇，无奈自嘲。她明知皇帝伤寒未愈，却存心要耗损他的真气。

又过须臾，皇帝调息收掌，俊容已略显苍白，但他似乎并不在乎，抱起她走向凤床，将她放置好，又细心替她盖上锦被。

"好些了吗？"他坐在床畔，倾身看着她，柔声问道。

"无碍了，多谢皇上援手相救。"路映夕对他温软一笑，从被子里伸出手，碰触他的手背，"皇上的寒毒怕是又要发作了。"

皇帝挑动长眉，低低地笑起来："可不要告诉朕，这就是你想看到的。"

路映夕既不承认，也不否认，只浅笑着道："臣妾原本有困惑，现在没有了。"

"是何困惑？"皇帝眸中闪着些许笑意，显然早已看透。

"臣妾只是好奇，皇上会否做于己无益的事。"路映夕语含兴味，似打趣，又似认真。

皇帝凝望着她，抬袖为她轻拭额角汗迹，手势温柔，嘴里却揶揄道："美人病弱，犹添风韵。不过皇后还是这般口齿伶俐，不显半分娇弱。"

"皇上喜欢病美人？"路映夕疲倦地半合双眼，笑回道，"那可要忙坏宫中的太医们了。"

皇帝笑了笑，蹬掉锦靴，翻身上床，倚着床头闭目养神。

路映夕安静下来，心中思忖，他扶植栖蝶上位，未雨绸缪，恐防将来邬国和霖国联手，他不仅心思缜密，而且深谋远虑，难怪自从他登基以后皇朝日渐强盛。眼下的形势，等同于霖国已与皇朝私下联盟，难道，霖国愿意成为皇朝的附属国？

她自是明白，霖国俯首称臣的前提是皇朝攻下龙朝，换句话说，其实霖国尚在观望局势，可能与龙朝暗中有往来也说不定。

静谧间，皇帝闲淡的声音响起："皇后在想什么？"

"臣妾在想，这世上两全其美的事，太少。"路映夕心生感慨，龙朝君王崇武好战，而慕容宸睿亦野心勃勃，她夹存于乱世，还能有什么选择？

"所以，才更要谨慎抉择。"皇帝没有睁眼，倚靠着枕垫纹丝不动，像是稳如泰山，又像是隐忍僵直。

路映夕心细如发，从他呼吸中察觉异状，不由抬眼看去："皇上，可是觉得冷？"

"嗯。"皇帝低低应了一声。

路映夕坐起，伸手探向他的额头，惊道："皇上，快宣太医。"

"不用了。"皇帝睁开眼，淡淡注视着她，"皇后深谙医术，应该知道太医没有这个本事。"

路映夕默然，过会儿才缓慢地开口："臣妾愿为皇上祛毒。"

皇帝眯起眸子，不咸不淡地问道："这次，皇后想交换什么？"

路映夕笑看他，一字一顿地回道："臣妾想要皇上的心。"

皇帝微愣，但也只是一瞬，随即就仰头大笑起来："因为朕的心可以换半壁江山？"

路映夕不答，平静微笑。他之前说的玩笑话，她又怎会当真？

皇帝敛笑，直勾勾地望入她眼底，眸光锐利如锋："想清楚了？毫无益处的事，你确定要做？"

"皇上方才不也做了吗？"路映夕神色宁和，不闪不避地回视他。不是只有他才具备远见，她也有。

“好。”皇帝轻扬唇角，笑得意味莫名，“朕就承你这份情。”

路映夕掀开锦被，盘腿而坐，已是运气之姿。

皇帝凝视她片刻，慢慢抽回视线，背身正坐。

寝居内，气息骤变，一股寒气融合热流，交错相抵，矛盾而奇异。

而此时的凤栖宫外，有一人伫立殿门口，举目遥望苍穹，俊逸面容上露出几许感伤之色。一阵晚风吹起，掠动他浅灰色的素袍，衣袂飘扬，更显寥落惆怅。

“南宫神医，皇上有令，皇后凤体违和，不见任何人。”守门太监为难地看着他。

“烦请公公通传一声。”南宫渊向来不强人所难，此次却异常坚持，驻足不移。

“可是……”老太监迟疑不安地搓了搓手，这位南宫神医是皇后娘娘的师父，身份特殊，可是皇上就在寝居里，且又下了口谕不许打扰，这该如何是好？

“公公看何时适合，再去通传吧。我在这里等着无妨。”南宫渊温和地笑，走至朱色大门旁，负手而立，预备长等。

老太监皱着眉，焦躁地踱步，苦思何时才是适合的时候。

空中，乌云移动，遮蔽月光，殿檐上悬挂的宫灯照着人影，摇曳绰约，忽明忽暗。

南宫渊深深叹息。但愿，映夕不会后悔。

夜色深沉如浓墨，凉风阵阵，刮得渐急，惊雷乍响，骤然间下起倾盆大雨。大风从窗口灌入寝房，帐幔被吹得翻卷纷飞，簌簌作响。

皇帝走去关上窗，折身回到凤床边，低柔问道：“映夕，你老实告诉朕，为何愿意这样做。”

路映夕整个人裹在锦被里，露出虚弱的笑容，轻声回道：“如今边疆战事吃紧，有许多事需要皇上劳心劳力，如果没有强健的体魄，皇上如何运筹帷幄，处理军政？”

皇帝在她身旁坐下，英眉微皱，目光一分分锋锐起来，如芒刺直射向她：“有一位这样贤良的皇后，是朕的幸运。”若她不存其他心思，确实是他的福气，只可惜……

路映夕抬眸对上他深邃的眼，心中透亮，浅淡地笑了笑，道：“皇上，虽然臣妾有私心，希望皇上记得臣妾的付出，但是，臣妾也真心想看到皇上一举灭了龙朝。”

皇帝脸上锐色稍退，替她掖好被角，放缓了嗓音：“你损了元气，好好睡一觉，朕在这里陪着你。”

“嗯。”她乖乖闭眼，口中促狭道，“皇上在一旁盯着，臣妾怎能安心入眠？”

“有朕守着，还不能安心？皇后实在难伺候。”他低声轻笑，温柔地拂开她额前散落的发丝，修长手指顺势抚摸她微凉的脸颊。

“皇上不倦吗？”她翻了身，背对着他，慵懒问道。

“朕还有折子未批，等你睡着，朕就要回御书房。”他低眸看着她姣美的侧脸，心头滑过一丝微妙感觉。这温馨宁静的气氛，好像他们两人契合无间隙，可却仿佛镜花水月，经不得深究。倘若她的内心与外表一样，柔情似水，那多么令人舒心。然而若真是如此，无棱无角，她也就失去了独有的风采魅力。何谓世事难两全，眼下情景便是。

“皇上有事待办，就去吧。臣妾睡一觉，明日起来就会精神抖擞了。”她听着窗外急促的雨声和他沉稳的呼吸声，悄然睁开了眼睛。她不久前心疾发作，又紧接着为他渡毒，只怕夜里会发起高热。她必须请师父过来一趟，但下意识里她不愿意师父和皇帝一同看着她受病痛煎熬。

“朕担心你体虚发热。”他顿了顿，柔声再道，“不如请南宫神医来为你诊一诊脉？”

“夜深雨大，不用烦扰师父了。”她才婉拒，就听寝居外有人轻轻地叩门。

“启禀皇上，南宫神医求见，不知……”

话未完，皇帝已扬声道：“宣！”

路映夕躺着不动，听见皇帝移步到外间。过了片刻，隔着屏风传来几句对话。

“参见皇上。”这是师父一贯温润无波的声音。

“南宫神医来得正好，皇后凤体欠安，就有劳南宫神医诊脉开方了。”皇帝语气淡然，亦是波澜不惊。

“皇后可是旧疾复发？”

“是，又为朕渡了寒毒，现在身子极虚。”

“这里有一瓶补血丸，请给皇后服下，每日一颗，可养气补身。”

路映夕默默听着，心里有几分讶异。师父似乎在避嫌？连亲手为她把脉都迂回拒绝？

猜测着，又闻皇帝浑厚的嗓音响起：“无须诊脉就可开药，果然不负神医之名。”

南宫渊淡淡道：“皇后的心疾无药可医，南宫渊医术不精，无能为力，再加上寒毒，只怕世上无人能治。皇后甘愿为皇上牺牲至此，着实令人钦羡。”

“哦？”皇帝拉长尾音，似有疑惑，谦逊问道，“朕对医道一窍不通，不知皇后若是两病齐发，会有何后果？”

“轻则昏迷不醒，重则丧命。所以，皇后平日要多加保重，万不可感染风寒。”

“如此严重。皇后对朕这般情深义重，倒叫朕内疚了。”

“皇上，请恕南宫渊唐突说一句。百年修得共枕眠，这是缘分，望皇上和皇后珍惜良缘。”

之后便听南宫渊告辞离去，未作逗留。路映夕无声一叹，轻轻闭上眼睛。想必是晴沁不放心，通知了师父。师父走这一趟，不是为了治她，而是为了助她一臂之力。他把关系撇得这样清，可有想过她的感受？他把她推向皇帝的怀抱，可有想过她的意愿？师父从前总是说，天意不可违，但为什么不想想人定胜天？他这样的帮助，她又怎么可能感到

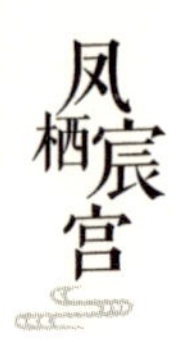

欢喜？

心底有一股酸涩感冒上来，她蜷身侧卧，一动不动。

凤床前，皇帝静静地凝望她，良久，才发出一声长长的轻叹。

“映夕，是否有一种被最亲的人遗弃的感觉？”他的声音低沉柔和，如羽毛轻掠过她的耳畔。

她不出声，像已入睡似的沉默。

“映夕，朕说个故事给你听。”他坐下，半靠床头，目光飘远，顾自低声道，“当年，母妃深得父皇喜爱，荣宠风光无人可及。可是父皇早立后位，就算母妃再得宠，也不过是一介嫔妃。宫闱争斗，数百年来皆相同。因朕是皇长子，母妃恐他人暗施毒手，就想将朕过继给当年的何皇后。何皇后无所出，膝下无子，便欣然接受母妃的提议。”

路映夕假寐静听着。

“那时，朕六岁，懵懂不知事。母妃牵着朕，送到何皇后面前，说，从今往后，朕就住在何皇后宫中，要唤何皇后为母后。”他的声音越发低了下去，难辨情绪，“六岁小儿，只觉被至亲的娘亲抛弃，天地变色。那一刻，连哭泣都忘记，痴愣当场，呆呆看着那一双温暖柔软的手松了开，决绝地转身远去。”

路映夕脑海中仿佛浮现一个俊秀的小男孩，挺着单薄的背脊，紧抿着嘴唇，目光凄哀，虽然没有流泪，心里却已在嘶声悲泣。

他自嘲地笑了一声，继续道：“那时候朕不懂，母妃比任何人都更心痛。朕怨恨母妃多年，直到亲身经历钩心斗角的险恶，才恍然明白，有时是真心为一个人好，才狠下心肠去伤害。”

听至此，路映夕豁然领悟。他说这个故事，竟是为了开解她。

“映夕。”他轻唤她，俯过身子，亲吻她的额角，“朕也认同南宫渊的那句话。百年修得共枕眠，这是我们的缘分。”

她始终没有睁开眼。他将药瓶搁在枕边，不再扰她，离开了寝居。

一室幽静，只闻窗外风声飒飒，滂沱大雨拍打着树叶，沙沙声响。

她轻轻转过身，拿起枕畔的白玉药瓶，怔怔注视着。在这暗流诡谲的九重宫阙之中，缘分，是良缘，还是孽缘？

她自然相信，师父是为了她好。只是这种方式的好，她觉得无法承受。

倒出一颗药丸吞下，她扬起一抹苦涩的笑。皇帝似乎也开始对她好，但他的好，她却不敢相信。

世事太奇妙，她发觉自己犹如命盘上的一颗棋子，一再地想要努力把握走向，又一再地身不由己。

第十七章 旧爱不再

南宫渊给的必是良药，路映夕一夜好眠，并未感染热疾。此次她安然度过，但下次何时病发，没有人可以估算。

心不在焉地吃着早膳，她面带微笑，自我解嘲地想，反正她宿疾在身，本就祸福难料，再添一桩，也无妨。

“娘娘。”晴沁匆匆进来，关紧寝门，压低音量道，“奴婢依照娘娘吩咐，去请南宫神医为栖蝶把脉，发现脉象的确有异常。”

“有何异常？”路映夕抬起头来，目光一凛。

晴沁靠近，附在她耳边悄声道：“南宫神医怀疑，栖蝶服下一种秘药，故而才有喜脉的假象。”

路映夕不语，眼神越发清冷。她的医术不如师父，师父说有异状，就定然无错。现下确定了这条线索，她已是完全明白，慕容宸睿不惜以龙脉之名，让栖蝶在后宫拥有一席之地，将来她若稍有不慎，犯错失势，栖蝶就会取代她的皇后之位。而慕容宸睿，无论如何都不会有损失，就算以后没有了邬国这个盟国，他还能有霖国相助。

“娘娘。”晴沁附耳再道，“请允奴婢去杀了栖蝶，即使赔上奴婢这条命，奴婢都无怨尤。”

路映夕淡漠一笑，只道：“斩草要除根。”

晴沁不解，疑问：“娘娘的意思是？”

“杀了一个栖蝶，难道霖国不会再派第二个人来？”路映夕语气沉笃，明眸中亮起锋芒，“只有让霖国与皇朝正面为敌，才叫铲除后患。”

“奴婢愚钝……”晴沁皱了皱秀眉，想不通透。

路映夕无意再多作解释，轻轻摇头，道：“小沁，这件事你不要插手。”

“是，娘娘。”晴沁恭顺应声，垂下眸子，隐去不甘之色。

路映夕凝目看她，突然问道：“小沁，为何你这般憎恶栖蝶？”

晴沁一愣，讷讷回道：“奴婢不敢隐瞒娘娘。曾有一次，奴婢撞见栖蝶在后园私会皇上，那副矫揉造作的模样，奴婢实在看不过眼。”

“只是这样？”路映夕似笑非笑。

晴沁头垂得更低，声音有些含糊："奴婢为娘娘不值，那栖蝶不过是学着娘娘的穿衣打扮，模仿娘娘的神情口吻，便以为自己能飞上枝头变凤凰。"

路映夕不由轻笑起来："小沁，你错了。栖蝶原本就是出生高贵的皇家女，又何来飞上枝头一说？"

晴沁微微抬眼，眸光隐含固执："也许是奴婢先入为主的偏见，但奴婢真心认为，栖蝶不配。"

路映夕呵呵笑了两声，摆手示意她退下。

晴沁躬了躬身，抿唇退出寝居。

路映夕看着一桌膳食，已失胃口。小沁说栖蝶不配，是指配不上慕容宸睿吧？难怪她一直想要解决了栖蝶，原来是因为她早已对皇帝芳心暗许。相信她心里也很清楚，这份情愫只能深埋，不过人总有执念，即使自己得不到，也不愿眼睁睁看着别人得到。

路映夕叹息一声，起身往内间走去。她得让曦卫带消息回邬国。她需要一个分营的兵马，乔装霖国骑兵，暗中协助龙朝袭击皇朝驻疆的军营。她要让慕容宸睿觉得，霖国是墙头草，打着从两边都得好处的算盘。只有他和霖国决裂，栖蝶才不足为患。

她不屑为难女人，不论是对栖蝶或小沁，希望她们懂得分寸，不要兴风作浪。

辰时，早朝未毕。路映夕乘辇前往太医署。

署内辟出独立一处药堂，众多太医聚集，围在一起探讨研制解蛊药之事。

她站在堂外，没有出声打扰。有师父在，这件事已不需要她帮忙。

静望着，清一色太医朝服之中，那袭飘逸素袍显得分外醒目。浅淡的灰色，本该是暗淡不起眼，却是深深铭刻在她心中的颜色。自幼，她就看惯皇宫里的绫罗绸缎、锦袍华服，可她从不觉得绚丽的色彩迷人，只觉那一抹浅灰色才令人安心宁静。如同师父脸上恒久不变的淡定微笑，蕴有一股抚慰人心的奇异力量。

可是，今日她再看着这熟悉的衣色，心里翻涌起阵阵酸楚。昨夜慕容宸睿问她，是否感到被最亲的人遗弃，她没有回答，但已是默认。她曾想过，师父对她，会不会也有一点师徒之外的感情？如果有，纵然今生无望携手厮守，她都已心满意足。然而现在她才知道，人心终究贪婪，她亦不例外。她要的是一份纯粹彻底的感情，而不是无法捉摸的善意。

"映夕。"兀自出神间，南宫渊向她走来，笑容如昔，暖若春风。

"师父。"她低低应声，眼中不自禁地流露出些许伤感。是她太奢求了吗？这世上怎会有完美圆满的感情，只有种种不尽如人意的缺憾。

"制药的事，你无须操心，不出一个月就会办妥。"南宫渊温和地笑望着她，黑眸澄明清润，似墨玉沉淀有泽。

“有劳师父了。”路映夕浅浅绽唇，笑得牵强。似乎只有她一个人介怀着昨夜的事，师父依旧心如古井无澜。

南宫渊眸中掠过一丝怜惜，轻缓道：“映夕，在适当的时候想适当的事，不然只会庸人自扰。顺势而为，好过逆天而行。你明白吗？”

“不明白。”一口不顺的气堵在喉头，她举目直视他，冲口道，“师父总把‘天’挂在嘴边，到底何为天意，何为大命？”

南宫渊凝视她，半晌，终觉无言以对。他虽信命数，但并不是盲目迷信。若非关乎她的性命和幸福，他又何须隐忍相让。倘若慕容宸睿最终还是不爱她，她的未来路必定举步维艰。而要慕容宸睿不可自拔地爱上她，那就需要她给予回应和付出。因为，感情只有双向碰撞才激得起火花。至于他自己，他已把内心的愿望缩至最小，藏于心底，不去碰触。

“师父，映夕不是有意出言顶撞。”见他缄默，路映夕歉然地垂头，“师父莫怪，不会有下次了。”

“你有自己的想法，这不是顶撞。”南宫渊柔和一笑，语气云淡风轻。

路映夕扬眸，转开话题，轻问道：“师父，你可有心愿？可有向往的生活？”

南宫渊深深望了她一眼，眸如深海，温柔宽远，答道：“心愿，往往是因为自知难以实现，所以才为之神往。既然如此，又何必去奢望。活好当下，已经足够。”

“这样淡泊清寡，师父不觉得人生无趣吗？”她温言再问。

“那么你呢？映夕，你想过怎样的生活？”南宫渊微笑着看她。

她未答，侧头眺望远方。暴风雨过后的晴空，如被清水洗刷干净，格外的蔚蓝美丽。这就是她想要的。愿有一日无风无浪，天下太平，她可以悠游山水间，欣赏世间种种景致，再无重任和挂碍。只不知，那时是何时，又会是谁陪在她身边，同望这一片天。

南宫渊没有追问，温淡道：“我该抓紧时间研制解蛊药了，映夕，你先回去吧。”

路映夕收回远眺的目光，微微颔首，凝望了他一眼，便旋身离去。

南宫渊凝望她玲珑的背影，黑眸中漾起温暖的波光。不能拥有心愿，但至少他已经拥有了一段珍贵绵长的回忆。而将来如何，就留待将来再作打算吧。

栖蝶怀上龙种的消息，很快就传遍整个后宫。路映夕不难为她，并不代表其他嫔妃也能豁达宽厚。毕竟，在众人眼中，栖蝶原本只不过是一个卑微宫婢，就如晴沁所言，栖蝶如今是乌鸦变凤凰。这般幸运的际遇，又怎不惹人嫉妒眼红？

不过，路映夕倒是没有料到，最先按捺不住的，竟是一贯不理事的姚贤妃。

皇帝下了朝，一脸疲倦地前来凤栖宫，把自己扔进软榻，闷不吭声。

路映夕早已收到口风，心中有数，站在榻旁，轻声问："皇上，很倦吗？"

"嗯。"皇帝淡淡应声，合上眼，表情漠然。

路映夕伸出手，按在他的太阳穴，以适当力道揉推着。

皇帝不由发出一声舒坦的低哼，眉宇间的那抹阴霾略微散了些。

路映夕手下不停，一边口中柔声道："臣妾安排不当，令皇上扰心了。臣妾本想，桃之阁雅致清净，适宜栖蝶养胎。"桃之阁确实清幽，只是离斋宫较近，她也没有想到会因此引起纷争。

"皇后无须自责。"皇帝没有睁眼，语气怠倦，"凌儿这脾气，数年如一日。"

路映夕微微挑起眉梢。"凌儿"二字，他说得极为顺口，像是曾经唤过无数遍一般亲昵。

又听皇帝接着道："记得有一年，朕送了她一只白兔，她十分喜爱，后来林德妃见着，要朕也送她一只。"

"姚贤妃要的是独一无二？"路映夕一点即明。

"就是这四字，独一无二。"皇帝自嘲地勾起薄唇，"朕能够给她全天下最昂贵的礼物，唯独给不起这样东西。之后，当她知道林德妃也有朕送的白兔，她并没有一句吵闹，却做了一件令朕骇然的事。"

"她将兔子放逐了？抑或诛杀了？"路映夕猜测着，不禁联想到上次斋宫失火的事。

皇帝依然闭着眼睛，只是唇角的苦笑愈加浓重，低沉地道："她把兔子活埋了，而且立了个墓碑，上面写着——爱兔玉碎之墓。"

路映夕心中隐隐发寒，姚贤妃如此偏激阴狠，竟将无辜的白兔活生生埋了？她给兔子取名为"玉碎"，显然就是指宁为玉碎不为瓦全。这样的女子，是天性刚烈极端，还是经历世事后的遽变？

"皇上，要不要让栖蝶搬离桃之阁？"路映夕继续为他揉着鬓角，柔声询问。

皇帝抬手，握住她的素手，缓缓睁开眼，瞳眸深沉幽暗，淡声道："不必。"

路映夕点了点头，心想，姚贤妃修佛多年，脾性仍旧未变，皇帝怕是很失望吧？

皇帝站起身来，与她平视，忽然冒出一句古怪的问话："映夕，如果是你，你可会要求独一无二？"

路映夕浅浅一笑，抽回手，答道："世间女子大多相仿。谁不希望一份专一的感情？"

"如此说来，你与凌儿惺惺相惜了？"皇帝轻笑，笑意未达眼底，目光寒凉。

"臣妾能够理解姚贤妃的心情，却不认同。"路映夕敛容，叹道，"争取和强求，是两回事。太过执着，就变成了顽固偏执。"她有自己的坚持，宁缺毋滥，可她与姚贤妃不同，若明知不可得，她宁愿放手，而不是选择玉石俱焚。

皇帝颔首，面色淡淡，眸光仍是暗沉。他曾经钟爱过的女子，天真烂漫，单纯甜美，为何最后会变成了剑走偏锋的极端之人？是他害了她，抑或她本性使然？

“皇上，姚贤妃不准栖蝶接近斋宫三百丈之内，臣妾怕栖蝶因此行动不便，常需绕道而行，还是迁居吧？”路映夕好言提议。

“何须这般迁就？”皇帝扬唇冷笑，眸中终于迸出锐光，“朕已经下令，斋宫不再有特权，一切礼节，遵照宫规。”

路映夕微诧。这就是说，姚贤妃以后不能再清闲避世了？这么一来，姚贤妃和栖蝶倒是真正结下梁子了。

皇帝觑她一眼，稍缓口气，道：“不说这些扫兴的事。皇后陪朕下盘棋吧。”

“是，臣妾这就去摆棋盘。”路映夕屈身，正要举步，寝门外忽起一道禀声。

“启禀皇上、皇后娘娘，姚贤妃求见！”

路映夕弯了弯唇，然后转回头望着皇帝。

皇帝眼色郁郁，又现阴霾，沉沉扬声道：“让她去正殿等着。”

路映夕笑看着他，开口问了一句：“皇上，为何要在正殿接见姚贤妃？”

皇帝冷淡道：“朕方才说了，她并无特权，一切依循宫规礼节。”

路映夕笑而不语。皇帝不愿再纵容姚贤妃，追根究底是为了她好，希望她不要一遇事便钻牛角尖，但恐怕姚贤妃并不领情，而且，会怒火中烧。

“皇后要与朕一起去正殿，还是留在寝居歇息？”皇帝半眯眸，扫她一眼。

他此话的含义，是要她别出面，可她却只作不懂，应道：“姚贤妃第一次来臣妾宫中，臣妾自然要好生款待。”

皇帝轻哼，宽袖一甩，径自先行。

路映夕不疾不徐地跟上，嘴角噙着一抹愉悦的兴味。一场好戏即将上演，她若不去看，不是太可惜了吗？皇帝会如何对待曾经爱过的女子？她想知道，他会顾念旧情，还是郎心似铁。

路映夕与皇帝前去正殿，一同高坐主位，睥视下方。

殿堂的中央，姚贤妃面无表情，跪地叩拜：“臣妾参见皇上，皇后娘娘。”

路映夕安静不语，侧眸看着皇帝。皇帝的脸色有些阴晴不定，薄唇紧紧抿着，扫视下跪的姚贤妃，淡漠道：“免礼。”

姚贤妃没有立即起身，微仰起脸庞，一字一顿道：“谢皇上。”言毕，才规规矩矩地站起，退至旁侧侍立。

路映夕暗自摇头。以姚贤妃的分位，根本无须行跪拜大礼，她偏要如此，不免有负气

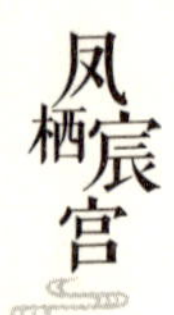

之嫌。

“姚贤妃有何事要见朕？”皇帝语气极淡，听不出喜怒。

“臣妾依照宫规，前来向皇后请安。”姚贤妃低眉垂眸，姿态恭谨。她身穿一袭浅色宫裙，绾了发髻，并无金饰点缀，素净如旧，脸上那道长长的狰狞疤痕也没有用脂粉遮瑕，看上去触目惊心，与她精致的五官极不协调。

“姚贤妃有礼了，不过往后就不必每日来请安了，本宫生性惫懒，这些缛节能免就免吧。”路映夕温声开口道。

姚贤妃躬身，回道：“谨遵皇后旨意。”

路映夕心中无声叹息。如此真是矫枉过正了。这般刻意，实在令人不舒服。

皇帝面上隐有不耐，冷冷淡淡地道：“如果没有其他事，姚贤妃就先退下吧。”

姚贤妃却再次跪下，恭敬道：“皇上，臣妾有一事相求。”

“说。”皇帝抬手示意她平身，浓眉轻皱，阴霾笼罩。

“臣妾向佛之心坚定不移，请皇上成全，准许臣妾出宫，落发为尼。”姚贤妃神情沉寂，话语里没有一丝起伏，好像早在心中默背了百遍。

皇帝怔了一怔，不怒反笑，扬高声音道：“凌儿，同样的招数，你要用多少次？”

姚贤妃抬眼看他，口气肃冷，重复道：“皇上，臣妾心意已决，还望皇上成全。”

皇帝轻轻地眯起眸子，阴鸷之色一闪而逝：“朕收回你所有特权，你便要与朕斗气？若朕赐还你原有的一切，你可还要坚持离宫？”

姚贤妃默默不言，眼中掠过晦涩的暗光，夹杂愤恨与凄楚。

皇帝无端低笑，笑声中毫无欢意，转眸看向路映夕，问道：“皇后认为如何？”

路映夕一时无话。姚贤妃想要清静日子，并不算过分，只是她刚才的那番话几乎是在威胁皇帝，如果皇帝不答应她便要出家，这种处事方式，着实叫人不敢苟同。

思索半晌，路映夕温和地道：“皇上，臣妾宫中一贯人少清净，不如就把偏殿赐予栖蝶才人暂住。”这事是源头，她这么说，是给皇帝一个台阶下。

“就依皇后之言。”皇帝嘲讽地扬起薄唇，睨着姚贤妃，“姚贤妃，你可以退下了。”

姚贤妃神色清冷，没有移步。

路映夕打圆场道：“姚贤妃诚心礼佛，本宫会交代其他嫔妃们，若无要事，莫去打扰。”

虽然皇帝没有应允赐回特权，但路映夕的话已形同一种保证，姚贤妃这才躬身行礼，告退离去。

望着她瘦削的身影，路映夕忍不住摇了摇头。真正看破红尘，是多么难的事。世上许多人做不到，而姚贤妃，明显也做不到。她原以为可看一出好戏，现在才发现这出戏让人不禁唏嘘。

“皇后为何摇头？”皇帝不咸不淡地问，自雕凤高椅中站起，走下白玉阶。

路映夕跟在他身后，低念道：“人生若只如初见，何事秋风悲画扇。”

“等闲变却故人心，却道故人心易变。”皇帝没有回头看她，接着念出后半首。

路映夕盯着他颀长的挺拔背影，微微一笑，解释道：“臣妾并非这个意思，臣妾只是觉得，少年时光无限美好，令人感怀。”

皇帝淡淡笑起来，转头睇她一眼：“皇后正值豆蔻年华，怎么说话像是历经沧桑的老者？”

路映夕回视他，笑答：“臣妾这是少年老成。”

“皇后此言差矣，皇后是少女，不可算是少年。”皇帝取笑道。

路映夕浅笑静默。他虽在谈笑风生，却遮掩不了他眼底的阴沉暗色。他在郁悒什么？因为不再爱姚贤妃，而愧疚自己变心？抑或他仍爱着姚贤妃，无奈回不到过去的无忧时光？

皇帝大步走出殿堂，负手立于晴空下，仰首而望。空中浮云朵朵，悠然飘动，天色蔚蓝，辽阔明亮。

路映夕上前，与他并肩而站，同望蓝天白云。

“朕是否应该放手？”皇帝似在自语，目光远眺，久久不移。

“也许，该放手的，并不是皇上。”路映夕轻柔接言。只有姚贤妃自己放过自己，才是解脱。如果刚才皇帝真的同意了姚贤妃落发出家的请求，只怕这不仅不算是放手，还会使姚贤妃更加痛恨他。因为，女人有时口是心非，会用反话来试探某些事。

“却道故人心易变……”皇帝低喃，眼神悠远，唇角慢慢勾起一抹自嘲的弧度。

“时光人事随年改。”路映夕感叹，“并非人想变，而是时间的力量太强大，人心渺小，无法不顺势而变。”

皇帝抽回远望的视线，半眯深眸，凝望她：“你似乎一直在为朕开脱责任，是真的理解与体谅，还是有所求？”

路映夕平静地回答：“臣妾只是有感而发罢了，不是为谁开脱，也不是求取什么。”

皇帝的眸子越眯越细，带着探究剖析的敏锐。

许久，他不紧不慢地吐出一句话：“映夕，你用了心，所以才懂得朕的心。”

“没有！”路映夕直觉反驳，话一出口，她惊觉自己失态，忙再道，“臣妾不敢妄自揣测皇上圣意，更不敢自认懂得皇上的心。”

皇帝优美的薄唇逐点扬高，意味深长地笑了笑。

第十八章
一年之毒

半个月一晃而过，解蛊药的研制比预期稍快一些，已陆续发放至各军营。皇帝并未因此而松懈，再次微服出宫，暗巡京都。此次，他没有带上路映夕。

路映夕落得清闲，优哉地在御花园中闲逛，屏退了随侍的宫婢，独自漫步。

据她所收到的消息，近日京都不太平，慕容宸睿警惕地防范着龙朝奸细，然而有些事怕是防不胜防。

日落西山，路映夕坐在凉亭中，观赏天边云霞，唇角扬着一抹浅笑，神态惬意。她只需要隔岸观火，再顺势做点事，便可坐收渔翁之利。

“娘娘，娘娘。”远远的，宫女小南匆匆跑来，神情凝重。

“何事？”路映夕端坐不动，平淡开口。

小南躬了躬身，走至她身旁，压低声禀道：“娘娘，不好了，凤栖宫进了刺客，晴沁受了伤。”

路映夕面容一凛，站起身来：“伤得可重？有没有抓到刺客？”

“回娘娘，晴沁的手臂被剑划伤，不过应该只是皮肉伤，不算严重。禁卫军及时赶来，但只在偏殿擒到一名刺客。”小南小声禀告，有条不紊。

“回宫。”路映夕不再多问，疾步返宫。刺客的目标是凤栖宫，要找的人应是她。不知是哪路人马要对付她，龙朝？或韩家庄？

回到凤栖宫，只见大殿中一片肃静。

禁卫军包围整座宫殿，宫婢太监们缩在一旁，战战兢兢。晴沁右臂带伤，气色尚可，应该没有大碍。

路映夕跨入殿门，沉声问道：“捉到的刺客何在？”

还未等人回应，她眼光一扫，已看见角落里躺着一具尸首。那是一名身穿黑色锦衣的男子，嘴角渗血，脸色泛黑，已无气息，显然是咬破舌下毒囊自尽身亡。

路映夕走近观察，眼神愈发凛冽起来。这是死士的作风。之前曦卫曾带回消息，说韩家庄暗中培植大批死士，难道真是韩家指使？但是，如今韩氏势力尚未巩固，应该不会急于铲除她，那么……

心中蓦地一突，她转头看向晴沁，冷声道：“小沁，你随本宫来。”

晴沁垂首恭顺应道："是，娘娘。"

举步前，路映夕扬声对殿中众人道："任何人都不许搬动刺客尸首。"

小南上前一步，面有难色："禀娘娘，禁卫统领已派人通知刑部，刑部尚书很快就会到，照规矩是要验尸的。"

"替本宫告诉沈尚书，若要验尸，就在凤栖宫验。"路映夕抛下一句命令，便入了内殿。

晴沁沉默地跟随在后，穿过内殿，经过庭苑，一直到了寝居，她扑通一声跪下。

路映夕居高俯视她，淡淡开口："为何下跪？"她方才听到小南提及偏殿，就已觉蹊跷，而小沁这般凑巧受伤，应是去了偏殿才会遇上刺客。

晴沁抬起眼，沉着回道："奴婢今日去偏殿，是要揭穿栖蝶的伎俩。她分明没有怀上龙种，有何资格独享凤栖宫中的一座殿阁？奴婢没有事先问过娘娘，擅自主张，是奴婢的错，请娘娘责罚。"

"你预备如何揭穿她？"路映夕心中好气又好笑。她早已告知过小沁，栖蝶有孕之事是得到皇帝的授意，既然如此，还需要揭穿什么？

晴沁抿唇不言，眼底闪过一道冷色，不甘而嫉愤。

路映夕望着她，缓缓道："你想要假意撞倒她，然后再叫太医和师父前来，借外人之口，揭破真相，可是如此？"

晴沁不吭气，目光倔强。

路映夕轻声一笑，再道："你还想假借本宫名义，劝服师父说出栖蝶的脉象异状。"

晴沁动了动嘴唇，低下头，承认道："奴婢不敢欺瞒娘娘，奴婢确是这样打算。"

路映夕不由摇头，口中只道："这件事延后再论，先说说你与刺客交手时，有什么发现。"小沁的武功根基不错，内力却浅，如果刺客心狠手辣，她已无命在此。

"奴婢惭愧，没有发现线索。"晴沁诚实回答。

"起身吧。"路映夕摆手，准备重回大殿。

岂料一波未平一波又起，这时，寝门外突然响起沉重的脚步声。

路映夕微皱黛眉，打开门探头一看，不禁诧异："皇上？"

"进去再说。"皇帝一脸愠色，看见寝居内的晴沁，不耐地挥手道："出去！"

晴沁不敢多话，恭敬退下。

皇帝踏入门槛，径直走向软榻，倒身一躺，没有半句话语。

"皇上，今日出宫一切可顺利？"路映夕温声询问，不露痕迹地扫过他全身。他并没有受伤，可是他刚才步伐沉滞，与平常不同。

皇帝没有作声，双眼慢慢合上，不出片刻，竟沉沉睡了过去。

"皇上？"路映夕试探地轻唤，连着几声，都不得回应。

凝视他泛着青色的印堂，她微微眯起明眸。他可能中了蛊毒，他自己一点都没察觉不对劲？若察觉了，却还来她这里，不怕她趁机置他于死地？

此刻的他，俊容疲惫，双目紧闭，毫无反抗能力，犹如一只待宰羔羊。如果她现在要对付他，简直易如反掌。

这个好机会，她不会放过。

取来一颗解蛊丹，她塞到皇帝口中，再灌水逼他咽下。皇帝被水呛着，咳了几声，并未醒来。

路映夕坐在榻畔，好整以暇地看着他。缓缓抬起手，她抚上他微凉的脸，指尖划过他的长眉，沿着高挺鼻梁顺下，最后停在他紧抿的薄唇上。

上天厚待他，赋予他睿智的头脑，又给了他一副好相貌，锐气而不失俊美。不过她一直认为，上苍公允，赐福的同时，亦会给人遗憾。譬如她自己，天生心疾，无法根治。那么他呢，他的缺陷是什么？

她收回手，似有若无地笑。

皇帝原本泛白的唇色渐渐变得红润，但不是正常的色泽，而是近乎妖异的艳红。

她不会这么愚蠢，在此刻杀了他。可是这个机会千载难逢，她若不把握，未必还有下次。

顷刻间，皇帝的唇色淡了去，不复异常。

她只能给他下这种毒，只有这种毒不易被察觉，要等到毒发前的十二个时辰才会发作。而毒发的时间，在一年之后。

路映夕静静地望着他，眼露无奈，无声道：不要怪我手段卑鄙，如果一年后我还活着，我会给你解药。

凝视半晌，她站起，出了寝居，心情莫名有几分窒闷，她似乎定下了两个约定，一个是与师父，另一个是与皇帝。前者隐晦不明，后者她独自掩藏。

去往大殿，检验吏正在验尸，刑部尚书沈奕站在一旁，俊秀的脸上神色十分冷峻。

看见路映夕前来，沈奕躬身一揖："微臣参见皇后娘娘。"

"免礼。沈大人，可查出些许端倪？"路映夕正色询问。

"回皇后，微臣方才盘问过凤栖宫中的全部宫女太监，据初步推断，刺客大约四到六名，他们的目标，可能是偏殿。"沈奕语气恭谨，说得很慢，像是怕她听不懂一般，"刺客大胆潜入皇后宫中，定是有人指使，微臣会全力缉查，请皇后放心。"

路映夕浅浅挑眉，觑他一眼。又是一个看不起女子的大男人，他明显懒得与她讨论案情，若不是她贵为皇后，估计他连答都不想答。她也无意刁难他，转而看向检验吏手起刀落，解剖那具尸身。

血肉模糊的场面，她只当等闲。反倒是沈奕皱了皱眉，启口道："此处血腥，皇后请回内殿。"

路映夕没有看他，一径注视着地上的那摊黑血，口中随意道："本宫要沈大人在凤栖宫验尸，就是想看看刺客服了什么毒自尽。"

见她果真无惧，并非惺惺作态，沈奕脸色稍霁。虽然他不满皇后强留刺客尸首在此，但也无可否认，一个女子有这般胆色，实属难得。

检验吏做事非常仔细，从刺客所穿的衣料，到指甲、毛发，再到咽喉、内脏，验得巨细无遗。

半个时辰后，检验吏一脸严肃地站起，双手血淋淋地垂着，恭声道："禀皇后娘娘，尚书大人，该名刺客死于孔雀胆之毒，从尸身来看，确实是自尽而亡，并无异常。"

路映夕大感吃惊，验了半个时辰，就这个结果？这不是一眼就可看出的吗？

沈奕同感，略有不悦地道："还有其他线索吗？"

那检验吏一板一眼地回道："回尚书大人，卑职留意了刺客的蒙面黑巾，颜色虽不起眼，实则是产自金陵的织锦。"

路映夕这才满意地颔首。她也注意到了，刺客身穿的黑色锦衣与蒙面黑巾，布料并不相同。也许，这蒙面黑巾，是一种门派标志。能用昂贵的织锦，可见幕后人身份尊贵。如此看来，韩家庄的嫌疑很大。

不过，死士多数是用立时毙命的剧毒。孔雀胆毒性虽强，却要一刻钟后才会毒发身亡，这手法似乎不够专精，不排除有人刻意用织锦黑巾嫁祸韩家的可能性。

路映夕缄默沉思，忽听一道低沉的嗓音趋近。

"皇后无须忧心，此事就交由刑部处理。"

她转头看去，皇帝已是一副神清气爽的样子，正大步走来。

"参见皇上。"殿中各人齐声道。

路映夕屈了屈身，然后走向皇帝，挨在他身侧轻声道："皇上可有觉得不适？臣妾刚才给皇上服食了解蛊丹。"

皇帝淡淡点头，眸光幽冷，睨她一眼，并不言语。

路映夕心中暗惊，难道他真是故意试她？如果是这样，为何还让她顺利对他下毒？

皇帝勾了勾薄唇，隐含嘲讽，附在她耳畔低声道："朕大意了，竟叫人暗算。"

路映夕一震，抬眸看他，说不出话来。

皇帝又接着道："朕这次微服出巡，半路遭人围堵，朕怀疑宫中出了内奸。"

路映夕敛眸，定了定神，自嘲地想，原来他所说的被人暗算，并非指她，她却做贼心虚。她对他，何时变得这样心慈手软？竟觉愧疚？

皇帝不再多说，看向沈奕和检验吏，朗声道：“刺客胆大包天，竟敢潜入凤栖宫，朕命你们速速查出幕后主谋！”

“臣遵旨。”沈奕恭敬应声，眼角不自觉地瞥了瞥路映夕。

皇帝再道：“朕要去一趟太医署，皇后陪朕一同去。”

“是，皇上。”路映夕应话，心底闪过一丝忐忑。虽然她不把其他太医看在眼里，可是师父一定会发觉皇帝中了毒。师父并不知是她下的毒，万一他脱口而出，她该如何应对？

两人同往，辇车上，皇帝侧转身子，直勾勾地盯着她，一瞬不瞬。

路映夕心中不安，勉力压下，微笑道：“皇上为何不宣太医前来，而要亲自驾临太医署？”

皇帝目光不移，锐利深沉，薄唇中缓缓吐出一句话：“方才大好机会，皇后怎么不把握？”

路映夕微怔，疑问：“皇上所指的机会，是什么？”

皇帝长眉斜挑，冷睨着她：“现在没有旁人，皇后不必故作懵懂。”

路映夕暗吸一口气，摒除杂念，抬目与他对望，沉静道：“臣妾确实明白，却不懂皇上为何要一再试探臣妾。难道皇上认为臣妾会狠下杀手？继而背着弑君的罪名逃亡天涯？”

皇帝嘲讽轻笑：“映夕，你当真没有动过此念？”

路映夕只是摇头，不作解释。她怎么想，他心知肚明，那么又何必咄咄逼人追根究底？他到底想要听到什么答案？

皇帝忽然长叹一声，似乎分外无奈：“朕拿自己的命去赌，映夕，你可知？”他虽暗留一手，但确是赌了一把。此举明明不智，因为她根本不值得信任，为什么他还要做没有意义的事？为什么还想给她澄清的机会？

“皇上之前出宫，遇上了什么样的事？”路映夕不着痕迹地转移了话题。

皇帝目光一沉，陡生锋芒：“朕此次微服出宫，知道的人并不多。”

路映夕皱眉，他该不会以为是她出卖了他吧？

“朕只带了小范和几个心腹外出，除了皇后晓得之外，没有其他人知道。”皇帝不紧不慢地又道。

“皇上怀疑臣妾？”路映夕直言不讳地问。

“朕也不愿怀疑皇后，奈何事情如此巧合。”皇帝眯起眸子，冷光闪耀。

“皇上，捉贼要拿赃，臣妾无辜，还望皇上明鉴。”路映夕直视他，眼神坦荡。

皇帝不接话，唇角轻轻扬起，讳莫如深。

路映夕内心无惧，不再追问。她没有做过，他若硬要栽赃在她头上，那便是欲加之罪。

辇车内，两人沉默了片刻，皇帝才又悠悠出声："为了皇后的安全着想，朕决定，派一队禁卫军常驻凤栖宫外。"

"蒙皇上怜恤，臣妾感激不尽。"路映夕客气地谢恩。不知为何，心底那股不祥的预感，始终挥之不去。

渐近太医署，皇帝突然倾身靠近她，在她耳边温存摩挲，半晌，低低地道："皇后想必已经查出栖蝶的身份。其实，这次暗算朕的是霖国人，只不过故意乔装成龙朝人士。"

路映夕心头大震，所有谜团豁然得解。竟是父皇所为。她早前要父皇派兵，佯装霖国骑兵，父皇这次就干脆再乘胜追击，想让霖国无翻身之地，却又怕慕容宸睿起疑，就多弄一层玄虚，命人乔装成龙朝人。可是，究竟是谁泄露了皇帝微服出巡的消息呢？小沁？

她正陷入冥思，忽觉耳畔温热泛痒，侧眸一看，惊见皇帝细细亲吻着她的耳垂。一股热浪顿时侵袭上她的脸颊，如被火烧，颊红似霞。

"皇上，"她羞恼低喝一声，"快到太医署了。"

皇帝不理会，沿着耳根吻下，薄唇印在她的肩胛处，眼见就要撩开衣襟。

路映夕大惊失色，脑中灵光一闪，蓦然明白他为何有此突兀举动。他定然已猜透一切，暗怒于心，可又苦于没有证据，因此愈加心恨难平，便要以男女之事惩罚她。

眨眼间，襟扣已被他解开，香肩外露，雪肌如白玉。

路映夕羞怒交集，用力推他，压低声音斥道："皇上要在辇车上行此孟浪之事？"

皇帝轻咬她肩头一口，抬起眼角觑她，眸光异常邪魅："有何不可？朕乃九五之尊，有什么事不可做？"

路映夕强抑心中情绪，柔了嗓音，劝道："皇上，不如等回了凤栖宫再说？"

皇帝置若罔闻，一手掀开锦帘，对着外面命令道："辇车停在太医署外，你们都给朕退到百丈之外守着，不许任何人靠近。"

"是，皇上。"抬辇太监及随行宫婢恭声应道，不敢多问半句。

不一会儿，辇车停下，众人散去，只余一片凝滞死寂。

路映夕暗暗握紧拳头，瞠眸瞪着他。他要羞辱她？而且要在离师父最近的地方羞辱她。

皇帝眯细了幽眸，语声透寒："路映夕，朕的命，被你把玩在股掌之间，你可觉得得意？"

路映夕不语，一味防备地盯着他。

皇帝唇角一勾，浮出一道冷冽弧度。猝不及防地，他欺身压下，伸手扼住她纤细的脖子。

他并没有使力，只是居高临下地睥睨她，清晰徐缓地道："如果不是朕随身带着解蛊药，今日就已死在宫外。借刀杀人，可谓高招。"

路映夕心念一动，恍然大悟。原来他之前已经自行解毒，他来她宫里时，只不过是余毒未尽。他想试她会不会再补上一刀，却没料到她用了无色无味的毒。他过于自信，因而才着了她的道，至今未察觉。这可算是他自作孽？

"无话可说了？"皇帝的声音越发森冷，俊容铁青，额上竟暴出青筋。

路映夕隐隐感到诧异。以他一贯内敛的性格，怎会这样喜怒形于色？就算真是她设计害他，他也应该早有心理准备，现在他却似乎十分痛心疾首？

见她不声不响，连解释都不愿意，皇帝心火顿起，手掌收紧，掐住她的喉咙。

路映夕受制于他，一声不吭，右手暗蕴内力，蓄势待发。

她白皙的脸庞慢慢涨红，只有眼眸依然明亮逼人。

皇帝紧盯着她，瞳眸中泛起幽蓝波光，似海涛汹涌，诡谲危险。

他的手劲没有加强，反而逐渐放开。路映夕松了口气，可下一瞬他猛地俯下头，攫住她的唇。

他的动作猛烈而狂肆，发狠地啮咬她粉嫩的唇瓣，毫不留情，像是满腔怒气急需发泄，又像是内心情绪复杂，无法分辨，只能借由身体寻找出口。

第十九章
吻如攻城

路映夕浑身僵硬，嘴唇闭得很严实，无论如何都不肯被他的舌撬开，胸腔内有一股强烈的羞愤感，不停窜动升腾，难以按捺抑制。

皇帝原本已是愠怒，见她如此的反应，怒火更盛，不经思虑就张口一咬，生生咬破她的唇。

淡淡的血腥味弥漫开来，两人唇间染上殷红。

皇帝没有因此罢手，右掌撑牢她的后脑，薄唇辗转吸吮她唇上的伤口，混血吞咽，其间半分都未抽离开，反而越发用力，存心蹂躏。

路映夕吃痛，挣扎几下，却被他扣在腰间的左手钳紧，动弹不得。

他的舌尖舔过她的唇瓣，强硬地要探入，力猛势悍，犹如攻城略地，不遗余力的霸道猛烈。

她奋力坚守，贝齿没有丝毫松动，牙根因为过于用力而发出咔咔轻响。

皇帝眸中异光忽闪，突然在她腰上一掐，趁她本能欲呼时攻占她的檀口。

他独有的阳刚气息侵袭而来，路映夕骨子里的反叛被他彻底挑起，心底涌现滔天愤怒，齿尖倏然闭合，狠狠咬住他放肆的舌头。

霎时间，两人再无一丝动静，骇人的死寂笼罩四周。

大抵只是一小会儿，路映夕却觉得过了很久，她松开口时，才发现尝到浓重的血味。

皇帝坐正了身姿，冷冷看着她。他的唇角渗出血丝，目光森冷如冰，寒气慑人，但又似藏烈火，熊熊灼人。

过了许久，皇帝面无表情地抬袖，拭去嘴边血渍，讥诮地冷睨她，极为缓慢地开了口："这般坚贞，为了谁？"

路映夕拉好微敞的衣襟，抬头，冷漠回道："皇上在质问别人之前，是否应该扪心自问。"

皇帝的脸色阴沉至极，声音愈加冰冷："如果现在不是在太医署外，你还会这样贞烈地反抗？"

路映夕怒极反笑："皇上未免本末倒置。身在何处并不重要，重要的是皇上的态度。这般激烈的缠绵方式，臣妾承受不起。"

“怨朕不够温柔？”皇帝冷笑，双目中闪动阴鸷光芒，话语狎昵，“如果温柔能够虏获皇后的芳心，朕倒愿意一试。”

“皇上的温柔，令人惶恐，分不清是否夹藏锋刺，伤人于无形。”路映夕攥着双手，心中默道，人必自辱而后人辱之，并非她不敬，是他太过分！

皇帝轻笑，语气却越发凌厉：“你想要的温柔，可是暖若春风的照拂？”

路映夕扬起下巴，冷然回道：“皇上想说什么直说便是，何必迂回。”

皇帝嘲弄地勾唇，一字一顿道：“今日朕就开诚布公与你说个明白。”

路映夕直直望他，无畏无怯，静待他的下文。

“我皇朝驻扎边界的军营被霖国突袭，你别说你毫不知情。”皇帝眼光冷厉，直射向她，“朕出宫被暗算，你敢说与你毫无关系？解蛊药效果不佳，不能即时清除蛊毒，反却令人身软无力，你敢说你不曾动过手脚？”

他一口气给她下了三条罪状，路映夕听着连连嗤笑，反唇驳道：“皇上一世英明，如今怎么糊涂起来了？臣妾身在皇宫深苑，如何与边疆战事扯上关系？解蛊药的事，臣妾从头至尾都没有参与研制，皇上要问罪，大可囚起太医署全部的太医，仔细盘查，追究失职。再则，皇上出宫遇袭，若是臣妾背后指使……”她傲然一笑，接着道，“不是臣妾狂妄自大，偌臣妾真的要出手，绝不会这般漏洞百出。”

皇帝眯眼，扫视她如蒙薄霜的清冽眉眼。他伸出手，指尖抵在她的下颚，抬起她的脸，望入她眼底，缓缓道：“若不是刚才寝居中你没有对朕下手，现在你已死无葬身之地。”

路映夕回望他，心中暗讽，她下了手，只是他不察而已。原本她尚有一些惭愧，自觉手段不够磊落，但此刻她不再残留半点心软。如果她多软一分心，便已被他在这辇车上强行凌辱。

“路映夕，你最好牢记朕今日说的话。倘若你有分毫的行差踏错，朕定会铲平你邬国九省十四州。”皇帝冷冷收回手，面色森然。

“臣妾自会安守本分，可也要看皇上的诚意几分。”路映夕话有所指，不掩犀利。

“区区一个霖国公主的存在，就令你这么沉不住气？”皇帝扬唇蔑笑，但话语铿锵，“朕可以允诺你，只要你我两国同心合力灭了龙朝，朕就会送栖蝶回霖国。”

“连她所生的皇嗣都不要？”路映夕刻意讥嘲。他这番话，四两拨千斤，根本没有言明灭了龙朝之后，她邬国能得什么保障。以他的雄心壮志，到时又怎么可能甘心和邬国平分天下。

皇帝哼了一声，道：“你自己衡量利弊。”

路映夕安静，不再继续言辞争执。局势所迫，她没有更多的选择。短暂的相安无事，已经是目前最好的景况。龙朝是一定要歼灭的，同时她也要皇朝因战而元气大伤。只有这样，将来邬国才可自保，或更甚者有机会与慕容宸睿一争天下。

两人对峙相视，神色皆是凛然。若再细看，却都有点狼狈。路映夕唇上的小伤口滴出血来，而慕容宸睿的舌尖正隐隐抽痛。

各自撇开脸，暗暗苦笑。本该是旖旎的亲密温存，他们倒像是进行了一场激战。

皇帝用眼角余光瞟她一眼，思忖，绝美出尘的她，发起狠来倒似一个悍妇，他舌上的痛楚，起码要三五天才会消退。

路映夕同在腹诽，他平日看似优雅温文，谁知在男女之事上犹如猛兽，真真是表里不一。

皇帝捕捉到她愤愤的眼神，心中阴霾莫名散了不少，暗生起一种隐讳的期待。骄傲如她，引起他想要征服的强烈欲望。可以想象，当她温驯娇柔地臣服于他身下之时，会是何等的诱人风情。

路映夕见他目露邪恶光芒，咬牙狠剜他一眼。下流胚子！别以为她不知道他在想什么。

皇帝不恼，兀自扬起薄唇，笑得恣意狂傲。

辇车内静谧无声，暗流涌动，无形中空气仿佛升了温。外面，恰时传来喧扰声，打破了这怪异的气氛。

路映夕侧耳一听，发现是师父被拦阻下来。她下意识地捂上被咬伤的嘴唇，心跳骤乱。

皇帝盯着她的动作，一边掀开锦帘，扬声道："宣南宫神医上前来！"

"是，皇上。"不远处，传来恭敬的回应。

随即，便听沉稳的脚步声渐渐走近，路映夕垂下眸子，心中五味杂陈。

"南宫渊参见皇上，皇后。"辇车外，清淡的嗓音响起。

"南宫神医有何事禀奏？"皇帝并未下辇，隔着厚厚的帘布沉声问道。

"敢问皇上，可有收到太医署呈上的奏折？"南宫渊声音温雅，一贯的听不出情绪波动。

"何时上呈？"皇帝微皱起浓眉。他今日微服出宫，有一叠奏折还未批阅。

"大约是午时。"南宫渊语速平缓，娓娓道来，"因为时间紧迫，研制解蛊药的过程出了些许纰漏，药效不佳，需要再改善，特禀皇上，望皇上恕罪。"

"需要费时多久，才能配制出速效良药？"皇帝眉宇间的皱褶不禁加深，眼波幽幽浮动。

"快则月余，慢则三个月。"南宫渊不卑不亢地回道。

“朕有数了。”皇帝不置可否。

辇车外静了片刻，才又响起南宫渊温润的声音：“皇上若无事吩咐，那么南宫渊就先告退了。”

皇帝不冷不热地应了一声：“嗯。”

路映夕一直缄默，听着师父缓步离去，心口一松，缓下紧绷的心情。她竟觉得尴尬，不想被师父看见自己狼狈的模样。

“皇后以为如何？”皇帝冷不丁地发问。

路映夕回过神，轻浅答道：“制药之事，必须精细调配，无法一蹴而就。”

皇帝低笑两声，眼中闪过复杂之色。

路映夕不再做声。以她和师父多年的默契，自然知道师父在帮她。如果皇朝没有精妙的好药，在与龙朝对战时难免吃亏，就算最后大获全胜，也必定损兵折将。

皇帝的目光轻飘飘地扫过她，对外命令道：“起驾回宸宫。”

路映夕闻言心尖一抖，这是要她同去宸宫？难道他今日的怒气还未完全消散？还要折磨她才能心平？

辇车里鸦雀无声，两人一路都不说话，各有所思，神情沉凝。

到达宸宫，皇帝径自换了衣袍，前去御书房，抛下路映夕一人，未有半句交代。

路映夕甚感踌躇，这宽大的宸宫，总是令她有种局促不适的感觉，也许是因为最初的经历，留下阴影，挥散不去。

“皇后娘娘，奴才让人传晚膳可好？”侍膳太监见已至用膳时间，恭敬地上前询问，又道，“皇上去了御书房，照往常惯例看来，应该会在那边用膳。”

路映夕心不在焉地点了点头，感到困惑。皇帝留她在这里做什么？

已过酉时，天色全暗，夜色笼罩大地。

路映夕没有去皇帝的寝殿歇息，独自坐在庭苑的亭台里赏月。

已经入秋，初秋的晚风挟着微微凉意，吹拂过两旁的梧桐枝叶，沙沙作响。前方小石径上，一名宫女走来，至石阶下行礼：“启禀皇后娘娘，韩淑妃求见。”

“求见本宫，还是求见皇上？”路映夕扬了扬眉，问道。

“回皇后，韩淑妃想见皇上，但皇上留下口谕，不准人去御书房打扰，所以奴婢来请示皇后娘娘。”那名宫女毕恭毕敬地回道。

路映夕想了会儿，道：“那就宣韩淑妃来此吧，本宫也很久没见韩淑妃了。”

“是，皇后娘娘。”宫女屈膝行礼，然后退下。

不出片刻，韩清韵袅袅前来，丽颜淡然，傲气不减。

“清韵参见皇后。”她弯身一礼，复又挺直腰脊，站立石阶前。

路映夕微微一笑，走出亭台，边道："韩淑妃无须多礼。皇上在御书房批阅奏章，本宫与韩淑妃多日未见，便叫韩淑妃来聊聊天。"

"得皇后召见，是清韵的荣幸。"韩清韵的语气十分平淡，不显丝毫热络。

路映夕走到她面前，举目与她平视，温言道："不知韩淑妃求见皇上有何要事，可需本宫派人传话？"

这本是一句寒暄客气的话，不料韩清韵的脸色越发冷淡，回道："皇后有心，不过不必了。"

路映夕心下诧异，诚心问道："韩淑妃似乎对本宫颇有怨言？"莫非是因为上次草还丹的事？

"清韵不敢。"韩清韵的美眸中泛起波澜，蕴含薄怒。

"韩淑妃，有话不妨直说。若是本宫有做得不妥之处，本宫愿意向韩淑妃致歉。"路映夕诚挚说道。

"皇后严重了。皇后是六宫之首，即是众嫔妃的典范，又岂会有缺失之处。"韩清韵面容漠然，口气生硬。

路映夕不由轻叹，开门见山道："韩淑妃是不是在怪本宫之前索要草还丹？"

韩清韵抿唇，并未否认。

路映夕柔声接着道："韩淑妃是聪慧明理的人，怎会不知其中难处？何况，为朝廷为国家贡献，亦是韩家的荣耀。"

韩清韵的红唇抿得愈加紧，良久，终于忍耐不住，冷冷道："清韵自问不是无知妇孺，韩家能为朝廷出一分力，清韵当然感到与有荣焉，但是，清韵始终不懂，皇后为何要落井下石，在皇上面前编排清韵的不是。"

路映夕吃惊望她，疑道："本宫编排了何事？"

韩清韵眼露讽意，不回话。

路映夕心念转动，很快就猜到端倪。看来是慕容宸睿玩了花样，把所有过错栽到她头上。

韩清韵定定直视她，想要忍住不再多说，可终是难耐心性，沉着声道："既然皇后愿意听真话，清韵恭敬不如从命。听说先前皇后迟迟不肯将信物指环交给皇上，还与皇上定了赌约。之后，皇后赌输，才不得不交出指环。不知清韵可有说错？"

路映夕点头，从容接道："于是，你便认为本宫故意陷你于不义。"

"皇后若一早向清韵开口，清韵自是责无旁贷，不敢推脱。但皇后这般曲折迂回，难道不是愈显得清韵不明事理？"韩清韵微昂下颚，神情冷倔。

她的话尚算含蓄，路映夕心中通透，这个看似骄傲的女子，原来并无主见，旁人几句

诱语，她就深信不疑。只不过，那人倒不能算“旁人”，是她心爱之人，她选择信他也无可厚非。

“韩淑妃，你爱恨分明，清心直言，本宫十分欣赏。”路映夕微笑望她，顿了顿，话锋转锐，一针见血，“但是，倘若本宫一开始就拿出指环，向你索恩，你就不会心生不忿？无论本宫怎么做，你最终都会埋怨本宫。”

韩清韵眸光一闪，不甘认同，却又无话反驳。

路映夕清声再道：“你敬仰皇上，所以不愿怪他，可又觉得受了委屈，只好把怒气转嫁本宫身上。本宫可以理解你的心情，只希望你能明辨是非。”

韩清韵没想到她说得如此直接，顿生一股羞愤。被人一眼窥见内心的秘密，这太令人没有安全感。

路映夕低叹：“同是女子，本宫怎会不明白，恨谁都是轻易，唯独不舍得怨恨自己心系之人。”

韩清韵哑然，美眸垂下，再又抬起，最后只发出一声幽幽叹息。皇上曾说，皇后心思锐敏，非一般女子可比拟，她深觉不服气，直到今日亲身体会，才再无质疑。可是，不论皇后多么冰雪聪明、独特不凡，却也有一点不如她，那就是她对皇上的心，如磐石坚固。她敢说，纵观整个后宫，除了姚贤妃，没有人真心爱过皇上。而现如今，只有她最爱皇上。

路映夕静静地凝视她，心有感慨。爱情是否真的会让人盲目？就算明知所爱的那人欺骗自己，诱哄自己，仍甘之如饴？

她心有所思，低声脱口：“爱他什么呢？”

韩清韵迟疑看她，半晌，婉转回道：“皇上乃当世英杰，胸怀天下，睥睨万疆。这等气魄，令人心悦诚服。”

路映夕浅浅一笑。慕容宸睿得此红颜知己，倒是他之幸。

“那么，你觉得贺贵妃又是爱皇上什么？”她再问道。

韩清韵脸色一冷，眼中闪过几分轻蔑，回道：“当初贺老将军把女儿送进宫中，为的是什么，众人心知肚明。至于贺贵妃……”她轻哼一声，没有说下去。

路映夕意会，唇畔笑容慢慢加深。如此听来，韩清韵与贺如霜，确实结下宿怨已久。

韩清韵见她只笑不语，自觉失言，抿唇不再吭声。

“韩淑妃，你字字发自肺腑，着实是个真性情的女子。皇上最中意的，便是你这份率直吧？”路映夕语带赞赏，亲和温煦。

“清韵脾气犟如牛，皇后切莫见怪。”韩清韵自谦接话。

路映夕知晓此次谈话已至尽头，韩清韵不会再敞开心扉，便温声道：“韩淑妃有事求见皇上，不如就在这儿等吧。本宫乏了，先回凤栖宫。”

“恭送皇后。”韩清韵也不留她，屈身恭送。

路映夕淡淡扬唇，旋身离去。她最不想留在这宸宫，偏偏有人恨不得长住于此。果真是甲之蜜糖，乙之砒霜。

一路无阻地走到前殿，然却被守殿侍卫拦下。

“启禀皇后，皇上有旨，若见皇后要返回凤栖宫，就请皇后去一趟御书房。”带刀侍卫恭敬地揖礼。

路映夕讶异，没有多问，随着这名侍卫前往。

御书房是一座独立的殿阁，位于宸宫与议政殿中间，以便皇帝平日往返。入得殿门，不需要经过通传，那名侍卫领着她直往御书房，显然事前已得到皇帝的授意。

御书房内，摆设简洁大气，外间只有一座舆榻，六曲屏风后面则显宽敞。皇帝埋首桌案，挥笔疾书，听闻脚步声并没有抬头。

侍卫无声地退下，路映夕站在屏风旁侧，怡然自得地环视四周。这里的所有陈设都很低调，但明眼人一看就知，这是昂贵的低调。单说皇帝所用的那张宽案，便是由上等楠木所造，木纹里有金丝，是楠木中最好的一种。

“凤栖宫遭刺客之事，皇后有何见解？”皇帝眉眼不动，顾自批阅奏折，口中随意一问。

“刺客的目标似乎是偏殿。”路映夕简略地答了一句。

“嗯。”皇帝不予置评，淡淡应声，又翻了几本折子，才搁笔站起身，向她走近。

他靠得极近，一股清浅的龙涎香味窜入她的鼻间。路映夕皱了皱鼻尖，不自觉地感到抗拒。

皇帝慵懒地舒展腰骨，斜倚着屏风，再问：“何人住在凤栖宫的偏殿？”

“栖蝶才人。”路映夕恭声回道，心中暗唾，他明知故问。

“也就是说，有人欲对栖蝶不利？”皇帝长眉一挑，似觉惊疑。

“臣妾不敢胡乱猜测。”路映夕敛眸，乌黑长睫垂盖下来。他又怀疑到她身上了？

“如果并非宫外人主使，皇后认为，宫中何人最有嫌疑？”皇帝语气闲散，像是突起兴致地问她意见。

“臣妾愚昧，想不到可疑之人。”路映夕依然低眸，有些意兴阑珊。整日怀疑她，他不累，她都替他辛苦。

“皇后为什么不看着朕回话？朕相貌吓人，皇后不愿相对？”皇帝轻笑，语含戏谑。

路映夕抬眸，浅淡地笑，保持静默。

“其实，还有一种可能。”皇帝缓慢说道，深眸中掠动睿光，“幕后者的目标，也许是皇后。这次的刺客，不过是探路和布下迷障，让人误以为是要对付栖蝶，等到皇后掉以轻心，疏于防范，就会卷土重来，一举袭杀。”

“皇上言之有理。”路映夕面上平静，心里已感震慑。如果他的推测无误，那么，幕后人必然是思谋缜密，不可小觑。此计貌似打草惊蛇，却是声东击西，叫人顾此失彼。

“现在皇后可想到了可疑之人？”皇帝凝睇她，见她神情隐约变得凝重，忽然道，“朕曾经说过一句话，或许皇后没有听见，但朕言出必行。”

“皇上曾说了什么话？”路映夕蹙眉，蓦地忆起。

看她眸中流露领悟之色，皇帝低笑道：“原来，那日皇后听见朕的话了。”

她弯唇，承认道：“皇上说，会保护臣妾。”这话，她不信，至少并不尽信。

“是，朕说过。”皇帝笑容俊朗，缓缓道，“君子一言……”

“驷马难追。”她顺着他的话接道。

皇帝笑着颔首，温柔地握住她的手，包裹在厚实掌心里，姿态亲昵缱绻。

路映夕迎上他闪烁暗光的眼眸，突觉不对劲。果然，他另一手绕到她腰后，轻轻地将她横抱起来，走向舆榻。

第二十章
舍命相救

皇帝的手臂一紧，贴着她欺身压下，在她耳边低低地道："怕吗？"

路映夕无言望着他。他靠得极近，宽厚胸膛完全贴合她的身躯，这样的亲密使她不由自主地战栗。

"映夕。"他低沉唤她，声音喑哑而柔和，"朕一直在想，何时才是适合的时候。"

她只觉喉头发紧，嗫嚅半晌，才出声道："御书房是庄重之地……"

他轻叹一声，握住她的柔荑，与她五指紧扣，动作异常缠绵。

她的耳根发烫，既感惊急又觉羞窘。难道今夜便是她真正的新婚之夜？

他环过一只手臂，将她按倒在臂弯里，专注地凝视着她。她髻上发簪松脱，漆黑长发散开来，犹如一匹上等丝绸，色泽光亮，柔顺滑腻。他目光轻扫，眸底闪过一丝惊艳。她的风情，总是在不经意间流露，叫人心跳悸动，可她却不自知。

见他眸光渐炽，路映夕越发无措不安。她终究不能甘愿。于她而言，把自己交付给一个人，需要极大的勇气。鸳鸯双飞，鸾凤合鸣，不仅仅是身体的交融，更是心灵的契合。而在他眼里，是否只是一次征服，一次攻占？

他像是看透她的内心，低柔道："映夕，朕会等你甘愿的那一日。"

她半信半疑，轻问："决不食言？"

他颔首，神色认真，俊容愈显朗逸惑人。

她暗松一口气，挪了挪身子，侧躺于榻。

他支起身，笑着看她，眼神却是复杂晦涩。她非处子之身，对他来说，这是莫大的耻辱。不可否认，他迟迟没有要了她，此为其中原因之一。他自认不是迂腐顽固的人，她有她的过去，他亦然，可再怎么说服自己，心头终有一口气堵着，难顺难舒。

寂静无声的气氛让人感到窒闷，路映夕找话题开口道："皇上，韩淑妃正在宸宫，大概是有要事求见，皇上可要回宸宫看看？"

这话明显有些扫兴，皇帝淡淡回道："等到亥时，她自会离去。"

路映夕好奇地看他一眼："也许韩淑妃真有要紧的事情呢？"他似乎已经料到是什么事。

皇帝似觉无趣地扯了扯唇角，缓缓自舆榻上站起，负手踱步，懒懒道："不外乎争风吃醋的琐事。"

路映夕赶忙跟着起身，到这时才觉安下心来。看来今晚他不会再对她怎样了。拢了拢凌乱的长发，她接言问道：“是不是后宫出了什么乱子？”

皇帝无奈摇头，道：“其实朕都知晓，清韵和如霜之间的纠葛宿怨。她们两人你争我夺，委实叫朕头大。”

“多子多孙多福寿，然而，多妻多妾多龃龉。”路映夕牵唇一笑，明眸中带着幸灾乐祸的促狭。

皇帝斜睨她，低哼道：“你真当朕愿意享这齐人之福？”

路映夕笑容不变，温声问道：“到底她们之间有何旧怨？”

皇帝眼光沉了几许，大抵是想起不愉快的往事，沉吟良久，才道：“清韵与如霜差不多时候入宫，清韵先有了身孕，朕血脉单薄，因此甚感欣喜，大宴众妃嫔，昭告喜讯。”

他顿了顿，眉宇黯然。路映夕心忖，该不会是贺如霜因为嫉妒而使计害得韩淑妃滑胎？

皇帝扬唇苦笑，再道：“后来才知，原来是空欢喜一场。清韵根本没有身孕，是那名太医误诊。”

路映夕一怔，转念一想，猜出了背后诡计。应该是有人串通了那名太医，想借此陷害韩淑妃欺君，却错估皇帝的智慧，小小障眼法又怎能迷住他锐利的眼？

“那名太医被问罪了？”她问。此案之中，这名太医是最关键的人物。

“事发当晚，那太医畏罪悬梁，死无对证。”皇帝长长叹息。

“皇上仁慈，想必不忍追究韩淑妃的无心过失。”路映夕亦叹。虽然没有证据证明是谁在幕后搞鬼，但韩淑妃认定是贺贵妃，怨恨之根就从此种下。

“那时，朕方登基两年，社稷未稳，民心未定。许多事，不宜大肆严查惩戒。”皇帝凝目看她，自嘲问道，“是否觉得朕无能？”

“皇上深谋远虑，顾全大局，实为大智。”路映夕好言宽慰。她能够明白他彼时的苦衷，当时贺氏一族位高权重，就算事情确实是贺贵妃所为，皇帝也不宜追究到底。而他又心知韩淑妃无辜，便索性不了了之，息事宁人。

“你说起好话来，倒一点都不含糊。”皇帝轻笑。

“臣妾只是实话实说。”她回以微笑。如今贺氏失势，韩家得势，韩淑妃想要报当年之仇，开始一再找贺贵妃的麻烦。最感到烦扰的，应该是皇帝了。

“朕今夜不回宸宫，就与皇后一同去凤栖宫吧。”皇帝略有倦意，抬手揉了揉太阳穴。

“是。”她柔顺应声，想起一事，转而道，“近日凤栖宫不太平，皇上还是暂且别去了吧？”

“朕不是说要保护你吗？自然要好好守护着你。”皇帝望着她，似笑非笑。

“那么臣妾先谢过皇上圣恩。”她盈盈笑道。

皇帝伸手一揽，盈握她的纤腰，往御书房外走去。

才刚出了殿门，就见前方一道娉婷身影迎面走来。

“臣妾参见皇上。”清脆的嗓音蕴含冰雪一般冷傲，且还带着隐隐恼怒。

路映夕停住脚步，静望。

韩清韵对上她的视线，这才向她行礼：“皇后凤安。”

皇帝挑眉，隐有不耐，启口道：“韩淑妃有何事要见朕？”

韩清韵没有马上答话，目光掠过路映夕披散的长发，再定在皇帝扣在她腰间的手，眼神陡然转冷。

路映夕心知引起误会，韩清韵大概以为她和皇帝在御书房云雨缠绵，所以发髻散落。

韩清韵抿紧红唇，脸色益发难看，脆冷道：“皇上今日应该不会去臣妾宫中了，臣妾备的桂花酿只好自饮了。”

皇帝闻言一怔，抬手拍额，歉意道：“看朕这记性，竟都忘记日前与韩淑妃约好了。”

路映夕悄然弯唇，暗笑于心。这段时间皇帝奔忙于国事军政，还要安抚各宫妃嫔，难免分身乏术。

“皇上政事繁忙，臣妾当要体谅。臣妾就不扰皇上和皇后了，臣妾告退。”韩清韵屈膝一礼，冷冷折身离去。

皇帝嘴唇一动，本想留她，但见她怒气冲冲，便也没了耐性。

路映夕旁观，最是清明。皇帝足智多谋，可是对女人的小心思却未必捉摸得透彻。以韩淑妃的脾性，如果皇帝真是埋首政事，她不见得会使性子，偏巧眼下的情景让她误以为皇帝在风流厮混，她只会越想越气。

“皇后巧笑倩兮，似乎心情舒畅？”皇帝侧眸看她，轻嘲道。

路映夕轻轻耸肩，以表无辜。

皇帝搂着她腰的大手略微使力，惩罚她惬意看戏的轻松态度。

被他掐中腰肉，路映夕耐不住痒感，闷声一笑，旋身挣脱他的手臂，身姿宛若狡兔灵敏轻盈。

夜色浓浓，月悬天幕，如水的光华洒落大地，照得两人身后的琉璃殿檐流光四溢。

皇帝定睛望她，见她颊畔露出小小梨窝，趣致动人，而清美眸子在月光下闪着明媚光亮，狡黠而俏皮，他心头倏然一窒，竟觉目眩神迷。他早知她绝色倾城，可却不知，即使朝夕相对，仍叫人深受吸引。她的魅力，不是惊鸿一瞥的片刻美丽，而是经得起时日磨炼的恒久绚彩。

“映夕，你可会跳舞？”他忽然问。

“略懂皮毛。”路映夕点头，不期然忆起，曾有一次，父皇新纳的妃子带着讨好的笑容来找她，问她想不想学歌舞。那时她还年少，对一切新鲜的事物都好奇不已。用心学会了一支惊鸿舞，她就献宝似的跳给师父看。不想师父看完之后脸色凝重，如临大敌。她失望而困惑，师父却只说了一句话，“映夕，记住，除了你将来的夫婿，不要再在其他男子面前跳舞。”

“为朕跳一支舞可好？”皇帝直直地望着她，深邃眸子炽光闪耀。

“在这里？”路映夕讶异。就在这殿前台阶下的空地？他的兴致也来得太突然了吧？

皇帝目光微闪，神情有点奇异，盯着她半晌，却又道：“罢了，此处不宜，改天吧。”

路映夕“嗯”了一声，心下更觉不解。如果她没有看错，他眼中的神色是挣扎！他在挣扎什么？

“夜深了，皇后自行回宫吧，朕打算返宸宫。”皇帝的面色变得冷淡，语气疏离。

“是，臣妾告退，皇上夜安。”她懒得深究他的善变，一躬身便离去了。

皇帝停驻原地，眸色深沉，紧锁她修长玲珑的背影。她如一朵罕见的奇花，引人遐思，诱人趋近细赏。但是，这朵花他只能摘折，不能钟情。

路映夕自然不知道皇帝在郁悒什么，她弃辇车不用，独自在月光下漫步。似乎她已经很久没有散步赏月的闲情逸致了。记得以前在邬国，她住在自己的公主殿内，无人管束，逍遥自在，有时师父前来教她辨认珍稀草药，她起了玩心用药材酿酒，缠着师父煮酒下棋，附庸风雅。师父的棋艺奇差，每次不出一刻钟就输得狼狈不堪。但她总怀疑，师父是故意让她。有次她不满地问师父，是否小觑她，才不肯展露真本事。师父笑答，她野性难驯，若赢了她，她定会纠缠不休，不斗到赢不罢手。

仰望天边皎月，她微微浅笑。这世上最了解她的人，便是师父，就连父皇都不晓得，其实她任性顽皮，经常不受教。幼时她刚刚学得一点拳脚功夫，就爱攀树翻墙，自诩女侠。无论她再怎么淘气，师父都不曾打骂她，也不对她说重话。可不知为何，她一看到师父面露些微不悦，就会乖乖听训。

天下万物相生相克，也许师父就是那个命数里能够镇住她的人。

收回远望夜空的视线，她低低一叹，不禁联想到这皇宫里至高无上的那个人。他，是不是另一个能够克住她的人？

步行良久，不自觉地经过太医署，忽听身后有一道极浅的呼吸声。

她猛地转头，不由一愣：“师父？”

“映夕。”南宫渊微笑望她，语声温润，“远远就看见你，你却兀自出神，不察附近有人。”

“方才在想一些事，没留意到有人。时候不早了，师父怎么还未就寝？”她赧然一笑，不便直说自己沉浸于往昔回忆。

“今夜不平静，有一股蠢蠢欲动的杀气隐匿密处。”南宫渊依然清雅淡定，不疾不徐说道。

路映夕惊诧，疑道：“会不会是今日未得手的刺客潜藏宫中，伺机而动？”

南宫渊未答，沉声静笃道：“映夕，我早前卜了一卦。今夜子时，你或许会有血光之灾。能替你化解此劫的人，近在朝南十里内。”

路映夕垂眸思索，以皇宫地形来看，朝南的宫殿均是皇帝的政殿及居所。也就是说，皇帝是能助她渡劫的人？

“映夕，亥时已过，子时将近。莫回凤栖宫，速去宸宫。”南宫渊温声催促，黑眸寂静无波。

“是，师父。”路映夕对他的建议从不置疑，向他告了辞，便前往宸宫。

她惦记着时辰逼近，步伐疾速，没有回头。所以她没有看见，南宫渊沉寂的眼眸中掀起层层波涛，痛苦之色再无遮掩。

深宵露重，透衣清凉。一阵夜风徐徐吹过，路映夕漆黑长发随风飞扬。

站立于殿堂前的檐下廊道，她忽然生了迟疑。如果今夜不会发生变故，那她来宸宫，岂不是主动向皇帝投怀送抱？

正思虑着，眼角余光瞥见左方廊尾有一抹窈窕身影。那女子似乎非常踌躇，隐于梁柱后，轻步徘徊着。

路映夕眼力甚好，看那宫装的一角裙袂就知是何人。韩淑妃，她为何在此逗留？难道……刺客之事真与她有关？

一队巡逻侍卫往长廊走来，发现了韩淑妃。路映夕躲入檐下阴影，静观其变。

“淑妃娘娘，皇上已经就寝，请娘娘回宫。”侍卫统领拱手一揖，话语有力。

只听韩清韵羞怒道：“本宫这不是正准备离开吗！”

那侍卫回道：“卑职去吩咐内侍太监备辇。”

“不必了。”韩清韵衣袖一拂，语气不悦。她只是心忿难平，想要和皇上讨个说法，但又拉不下面子，才在这里踯躅不前。现在被侍卫们看见，倒像她鬼祟做贼了。

“卑职们恭送淑妃娘娘。”众侍卫目不斜视，沉稳行礼。

韩清韵转了身，刚要举步，就在这时，变乱突生。

浓重夜色中，几道模糊的黑影骤然从殿顶飞下，手持利剑，直袭一干侍卫。

路映夕暗惊，果真如师父所料，今夜不平静。

韩清韵受了惊吓，面色转白。她终究是出自武林世家，反应尚算镇定，快速退离打斗圈，扬声大喊："有刺客！有刺客！快来人啊！"

路映夕凝眸探视，不急着现身。眼前看来，韩淑妃的惊慌并不像在做戏，她与刺客到底有没有关联？

那边，侍卫们已和刺客缠斗在一起，形势极为凶险。几名刺客的武功皆不一般，非普通侍卫能抗衡，幸好韩清韵的喊叫声尖锐高昂，不过片刻，前殿大门里冲出十多名佩剑侍卫，奔去援助。

路映夕本想出手相助，脑中一念电闪而过。

她顾不得再观战，纵身飞跃，掠上廊顶，举目远望。果然，凤栖宫的方向起了火光。滚滚黑烟往高空升腾，渲染得夜幕阴沉而诡谲。

她定下心神，猫腰俯身，侧耳细听。如果刺客的目标是她，怎么会没确定她在凤栖宫就放火？

疑虑重重，猝然间，一股凌厉杀气逼近。

她扭头看去，轻轻地眯起了明眸。

一名魁梧汉子身着黑色锦衣，冷冷踏在廊瓦上，离她只有不到一丈的距离。

听他极细微的呼吸，路映夕便知这是一个高手。

"什么人指使你刺杀我？"她缓缓站直身子，沉声问道。

那汉子并未蒙面，表情冷酷，嘴角一扯，手中宝剑已直面击来。

路映夕不慌不忙地闪避，故意激道："韩家死士只会些三脚猫的功夫？"

那汉子眼中掠过一丝波动，异芒闪烁，冷声回道："将死之人，还逞口舌之快。"话未落，锋剑如白练袭出，挟着雷霆之势，直刺她的咽喉。

路映夕腰肢后仰，堪堪躲过这一杀招。她心下暗凛，此人剑术平凡，但内力深厚，单是剑气就已如薄刃飞来。而他方才那一应声，像是默认出自韩家，可这反倒令人生疑。

那刺客一招未得手，毫不停歇，剑尖一抖，发出清冷剑鸣，又凶猛攻击。

路映夕手无兵器，思及师父说的血光之灾，便不想和刺客硬拼，迅速凌空跃起，跳下廊顶。

岂料廊下一人急急奔来，两人撞到一处。

"映夕！"一声低喝，夹杂着隐痛的恼怒。

路映夕原本浑身戒备，欲要一掌拍上这莽撞者的胸膛，听到这嗓音不由一愣，竟是慕容宸睿！

两人来不及多谈，那名大汉已经跃下，持剑追击。

路映夕顺势一闪，躲到皇帝背后。

皇帝有备而来，随身带着宝剑，立时举剑挡去。

看着皇帝与刺客过招，路映夕退到旁侧，落得轻松，扭头却见回廊另一端韩淑妃被一名刺客逼得节节后退，险象环生。

她看了皇帝一眼，见他游刃有余，就往韩淑妃那边赶去。

她双手运劲，强大真气蕴于掌心，手腕轻旋，猛烈掌风破空击出。正在袭击韩淑妃的那名刺客顿时喷出一口鲜血，软绵倒下。

“皇，皇后！”韩清韵大惊，她知道皇后会武，却不知皇后的武功如此之高强。

路映夕朝她微微一笑，走近倒地的刺客，伸手一探，发现犹有一息尚存。她要留活口盘问，就怕徒劳。既为死士，就不可能泄露丝毫口风。

“请皇后速去助皇上一臂之力。”韩清韵无暇惊愕，一心担忧着皇帝的安危，心急如焚。

路映夕懒懒抬眼望过去。皇帝根本不需要人担心，不过她觉得有些意外，皇帝不先替韩淑妃解围，反而急于救她？只因那一句承诺？而这韩淑妃，也令人讶异，系出武学名门，没想到只会花拳绣腿。

韩清韵看路映夕一副袖手旁观的模样，不禁大怒，狠狠瞪她一眼，匆匆跑向皇帝。

路映夕忍不住摇头，那厢皇帝都快要解决刺客了，韩淑妃这一去搅和，不就前功尽弃？

如她所料，因为韩淑妃的出现，彪悍刺客目中顿时大放光芒，转而招招攻向韩淑妃。皇帝受掣肘，只得以保护韩淑妃为要，半守半退。

路映夕无奈轻叹，纵身腾飞，同时双掌运气，凌空击向那刺客。

殊不知，那刺客一直暗中留意路映夕的动静，她一出招，便是他的机会。

电光石火间，刺客手中的利剑陡然回转，不管自己全身洞门大开，决绝地要击杀路映夕。

路映夕猝不及防，已来不及收势，眼见只能与刺客同归于尽。

突然，嗞的一声，响起利刃穿透人体的悚然细声……

几乎同时间，重重的砰声大作，刺客中掌受袭，瞬间毙命。

“啊——”

惊恐的尖叫忽起，响彻夜空。

“闭嘴！”路映夕对韩淑妃冷冷一喝，左手撑住皇帝斜倒的身躯，右手疾速为他封穴止血。

皇帝脸白如纸，虚弱地扯动唇角，似是在苦笑，下一刻头一歪，就昏厥了过去。他的胸口上插着一把利剑，直透后背，猩红鲜血汩汩流淌，转眼就染红他大半件锦袍。

路映夕神色凝重，眸光幽暗，盯着他的伤口怔了一会儿。

他竟然舍命救她？他是不是疯了？

第二卷

九重城阙烟尘生

第二十一章
缠绵病榻

等在皇帝的寝宫门外，路映夕的神情有些恍惚。已经一个时辰了，师父和太医们还没有出来，可见皇帝的伤势十分严重。那一剑狠狠穿透他的肩胛，原本该是刺在她的身上，原本该是她命悬一线，没想到他替她挡了煞，消除了她的血光之灾。这份恩情，太沉重……

一旁，同在等候的还有韩清韵。她紧紧咬着下唇，心中忧急又愤恨。她恨自己刚才的慌乱不智，更恨皇上不顾一切救皇后的举动。其实以她的武功，与一个刺客单打独斗并不会落败，她只是无法忍受皇上无视她的存在，才佯装不支，希望他会来搭救她。然而他却只记挂皇后的安危，甚至甘愿为她舍命……

沉稳有力的脚步声渐近，打破了这压抑的安静。

路映夕缓过神，抬眼看人，问道："范侠士，刺客可有活口？凤栖宫的情况如何？"

范统脸色不佳，硬着嗓子道："有一活口，但也自尽身亡了。凤栖宫中无人伤亡，不过，皇后的寝居付之一炬。"

路映夕点了点头，并不意外。现在回想起来，如果当时她身在寝居，是可以躲入密道避火的，师父神机妙算，是否唯独算漏了这一点？

范统炯目中难掩怒气，再道："这帮吃了熊心豹子胆的逆贼。若让范某擒到幕后主谋，非将他碎尸万段不可。"可恨今夜不是他留守宸宫，赶到时只来得及善后。如果他在，绝不会让皇上受伤。但更可恼的是，皇上竟为了一个失贞的女人奋不顾身，简直匪夷所思！

路映夕抿唇不语，淡淡觑了韩清韵一眼。

韩清韵已从先前的惊慌中冷静下来，心里思绪复杂，变得越发敏感。对上路映夕的视线，她直觉地冷冷瞪回去。皇后莫不是怀疑她韩家？荒谬！韩家庄忠心归附皇室，又怎会如此大逆不道。

路映夕无心理会韩淑妃的情绪，转而看向范统，平淡出声道："范侠士，你可还记得，你欠本宫一个赌注？"

范统颔首，面色一凛。这女子离经叛道，该不会要提出什么刁钻古怪的要求吧？

路映夕直视他，清晰道："这次皇上受伤，是为了救本宫，本宫希望，范侠士以后可以尽心护本宫周全。"她不愿再要皇帝的那一句承诺，与其继续承他的情，不如改由范统替他履行诺言。

范统不知个中玄妙，只觉诧异非常。这根本不算要求，即使她不说，他也会做。毕竟，她是皇后，是皇帝的妻。

路映夕不再说话，低垂眼帘，遮掩黯淡的眸光。丑时了，皇帝的伤势到底如何？难道连师父的精湛医术，都救不了？

又过了一炷香的时间，双扇寝门轻轻地打开，众太医鱼贯走出。

“师父！”路映夕即刻上前，忙问道，“情形如何？”

“失血过多，幸好没有伤及心脉。”南宫渊神色疲倦，应是运气过度，清俊面容微微泛白，顿了顿又道，“虽已无性命之忧，可是少不得要卧榻半月，而且月余之后，皇上的左臂还是不可使力，诸如拉弓射箭之类的事，恐怕要待半年之后才可做得。”

“嗯。”路映夕轻应了一声，心底滑过一丝异样。师父既然能事先预料变故，为何不亲自相救，而要她来宸宫？师父希望她与皇帝之间的纠葛越来越多吗？

“映夕，方才我给皇上输了真气，天亮前他应该会清醒，你进去照看吧。”南宫渊浅淡扬唇，笑得云淡风轻，只是黑眸中一片冰凉孤寂，如潭死水。他亲手撮合她和皇帝，是为了让她的路从此平坦，至少，能多一分安全保障。这一切都是他自己的抉择，无悔无怨，可是，为什么心这般痛？痛得几乎无法呼吸……

路映夕凝视他，鼻尖莫名一酸，眼中浮起雾气。师父永远都是这样的儒雅淡泊，她触摸不到他的温度，看不透他心底的感情。他对她，有情吗？似乎有，又好像没有，如梦似影，缥缈无着。

幽然低叹，她举步踏入寝门。

韩清韵抢在她之前，提起裙摆急奔而去，却被里间的内监拦下。

“你竟敢阻拦本宫探望皇上？”韩清韵怒目圆睁，气急攻心。短短几个时辰，她受的气，比这一年加起来还要多。

“奴才不敢，只是太医们嘱咐，皇上需要静养。”内侍太监毕恭毕敬地回道。

路映夕正好听到末尾半句，顿住脚步，温声问道：“本宫也不可进去？”

那内监露出为难的表情，只谦卑行礼，不答话。

韩清韵见路映夕也碰了软钉子，心里稍觉舒畅，冷哼一声，甩下一句话，就傲然离去，“本宫待到天亮再来。”

她的身影渐远，内监忽然躬身屈膝，恭敬道：“皇后娘娘请——”

路映夕暗暗惊讶，随着内侍太监走入寝房。

宫灯高悬四角，光线明亮，照射在雕龙大床上，皇帝静静地躺着，双目紧闭，面色苍白，气息微弱。

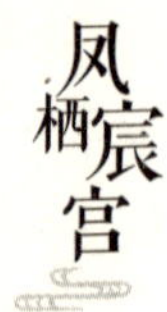

路映夕走近，默然凝望他。他俊朗的眉宇间有一道很深的皱褶，仿如刀刻斧削，此刻没有皱眉也留有淡淡的印痕。

她坐于床沿，伸手轻轻抚上他的眉头，想抚平那痕迹。青葱指尖划过，复又收回，最终化为一声叹息。叫她如何相信，他救她并不存丝毫的私心？他是立志建霸业的人，岂会做不经思考的愚蠢事？可是，不论他的出发点是什么，他终究以血肉之躯为她挡了致命一剑。这是不争的事实。

内侍太监悄然退了出去，宽敞的居室愈加幽静。

路映夕望着皇帝半晌，低语自问：“救命之恩，你希望我怎样偿还？”

“以心相许。”冷不防地，一道沙哑嗓音低低响起。

路映夕一怔，见皇帝缓缓睁开眸子，定定地对上她的眼。他的声音还很虚弱，眼神却明澈，看来已转醒了一阵子。

她不禁懊恼，气自己心神不定而未察觉，又有些气师父竟没有实言相告。

“救命之恩，以‘心’相许，可好？”皇帝重复了一遍，唇角扬起一抹微弱的笑容。

“皇上可有哪里不适？要不要请太医再来看看？”路映夕只作不闻，关心问道。

皇帝从锦被底下伸出右手，寻到她的柔荑，轻柔握住，回道：“不用了，朕只是觉得很累，睡一觉就好。”

路映夕心生不忍，放柔了声音，轻声道：“皇上安心睡，臣妾在这里守着。”

他慢慢闭上眼睛，低哑道：“上来躺着。”

她犹豫了一下，俯身脱去绣花宫鞋，合衣上了龙床。

他一直握着她的手，没有松开，闭着眼口中呢喃了一句：“朕的龙床，没有任何女子睡过。”

路映夕身体一僵，稍稍用力抽出手，淡淡道：“说话费神，皇上受伤体虚，快好好歇息。”

“嗯。”皇帝低应，已是渐入睡眠的混沌状态。

“皇上，为何要救臣妾？”隔了良久，路映夕轻问。

“救是一定要救的……”皇帝半睡半醒间，含糊答道，“却救得令朕自己也意外……”

“为什么觉得意外？”路映夕柔声追问。

“因为……”不清不楚的两个字之后，便鸦雀无声，皇帝大抵是彻底陷入了沉睡。

路映夕无语望他。他英俊的面容，带着浓浓的疲惫和虚弱，因此少了平日的锋芒锐气，看起来倒像一个不设防的少年，平添几分孩子气。他说，救是一定要救的，即是他早有谋思。又言，救得意外，是指那一瞬挡剑的本能反应？

她轻轻摇头，不想再深思。无论如何，他都别想迷惑她，要她以为他爱上了她。

翌日。

皇帝强撑着上朝，返回宸宫时几近虚脱，脸色惨白得骇人，一沾床就沉沉昏睡。

路映夕静默地看着太医们来了又去，始终未发一语。一夜的时间，足够她想明白某些事情。

刺客潜入凤栖宫，她尚可理解，但为什么连皇帝的寝宫也有人埋伏？若说是广撒渔网，未免太冒险。况且，皇宫是何等守卫森严的地方，刺客竟能三番两次作乱，其中难道没有蹊跷？

“皇后娘娘，刑部尚书沈大人求见。”内侍太监轻着嗓子禀告。

“莫扰皇上，本宫去看看。”路映夕低声回应，看了龙床上昏迷不醒的皇帝一眼，举步而行。皇帝不顾伤势坚持上朝，大概是因为担心引起朝堂恐慌。如果这次的一切是皇帝摆的局，那他付出的代价会不会太大？

前殿厅堂中，沈奕一脸肃穆，静立等候。

路映夕见到他，下意识地蹙了蹙眉，心里没来由地不舒坦。

“微臣参见皇后娘娘！”沈奕揖身行礼，态度比之前恭谦了不少。

“免礼。”路映夕淡声开口，“沈大人，可查到线索了？本宫的寝居遭人放火，皇上遇袭，是否同一帮人所为？”

沈奕站直身子，眼中隐约浮现一丝钦佩，沉声道：“回皇后，微臣确实怀疑并非同一帮人所为。”

“沈大人为何有此推断？”路映夕不着痕迹地扫过他年轻俊秀的脸庞，暗思，为什么她无端有种预感，这人会给她带来麻烦？

“昨夜在凤栖宫守职的禁卫军擒到一名放火的刺客，虽然那刺客同样自尽身亡，但所服之毒与袭击皇上的刺客并不相同。”沈奕有条不紊地分析，语气渐显意气风发，“还有，微臣发现，放火的刺客黑布蒙面，而潜伏宸宫的刺客没有蒙面。”

路映夕微微一笑，赞赏道：“沈大人缜密心细，观察入微。”

“皇后谬赞，微臣只是尽己本分。”沈奕低头，却没能掩饰住泛红的耳根。

路映夕心头一突，这位尚书大人该不会对她起了绮思？她与他不过三面之缘，且身份悬殊，他好大的胆子。

静了片刻，她出声再问：“沈大人还查到什么？”

沈奕抬起头来，迟疑了会儿，答道：“那蒙面的黑布……是织锦。”

路映夕点头，静待他说下去。

“是御赐的织锦。”话已开了头，沈奕也就不再吞吐，利落直言道，“是赐予韩家庄的云织锦缎。内务府翻查过记录，金陵织锦甚少是纯黑无金边的布料，只有年前献上过十匹，后来皇上全赐给了韩家庄。”

“如此说来，韩家有嫌疑？”路映夕皱眉，谁会蠢得拿皇帝御赐的布料裁作蒙面巾？

“尚无切实证据，微臣不敢妄下定论。”沈奕也暗暗皱起剑眉。他本不该和皇后说这么多，可自从上次发觉她非一般闺阁女子柔弱无能，他就不自禁地想听听她的见解。

“那就有劳沈大人继续费心追查。”路映夕不发表任何意见，只道，“皇上正在歇息，待皇上醒来，沈大人再来觐见吧。”

沈奕有点失望，垂眸未多言，行礼退下。

路映夕折回内殿，边走边思索。如果真是两路人马，情况就有点复杂了。一方明显是冲着她而来，并且顺便栽赃韩家，想要一箭双雕。而另一方，相对神秘，难估其目的，更难猜测幕后主使人。

刚走了几步，就听身后一道清润的嗓音响起：“映夕。”

她转头看去，露出浅浅笑容，应道：“师父来了。”

“皇上可还好？”南宫渊一夜无眠，仍是神清气定，俊雅如常。他习惯了深藏情绪，这么多年，或许早已成为一种本能。

“气虚昏迷。”路映夕简单答话，轻叹一声，抬眸望他，“师父，为何昨夜要映夕来宸宫？”

“因为你有血光之灾。”南宫渊眼神淡然，平和道，“师父知晓破解之法，怎能不告诉你？”

“没有别的破解方法吗？”她轻轻地问。

“没有。”南宫渊回得笃定，心底却似被尖锐绵针狠狠扎了一下。其实并非没有，他可以自己为她挡煞。可是，她和皇帝若不共患难，如何见真情？没有真情，将来如何和平共处？

“真的没有？”路映夕执着追问。

“没有。”南宫渊语气不变，浅淡笑道，“映夕，你连师父都不信任了吗？”

她摇了摇头，勉强一笑，道：“无论发生什么事，映夕都会永远相信师父。”

两人静静对望，视线交错，一时皆是无言。

半晌，南宫渊率先移开目光，温声道：“皇上失血体弱，可能会发起高热。这里有一瓶益气清热丸，你拿去备着。”他将手中的药瓶递给她，转身离开，步伐坚定。

路映夕注视着他清瘦挺拔的背影，唇角扬着的弧度一点点垂下，无力而黯然。

她重回内殿寝居，坐于床畔，屏退侍立的宫女。

龙床之上，皇帝静躺着，俊容惨淡，薄唇泛白，气色极差。

她抬手探了探他的额头，手心一阵热烫，果然发热了，虽是受伤后的正常现象，可终是一种煎熬。她倒出一颗药丸，塞入皇帝的口中，他却吞咽不下，浓眉不适地紧皱起来。

“皇上？”她轻唤，顺着他的胸膛拍抚着。

皇帝未醒，蜷起身子猛咳，嘴里的药丸呕了出来，滚落床沿。他的额上不断冒出冷汗，无意识地扭动着身躯，嘴唇微张，似呼吸又似欲语。

“皇上？可是做梦了？”她轻拍他的面颊，想把他从梦魇中叫醒。

他毫无反应，身体开始有了些微的抽搐，像是被噩梦缠身痛苦至极，嘴里断续吐出几句含糊不清的呓语。

她最初没有听清，慢慢才听明白。

“父皇……母后……儿臣什么也不要……为什么要兄弟相残，为什么不是你死就是我亡……”

“凌儿……朕对不起你……凌儿，不！不要划下那一刀，不要这样惩罚朕。”

“德妃，别怪凌儿……一切都是朕的责任，你若要索命就索朕的命吧……”

路映夕静听着，握紧他胡乱挥舞的双手，给他力量，助他恢复平静。

他渐渐止了梦呓，但身体猛然一震，发出一声凄厉叫声：“映夕——啊——”

她倏然一惊，忙伸手点了他的睡穴。他绷着的身子一软，歪头厥了过去，不再浑身颤抖，只是脸上犹余痛苦之色。

他最后梦见了什么？路映夕困惑地想，难道是梦见她刺杀他？可他之前硬生生受了那透背的一剑，不曾痛呼厉喊，只隐忍地闷哼了一声，还有什么事比面临死亡更痛苦？

她定定地凝望他，牵了牵唇，勾起一抹苦笑。这世上比死亡更痛苦的事，对她来说，是身不由己，心亦不由己。

那么他呢？

第二十二章
勾起回忆

皇帝再次醒来已是两个时辰之后。冷汗透衣，濡湿地沾在他身上，他的脸庞依旧苍白，表情疲累而萧索。

“皇上醒了？”路映夕一直守候在旁，见他睁眼，便倾身轻问，“可难受？伤口痛吗？太医就在外面候着，要不要宣他们进来？”

皇帝动了动嘴角，像是想对她微笑，却又无力，最后只发出一声低低的呻吟。

路映夕蹙眉，正要扬声，忽听皇帝虚弱地开了口：“朕饿得紧……”

她一愣，啼笑皆非地望着他。她还当他是铮铮铁骨，原来伤病时也不过是一般凡胎。

端来备好的药粥，她舀起一勺送到他嘴边，轻柔道：“臣妾已把药丸捣碎，掺在粥里。”

皇帝张口，就着她的手慢慢喝粥，默不吭声。

她喂得很缓，动作温柔，一勺一勺，直至告罄。

皇帝食毕，长吐一口气，躺着不动，眸中已有了清朗光亮。

“皇上之前是否做了噩梦？”搁下瓷碗，路映夕轻轻地出声。

皇帝“嗯”了一声，深邃眼眸似乎瞬间起了波澜。昏睡时，他觉得全身如被火烧，置身高温的火炉中一般，痛苦难言。神智混沌间，梦魇似魑魍缠身，惨烈的往事刹那间清晰如昨，令他的身与心都备受煎熬。

“皇上还记得梦见了什么吗？”路映夕柔声问道，如实说，“皇上叫了臣妾的名字，是否梦见臣妾了？”

“朕唤了你的名字？”皇帝微怔，神色迷惘，“朕一点也不记得。”

“梦境虚无，不记得便罢了。”路映夕浅浅一笑，不再探究。

皇帝闭起眼睛，兀自沉思。其实他记得。虽然有些模糊，但隐约能想起，他梦到被一剑刺穿身体的那一刻。那种痛楚，那种与死神擦身而过的感受，在梦境里异常真实，甚至比实际发生时更加真切，更加让人恐惧。不过，他梦到的是，那一剑刺穿她的胸口，直透她后背，而他正站于她身后，那剑竟出奇地长，穿过她的身子，刺入他体内。两人的鲜血流淌一地，地面变成汪洋血海，散发刺鼻的腥味，惊悚可怖。

路映夕拧了湿巾，替他擦拭额上的汗，轻声问：“皇上为何要救臣妾？”不知道他会不会后悔？如今正值两国交战的时期，他有很多事要做，拖着病体，自然就会倍加辛苦。

皇帝睁开眼，唇角缓缓勾起一抹淡笑，沙哑答道：“你是朕的皇后，是朕的结发妻，朕怎么可能见死不救？”

路映夕凝睇他，笑而不语。

“映夕，你不信朕，也要相信亲眼所见的事实。”皇帝定睛看着她，语气罕见地温暖，“纵使朕有千般计算，也不会轻易拿自己的命去做筹码。为你挡剑的一刹那，朕什么都未思索，亦来不及思索，只剩下身体的本能反应。”

路映夕无言以对，望入他幽深似海的瞳眸，忽然觉得他的眸底像有一个旋涡，具有无形的强大力量，欲要拉她纵身坠入。

皇帝直勾勾地望她。他是诚心要救她，原以为自己只会受点皮肉伤，岂料估计错误，那刺客的内力深厚非凡，一剑透骨。不过这些思量，他自然不会坦白告诉她。

对望须臾，路映夕移开视线，柔缓道：“得皇上舍身相救，臣妾生当衔环，死亦结草。”

皇帝淡然地笑了笑，应道：“如此说来，朕与你的缘分会延续到下辈子了？”

路映夕不由沉默，过了好一会儿，才转移话题道：“皇上，之前刑部尚书沈大人求见皇上。”

“沈卿家有何事启奏？”皇帝眼中闪过一丝不易察觉的暗芒。

“是关于刺客之事，但尚未查到有力证据。皇上现在体虚，需要静养，不如就全权交由刑部处理？”路映夕建议道。

“如此也好。”皇帝似觉疲倦，又懒懒地合目，不再做声。

“皇上先歇会儿，臣妾去叫太医来为皇上换药。”路映夕站起身来，退了出去。

听着她的脚步声渐远，皇帝蓦然睁开了眸子，目光幽暗难辨。这次潜伏宸宫的刺客，非同寻常，他原先怀疑是她所安排，现在想来并不像。至于放火烧凤栖宫的刺客，则是他的部署。近段日子，他命人暗中搜查冷宫，却一直没有查到密道的蛛丝马迹，所以他心生疑窦，或许冷宫是她布下的烟雾，密道可能在她的凤栖宫中。

他让人烧她的寝居，并不是要她的命，只是要逼她在走投无路时避入密道，可谁知她无故又返来宸宫，令他功亏一篑。莫说他阴狠冷酷，是她先在太岁头上动土。密道的存在，对他来说，犹如皇宫地底埋着火药，一引即爆。试想，倘若密道足够长，足以匿藏千人，又或者上万人，那是多么惊人的隐患。

然而，蒙着织锦黑布的刺客，却又不是他的人。看来是有人鱼目混珠，混淆视听。也许，和潜伏宸宫的刺客有关联。

路映夕出了皇帝寝房，请太医入内，自己便去了前苑透气。

宫灯盏盏，点缀夜色，照得四周殿阁的黄色琉璃飞檐华光流彩，美丽炫目。路映夕站在一棵桂花树下，远望静思。

她的寝居被烧，需要一些时日修葺，而这段时间，她最好不要冒险潜回去与曦卫联系。也就是说，她既收不到外界的局势消息，又无法在宫内做什么事。想及这一点，她就很难不对皇帝起疑。恩归恩，义归义，她不能盲目感恩。

一阵微风吹起，花瓣如雨落下，纷纷扬扬，撒落在路映夕的乌黑长发上。清风撩动她的裙袂，仿佛伴着花瓣轻盈起舞，飘逸而灵动，宛如一幅美不胜收的画卷。

正朝这方向走来的范统脚步一滞，眼角隐隐抽了两下。他还以为自己出现幻觉，疑似看见仙子下凡，可原来是那贵为皇后的可恶女子。

路映夕听见脚步声，转头向他看去，漾开清丽浅笑。

范统突觉脸上发烫，恨恨地咬紧牙根。这该死的不知耻的皇后，居然媚惑他!

路映夕见他面色青红交加，不由大乐。这人实在太有趣了，她不过是应景一笑，他就愤怒成这样?

她笑着开口道："范侠士，逮到人了吗？"听说他今早就出了宫，打探江湖中是否有人私下买凶。他忠心可嘉，可惜智谋不足。出现的既然是死士，就必已被培植多年，不会是普通的武林杀手。

范统低哼一声，走近拱手行礼，口中冷冷回道："范某一定会竭力缉拿真凶，皇后请放心。"

路映夕抿唇忍住笑意。所谓智者多疑，勇者少虑，后者说的大概就是范统这样忠心耿耿之人。真凶都还不知是何人，他就咬牙切齿地要把人碎尸万段。

看她眼中含笑，范统不禁生了恼怒，硬声道："范某虽不才，但绝不会看着皇上被刺杀而坐视不理！"

"范侠士是指本宫袖手旁观？"路映夕闲闲接言。

范统咬牙，怒视她。他才不管她是否袖手旁观，可她害得皇上身受重伤，就是罪不可恕。

"范侠士，皇上是否曾经有恩于你？"路映夕好奇一问。

"是。"范统颔首，冷睨她一眼，道，"皇上曾救范某一命，范某立誓此生永远追随皇上。相信皇后也听过一句话，受人点滴恩惠，当涌泉相报。"

"范侠士忠肝义胆，本宫自叹弗如。"路映夕笑吟吟地望着他。她自然听懂了，他是在告诉她，她应当如他一样，从此对皇帝死心塌地。

范统又是一声低哼，只觉得她朽木不可雕。

"范侠士要去寝殿见皇上？有何事待禀？"路映夕转了话锋，唇边笑容浓浓。每次看到这位范大侠，她就莫名感到心情愉悦。或许是她童心未泯，以捉弄人为乐。

“范某有事求见皇上，内监却说，需要经过皇后代传。”提及此，范统更加不满，她分明是趁着皇上伤重卧榻，狐假虎威。

“皇上正在小憩，范侠士有什么事不如告知本宫，由本宫代为转达。”路映夕语气亲和，笑眯眯地道。

“多谢皇后有心，不过范某还是明日再来求见圣驾。”范统不上当，眼角斜瞪她，然后挥袖离去。

路映夕笑望着他高大硬朗的背影。难得他聪明了一次，知道留个心眼。她确实有意而为，要抢在皇帝之前收集消息。

寝居被毁，路映夕在皇帝的软言命令之下，只得暂住宸宫。

后宫女子都想爬上的龙床，她却睡得骨头发酸。并非龙床不够舒适，而是她睡不惯，心底压着一团阴影，总觉四处都是慕容宸睿的气息，脑中更无端萦绕一句话，生则同衾，死则同穴。越想，越觉得浑身不自在。

晨曦初照，她就起了身。皇帝比她更早一些，已去上朝。她不免感叹，无上尊贵的帝王，竟比贩夫走卒更加辛劳。

用过早膳，她出了宸宫，前往凤栖宫。不知一夜大火，将她的居室焚烧成什么模样。

入得宫门，她没有直往寝居，反却去了偏殿。这两日皇宫内不平静，栖蝶这边却宁静得异常，她自然要去看一看究竟。

刚踏进殿门，就见栖蝶已听到宣禀声出来迎接凤驾。

“恭请皇后娘娘凤安。”栖蝶屈身行礼，面带怯怯的笑，仍是以往怯弱的态度。

“免礼。”路映夕坐上殿堂的主位，温和道，“前夜凤栖宫中生乱，可有惊吓了你？没有动了胎气吧？”

栖蝶垂头恭敬回道：“托皇后洪福，栖蝶无碍。前夜栖蝶就寝得早，听见宫女们慌乱的惊呼声，才惊醒发现宫中走水。”

“那么，早前有刺客潜入你偏殿之中，你亦未发觉？”路映夕随口问道，其实刑部尚书沈奕早就照例询问过，栖蝶的口风紧得很。

栖蝶微微抬眼，露出后怕之色：“幸好那刺客及早被晴沁发现，不然……现在回想起来，真真可怕。”

路映夕抿唇浅笑。这宫闱里，人人都有做戏子的天分。凤栖宫出了这么大的乱子，栖蝶居然从头至尾都懵然不察？

见她不语，栖蝶跟着不出声，安静侍立。

“栖蝶。”路映夕突然唤她的名字，语气渐沉，明眸炽亮，“那刺客直入你的殿阁，显然是要对你不利。你心里若有怀疑之人，尽管直说，本宫定会替你做主。”

栖蝶的嘴唇细微嚅动，踌躇半晌，讷讷道：“栖蝶不敢胡乱揣测，只是……”她一顿，声音越发低了下去，“先前，栖蝶似乎得罪了姚、姚……”她惶恐不敢说完，神色惴惴不安。

“嗯。”路映夕淡淡应了一声。她也想到这一点，如果是姚贤妃记恨在心，并且不愿看见栖蝶诞下皇嗣，确实极有可能暗中出手。

“皇后娘娘。”栖蝶轻轻一唤，目光含怯，嗫嚅道，“栖蝶听到宫婢们碎嘴，刑部好像查到一点线索，好像与韩淑妃有关？”

“此事刑部自会去查，你无须忧心，亦无须多事。”路映夕扫了她一眼，目光敏锐。不难看出，栖蝶的矛头指向姚贤妃，不希望韩淑妃背了黑锅而使姚贤妃脱罪。

“是，栖蝶多嘴了。”栖蝶温顺低首。

“你有孕在身，多多休息。”路映夕站起，客气地叮咛一句，便举步离去。

“恭送皇后娘娘。”栖蝶屈膝恭送，没敢再多嘴。

路映夕边走边无声叹息。栖蝶不过问一句皇帝的伤势，似乎毫不关心，看来她和皇帝之间，只有利益关系，并无感情可言。

行至自己的寝宫门外，举目环顾，只见满目疮痍，就连庭院种植的花草都被烧得难辨其状。

路映夕轻皱鼻尖。有一股松油味仍未散尽。能把一座偌大寝居烧毁得这样干净，必然需要大量的松油。刺客能带着许多松油潜入宫中？若说没有内应，实在叫人难以相信。她愈加肯定，这事和皇帝有关。照此推断，凤栖宫的事，恐怕会不了了之。

而宸宫潜伏刺客之事，皇帝应该会严加追查。他平白受了重伤，想必不会善罢甘休。

路映夕弯唇一笑，想透了这一切。

如果是霖国的人刺杀她，连累了皇帝，于她最是有利。至于韩家被蓄意嫁祸，可能是姚贤妃顺手而为。此次事件当中，总共应该有三路人马。

她旋了身，没有跨入宫门，扬长而去。当然，她不会傻得在这敏感时期去密道。

回到宸宫，皇帝已经提早下朝，躺在龙床上，神情倦极。

“皇上，服过药了吗？”她慢步走近，温声问道。

皇帝望向她，忽道：“韩淑妃来向朕哭诉。”

“哭诉？发生了何事？”她疑问。

“刺客，织锦。”皇帝只吐出两个词，眼眸半合，眉头紧锁，似是心力交瘁。

路映夕安静了会儿，再开口时却问：“皇上，姚贤妃是否出身武林世家？”

皇帝陡然睁眼，眼光犀利："皇后为何有此一问？"

"臣妾只是好奇而已。"路映夕微笑，口气平和。姚贤妃若要栽赃韩家，就必须先偷得一些织锦。而她又有死士，可见家世并不简单。

皇帝定定地凝视她，许久，低叹一声，道："朕知道你在想什么。如果你要查，也是可以查得出，那不如就由朕直接告诉你。凌儿自幼就被培养成为杀手，她父亲是江湖中一个杀手帮的门主。凌儿憎恶那样暗无天日的生活，私逃了出来。那时朕还是皇子，经常出宫游历，恰巧遇见凌儿被人追杀，朕出手救了她。她恨自己的身世，便说自己是镖局镖头之女，被仇家灭门，只余她侥幸逃生。朕见她孤苦伶仃，就偷偷把她带回了宫。"

路映夕认真倾听着。可以想象，当年一个俊朗少年邂逅一个俏丽少女，怜她身世坎坷，惜她无亲无依，渐渐萌生情愫。但是到了最后，少年登基为帝，不可能立一个孤女为后，一段纯洁青涩的感情自此生了裂痕，再难弥补。

"朕后来查出她真实的身世。"皇帝语声低沉，有些惆怅，"朕并不在乎，也未曾与她对质过，彼此心照不宣就罢了。只是朕真的无法遵守诺言，封她为后。"

"明知做不到，为什么要许下承诺？"路映夕的声音很轻，亦有些感伤。她没有机会听见想听的承诺，自己更不敢轻言出口。有的感情，或许注定没有善果。

皇帝唇角轻扬，扬起一抹苦笑，回道："年少轻狂，朕曾经想过，朕可以为了心爱的女子放弃皇位，做个逍遥王爷。可是，有时并不是自己可以选择。若退一步，就是深渊，必会摔得粉身碎骨，于是只能毅然迎上前去。"

"臣妾明白。"路映夕点头接言。也许只有同样生在帝王家的人，才会明白，皇权争夺战，比任何战役都残酷。同胞兄弟为了一席帝位，互相残杀，即使有人甘愿弃权，对方也不会相信，只会赶尽杀绝，以灭后患。据她所知，当年皇朝的二皇子和三皇子，即慕容宸睿同父异母的胞弟，在慕容宸睿继位前离奇暴毙，死因不明。这是皇家秘辛，对外自然宣称他们染病逝世。不难猜想，当初的风云暗涌、波涛诡谲，多么令人心惊。

"可惜凌儿不明白。"皇帝轻声叹息，几不可闻，又低低添了一句，"可能她一辈子都不会明白，不会原谅。"

路映夕无话。他坚毅的英挺眉宇间，染上几许寂寥，像被风霜染就的一抹沧桑，叫人看着心中生疼。

第二十三章
撩拨心弦

午后，南宫渊前来为皇帝换药。路映夕沉默地站立一旁，静静看着。

“皇上，这是新研制的金创药，药效上佳，只是刚敷上去会有些痛，还请皇上稍作忍耐。”南宫渊温声说道，手下动作轻巧麻利。

皇帝倚在床头，锦缎帝袍半敞，露出健硕结实的胸膛。

他肩胛处裹着的层层纱布被一点点揭开，青黑色的伤口赫然暴露。

路映夕微微皱眉。这伤口极深，就像人的身体破了一个窟窿，硬生生被剜空一大块肉。

“何时能结痂？”皇帝淡淡地开口问，目视前方，既不看人也不看自己的伤处。

“大约要半个月的时间。”南宫渊边答，边取出药粉倒在干净的纱布上，轻轻地敷在皇帝的伤口上。

皇帝闷哼一声，许是瞬间受了剧痛，斗大的汗珠滑落鬓角。

路映夕不着痕迹地撇开脸，不想目睹他的痛楚状，不料忽然腕间一紧，被人牢牢握住。她低眸看去，那是骨节分明的手，手背上青筋突起。她的视线慢慢往上移去，却见皇帝漠然闭目，面无表情，只有额上冷汗愈密。

她再转而看向南宫渊，他低首专注地为皇帝包扎伤口，似乎并没有察觉到她的注视。

大约过了一盏茶的时间，南宫渊一面收拾药箱，一面道：“皇上，切记左臂不可使力，以免伤口迸裂。南宫渊告退。”

皇帝低低地“唔”了一声，没有睁开眼。

“师父。”路映夕不期然地出声。

南宫渊原已举步，闻言脚下不由一顿，墨眸中浮起晦暗的波光。

路映夕本想说送他出去，可是手腕上的施力蓦地加重，她心头一震，只好说道：“师父慢走，徒儿不送。”

南宫渊颔首，不发一语地离去。

空荡的寝房，一时间没有半点声响，寂静得令人惶然。

皇帝紧捉着她的手，始终没有松开，却合目不语，仿佛根本不记得自己正握着她的手。

"皇上？"她略微抽了抽手，岂料引来他猛力的狠狠攥紧。

她吃痛，怒视向他。他依然神色淡漠，倚靠着床头不动如山。

"皇上，是否伤口痛？"她抑下恼怒，温言问道。

皇帝缓缓睁开眸子，眸光隐含阴鸷之色，冷淡启口道："皇后急于去哪儿？"

路映夕豁然明白，浅浅勾起唇，微笑回道："臣妾只是想去拧湿巾为皇上擦汗。"

皇帝扯了扯薄唇，语气似散漫随意："皇后冰雪聪明，一定知道什么地方可以去，什么地方是禁地。"

路映夕直直地望入他深幽的眸，微弯眉眼，笑得清甜，一字一顿道："皇上该不会是在吃醋吧？"

皇帝的眼神一沉，面上倒是越发亲和起来，低柔道："朕确实是吃醋了。方才皇后一味敛眸垂首，眼角余光却一直瞥向别处。"

路映夕没想到他会把话说得这样直接，不禁怔了怔。

皇帝轻笑起来，示意她在床畔坐下，才又道："皇后不必忧虑，朕不至于如此器量狭隘。"

路映夕回望着他，浅笑道："但臣妾觉得皇上心情不佳。"

皇帝竟点了头，神色磊落而郑重，坦言道："其实朕也不是第一次看见皇后与南宫渊相处，可不知为何，今日心里特别有感触。"

路映夕不语，心中思忖，他喜怒无常，言语难辨真假，现在他使的又是哪一招？

皇帝轻叹，无奈地看着她，继续道："朕真切感受到，皇后刚才心不在焉，朕想知道，皇后所思所念为何。"

路映夕暗暗诧异，他这是要和她谈心？难道他以为她会对他吐露心事？

"朕明白，有些话不能够轻易吐露。"皇帝扬起唇角，似是苦笑，"朕与你是夫妻，却要时刻互相防备，朕不知你会不会觉得累，朕现在真感觉格外的辛苦。"

"皇上想太多了。"路映夕模棱两可地应道，"皇上身上带伤，难免体虚心疲，多加休息就会好了。"他这一刻表露的脆弱，是否真实，她不敢下定论。她能肯定的是，她不可以心软，不可以失了戒备，否则就会万劫不复。

"嗯，朕确实身心俱疲，需要静心休养。"皇帝长长一叹，躺进锦被中，"映夕，来，陪朕躺一会儿。"

她依言照做，翻身上床，静躺在他身侧。

皇帝仰面卧着，并未碰触她，口中淡淡地道："映夕，如果朕说，朕可能快要爱上你了，你可会相信？"

路映夕身躯隐震，心跳陡遽，低声回道："皇上又说笑了。"

皇帝的嗓音愈加低而柔，柔滑似缎，极之悦耳："朕只是说可能。也许会，也许不会。朕自是希望不会，因为爱这种东西太折磨人，像发痁疾，寒一阵热一阵，叫人控制不住。朕讨厌一切无法控制的事，可这世上又确确实实有这样的事存在。"

路映夕暗自咬牙，她现在倒真的是寒一阵热一阵。他这番话，简直就是变相地鼓励她，鼓励她施展浑身解数使他爱上她。这对她来说，无疑是一种诱惑，令她心头发热，跃跃欲试。可转念再想到，这可能是他的攻心手段，钓她上钩，要她最后赔了夫人又折兵。如此一想，便不由心寒。

"映夕，你说朕应该任由感觉滋长，还是趁早扼杀它于摇篮之中？"皇帝轻柔的声音飘散在床幔内，仿佛无形的蛊惑。

路映夕未答。男女之间，最锋锐的利器，便是爱情。她若得到它，将来必定胜算大增。可是，刃有两面……

径自挣扎许久，侧眸看向枕边的人。他已渐入梦乡，呼吸沉缓，英俊面容仍笼着一抹倦色，薄削唇角却似有若无地微扬，掠出一道优美的弧度，格外的魅惑迷人。

她的明眸骤暗，迸出复杂矛盾的杀气，悄悄伸出手，凌空置于他的天灵盖上方。只要她运气一掌落下，他就必死无疑，她也不需要再做任何抉择。

屋外突然一声惊雷巨响，路映夕心神俱震，猛然缩回手。

她这是怎么了？！

竟然因为抵抗不住他的诱惑，而要狠下杀手？如果此时杀了他，她筹谋的一切不就全部化为乌有？纵然慕容宸睿驾崩会致使朝野大乱，可也会引来皇朝全体军民的滔天恨意。正所谓哀兵必胜，她小小一个邬国，又怎敌皇朝的百万雄师？就算皇朝不发兵对付邬国，还有一直虎视眈眈的龙朝，一旦龙朝趁机灭了皇朝，邬国失去盟国助力，必会被吞噬得寸土不剩。她当初甘愿嫁给慕容宸睿，不正是因为龙朝来犯？那么现在又岂可意气用事。

无声地长吐一口气，路映夕的眸光一点点黯淡了下来。

在残酷的现实面前，由不得她心高气傲，任性而为。

"下不了手吗？"

突如其来的一声低问，犹如从天而降的霹雳雷电，令她顿时惊骇。

"皇上醒了？"勉力镇定，她若无其事地开口。

"朕忽然感到一阵阴寒之气，就醒了过来。"皇帝单手撑起身子，睥睨着她，眸中浮现幽蓝色的冷光。他确实是骤然惊醒，只因混沌间感受到一股隐隐杀气。

"可要添一床锦被？"路映夕平静地问，已定下心来。莫名地，她突然一点也不介意被他看穿意图。事实上，他同样时常按捺着杀意，不是吗？她与他，彼此彼此。

"不必。"皇帝轻咳了两声，把软枕垫在腰后，坐正身姿，徐缓道，"映夕，你是聪明人，知道孰可为孰不可为，又为何要抗拒爱上朕？为何不听从你内心的声音？只有朕，才是这天下唯一能够与你匹配的男子。”

他说得狂妄自负，但神情沉稳毅然，并无一丝谑语之意。

“皇上又如何知晓臣妾内心的声音为何？”路映夕亦坐起，镇定地望着他狭长幽深的眼眸。

“如果你不是害怕爱上朕，怎么会想要玉石俱焚，一了百了？”皇帝回视她，薄唇缓缓勾起，笑得傲然笃定。

路映夕心口一窒，竟觉喘不过气来。他说的没错，她是害怕。以情诱人，必先付出心力，她怕自己在不知不觉间招架不住。他是一个优秀的对手，她没有把握全身而退。

“映夕，你爱过人吗？”皇帝冷不防冒出一个问题。

“……”路映夕无法回答。她爱师父吗？那种信任依赖的感觉，是否便是爱情？她只知道，如果这一生再也见不到师父，她会哀伤心痛。

“爱一个人，不是一种习惯，也不单单是一种信赖。”皇帝凝眸直直望她，仿佛要探入她的眼底和心底，语声缓慢而温柔，“或许朕不是真正懂得爱的人，但朕知道，爱情具有不可抗拒的力量，令人无法自拔地沉沦。”

“皇上对姚贤妃，就是这样的感觉吗？”路映夕轻轻地问，不是刺探，只是不懂。倘若爱情真如他所说的那般神奇，为什么他最终还是能够选择割舍？

皇帝闻言一愣，随即低声苦笑，回道：“朕那时的确痛苦挣扎过，也认为那就是爱情，永生不变的爱情。”

“可是，已经变了。”她直言反驳。

“是，已经变了。”皇帝没有否认，深眸中染上一抹暗色，似悲凉似自嘲。

“那皇上又有何资格教臣妾什么是爱？”她的话语听来不敬，可是并非蓄意冒犯，只是心中无端生起犟气的执着。既然他同是不懂爱的人，凭什么对她指手画脚？

“一直以来，朕的心里都存着一个疑惑。到底，这世间有没有不变的爱，坚如磐石。”皇帝扬唇轻笑，叹道，“朕不该与你谈论这些，你只会觉得朕居心不良。”

路映夕抿了抿唇，露出微笑，回话道：“臣妾不敢。不过臣妾倒是很意外，皇上也会有想不通的问题。”

“朕又不是得道神仙，自然有悟不透想不明的事。”皇帝的口吻转为轻松，打趣道，“看见朕的软弱无能，皇后是否觉得心中透凉舒爽？”

“男女情爱，与天赋才能并无关联。”路映夕笑答。

皇帝颔首，深表赞同：“和聪明人说话，果真省力。”

路映夕但笑不语。和帝王相处，果真祸福难测。他时而凌厉深沉，时而闲散亲和，叫

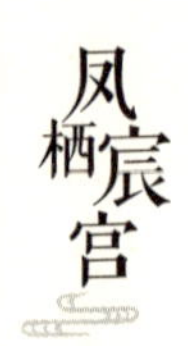

人无法捉摸。

“朕这会儿真的倦了，估计睡下去便会不知人事，雷打不醒。”皇帝笑睨着她，意有所指。

“臣妾却无困意，想出去走走。皇上好生歇息，臣妾就不在此扰人清梦了。”路映夕原就是和衣躺着，利落地翻身下床，向他盈盈一礼，而后就顾自离去了。

皇帝望着她纤长窈窕的背影，慢悠悠地勾起薄唇，眸中亮光明灿。一场交心的战斗，已然拉开序幕，他一定要赢。

路映夕出了宸宫，漫无目的地闲逛。

空中乌云蔽日，闷雷滚滚，很快就会有一场滂沱大雨落下。她走入御花园，站在凉亭里观赏暴雨前的云风翻卷。

不多久，狂风大作，电闪雷鸣，倾盆密雨从天急落。

路映夕微微眯眼。刺目的闪电划亮天际，复又消逝，天色顷刻间昏暗。

她心有感触，只觉天地辽远莫测，具有无穷的神秘力量。个人的命运，在这云雨变幻的天穹下，变得细微渺小。可是，她依旧相信，人定胜天。她的未来，要牢牢掌握在自己的手中。

雨势急遽，远远的有一人大步奔跑靠近。那人原是要找避雨处，没料到路映夕伫立在凉亭中，脚步刚跨上亭台石阶，便一僵。

“沈大人。”路映夕淡淡一笑，示意他进亭再说。

沈奕躬身一揖，才恭谨地踏入凉亭。他浑身已是湿透，脸上湿答答滴着雨水。

“沈大人怎会来御花园？”路映夕温声问道。

“回皇后，微臣本要去宸宫觐见皇上，途经御花园，却逢雷雨，只好先就近避雨。”沈奕略低着头，因着一身狼狈，神情有些窘迫。

“沈大人是否查出刺客的身份了？”路映夕随口一问。

沈奕摇头，抬起眼，看了看她，迟疑回道：“尚未查到，但是……”

路映夕不出声，直视着他。

对上她清冽明亮的眼眸，沈奕蓦然心头一颤，再次低下头去，恭声道：“皇上之前微服出宫，半途遇袭，经追踪查证，确是霖国奸细所为。”

路映夕惊讶，疑道：“此言不虚？”她本以为是父皇使计，就连慕容宸睿也这般认定，可实际上却是霖国人？

“微臣不敢欺瞒皇后。”沈奕的下颚低得几乎碰触到胸口，脸色一变再变。他为何控制不住自己的嘴？此事算是军机政事，不应告知后宫之人，但他不自禁地想与皇后多交谈几句，这是什么心态？

发上雨水滴落，滑入他的衣襟，潮湿黏腻，让他愈加焦躁不安。他对皇后，难道起了不该有的心思？这是国法不容世人不齿的事，他怎能如此痴心妄想？

凉亭外，猛烈的冷风袭来，他本能地哆嗦了一下，已分不清是天寒还是心惊。

“织锦蒙布的事，查得如何了？”见他神色忐忑，路映夕转移了话题。这桩案子与她有切身关系，毕竟她的寝居被烧毁了，所以她出言探问也是合情合理。

沈奕暗自深吸口气，挺起瘦削胸膛，定神答道：“纯黑织锦查实是韩家庄之物，自尽的刺客所服之毒亦是韩家死士惯用之毒，微臣正要向皇上请示此案。”

路映夕更觉讶异，问道：“孔雀胆是韩家死士惯用的毒？”为什么不是用立时毙命的剧毒？

“韩家祖辈自创了一套内功心法，能够解孔雀胆之毒。如果死士能够在服毒一刻钟之内，趁人疏于防范而逃生，便可自行运气驱毒。如若不能逃脱，也可运功加速毒发。外间传言，这是韩家待人厚道之处，留有余地，用此笼络人心。”沈奕如实道来，颇有知无不言之态。

路映夕暗叹自己情报收集得不足。倘若真是有人嫁祸韩家，那人对韩家倒是了如指掌，指不定早就想下手，只是没有找到适当机会罢了。这回，韩家恐怕会有不小的麻烦了。

亭外雨势稍弱了一些，沈奕举目望了望，便急急躬身道：“雨渐小，微臣告退。”

见路映夕点头，他就匆匆奔了出去，仓促如逃命。

路映夕无奈摇头。他越想掩藏，越容易暴露。她已有九成把握，他对她起了绮念。不过，他的感情怎会来得这样唐突，令人费解。

她站在原地未动，耐心等候雷雨完全停歇。

过了半个时辰，雨止风歇，乌云寸寸散退，天空逐渐明朗起来。一弯雨后彩虹悬挂于天边。

路映夕仰脸眺望，颊畔露出小小的梨窝。风雨之后见彩虹，她希望她会有这样的一天。

走在湿漉漉的石径上，她心情悠然，漫步走回宸宫。

皇帝已起身，坐在外堂皱着眉头喝药。

她屈身微笑道：“皇上，汤药是否很苦？臣妾命人备一碟蜜饯可好？”

皇帝低哼，一口饮尽碗中苦药，才开口道：“皇后当朕是娇弱的姑娘家？”

路映夕轻轻笑起来，他只有在伤病的时候才会偶尔像一个孩子。

皇帝斜睨她灿烂的笑颜，唇角一勾，扬起一道邪魅的弧度：“映夕，过来。”

“是，臣妾遵命。”她心情甚好，温顺地走到他旁边的椅中坐下。

皇帝唇边笑意渐浓，毫无预警地向她倾身靠去，惊了她一跳。

“不许退。”他低声命令，眸光灼灼，直盯着她。

她的身子后仰，他的俊脸越俯越低，她腰弯得快要折断，再退避不了。

“再退？”皇帝恶劣地嘲笑她一句，然后猝然逼近，一口吻上她，狠狠地在她的唇瓣上摩擦辗转。

路映夕大感恼怒，正要一把推开他，他却已经自动抽离，眼含笑意地望着她。

“良药苦口，朕想与你一同分享。”他说得冠冕堂皇，理直气壮。

“多谢皇上恩典。”路映夕咬牙回道。这人厚颜无耻，而且还小肚鸡肠，睚眦必报，分明就是记恨她刚才拿他消遣。

见她怒气难消地鼓起两腮，皇帝更感愉悦，朗声大笑。

笑了几声，他突然止住。

路映夕瞥他一眼，一下子消了气，掩唇忍笑。

皇帝捂胸，浓眉皱起，显然是方才笑得太用力，震得伤口发疼。

“皇后这是在幸灾乐祸？”他觑她一眼，心中觉得啼笑皆非。他从没想过，他和她竟也能这样相处，没有针锋相对的算计，只是无伤大雅地斗嘴斗气。

路映夕笑着不说话。这谐趣宁馨的气氛，实属难得。只不过，他与她应该都很清楚，这不过是片刻的迷幻假象，待他伤愈，待她重回凤栖宫，一切又会恢复原样。他将继续他的霸业征途，而她也将继续她护卫故土的重任。

静谧间，四目相对，相视莞尔。

仅仅须臾，两人就不约而同地移开了。

第二十四章
嫉妒之心

韩氏遭疑，皇帝下令严加彻查。旨意下传不久，韩淑妃就一脸冷凝地前来宸宫。

皇帝休养了几日，气色好转，雍容高坐殿堂之上，静待韩淑妃开口。

路映夕端坐侧位，不动声色地观望。

“皇上。”韩清韵行礼之后沉默良久，才从红唇里迸出两个字。

“嗯？”皇帝漫不经心地应了一声。

“皇上怀疑韩家的忠诚？”韩清韵美眸圆睁，两团怒火隐约升腾而起。

“既有疑点，自然要查。”皇帝不疾不徐地回道。

韩清韵柳眉紧锁，极想辩驳，可又苦于思索不出有利的澄清证据，心下越发愤恨。有人诬陷她韩家，这并不难看出，她不恨皇上秉公办理，只恨那幕后黑手的阴毒。想来必定是后宫嫔妃之一，若非贺贵妃，便是姚贤妃或皇后。

皇帝默望她半晌，忽然发出一声叹息，走下高台御座，站在韩淑妃面前，低声道：“清韵，朕不会残害忠良。”

只此一句，韩清韵冰冷的神色便微有软化，沉静道：“臣妾相信皇上。”

路映夕一直面色平淡地旁观，直到此时才浅浅勾唇，划出一抹轻嘲。皇帝只说不会残害忠良，却没有说会追究真凶。

韩清韵的眼角斜觑，瞥见路映夕面露淡淡的讥诮之色，心中顿时又生愠怒。皇后在看好戏？想要渔翁得利？又或者根本是她幕后主使？

路映夕心思敏锐，见她目光不善地射来，就知她已草木皆兵。这也怪不得韩淑妃，后宫本就是是非之地，谁都必须战战兢兢，防备他人。只是她觉得有点惋惜，韩淑妃只剩清高，再无傲骨了。

不过她没有料到，韩清韵会突然间发难：“皇上，如果韩家可疑，皇后未尝没有嫌疑。”

“哦？此话怎讲？”皇帝挑起长眉，兴味问道。

韩清韵冷冷一笑，道：“刺客最初潜入凤栖宫的偏殿，目标直指栖蝶才人。栖蝶才人原本只是一介宫婢，会与何人有深仇大恨？当初是皇后慧眼识美人，宣召栖蝶才人进凤栖宫当值。后来栖蝶才人有幸得皇上青睐，怀上龙种，也许正因此招人嫉妒，进而欲要杀之

后快。”

路映夕浅浅含笑，并不言语。

“继续说下去。”皇帝沉稳出声，不显喜怒。

韩清韵看了路映夕一眼，接着道：“臣妾绝非针对皇后，只是把所知的疑点说出。皇后师承南宫神医，精通药理，必定珍藏无数良药，或许也有孔雀胆这种寻常毒药。再说，以皇后的尊贵身世，有几个死士在身边亦不是稀奇的事。”

路映夕依然静默，笑容不变。罪名太牵强，实在无须她自辩。

韩清韵的眉眼渐渐泛寒，嗓音冷静，再道：“最重要的一点，早前韩家庄失窃，独独丢失了几匹御赐织锦。家父未敢上报，是家父的不是，不过幸好擒到其中两名女窃贼，虽然窃贼当场伏诛，但从她们身上发现了奇特印记。”

路映夕唇边仍噙着淡笑，可心底却已涌起凉意。之前为了蛊毒药引一事，她派曦卫潜入韩家庄，因此损失了两名曦卫。未曾想到，韩家行事竟这样地谨慎细密，能够发觉曦卫脚心的印记，并且查探到那印记的由来。

韩家一直瞒着这件事，如今看来是蓄而不发，等候最好的时机，准备一举重创她。铲除了她，韩淑妃便是最有可能登上后位的人。韩父真可谓老谋深算，处心积虑。只可惜韩清韵沉不住气，现在就揭了出来。是谁真的偷盗织锦，现在已经不重要了，韩清韵急于为韩家洗脱罪名，势要移祸江东。

“是何印记？”皇帝神色不动，沉声追问。

韩清韵又望了路映夕一眼，见她处变不惊，心中倒有些佩服。她本来没有害人之心，但父亲说的话不无道理，即使她不犯人，别人却未必不会欺她。只有成为母仪天下的皇后，与皇上并肩而立，她才能保卫她的爱情，保卫她的家族。何况，这次韩家有难，她不能坐视不理。

说服了自己，韩清韵冷傲仰首，缓缓道：“那两名女窃贼的脚底心，皆刻有一朵芍药花。”她虽不知那芍药花有何深意，不过父亲既然自信笃笃，她自是不需慌张。

“芍药花”三字一出，皇帝的深眸中骤现森冷锐芒，直射路映夕。那冷冷的眸光，锋利得像要穿透她，盯至她的后颈。

路映夕始终安静，似乎任人宰割，又似乎胸有成竹。

韩清韵看不透她的情绪，皇帝却已捕捉到她眼中一闪而过的复杂幽光。

“传朕旨意，立刻宣韩家庄韩庄主进宫。”皇帝突然扬声，语气凛冽。

路映夕凝望着他，淡淡地笑了笑。她嫁入皇朝两百多日，今日是第一次真正领教到后宫谋斗的厉害。

残阳如血，光线从敞开的殿门外照射进来，漫地金砖泛起冷冷黄光。

路映夕缓步走近皇帝，屈膝行礼，语气肃然，却也平淡："皇上，臣妾对于玩弄权术、钩心斗角，并无兴趣。"

皇帝面色无波，沉声道："朕知道皇后对什么有兴趣，对什么没有兴趣。"

这两句对谈，颇有深意，一旁的韩淑妃并不能领会，冷嗤了一声。

路映夕转眸看向她，轻扬菱唇，微笑道："韩淑妃，本宫相信你不是有意针对我。"

韩清韵的脸色微变，只觉皇后话中带刺，暗怒的同时又有些心虚。

路映夕笑意更浓，明眸中亮着清朗的光泽，全然没有被人冤枉的委屈，更没有急于辩白的气愤。

皇帝目光扫过她们二人，略有倦意地摆了摆手，道："韩庄主入宫需时，朕乏了，先回寝宫歇息。"说完，径自离去，留下两个女子在原地。

等到皇帝的背影消失于视野，路映夕才慢悠悠开口道："韩淑妃，你方才说的那两名女窃贼，尸首尚在韩家庄？"

韩清韵听她这样问，底气不由足了起来，回道："是的。"

"虽然暑热已过，但将尸首放置这么久，韩庄主也不怕腐臭熏天？"路映夕笑问。

"回皇后，韩家庄有冰棺，可将人尸冰封，不会腐坏。"韩清韵亦笑，有一丝骄傲得意。

路映夕点头，不予置评。韩父真是用心良苦，想方设法留存证据，以期后用。曦卫确实是她的人，这点她难以抵赖。芍药花印记，并不是每个曦卫都有，只有个别身带宿疾的人，才被师父用此法护住心脉，以防在执行任务时突然病发坏事。人算不如天算，偏偏这般凑巧，牺牲的那两名曦卫，都是足底有印记的人。

看她无言以对，韩清韵心定不少。她原是一时情急，没有考虑到得罪皇后的后果。眼下看来，无须过于担心了。一旦皇后被定罪，就再也没有资格统领后宫。

"韩淑妃，本宫之前是否曾帮过你？"路映夕叹一口气，一脸认真地看着她，温声道，"你当真要一意孤行？如果你现在后悔，本宫可以答应你，不将今日之事放在心上，只当雁过无痕。"

"皇后娘娘，清韵不明白您的意思。"韩清韵唇角越扬越高，以为皇后已无可奈何，故而求和。

"你可听过一句话，恨错难返？在能够回头的时候，切莫一路走到黑。"路映夕细看着她，忍不住轻轻摇头。韩清韵未免太天真，竟认为这粗疏的伎俩能够扳倒她。且不说她和皇帝之间有盟约，现今又正值征战时期，单说那所谓的证据，即使证明了曦卫是她的人，那又如何？她大可找一个替罪羔羊，推说自己并不知情，一切皆是曦卫头领自作主张。何况，潜入韩家也不等于就是偷盗了织锦。

“清韵天性顽固，不懂转弯。”韩清韵挺直腰脊，凛然高傲。事已至此，也容不得她退了。

“既然如此，你珍重吧。”路映夕再看她一眼，便旋身出了殿堂。

韩清韵盯着她亭亭玉立的身影，心中莫名闪过一分不安。皇后方才的那一眼，似乎隐含怜悯？她有什么需要被同情的地方？皇后才是即将大祸临头的人。

路映夕没有去寝宫找皇帝，而是独自出了宸宫，去往太医署。她本无意对付韩淑妃，可人家已经欺到头上，她只好出手自保。

天边最后一抹胭脂色晚霞慢慢退去，只余一层金边镶着云朵。路映夕无暇欣赏，疾步踏入署内，直接去了南宫渊专属的药房。

清香草药味扑鼻而来，她深深吸气，漾开了笑容。这是她自幼熟悉的气味，师父身上就是带着这种令人凝神定气的草药味。

南宫渊没有转头，站在药柜前整理药材，手未停，温润嗓音蕴含一丝暖人笑意：“无事不登三宝殿，映夕，你可是遇上麻烦了？”

她一边向他走近，一边笑答道：“师父料事如神，可以摆摊算命了，想必一定生意兴隆。”

南宫渊不由扬唇，转过身来，笑望她，道：“还有心情说笑，看来这回的麻烦不算太棘手。”

“本来很棘手，但如果有师父帮忙，什么问题都能迎刃而解。”路映夕笑着向他摊出手心。

“需要什么？”南宫渊低头看着她白皙的手掌，脑中恍惚忆起往昔画面。那是她及笄之前，玩心甚重，每次调皮捣蛋之后，就自觉地伸出手心来，说映夕顽皮，师父打映夕手心吧。他总是不忍，训几句话也就罢了。

“无踪散。”轻浅的三个字，路映夕以独门内功传入南宫渊耳中。

南宫渊微微皱眉，回道：“此药性烈，用时千万小心。”

路映夕颔首。不是她想冒险，只是除此之外，没有更好的办法。

南宫渊的眉头并未舒展，但还是去药柜密格里取来一瓶无踪散。

“师父，映夕还有事待办，就不多留了。”路映夕接过药瓶，告辞道。

“不要伤了自己。”南宫渊不放心地叮嘱一句，黑眸中闪过一丝疼惜之色。他知晓她的性子，虽不知她要做什么，也不难猜到结果。

“不碍事的，师父别担心。”她冲他安抚一笑，举步离去。

返回宸宫，已是天色昏暗，夜幕初降。皇帝卧在软榻上，闭目假寐，听到脚步声，便缓缓睁开了眼。

“皇上。”路映夕走至他身侧，随意问道，“可要传晚膳？”

“你倒悠闲得很。”皇帝摇着头笑，睨她一眼，道，“朕还希望看到你气急败坏的模样。”

“让皇上失望了，臣妾罪该万死。”路映夕作势行礼请罪。

皇帝轻眯起迷人深眸，点头认同道：“你确实该死。”

路映夕抬眼，接话问道：“不知臣妾犯的是哪一桩死罪？”

“朕胸口疼。”他突然蹦出一句不着边际的话，深邃眼眸直勾勾地盯着她。

路映夕深觉他情绪反复，轻叹一声，道：“皇上是否牵动伤口了？要不要宣太医？”

皇帝撑着软榻扶手站起，薄唇浅淡勾起：“太医治不好朕的伤。”

路映夕狐疑：“难道伤口恶化了？”

皇帝盯着她半晌，嘴角抽动了一下，旋即放声大笑，笑声爽利。

路映夕这才明白他在捉弄她，不由地恼怒瞪他。

“害朕担忧，害朕心口疼，你说这算不算死罪？”他止住笑声，神色稍敛，眸中柔和的幽光浮动。

“那么，皇上想赐臣妾哪种死刑？”路映夕顺着他的话问，心中暗唾，他若会担忧她的死活，也许明日的太阳就从西边升起了。

“囚禁一生，折磨致死，你觉得如此可好？”他的唇角漾起一丝笑纹，看起来格外的温柔。

“皇上觉得好，那便是好。”路映夕微笑回视他。他的话这般矛盾，似乎想保护她，又怕养虎为患。其实他根本无须多思，她自己会解除这次的无妄之灾。

“映夕。”皇帝逐渐正色，语气沉了下来，“此次的事，朕相信你的清白。朕希望你心存仁念，给别人留一条活路。”

“臣妾不是很明白皇上的意思。”她垂眸，隐去眼中的嘲讽。韩清韵不智，皇帝却是一贯的英明睿智。他料准她不会含冤忍气，定会反击，所以才有留活路之劝。

“罪不至死。”皇帝只说了这简单一句。

路映夕很轻地点了一下头。

见状，皇帝徐徐扬起唇角，赞许地看着她。

“臣妾去命人备膳。”她淡然一笑，退出了寝房。罪不至死，是指韩家。她明白皇帝的顾虑，如果这次她反击成功，定了韩家诬陷皇后的大罪，那么皇帝就失去一股重要势力。他目前还需要韩家广布五湖四海的眼线，以及暗中培植的大批死士。

可是这些都不是她的考量，她并不想逼人太甚，因为百足之虫死而不僵，韩家不容小觑，如果韩家愤而最后一搏，派出死士拉她陪葬，她只会得不偿失。不过，小小惩处还是必要的，不然倒叫人觉得她心软易欺。

戌时，议政殿内灯火通明，亮如白昼。

偌大一殿，却无一个随侍太监，也无朝臣。显然，这是皇家的私审。

殿堂中央，韩父与韩淑妃站立一侧，路映夕站于另一旁，而中间摆放着两具晶透冰棺。

皇帝高坐龙椅，神情淡漠，不怒而威，沉声问道："韩庄主，棺中何人？"

"回禀皇上，棺中正是一个月前潜入韩家庄的两名女窃贼。另有一名同伙逃脱，而韩家庄的四匹御赐织锦也就此凭空不见。"韩父躬身一礼，话有所指地答道。

路映夕含着冷淡的笑，静静旁听。此话说得巧妙，并未直指曦卫盗取织锦，可又呼之欲出。这位骨瘦如柴其貌不扬的韩庄主，果然比其女有城府许多。

皇帝皱了皱浓眉："可有人亲眼看见是那一名逃脱的窃贼偷走了织锦？"

路映夕抬眸望向他，不禁莞尔。他想息事宁人。就算她也肯，韩淑妃未必会甘愿。

果不其然，韩清韵抢在韩父之前开口道："皇上，当时有几名护院都看见了。"

"嗯。"皇帝淡淡应了一声，并不表态，眸底却有一丝无奈的失望。他记得清韵初进宫时，素雅清冷，从不说人是非，犹如冬梅傲霜。他欣赏她那一份高华气质，可是她的骄傲似乎一点点变质了，变得盲目愚蠢，且不自知。

三年前，他封她为淑妃，曾问过她一个问题，天底下她最想要的东西是什么。她说，她想要的都已经拥有，再无所求。他相信那一刻她是出自真心的回答，但他更清楚，如今的韩清韵已不再知足。

"皇上。"路映夕清凉悦耳的嗓音拉回了他飘远的思绪。

"说。"他不冷不热地吐出一个字，心中有几分微妙感触。眼前这个绝色出尘的女子，冷静聪慧，是否将来也会被深宫日子磨成贪婪妒妇？

"韩淑妃先前说，窃贼脚心有特殊印记，恰巧臣妾后颈上也有一朵芍药花，臣妾十分好奇，想要开棺看看，不知可否？"路映夕问道。

"准。"皇帝扬起右手，示意韩父开棺。

路映夕不着痕迹地踱步到冰棺后方，站在尸首双脚的位置。

韩父一双精光闪烁的细长眼睛戒备地盯着路映夕，心想，当着皇帝的面谅她不敢耍什么花招，便不疾不徐地抬起棺盖。

"麻烦韩庄主也打开另一具冰棺，本宫要仔细看看。"路映夕摆起皇后架子，表情略显傲慢。

韩父眼中闪过不满的轻蔑，应声照做。

“咦？”两具棺盖皆开，路映夕立刻发出一声惊疑轻呼，同时迅雷不及掩耳地伸手拂过尸首脚心。

她的动作极快，两双赤脚被她迅速一碰，不过是眨眼间的事，待到韩父警觉，为时已晚。

“皇后，”韩父脱口厉喊，随即自知失礼，忙道，“皇后乃千金之躯，还是不要太过靠近死者尸身为好，以免沾染不祥之气。”

“韩庄主说的是。”路映夕浅淡一笑，退开两步，一副从善如流的态度。而她的手正暗暗攥紧，强自压抑蚀骨的剧烈痛楚。

“皇后方才为何惊呼？”皇帝清了清嗓子，问道，眼底泛起几不可见的笑意。他高坐御台，把她的小动作看得一清二楚。他早知她狡黠，必有应对之策，亲眼看见却又是另一种感觉。他竟有一股自豪之感，这遇事不惊、沉着淡定的女子，是他的皇后，他的妻。

忽视脑中荒谬的感觉，他从龙椅上站起，走下御台。

“回皇上，臣妾只是惊讶，为何棺中窃贼的脚底并无任何印记。”路映夕不急不缓地回道，面上悠然镇定，其实手心已经剧痛难当，后背冷汗透衣。

“哦？”皇帝斜睨韩父一眼，然后走向冰棺。

韩父脸色紧绷，额上渗出薄汗。他跟在皇帝身后，走至棺尾一看，顿时面如死灰。

“怎么可能！”韩清韵见父亲神色有异，心下震惊，急步趋去查看。

冰棺中，女尸双脚赤裸，没有穿鞋，一目了然。韩清韵眸中浮起难以置信的慌乱。

“既是一场误会，本宫也不欲追究。”路映夕的声音泰然自若，听不出一点异状，只是紧握的右掌已微微发抖。教训韩家不急于一时，她现在急需退场疗伤，否则她的右手会废掉。

正想向皇帝说告退，突听韩清韵拔尖声音愤怒道：“印记突然消失，分明是皇后刚刚动了手脚！”

路映夕不禁紧皱起黛眉。韩清韵不知死活，她给她留余地，她还要死缠烂打。如果被韩清韵再这么拖下去，只怕师父也救不了她的手。

默默站立着，路映夕脑中念头急转，无故想起之前在太医署的事。师父能够用传音功回话，说明师父的内功恢复了？三个月的药效未到，师父自行冲破封脉，着实叫人担忧。这是损伤内息的行为，师父勉强而为，是有隐衷吗？

恍神仅仅片刻，就见眼前有人箭步逼近，神色冷厉，带着难掩的急切，咄咄逼人道：“皇后娘娘，清韵刚才看见您伸手触摸尸首脚底，可否请您摊开掌心一看？”

路映夕右手攥得更紧，冷淡道：“韩淑妃，你想清楚，这件事纠缠到底，于你有何好处。”

这句话带着明显的警告，一旁的韩父脸色益发难看，但他终究比韩清韵沉得住气、思虑得远，恭谨插言道："皇后恕罪，小女驽钝不懂事，有冒犯之处，还望皇后海涵。"

"清韵，莫再胡闹。"皇帝做出不耐的表情，斥道，"朕就当今日的事是一场闹剧，过了便算了。"

在场三人心中皆清明，再这么下去，没有人能讨得好处。证据已毁，说什么都枉然。可惜，另一人像是中了魔障，冥顽不灵，美眸极力圆睁，恐慌中夹杂着不甘，使得眼中泛出血丝来，尖锐道："臣妾只是想看看皇后的手掌，有何不可？莫非皇后做贼心虚？"

路映夕低低地笑起来，明眸中迸出一线寒芒。她的手心如被万蚁噬肉，没有鲜血流出，可是已让药性腐蚀了一块肉。

"好。"她猛然朗声一喝，握拳横在韩清韵面前，语气决然，掷地有声，"韩淑妃，你听好了，只要本宫的手心张开，本宫之前说的话就作废。你韩家恶意诬陷本宫，本宫必定追究到底！"

"不要！"韩父急急喊道，"皇后三思。韩家绝无恶意，此事纯属误会，草民愿意即刻向皇后磕头赔罪。"

他的姿态谦卑恭敬，看得韩清韵心头一把无名火燃得更旺，不甘服输地大声道："与韩家无关，是臣妾一人想要看皇后的掌心，若有失礼不敬之处，亦仅是臣妾一人之罪。"

"很好。"路映夕笑容甜美，眸光越发森冷，转头望向皇帝，字字铿锵地道，"皇上，臣妾现在摊开掌心，如若没有异状，还请皇上还臣妾一个清白。韩淑妃指证臣妾派人潜入韩家庄偷盗，又言臣妾欲加害栖蝶才人及其腹中龙种，末了还阴险地嫁祸韩家。这一条条罪状，一个个罪名，足以叫臣妾人头落地千万次。敢问皇上，倘若这一切都是韩淑妃凭空捏造，恶意陷害，韩淑妃所犯之罪，是否应株连九族？"

刹那间，所有的目光都落在皇帝身上，殿内静得令人窒息。

皇帝轻缓点头，动作细微，但没有迟疑。

韩父冷抽一口气，大惊失色，忙道："皇上，皇后，小女蠢钝不懂事，草民马上带小女退下。"

"不必，本宫现下就让你们看个明白。"路映夕声色俱厉，横在韩清韵面前的手倏地张开，白皙五指，干净掌心，什么也没有。

韩父额上汗珠颗颗滚下，顾不及去擦，咬牙跪下，梗着脖子仰首道："恳请皇后网开一面，饶恕小女无知。"

路映夕不睬他，冷冷看着韩清韵，道："韩淑妃，看完本宫的左手，还要不要再看本宫的右手？这后果，你担待得起，你韩氏族人可承受得住？"

韩父狠狠瞪向韩清韵，以眼神怒示她万不可再胡来。其实他先前看得十分清楚，皇后触摸尸身用的是右手，可眼前情形已剑拔弩张，他绝不能愚昧地火上浇油，否则韩家必遭祸事。

韩清韵此时的心情犹如被冰火同袭，炽烈得煎熬，而又寒冷得发颤。她不甘心，只差一点点，她就要成功了。可是，万一失败，代价就是她的命与整个韩氏。

“够了。”皇帝愠怒低喝，俊容一片铁青，“简直胡闹，朕是看不下去了，你们要再闹，就自己闹个够。”

话落，他拂袖离去，脚步很快，须臾就出了殿门。

路映夕暗松一口气。她知道皇帝是在平衡局面，也算是帮她，她确实快要撑不下去了。

瞥了韩清韵一眼，她追上皇帝的步伐，只扭头冷漠地抛下一句：“若还不甘心，本宫在皇上的寝宫候教。”

帝后双双离去，偌大的议政殿变得空荡死寂，两具冰棺森寒地立于殿中央，更显阴气逼人。

韩清韵恍恍惚惚地站着，腿脚忽然发软，一个趔趄，不稳地扶住身旁殿柱，感觉遍体生寒。她刚才是疯了吗？竟险些犯下抄家大罪。可事实上，她只是垂死挣扎，不想失去皇上的信任，更不想皇上认为她平白冤枉皇后……

“韵儿，看你做的好事。”韩父站起身，面黑如炭，怒气勃然，毫不留情地骂道，“我韩家百年基业，今日就差点毁在你这个蠢女儿手上，你以为皇后是何等人物？她是邬国公主，她的背后是一个国家。你懂不懂？你要与她撕破脸，也不应该是现在，你的脑子丢去了哪里，你，简直枉为我韩家之女。”

韩清韵眼神空洞，悲哀颓败，没有半句回嘴，眼眶阵阵热烫，串串泪珠无意识地潸然滚落。她从来都不知道，原来自己这样蠢笨，这样狠毒。她一开始并没有想要逼皇后到怎样的地步，只不过是想为韩家脱罪。后来的事，她仿佛身不由己地发了疯魔，扭曲了心性，一心只想要赢。可是她想赢的是什么？从入宫至今，她想要的只有一样东西，那就是皇上的爱，根本不是皇后的虚名或滔天的权势。

她贴着殿柱缓缓滑下，靠坐在地，满是泪水的脸深深埋进自己的双手中。太可怕了，她几乎不认识自己了。

第二十五章
痛心疾首

议政殿外，皇帝大手一揽，搂住路映夕的纤腰，果断地展开轻功腾飞向宸宫。

直到入了寝房，紧闭寝门，他才轻缓地松开她。

“如何？”他低眸看她，关切地问。

路映夕苦笑，慢慢伸出右手，一点点摊开来。

皇帝顿时一愣，瞳眸中染上惊痛之色。她的掌心，焦黑模糊，一个乌溜溜的窟窿像被烈火烧得凹陷，骨肉难辨，惨不忍睹。

“解药呢？”他怒喊一声，神情急迫沉痛，没有丝毫作假。

“没有解药。”路映夕轻轻摇头，唇边苦笑更浓。无踪散，能抹去肌肤上的任何印记，她为了退去曦卫脚心的芍药花，一早就把无踪散捏在手心。原有一层薄纸隔着，可是时间久了，药粉腐蚀薄纸，渗透肌肤，如果尽早以棕榈油洗手，她还可控制灼伤，或许只伤及外层皮肤。

“什么？”皇帝惊急中挟带震怒，对她咆哮道，“你要害得自己残了手才高兴？”他默许她出手为自己辩白，却没想到她竟然真的“出”手。

路映夕抿起菱唇，不知为何有些想笑。他怎会像他自己受苦一般？她若不了解他，倒会以为他真心爱着她。

“你居然笑？”皇帝大怒，一掌拍在旁边的楠木桌上，发出砰然巨响。

路映夕唇角控制不住地扬高，默不出声地走去熏炉旁，弯身摸出藏在炉座底下的一小罐棕榈油。她单手倒出罐中油液，滴在右手心，等到掌心盈满，才停止。只能亡羊补牢了，至少可以使药性不再继续，不然整只手就废了。可这残伤，必定会留下。掌心少了一块肉，怕是再也长不出来了。

皇帝全神贯注地盯着她的举动，神经紧绷，他自己完全没有察觉。就连方才施展轻功和掌拍桌子导致左胸伤口裂开，也没有发现。

路映夕怔看了自己的手一会儿，转身看向他，目光一扫，愕然道：“皇上，伤口渗血了。”

皇帝低头看去，复又抬头，并不在乎，余怒未消地道：“与你那伤相比，朕这点伤是小巫见大巫。”

路映夕忍不住扑哧笑出声，调侃道：“皇上，臣妾斗胆一问。皇上这痛心疾首的样子，可是爱上了臣妾？”

皇帝的面色僵了僵，甩袖背过身去，嗤道：“异想天开。”话虽如此，他自己却陡然醒觉，不自觉间他发自肺腑地关心她，这明明是不应该发生的事。他是要她爱上他，而不是自己大意沦陷。

路映夕只是随口揶揄，没有上心，而且右手不时抽痛，似锋利刀尖一下一下钻着她的肉，她并无心思深究皇帝的异常。

看她默然不响，皇帝转回身，微皱长眉，语气不善地问道：“痛？要痛到何时？”

“少不得要痛一夜了。”路映夕感慨长叹。若不是韩淑妃纠缠不清，拖延了时间，她就能少受一点苦。现在只有徒叹造化弄人。

“伤口会不会愈合？”皇帝又问，口气仍不佳。

“自然是会的。”路映夕抬眼看他，觉得奇怪道，“凡是伤口，不都会愈合？只看时间长短罢了。”

皇帝抿起薄唇，神色更加恼恨。他是问她多久会愈合。

“大约十来日就会慢慢结痂了吧。”路映夕似自语地喃道，“以后这手可见不得人了。”

皇帝目色又是一沉，添了几分怒气。清韵这次大失分寸，或者应该说愚不可及，他若不略施颜色，她不会知晓安守本分。

“皇上。”路映夕忽然唤他，笑吟吟道，“臣妾可算做到了‘心存仁念’？”

皇帝哼了一声，不答。

“假若事情重来一次，皇上是否还会劝诫臣妾要仁厚？”路映夕再问，晃了晃依旧痛楚的右手，暗示这是她吃了闷亏的苦果。如果她要借刺客之事整治韩淑妃，其实易如反掌。原就有人要嫁祸韩淑妃，她只需推波助澜，就能让韩淑妃雪上加霜，有冤无处申。

皇帝沉吟半晌，道：“如果重来一次，朕不会让这事发生。”

路映夕淡淡扬唇，心知此话内里的含义。就算重来，他也会叫她放韩家一马。因为，比起韩家能带来的协助力量，她的手伤便显得微不足道。

望着她透亮的眼眸，皇帝眼底浮现一丝隐晦的歉意。

路映夕别过脸去，若无其事地道：“不如宣太医来为皇上换药？臣妾的手，也需要包扎。”

“嗯。”皇帝应了一声，同样撇开视线，口中平淡道，“宣南宫渊前来吧，你的伤，他或许有法子医治。”

“不用劳烦师父了，这伤，只能这样了。”她很轻地叹息。她不想被师父看见，不希望师父为她感到痛心。

她这一分小心思，又怎么瞒得过皇帝灵敏的直觉，只见皇帝径直走出寝门，毅然下令道：“宣南宫渊前来。”

路映夕低垂眼帘，心中幽幽隐痛。她记得临嫁皇朝之前的一夜，师父在她寝殿之外徘徊良久，那几句低低的轻喃飘散在夜风中，他以为没有人听见，却不知那时她屏息躲在殿门后。他说：“映夕，你将远嫁，愿你幸福，不会受一丝一毫的伤害。如若注定会有不幸发生，不管任何的伤痛，我都愿意为你挡。”

她不知道他说这样的话时，心里是何感受。出自师徒之情吗？还是爱情？会是爱情吗？她一直觉得懵懂而迷惘。

“怎么？手很痛？”皇帝从寝门折回，见她垂头丧气的模样，不自禁地关怀低问。

路映夕用力眨眼，眨去眸中泛起的雾气，慢吞吞地抬头，弯唇一笑，回道：“痛得很，火烧火燎，钻心的疼。”

“那你还笑？”皇帝没好气地横她一眼，伸出手停在半空，然后极为轻柔地握住她的手，犹如无声的疼惜和致歉。

路映夕凝眸望着他，心底滑过不知名的悸动。他不经意流露的温柔，和师父天生的柔和截然不同。前者像是冰山上的一颗火种，一旦引燃，便可融雪川；后者则像是南方的春风，徐徐暖人，沁人心脾。

从什么时候开始，她会拿皇帝与师父相比较？这根本是毫无意义的事。慕容宸睿又如何能与师父相提并论。

在心中无比坚定地这样告诫自己，微微咬唇，她才再次抬眸看他。这一望，望入他深邃如旋涡的双眸中，她脑中突然一片空茫，只看见他墨黑的瞳眸带着神秘的幽蓝光泽，惑人心魄，似乎潜藏不可预知的魔力，拉她纵身坠入……

一股热气袭上脸颊，烫得怪异莫名，她使力抽出手，定了定心神。

“皇上握痛臣妾的手了。”她蹙眉，嗔道。方才那一瞬的怔忡好像没有发生过。

皇帝松手，温柔笑道：“近日宫中事情甚多，朕希望皇后能为朕分忧。”

“为皇上分忧，是臣妾的本分与荣幸。”她低了眸子，看着从手心滴落地面的棕榈油，淡淡道，“今日之事，臣妾不会为难韩淑妃。”

皇帝轻“唔”了一声，不置可否。她很聪慧，他确是这个意思。

路映夕唇边划过一抹淡嘲的弧度。他容许她毁去曦卫的印记，并不是无故施恩，而是要保护韩家，不想看到韩家与她正面为敌，被她削弱势力。至于她自己的手伤，无须他负责。她是为了自己的处境着想，不愿留下把柄在韩家手中，以免带来无穷后患。

“邬国曦卫，总数三千人。”皇帝突兀说道，嗓音浑厚，难辨波澜，“剑术兵法，五行奇门，各有专精，其力量相当于一支万人先锋军。朕可有说错？”

路映夕一惊，很慢很慢地抬起眼来。

“无须紧张，这也不是多么稀奇的事。皇后原是尊贵公主，身边有人保护亦是应当。”

皇帝挑眉一笑，话语却是藏着锋芒，“不过，如今有朕陪伴在皇后身旁，自应由朕担起守护佳人的责任。这三千曦卫，留下几人便也够了，皇后说是不是？”

路映夕眯了眯眼，摇头道：“曦卫确实有三千人，但并未跟随臣妾来皇朝。”

“既然皇后这么说，朕就不强人所难了。”皇帝温文尔雅地扬唇，看起来十分好商量。

路映夕气定神闲，早已压住心头的一丝隐忧。只要密道不曝露，曦卫就不会被发现。如果皇帝查到密道所在，她则全盘皆输。

两人各有所思着，不久，寝门外响起通禀声。

“皇上，南宫神医已到。”

“宣——”

皇帝应声，坐至软榻，面色自若，难窥情绪。

南宫渊徐徐走入，眉目低敛，揖身一礼，开口道：“不知皇上召见，有何吩咐？”

皇帝抬手指向路映夕，道：“南宫神医，先去替皇后包扎伤口吧。”

南宫渊目光凝定，一双漆黑眸子似浓墨凝结，无波无浪。

路映夕走近他，伸出右手，轻描淡写地道：“师父，用纱布裹上就行了。”

她的五指舒展开，那乌黑伤残的掌心流着浓浊油液，丑陋不堪，触目惊心。

南宫渊的眸光一颤，肩头隐隐震动了一下，语声维持着平稳：“结痂之前，不要沾水。”

“是，师父。”路映夕乖巧答话，一时间像是回到了从前的时光。幼时她经常爬树翻墙，偶尔不慎跌落下来，擦伤膝盖和手掌，师父也是这样叮嘱她。不过，那时师父的眼神，似乎是又好气又好笑，而现在，他是觉得心痛吗？是否怪她做事太狠决，为达目的，不惜自伤自残？可谁又知道，她根本无法选择。她既不能让韩家一直捉着她的痛脚，又不能让皇帝有真凭实据，证实曦卫的存在。

“这伤怕是治不好了。”南宫渊说得淡漠，从药箱里取出干净纱布，麻利地为她裹手包扎。

“嗯。”路映夕心中有数，不觉失望。意外的是，她感到一股温暖的真气由腕处灌入，原本的痛楚瞬间退散，竟再无一点点钻心的痛苦。

她讶异地看着南宫渊，而他脸色淡淡，没有流露丝毫异状。

原来，师父提早冲破封脉，是担心她出事，未雨绸缪。

“师父……”她不由低声轻唤，感激的话涌到喉口，又吞咽了下去。皇帝就在一旁，她什么也不能说。

“很痛吗？忍一忍就过去了。”南宫渊温言说道，眸底泛起一点笑意。

“好，忍。”路映夕亦笑，做出咬牙忍耐状。

一层层白色布条裹住了整只右手，看着像蚕茧，形状奇趣逗人。

她举起手来，当空挥舞两下，笑道："蝶飞之前，需要破茧而出的勇气。"

皇帝在旁观望，弯了唇角。此时的她，就像一个无害的稚气孩子，有那么一点点淘气，一点点可爱。

南宫渊并未多看一眼，极是内敛，对皇帝出声道："皇上，您的伤口渗血，该重新敷药了。"

皇帝不在意地颔首，目光紧锁着路映夕，似是脉脉深情。

路映夕感受到他逼迫而来的视线，未作理会，屈了屈身道："皇上的帝袍染了血，臣妾去唤人来为皇上更衣。"

她借机退了出去，对宫婢交代事情之后，便去前苑静等。

还没有等到南宫渊出来，却见一道高大身影迎面走来。

"参见皇后。"范统拱手，忍不住暗自磨牙。他为什么这样倒霉？每次来觐见皇上，都会遇上这个女人。

"范侠士，夜这么深了，还未歇息？"路映夕轻笑。他怎么一看到她就生怒气？

"范某有急事求见皇上。"范统低首，炯目死盯着地上卵石，不想也不屑看她。

"是何急事？不知能否由本宫转达？"路映夕很是多事地问。

"不行。"范统脱口怒道，猛一抬头，见她眼中笑意盈盈，才发觉自己被她捉弄了。

"不行就罢了。皇上正在换药，范侠士稍等一会儿再进内殿吧。"路映夕笑望着他，忽而又道，"范侠士，你之前答应本宫，会保护本宫周全。你看，本宫受伤了。"她说着举起纱布裹着的右手，示意他看。

"皇后为何会受伤？"范统一怔，她武功极好，谁能伤得了她？

"本宫想练铁砂掌，但是失败了。"路映夕一副懊恼的样子，"结果还伤到了自己。"

范统又是一愣，哭笑不得。这女人果然与众不同，是个异类。

"铁砂掌不易练，如果没有独门秘笈，是练不成的。"见她毕竟有伤在身，范统的口气略有好转。

"是的，范侠士说的对，可惜你没有早一点说。"路映夕暗笑于心，这人未免太好骗了，这蹩脚的理由他居然相信？

"皇后事前并未询问过范某。"范统只觉她蛮不讲理，他虽答应会尽力护她周全，可也不能保证她无病无痛长命百岁。

"范侠士，你在宫中并没有官职，不知是为皇上效劳哪方面的事？"路映夕冷不丁地转移了话题。

"军……"范统一时不察，险些说漏嘴。

"什么？"路映夕状似好奇地追问。

“皇上需要范某做什么，范某便会全力以赴，不敢辜负皇恩。”范统已生警觉，一板一眼地答道。

“嗯。”路映夕应了一声，转而道，“估计差不多了，范侠士去觐见皇上吧。”

“范某告退。”范统再次拱手，立刻大步流星地离去。

路映夕轻轻扬唇，明眸中升起清亮凛冽的光芒。范统为皇帝查探军机消息，而现在说有急事启奏，那么极可能是与边疆战事有关。后宫的事，她已无心多理，因为眼下她有一种预感，龙朝和皇朝两败俱伤的机会来了。

静立原地片刻，一抹浅灰色的俊逸身影映入眼帘。

“师父。”她迎上一步，垂下头去，姿态如认错。

南宫渊不语，只发出一声幽叹。她没有错，是他错了。明知她性子倔强，做事决绝，他还是给了她无踪散。

“师父？”一直没有等到他出声，路映夕抬头，恰好看见他黑眸中一闪而过的心疼之色。

“你要做的事，师父不会阻止你。”南宫渊移开目光，望向深沉夜幕，语气宁和悠远，“做大事的人，总要付出一些代价。值不值得，只有局中人才能体会。”

路映夕皱了皱眉心，她听不懂师父的后半句话。是指她的手伤得值吗？还是另有所指？

“映夕。”南宫渊抽回视线，与她定定平视，一贯温煦的声音显得有几分沉凝厚重，“身体发肤受之父母，不敢毁伤，孝之始也。你可明白？不论你用什么手段，都不要伤害到自己。以本伤人，只会仇者快、亲者痛。”他所有的隐忍按捺，为的仅仅是不要她受一丝伤害。但现在她却自残自伤，他有多么愤怒和痛心，她可知？

“师父，对不起。”路映夕软声道歉，如同从前顽皮犯错时的温顺，而又带着一点点撒娇。

“映夕，你记住我今日说的话。”南宫渊的神色渐渐转为严厉，语气沉沉，“教不严，师之惰。如果有下一次，你再自伤，师父会在相同的位置割下一刀，自罚教徒不当，误人子弟。”

“师父？”路映夕惊愕，怔怔地望他。

“你应该知道，师父一向说到做到。你且自珍自爱。”南宫渊沉着嗓子抛下一句话，便离开了。

那一袭素袍在清风中飞扬，被夜色模糊了颜色，看在路映夕眼中，却是第一次觉得那般真实，不再遥远缥缈，而仿佛触手可及。

她的眼角悄然湿润，一滴晶莹泪珠滑落鬓发，瞬间被吸纳，消失无踪。

她终于知道，师父对她，不只是师徒之情。

第二十六章
谁无过往

皇帝的剑伤日渐好起来，可眼底多了几分阴霾。路映夕洞彻内情，知晓定是边疆战事吃紧，令他烦忧。而刺客之事，皇帝处理得极有手段，果决凌厉的作风展露无疑。

首先，他为了替韩家洗刷罪名，安排了替死鬼冒认潜入韩家庄偷盗织锦。再则，为了袒护幕后指使刺杀栖蝶的人，他让那替死鬼一并揽下了此罪。可怜那名忠义之士，位高至三品的金刀侍卫，硬生生被安上一个逆谋犯上的罪名。

至于动机，那侍卫宁死不供，因此引来流言纷纷，蜚语不断。有人说，那侍卫爱慕栖蝶已久，始终得不到佳人一瞥，又见佳人飞上枝头变凤凰，终于因爱成恨，欲毁了她才甘心。也有人说，那侍卫本是江湖中人，与韩家早有宿怨，一直伺机报复。

宫中人嚼舌根的本事，实在叫人佩服。这也是皇帝想要看见的结果，一切尽在他的掌握。路映夕冷眼旁观，不曾插手。不过，皇帝还是稍微教训了韩淑妃，算是替她出一口气。

“皇上，要韩淑妃斋戒茹素，其实不需要搬进斋宫暂住。”等皇帝翻完膳牌，路映夕才温淡开口。

“斋宫素来幽静，正好让她静一静心。”皇帝懒洋洋地抬眼觑她。

“但是……”路映夕只说了两个字，微微一笑。斋宫是姚贤妃的地方，皇帝此举，等于既惩戒了韩淑妃，又警告了姚贤妃。

“她若要再闹，别怪朕手下不容情。”皇帝语声散漫，目光冷冽。

“只怕皇上舍不得。”路映夕笑容愈浓，意味深长。这个“她”字，倒是微妙。他亏欠了姚贤妃，所以一再纵容庇护，可又何尝不是姑息遗患？

“皇后心中可有一丝不忿不平？”皇帝忽地一问。

“为何不忿？臣妾咎由自取，与人无尤。”她自谦，但也真诚，再道，“韩淑妃只是一时情急冲动，臣妾能够理解。”被情所困的人，往往容易失去理智，犹如着了魔，无法自控。她能够理解，是因为想起师父。师父的隐忍内敛，并非世上每一个人都能做到。

“你的宽容仁厚，朕希望，隽永不变。”皇帝轻叹，深眸中泛起复杂的幽光。他欣喜她不会为难同为女子的嫔妃们，同时又十分清楚，面对国之大义时，她一定会心狠手辣。

侍膳的太监们鱼贯进入，轻手轻脚地摆放膳食，而后侍立一旁。

皇帝顾自在紫金盆里净手，未再言语。

宽敞的御桌上，除了贡米饭外，只有四碟洁白牙盘，分别是蒸鲜鱼、淡糟炒鲜竹、卤煮豆腐、蘑菇灯笼汤。

皇帝挥退侍膳太监，自己以银筷试毒，才出声道："坐。"

"谢皇上。"路映夕依言坐在侧位，笑道，"皇上勤俭节约，乃万民之福。"

"如今战事连连，边城百姓也许连白粥都喝不上，朕又怎能奢侈浪费。"皇帝不咸不淡地答道，眉宇间依稀浮现一抹晦色。

"听说海城久攻不下。"路映夕轻轻说道，不作评论，只是抛砖引玉。

皇帝淡淡点头，接话道："我军不擅水战，而龙朝的水师兵众，舰队强大。但，海城是最佳的突破口。"

见他愿意谈及，路映夕便不再犹豫，清声直言道："龙朝盘踞中上流，占有顺水之便，扬帆下驶，十分迅捷。倘若我朝逆流仰争，必定损失惨重，倒不如退而求其次，转攻沛关。虽然沛关地势险峻，但我朝陆军实力甚强，如此较有胜算。"

皇帝瞟了她一眼，缓缓勾起薄唇："这样一来，就是硬拼。"

"久战耗力，更无益处。"路映夕从容不迫地对上他犀利的眼。

"嗯。"皇帝不冷不热地应了一声，眸光深沉而锋锐。

路映夕自若地举筷进食，不再多嘴。按她猜想，他早已有这个念头，只是思虑未决。如果转为陆战，皇朝确实胜算较大，可是攻下海城的代价，也不会小。端看他如何取舍了。而她，最希望看到的是，皇朝一点点吞并龙朝，同时也元气大伤。

"朕近日政事繁忙，无暇抽身，有劳皇后去斋宫走一趟。"皇帝突然道。

"不知皇上要臣妾去斋宫所为何事？"路映夕诧异。难道他还嫌后宫不够乱？

"今日是凌儿生辰。"皇帝的语气略沉，掩藏了所有情绪，缓慢说道，"朕曾经答应过凌儿，每年都会送她一样生辰礼物。这几年，她拒收朕赐的一切珠宝俗物。"

"皇上想让臣妾代送？"路映夕揣测地问，心中暗想，他既知是俗物，为何不赠有心之礼？

"不，只需代朕说一句'生辰快乐'便是。"皇帝回得很淡。他知道，凌儿想要的是那支木簪。那簪子早被他亲手毁了，犹如当初的誓言，破碎得无法弥补。

"是，臣妾一会儿就去。"路映夕温顺应声，不期然忆起一事，忙道，"皇上，臣妾的首饰奁怕是被烧毁了！"

"什么？"皇帝一时未听明白，顿了顿，蓦然领悟，冲口怒道，"朕赠你的簪子被焚毁了？！"

"恐怕是的……"路映夕惭愧垂首。她对那支簪子全然不上心，又怎会随身珍藏？倘若是姚贤妃，必会珍而重之，视之如命。

“你——”皇帝像是想说什么，又止住，神色错杂怪异。

路映夕低头不语。她知晓那簪子对他与姚贤妃都有特殊意义，可对她来说，不过是他意图软化她的手段。

“朕送你那支木簪，确实别有居心。”皇帝启口，嗓音低沉至极，“可是，现在朕觉得没有送错人。”莫非这就是天意？他与凌儿有缘无分，而他与路映夕注定有分无缘？

“皇上。”路映夕抬眸，看着他，轻轻地道，“其实，一颗真心比任何奢华礼物都来得珍贵。”凡是女子，皆希望良人有心。只是她的命定良人，不知是何人……

“真心？”皇帝低低重复，若有所思。七年前，他给不了纯粹的真心。而现今，他不可以给。旁人总道帝王无情，又怎知其中挣扎滋味。

“如果有一天，再无外力阻挡，也无臣妾的存在，皇上可愿意封姚贤妃为后，为她废了整个后宫？”路映夕问，带着不自知的某种期待和试探。

皇帝似被她的话震慑，怔然望着她，竟是无言以对。

“皇上不再爱她了。”路映夕平缓地道出结论，心底莫名闪过一丝欢欣，旋即自控抑住。弱水三千，他不会只取一瓢饮，无论对象是谁。

“也许，是吧。”皇帝迟疑答道，瞳眸闪烁异光，矛盾而豁然。他对凌儿，只剩下负疚，他的心却并未因此空了。另一抹清丽倩影，无声无息地透射在他心间，大有占据不退的倾向。

两人无语相视，面上皆是淡然无澜，唯有眸底波光起伏，幽谧变幻。

午膳之后，路映夕乘辇前往斋宫。

入了前殿大门，宫婢恭迎她上坐，奉来热茶。姚贤妃神情漠然，立在旁侧，欠身道：“未知皇后凤驾，臣妾有失远迎。”

“今日是姚贤妃生辰，无须如此拘礼。”路映夕扬手示意她就座。

“臣妾的生辰日，并非喜庆日。”姚贤妃没有落座，话语冷冷，更显残容阴森。

“此话何解？”路映夕不禁蹙起眉，看姚贤妃这副神态，倒不像是故意拿乔。

“臣妾出世之时，便是母亲辞世之际。”姚贤妃冷淡道来，美丽的丹凤眼中一片冰寒孤寂。

路映夕轻声叹息，走下高位，行至她面前，柔声道：“逝者已矣，生者要为逝者活下去。而且，要活得快乐，活得幸福。”

“快乐？幸福？”姚贤妃好像听见了什么可笑之事，低哑地笑起来，嗓音森冷可怖，“皇后说笑了，臣妾一心皈依佛门，只求平静宁和，不求世俗喜乐。”

路映夕暗自摇了一下头，忍住没有驳她的话。既然根本就勘不破，又何苦自欺欺人？

静默须臾，她才又温和地开口："姚贤妃，皇上命本宫转达一句话。皇上说，愿你生辰快乐，安康如意。"

姚贤妃扯了扯唇角，浮出皮笑肉不笑的弧度，恭声回道："臣妾多谢皇上的金言玉语。"

"这一块玉佩，是本宫自幼佩戴的辟邪古玉，赠予你，祝你吉祥顺心。"路映夕从腰间摘下玉佩，递给她。虽然皇帝没有备礼物，但她不能空手失礼。

"谢皇后赏赐。"姚贤妃屈膝行礼，双手高举，恭敬地接过。

宝玉通透，晶莹生泽，入手沁凉，细润柔滑。但是姚贤妃没有多看一眼，只是握在手中。

路映夕将她的举动全部看在眼里，不以为意，只客气地道："原想为你摆筵席庆生，想及你茹素且又喜静，就作罢了。本宫也不多扰了，改日再来向你请教佛法禅理。"

"恭送皇后娘娘。"姚贤妃又一躬身，礼数周全。

路映夕只觉这斋宫实在压抑，转了身就大步离去。

出了殿门，刚踏下殿前台阶，余光就觑见不远处的回廊里站着一个人。

她本以为会是韩淑妃，定睛一看，却大吃一惊。竟是师父。师父来此作何？上门拜访姚贤妃？他们之间，究竟有着什么样的纠葛？

她命随行的宫女太监留在原地，独自向回廊走去。

"师父。"走得渐近，她才出声唤道。

"映夕。"南宫渊露出温雅淡笑，瞥了她裹布的右手一眼，叮咛道，"伤口结痂之前，你会觉得痒，切记不可抓挠。"

"残痕必定会留下，手心的肉也长不出来了，不差再多一些抓挠的痕迹。"路映夕笑着自我调侃道，"幸好不是伤在脸上，否则真就见不得人了。"

南宫渊面色微沉，想到姚贤妃带残伤的脸，不由低叹一声。

"师父？"路映夕疑惑地看他，不解问道，"师父为何在此？斋宫里有人病了吗？"

"我想治愈姚贤妃脸上的刀疤。"南宫渊一双黑眸深寂如古井，此时却漾起涟漪柔光。

"师父从前就认识姚贤妃？"路映夕越发讶异疑惑。她从没见过师父这般柔情外露的眼神。

"很早很早以前，就认识了。"南宫渊回忆起久远的岁月，唇边浮起一丝温暖笑意。也仅是片刻，笑弧转眼即逝，眸光逐渐暗沉了下来。

"青梅竹马？"路映夕耐不住好奇，追问道。

南宫渊敛了笑，沉默半晌，最终还是没有回答。

见他讳莫如深，路映夕愈觉心头如有蚂蚁啮咬，痒得难耐。师父不会是与姚贤妃曾有一段情吧？姚贤妃的初恋情人，不是慕容宸睿吗？

“映夕，你介意一个人有不堪的过去吗？”南宫渊淡淡地开了口，问题古怪。

“那要看是谁的过去。”路映夕回得有所保留。

“如果是我的过去呢？”南宫渊再问。

“不堪，是指什么？”她下意识地放轻了声音。

“人性卑劣，颠覆你的想象。”南宫渊的声音亦低了下来，听着有些模糊不清。

“师父……”她感到无措，无端地，心跳开始急剧混乱，心底萌生一股悲凉感，凉得鼻酸。

师父的过去，他十五岁之前过着怎样的日子，她曾经问过，可是师父绝口不提。是一段黑暗惨痛的记忆吗？如果是，她宁可不听。她不要师父揭开旧伤疤，再痛一次。

见他正欲张口，她急急截断道：“师父，映夕想起还有重要事待办，先行回宸宫了！”

话未落，她突兀地旋身，疾步而行，仓促得仿佛身后有猛兽追赶。

南宫渊深深地注视她的背影，唇边扬起一抹浓重的苦笑。

上了辇车，路映夕合闭双眸，心中一片混乱。

她在怕什么？为什么不敢听师父的前尘往事？她又怎会不清楚，自己绝不是接受不了师父口中的“不堪”，而是……

她从来都不知，原来感情之事如此玄妙。她竟害怕师父对她推心置腹，竟害怕师父毫无保留地对她交底。

她本应该感到雀跃，因为师父愿意与她分享生命里的一切，无论生之欢，抑或生之悲。可是，她却突然胆怯了。

一路神思恍惚，回到宸宫，路映夕愣坐于镜台前，怔然出神。

半人高的铜镜里，映出一张明艳无匹的容颜，肤赛初雪，眉如远山，目似秋水，唇若点绛。明明那般熟悉，可又似乎有点陌生。那眸光流动处，粲然生辉，但为什么蕴藏丝丝怅然？

变了，她觉得有什么东西已经变了。说不清，道不明。这种感觉，就像千万缕柔软的藤蔓缠绕着心房，有一点点痛，一点点涩。

“映夕？”低沉有力的嗓音，近在身后。

她扭头回望，入眼的是一张棱角分明的俊脸。自然，并非师父。

“皇上。”她站起身，定神微笑，“臣妾已经去过斋宫，向姚贤妃祝寿。”

“嗯。”皇帝平淡一笑，眸深如潭，口中不经意般地问道，“她可好？”

“皇上有心，为何不亲自前往？”她忽然觉得厌恶，厌恶所有不清不明的行事作为。

皇帝既然难忘旧情，何不干脆坚持到底，努力破镜重圆。

“凌儿给你气受了？”皇帝皱起浓眉，疑问道。

“没有。”路映夕淡淡摇头，胸腔里压着一口浊气，憋得她分外难受。

“那么，你有心事？”皇帝锐利的目光扫过她，虽是问句，但语气笃定。她看起来与往常不同，冷静不再，心有烦躁。

“皇上，姚贤妃脸上的刀伤，是什么缘故造成？”路映夕未答，反问道。

皇帝怔了怔，俊朗的眉眼渐黯，眸底浮现积淀多年的阴霾。

他蓦地转身，背对着她，沉声启口：“当年，朕力排众议，坚持纳她为妃。虽非皇后之位，不过那时后宫尚虚，只有十多名秀女，她便也没有激烈抗议。”

路映夕不吭声，安静聆听。可以猜想，当时的姚贤妃，定是心怀憧憬，期盼着皇帝最后会将后冠戴在她头上。只可惜，庙堂压力远远超出一个江湖女子的想象，那时候皇帝所承受的非议弹劾，远非姚贤妃所能理解。

“朕可以做到的仅是悬着后位，但四妃之位，必须充实。那时朕的基业未稳，不能盲目妥协迁让。”皇帝的语声透着疲惫，轻咳一声，恢复淡漠口吻，继续道，“后来林德妃入宫，怀上龙种。宫中众人议论纷纷，都在猜测朕会不会立林德妃为后。凌儿生了恐慌，找朕对质，一定要朕许下诺言，绝不能封后。”

停顿片刻，他缓缓转过身来，道：“尘世浮华如往昔。莫再提。”

“嗯。”路映夕轻轻应声，“尘世浮华如往昔，拈花一笑暂别离。”

似乎每个人都有过往，师父，皇帝，姚贤妃，甚至连范统都可能有不一般的过去。

当年林德妃怀着帝姬，临盆之前受了伤，因此难产而逝。这件事，想必与姚贤妃有关联。是否姚贤妃自责愧疚于心，才自毁容貌，以抵罪孽？实难揣测了，也许有一天皇帝会原原本本地告诉她，不过看来并不是今日。

“据朕所知，皇后自幼熟读兵书，深谙兵法。”皇帝转了话锋，凝眸看她，徐徐道，“而且，对各国地形皆有研究，堪称了如指掌。”

“皇上谬赞，臣妾不过是闲暇时随手翻阅过一些兵书罢了。”路映夕浅淡弯唇，明眸闪亮。他想要她帮他？

“朕想听听皇后的见解。沛关一带，山峰多而险峻，且有茂林百里，敌军易设陷阱，我军若要硬攻，怕是会损兵折将。”皇帝盯牢她，大有考她之意。

路映夕怡然一笑，回道：“素闻我朝镇国大将军司徒拓骁勇善战，臣妾相信司徒将军久经沙场，定能想出应对之策。”

“如此说来，皇后是吝于赐教了。”皇帝长眉斜挑，慵懒地睨着她。

路映夕微微屈身，恭顺道：“赐教一词，臣妾愧不敢当。臣妾从未上过战场，不敢胡乱纸上谈兵。”

“若有机会，皇后可有兴趣亲身前往，一睹烽火？”皇帝也不逼迫，转而闲散问道。

“臣妾身在宫闱，想来是无缘目睹了。”路映夕淡笑答道。其实对于攻破沛关，她心中有计，只是不能与他探讨。他也应该知晓，她乐见皇朝与龙朝两败俱伤。

“那倒未必。”皇帝深望她，眸光炽亮得出奇，“或许未来有一日，你与朕都有机会置身战场。”

路映夕但笑不语。是，确实有这样的可能。不过，到那时，她与他不会是夫妻并肩，而是敌我争斗。

“映夕，在那之前，朕想告诉你一句。”皇帝眸中的光亮变得温存柔和，话语低沉，“现在，你面对朕的时候，若不想笑便可以不笑。朕不会禁锢你悲喜的自由，你也无须敷衍朕。”

“是。”路映夕依然面带笑容，温顺应话。伴君如伴虎，她怎能轻忽放松，随心而喜而怒？

皇帝淡淡摇头，无奈叹道：“你始终不相信朕。即使片刻的信任，都不敢尝试。”

路映夕默然。她不是不敢，是不能。

皇帝亦沉默下来，无言对视。他贵为一国帝王，脚踏万疆，睥睨天下。但是，也有得不到的东西。是否越得不到，便越想得到？

第二十七章
怒气爆发

是夜，晚膳过后，路映夕到前庭的亭台中乘凉观月。

初秋的夜风闷热得有些反常，吹拂在亭畔的碧湖中，竟难见涟漪荡漾。路映夕眺望前方的盏盏宫灯。华丽的琉璃殿檐闪耀点点辉泽，犹如夜空之星。

她转眸往斋宫方向望去，定住目光，久久未移。记得上一次，她拜访姚贤妃，之后姚贤妃便自焚茶室。这一次，会安宁无事吗？

脑中才闪过此念，就见宫婢匆匆跑来，仓皇行礼："皇后娘娘凤安。"

路映夕暗叹一声，问道："何事惊慌？"

宫婢跪在凉亭石阶下，急忙禀道："回娘娘，皇上伤口恶化，请娘娘速回寝宫。"

路映夕一惊，心下十分讶异。不及多问，她即刻举步返回寝宫。

寝房大门紧闭，两名内监脸色焦虑地守在外面。路映夕询问过具体情况后，没有推门进入，静候在外。恐怕不是伤口恶化这般简单，只不知方才发生了什么事，令皇帝震怒牵动了伤处？

大约过了一刻钟，太医步出，向路映夕行礼道："皇上龙体无碍，只是伤口略微迸裂，需要多加休养。"

路映夕蹙了蹙眉，没有追根究底，径自穿门入内。

皇帝倚在软榻上，浓眉紧锁，面色不豫，隐有几分铁青阴鸷。

"皇上？"她走近，轻问，"发生了何事？皇上的伤口复原得不错，怎会无故迸裂？"

皇帝抬目，冷冷扫了她一眼，抿着薄唇未答话。

路映夕不由生疑，难道事情与她有关？视线掠过他缠着纱布的右掌，估计先前他听到下属禀告什么消息，怒极拍桌，而震裂了伤口。

她试探地温声再道："之前那一剑虽未伤及心脉，可终究有损经络。皇上，忧怒皆能伤身，宽心才能康愈得快。"

皇帝目光冰寒逼人，森然回道："宽心？朕如何能宽心！皇后与南宫渊有瓜葛，朕可不理，岂料南宫渊胆大包天，得寸进尺。你说，朕何以宽心？"

"臣妾不明白，皇上何出此言。"路映夕凛了心神。皇帝查到了什么？还是师父做了什么？

皇帝连连冷哼，支起身，靠坐着睨向她，神情阴沉骇人。

“皇后，你可别告诉朕，你全不知情？”他的眼光似锐刀，直刺向她，“早前你心神不宁，情绪低迷，不正是为了南宫渊而黯然神伤？”

路映夕微愕，本能地出口反击：“皇上这是穿凿附会，臣妾的情绪，又岂会轻易被他人影响？怕是皇上的情绪才最易被某个女子影响。”

话一出口，她自己先错愕。皇帝被谁影响，与她何干？她有何必要如此愤然？不，她一定是愤怒他侮辱师父，才激动冲口。

皇帝勾唇冷笑，衣襟敞开的胸膛裹着纱布，渗出猩红鲜血，看着更觉寒气森森。

“朕今日就看看，你会不会受你那好师父的影响。”他的语气阴冷，眼底有两簇冰火隐隐跳跃。

“臣妾失言，还望皇上恕罪。”路映夕缓了口气，盈盈为礼，“不知师父到底做了何事，惹得皇上龙颜大怒？”

皇帝唇角弯出一道凌厉弧度，突地扬声大喝：“传朕旨意，遣禁卫军押南宫渊入天牢，待朕亲自审问。”

寝房外很快就响起恭敬的回应声：“是，皇上，奴才这就去宣旨。”

路映夕心中大急，按捺着不露忧色，软言问道：“敢问皇上，师父犯下什么罪，要关入天牢？”如果是与姚贤妃有关，那便是家丑，谅皇帝也不愿外扬。不过依皇帝的性格，就算不至于私下处死师父，也不会手软于种种酷刑。

思及此，她心头忧虑更重，凝目望向皇帝，却见他横眉冷对，眉宇间浮动戾色。

她心惊，双手忍耐地攥起。看来这次的事非同小可，师父有难了。

“南宫渊夜闯斋宫，鬼祟潜入姚贤妃的寝居，图谋不轨，居心叵测，论罪当诛。”皇帝冷声说道，再又冷冷添了一句，“皇后若想为他求情，朕劝你大可不必浪费口舌。”

“皇上，或许别有内情。”路映夕神色镇定，平缓道，“也许应该宣姚贤妃前来，问一问详情。”

皇帝眼神陡暗，再次扬声道：“宣姚贤妃觐见。”

不多时，姚贤妃姗姗而来，一袭素白宫裙衬得她飘然而冷漠。

“臣妾参见皇上，皇后。”她入了内，便跪地行大礼，恭敬低眸，却面无表情。

皇帝倚着舆榻，脸色阴晴不定，并不吭声，也不示意她起身。

路映夕心中长叹一声，直接说道：“姚贤妃，听说今夜斋宫出了点事，详细情况如何，还请仔细道来。”

姚贤妃抬目看她，一双美丽的丹凤眼中闪着冷淡光芒，语气无温地回道：“回皇后的话，半个时辰前，南宫神医前来斋宫，求见臣妾。臣妾一贯不喜见人，便让宫婢打发南宫神医离开。南宫神医甚为坚持，硬闯了进来，言道，他可医治臣妾脸上的刀疤。”

路映夕听着暗蹙眉头。这口径不对，皇帝说师父悄然潜入，而姚贤妃的话反倒是维护师父了。

“是吗？”皇帝不紧不慢地吐出两个字，目光幽冷。

“是。”姚贤妃答得十分坚决，“虽然有句话叫做医者父母心，但南宫神医不顾礼数，无视宫规，理应惩戒。何况，臣妾根本不想治什么残伤。”

皇帝的眼神又沉冷了一分，像是怒气囤积于心，无处可发，右手猛地握紧，指节发出咔咔异响。

路映夕侧眸看向皇帝，菱唇微张，终是忍住。姚贤妃已经在为师父开脱，把重罪转成失礼的轻罪，如果她再开口求情，无疑是火上浇油。

“廷杖五十，囚牢三日。皇后，贤妃，你们认为朕这样处罚，可得当？”皇帝冷飕飕的目光扫过下跪的姚贤妃，然后移到路映夕的身上。

“皇上英明。”两个女子异口同声应道。

皇帝低声冷笑，唇角噙着一抹讥诮：“皇后与贤妃默契极好，叫朕看着欣慰不已。”

姚贤妃面不改色，淡淡道：“如果皇上没有其他吩咐，臣妾就退下了。”

皇帝扬袖一挥，语声透寒：“自行去吧，好自为之。”

姚贤妃提裙起身，向路映夕行了一礼，默不吭声地离去。

路映夕心里有诸多疑惑，可惜无人能替她解答。而眼下，师父免不了要受一顿皮肉之苦。她不担心这一点，因为师父已经自己恢复了内力。现在她只担心皇帝尚不解气，会拿她开刀。

“路映夕！”突如其来的一声暴喝，惊回了她飘散的思绪。

“皇上？”她心尖震动，低头唤道。

“你给朕说个明白。”皇帝腾地站起，颀长身躯挟着凛冽戾气逼近她。

“皇上要臣妾说什么？”路映夕步步后退，不知为何心中突突急跳。他独有的刚烈气息笼罩着她，极为凌厉而炙热。

“南宫渊到底意欲为何？你别说你不知道。以你和南宫渊的关系，他的事情你又怎么会不知。”皇帝步步紧迫，挺拔身形压低下来，阴鸷双眸牢牢盯住她。

路映夕止住脚步，后背已经抵在桌几边沿，硌得腰骨生疼。

“臣妾没有通天的本领，怎会知晓所有的事？”她摇头，明眸中一片清澈坦荡。

皇帝倏地揪住她顺散胸前的长发，狠狠拨开，手掌绕上她微凉的后颈。

他的力道强悍，掌心炽热得烫人，贴熨在她的颈脖，令她如被针刺般的隐痛。

"皇上。"她勉力定下心神，望入他满是锐芒的眼底，缓声说道，"臣妾愚昧，不知皇上究竟在气什么。是与姚贤妃有关？还是与臣妾有关？"

"你与她，皆是朕的女人。"皇帝只此一言，隐怒之中包含无限深意。

路映夕忽然弯唇，漾开清美笑容，眼眸晶亮。

"笑什么？"皇帝眯起眸子，闪动一线细细寒光。

"其实皇上并不是在乎哪个女子，只是在乎自己的面子。"路映夕大胆地道，"皇上怀疑臣妾与人有染，故而生怒，可是臣妾从来不认为皇上是因为爱着臣妾，才气愤难平。如今皇上又怀疑姚贤妃，之前皇上不是默认不再爱她了吗？既然如此，还有什么可介意？"

皇帝的手隐隐发抖，不是被戳中内心秘辛而惊惶，而是暴怒将起，狂风将掠。

路映夕却不退缩，口下依然不留情："皇上有没有想过，一切都可能是皇上疑心生暗鬼？这些子虚乌有的事，不过是皇上凭空想象。皇上总说臣妾不信任皇上，但皇上自己又何尝曾真正信赖过他人？就连曾经被皇上爱过的女子，都得不到皇上最基本的信任。"

皇帝的俊脸已紧绷至极，额角冒起的青筋不停抽跳，眸中火光熊熊，怒气汹涌。

路映夕强忍着一丝惊惧，仰起尖巧下巴，倔强再道："臣妾不知道师父为何执意要为姚贤妃治伤疤，可是臣妾知道师父的为人，他绝不会离经叛道，做出有违伦理之事。"

皇帝忍耐到了极限，突然爆发出一声低吼，像是受伤的野兽亟欲反击。

"路映夕，你给朕闭嘴！朕是什么样的人，你有什么资格置喙！南宫渊不会做出离经叛道之事？他与你之间的暧昧纠葛，你当朕一无所知？你手臂上没有守宫砂，你自己难道不清楚？你的贞洁献给了谁，朕一直没有追究，现在你还有脸教训起朕来。你当真是不想活了！你当真以为朕没了你不行？"皇帝一连串的咆哮冲口而出，胸膛起伏不定，怒火染红了他的眼，犹如嗜血罗刹般骇人。

他的手掌扼在她纤细的脖间，一点点收紧，情绪已然不受控制。他比谁都清楚，他不是介意凌儿与南宫渊之间的瓜葛，今夜的事不过是导火线，撩起他埋藏心底的一根弦。他这不贞的皇后，是他不能对人言的天大耻辱。而他竟还对她动了心，摇摆了理智。

路映夕被他猛然掐住咽喉，一口气提不上来，白皙面颊骤然涨红。

"皇……皇上……"她没有反抗，只是困难地吐出几个字，断续沙哑，"臣妾……没……是……完璧……"

皇帝的手劲一滞，可也只是瞬间的停顿，复又加重力道，五指钳紧，薄唇中迸出怒语："现在再巧言令色已经晚了，朕今日就亲手要了你的命！朕就看看没有邬国的助力，朕是否夺不了这天下。"

路映夕顿觉暴戾杀气萦绕于周身，她胸腔内的空气被挤迫得半点不剩，若再不还手，必定窒息而死。

人在危急时刻，就只余下求生的本能。她负在背后的左手轻轻一旋，运起强大真气，冷不防一掌击上皇帝的左胸。

皇帝踉跄两步，不敢置信地盯着她，薄唇边慢慢溢出一道血丝。

他的左胸口原本就带伤，受了路映夕这一击，伤上加伤，面色变得惨白，冷汗遍体。

路映夕猛咳了几声，缓缓走近他，哑着嗓子道："皇上，为何不听臣妾把话说完？"

皇帝冷然地勾唇，嘴角染血，没有去擦，目光似万年玄冰，冻结了所有情绪。连他自己都已经分不清楚，此刻是惊怒多一些，还是愤恨多一些。自他登基以来，一向都是锋芒敛于内，从未曾如此失态失控。只有眼前这个刚在鬼门关转了一圈却依旧镇定自若的女子，能激得他忘却掩饰，将内心长久积压的纠结郁悒全部爆发出来。

路映夕喉咙疼痛非常，又咳了咳，才再出声道："皇上，臣妾是完璧之身。至今都是。"

这两句话，她说得无波不起，但仿佛一声惊雷乍响，撼动了满室冻僵的沉滞气氛。

皇帝苍白的俊脸上似有一层面具龟裂，巨怒与冷酷一寸寸地剥落，暴露出真实的内里。他的嘴唇动了一下，眸光闪耀惊喜之色，可下一瞬又被错杂的暗光遮盖。她的话可信吗？他居然害怕去验证。他慕容宸睿何时成了这般懦弱之人？不过是一个女人罢了，他岂可放任自己被女人左右心情。

"皇上？"路映夕微微皱眉，他的脸色怪异，青白交加，时而还泛起绯红，到底是在寻思什么？

皇帝没有答话，死死瞪着她，突然身躯一斜，软绵躺倒在旁边的舆榻上。

路映夕趋前一看，惊了一惊。她方才只用两成功力，可还是损伤了他的内息。

皇帝双目紧闭，逐渐陷入黑暗混沌的世界。神智迷蒙钝重，他的心尖却还缠绕着矛盾难解的问题。他该不该，可不可以，往前踏一步，靠近心之所向？前方，会不会是万丈悬崖？一旦他大无畏地奔去，是不是就会跌得粉身碎骨？

路映夕拧眉看着他。他的胸前整片猩红，与他发白的唇色相比，愈显刺目。此时不宜宣召太医，因为这是她下的手。

幽幽一叹，她伸手抚上他宽厚的胸膛，解开他的衣襟。看来，只能由她自己出手救他了。

明黄帝袍褪去一角，露出他结实的肩肌和层层缠裹的纱布。那纱布从他肩胛斜绕到腰侧，她要拆下渗血的纱布，只能继续扯开他的衣袍。

毫无赘肉的健硕身躯，肌理分明，完美如刀斧雕琢，赫然入目。路映夕不由羞窘，暗暗咬牙，半合起眼。正要探手去拆纱布，忽听一声含糊呻吟，使她的手僵在了半空。

"映夕……朕不能……"

她凝眸，紧紧注视着他微动的嘴唇。他想说什么？不能什么？

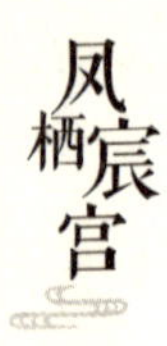

“朕很想……可是不能……”

低低的呓语，似发梦般地吐露。零碎的只字片语，不足以窥探他内心的全部挣扎。

她怔望着他，左手犹停滞在半空，忘记了放下。他是否想说，不能爱？

突然间，她心生恼恨，为何他连在梦中都这么理智？把自己保护得如此严实，他不辛苦吗？

她的手终于落下，指尖抚上他苍白的脸，轻声低唤：“慕容宸睿……”她能感受到他的痛苦，却也因此发觉了自己的痛苦。“不能”二字，是他的心声，亦是她的心语。即使抛开两人注定对立的身份，她也不能对他生情。因为她早已有了师父，她早把感情寄托在师父身上。一心如何能二用？一个女子怎能爱上两个男子？

她惊然缩回手，犹如被烙铁烫到。什么爱？她绝不可能爱上慕容宸睿，她喜欢的只有师父一人。心乱如麻，她草草地扯开他胸前的纱布，动作泄愤般的粗鲁。

“唔……”皇帝发出不适的闷哼，大概是被她碰痛了伤口。

“痛？活该！”路映夕对着昏迷不醒的他自言自语，语气凶恶，“让你动不动就想掐死我！现在就是你的报应！”

她也不知在和谁赌气，胡乱地拆完纱布，找来一瓶金创药全部撒在他的伤口上。

皇帝原本微张着口，淡褐色的药粉当空撒下，有一部分飘入了他口中，使他受呛，剧烈地猛咳起来。

路映夕站在一旁，居高临下地睥睨着，只觉心头无比舒畅。他平日不可一世，无人敢忤逆他，但此刻还不是乖乖任她折腾。

这样想着，她不禁笑起来。笑了许久，无端端笑出了眼泪，一股涩涩的酸痛感爬过心底，似乎留下了深浅不一的痕迹，磨灭不去。她从不是爱记恨的小气女子，为什么会对着昏迷的他使小性子？这种举动，就好像她与他关系亲昵，可以向他撒娇耍赖。

眼中升起水雾，她忍着没让泪珠滚落，清美的面容慢慢浮现坚毅之色。儿女情长，英雄气短。她不可如此，而他更不会如此。

“皇上。”她清了清嗓子，俯身轻拍他的面颊。

皇帝没有反应，只有浓眉下意识地皱了皱。

她伸手去探他的脉搏，略显紊乱，有些气虚。她快速地用干净纱布替他重新裹好伤处，然后运起一掌，贴在他的胸口。源源不断的纯净真气灌入他体内，他的气色一分分好转，红润了些许。

约莫一盏茶的时间过去，她收回手，闭目自行调息，饱满洁白的额上覆着一层薄汗。

“映夕。”轻不可闻的唤声，羽毛一般轻柔拂过她的耳畔。

她坐在榻沿，睁眸看去，皇帝已然清醒，深眸中并无混沌迷茫，异常的清亮明朗。

“皇上，臣妾先前斗胆冒犯，实是情非得已，还望皇上大人有大量，海涵恕罪。”她不卑不亢说道，神色淡然。

皇帝微微颔首，唇角扬起一抹温和笑容，忽道：“映夕，方才你是否唤了朕的名字？”

“嗯？”路映夕一愣，掩饰回道，“皇上是否做了梦？臣妾刚才一直在为皇上换药疗伤，不曾与人说过话。”

“大概是梦吧，朦朦胧胧中听到一道温柔的嗓音在唤朕的名讳。”皇帝淡淡笑了笑，心情似乎十分平静。先前的暴怒，仿若一场雷阵雨，猛烈地席卷而过，继而放晴。

路映夕垂眸不语。温柔？她是用温柔的口吻叫他吗？她自己都不知道。不过也无须知道，这些都不重要。

“朕从未像现在这样期待，期待天下大定的那一日。”皇帝的声音低沉，眸光却极亮。多年来，他的理想就是一统天下，结四方百姓为一家。不可否认，他身体里流动着狂肆霸道的血液，然却不仅仅是出于好勇好斗的私心。战争，是为了长远的和平。

而这一刻，他又多了一个念想。只有当他完成了宏图霸业，四海的万民皆臣服于他，他才能够完全掌握自己的人生。他不只要这天下，他还要面前这个女人。要她心甘情愿地成为他的妻，与他携手并肩，并且为他感到自豪荣耀。

“臣妾也期待着。”路映夕笑容轻浅，明眸宛若初雪清冷。她的自由，便在天下大定之后。无论她是输是赢，是生是死，唯有到了那一日，她才算是卸下重任，才可得到身与心的彻底解脱。

“映夕，替朕去一趟天牢。”皇帝语气一沉，命令道，“朕要知道南宫渊与凌儿的关系。朕相信你不会令朕失望。”

“皇上相信臣妾？”路映夕定睛看他。总觉得他好像变得有些不一样，但又说不上哪里不同。他的转变，是因为她解释了自己的清白吗？

“朕能够给予的信任，有底线。你应该明白底线是什么。”皇帝目光深远，出奇的宁和。既然挣扎太痛苦，他就给自己划下一道界限。在自我允许的范围内，他会给她最真诚的对待。

路映夕点了点头，温顺回道：“臣妾明白。臣妾这就去。”

“等等。”皇上出声止住她欲行的脚步。

“皇上还有什么吩咐？”她回眸望他。

“过来。”皇帝眉眼微弯，煞是迷人。

她靠近，稍稍倾身。他抬起一手，以袖擦拭她额上的汗迹，手势轻缓而宠溺。

她愣了愣，回神道：“多谢皇上。”语毕，她快步走出寝房，头也不回。

出了寝门，她停步，长舒一口气。他又开始用柔情攻势了，她觉得难以招架。

第二十八章
煮酒谈判

已是亥时，夜色深深，秋风吹在身上有些寒意。路映夕顺畅无阻地来到天牢。说起来这已经是第二次了，师父到皇朝之后，屡遭牢狱之灾。

走近铁柱牢笼，她举目相望，顿时惊骇一震。

“师父！”她急喊道，心中翻涌汹汹怒火，愤怒得直想一掌劈开这坚固铁牢。

“映夕。”南宫渊的嗓音平稳如昔，听不出丝毫痛楚。

“师父，是谁擅自对你用刑？”路映夕扭头看向身后的那名狱吏，满目厉色。

狱吏吓得瑟缩，嗫嚅回道：“皇后娘娘，是，是……”吞吐半天，却不敢如实禀告。

“说！”路映夕动了肝火，怒喝一声。

“是，是沈大人……”狱吏又颤了一下，弓身垂首，诚惶诚恐。

“沈奕？立刻给本宫宣他到此！还有，马上打开这铁牢。”路映夕一手拍在铁柱上，砰然作响。

“小人没有牢笼钥匙……小人这就去找沈大人！”那狱吏惊得面无人色，仓皇往外跑去。

路映夕完好的左手红肿了一片，阵阵疼痛。可是，再痛，也不及她的心痛，沈奕居然如此狠毒。

南宫渊靠坐着牢柱，脸白如纸，但神情温雅煦暖，与往常无异。

“映夕，不要激动。我没有大碍。”他勉强扬唇，扬起一道安抚的笑弧，却不知看在路映夕眼里，更加揪心地疼。

“师父，你别坐在那里，快过来。”她眼中泛起泪光，喉头发紧，哽咽道，“是不是那该死的沈奕点了你的穴？师父，你为什么不反抗？为什么要任人凌虐？”

越说，声音越不清晰。眼泪夺眶而出，模糊了她的视线。

师父置身在高积的盐堆里……那雪白的盐山淹没了他整个身子，只有头颅在外，看上去犹如一个诡异的雪人。

不需要费神猜测，她都知道，师父先前定已受了杖责。区区五十廷杖，对师父来说算不了什么，可是，盐撒伤口是怎样刺骨的痛？何况，是周身全浸在盐堆里，每一道绽裂的伤口都被盐粒侵蚀，这是何等残酷的虐待！

"师父！"她使力摇晃铁柱，只听哐当声响，铁笼仍然牢固。

南宫渊低声叹息，奇特地，似乎隐含着一丝欣慰。

"映夕，用掌风。"他出言提醒。所谓关心则乱，能看见她真情流露，这苦也算没白受。

他的话如醍醐灌顶，路映夕目露惊喜，连扫数掌，以巧劲的掌风卷移盐堆。

盐山虽不再，但那些粘在南宫渊身上的颗颗盐粒却扫之不尽。杖责的伤，在他后背，路映夕看不到，可是能想象得到。

"师父，是否很痛？"明知是赘言，她还是忍不住问。

"痛。"南宫渊没有撒谎隐瞒，诚实答道。他并没有详述，这种痛，渗入血液深入骨肉，比刀割更难忍，无限蔓延开来，似无止境。如果不是他体内尚有一丝真气游动抵抗，早已痛至晕厥。

路映夕心头怒火再度燃起，眼中泪水消失，转为腾腾火光。沈奕竟敢对师父施加毒手，用这般惨无人道的酷刑，他是嫌命太长！

"微臣参见皇后。"一道恭谦的声音响起，伴随着铁铸钥匙摇荡的碰撞声。

"沈奕，你好大的胆子！"路映夕倏然转身，沈奕立刻恭敬地双手奉上牢笼锁匙。

狠剜他一眼，她一把夺过钥匙，迅速打开铁牢，奔向南宫渊。

"师父，我帮你解穴。"她边道，边伸手点了两下。

南宫渊穴道得解，摇摇晃晃地扶着铁柱站起，面如白纸，唇色近乎透明。

此时近看，路映夕才发现南宫渊满脸冷汗，湿透发鬓。他漆黑如墨玉的眼眸失了光亮，奄奄颓然。

"师父，映夕先扶你回太医署。一定要用草药水浸泡全身，洗尽盐渍。"她顾不得对沈奕发难，搀住南宫渊的手臂，扶他往牢外走。

沈奕没有出言，缄默地看着他们离去，俊秀的脸庞浮现一丝幽然苦涩。他不想与她为敌，更不愿她憎恨他，可他身不由己。

路映夕携着南宫渊回太医署，一路疾速飞掠，全然不管会否惊动皇宫内的巡逻侍卫。她已铁了心，纵使皇帝要问她的罪，她也在所不惜。

直至署内的药堂，她才略松了口气，脑中思绪不断翻腾。就凭沈奕一介下臣，如何敢做出违逆圣旨的事？背后必定有人撑腰！是谁这样阴狠，要这样生生地折磨师父？姚贤妃？可姚贤妃不是为师父开脱罪名吗？到底其中有何秘密？

在堂中等了两刻钟，南宫渊净身过后，脚步虚软地撑着壁沿走来。

幽静的药堂里，没有闲杂人等，路映夕早就命当值内监在外候着，不准任何人靠近。

"师父，还好吗？"她上前扶南宫渊在椅中坐下，担忧询问。

"一点小伤罢了。"南宫渊轻描淡写地回道，声音浅弱，气息已不太稳。

“师父还是先歇息吧，映夕明日再来。”见他虚弱的模样，她心头发酸，不忍在此刻再追问什么。

“不，皇上下旨要囚我三日，我要回天牢。”南宫渊的目光有点飘忽，迷蒙微闭，耐不住快要昏厥过去。他强撑了这么久，就是不想看到她太过担忧，可他已经几乎撑不下去了。

“师父！”路映夕不由恼怒，“都到了这境地，师父还要坚持什么？为何要任人鱼肉？”

南宫渊悄悄掐住自己手背上的肉，保持几分清醒，温和回道：“映夕，不要追究。这是师父要承受的劫数，与人无尤。”

“劫数？又是劫数？”路映夕抑郁地苦笑。她不懂，也不想相信什么劫数，她只要师父平安无恙。

“快送我回天牢。映夕，你私自带我出来，如果皇上降罪下来，你会有麻烦的。”南宫渊低垂眼帘，掩住眸中痛楚之色。这是他欠姚凌的，他必须还给她。他不想牵连映夕。

“师父，”路映夕低喊，胸口憋闷得几欲炸开，“师父，今夜我就送你离开。不论你心里藏着什么秘密，我都不管，我只知道，你再留在宫中，只会一次次受苦。”

南宫渊摇头，俊逸面容哀伤惨淡。他已经牺牲了这么多，怎么能在这时半途而废？天下将乱，她终有一日会进退维谷，他要替她披荆斩棘，铺好一条康庄大道。

“师父，你拒绝也没有用，我现在就要送你走。”路映夕望他一眼，陡然出手，猝不及防地点了他胸前大穴。

“皇后娘娘要送南宫神医去哪里？私放人犯，乃是大罪。”药堂门口，忽响一道冷冷的嗓音。

路映夕转头，心中冲动的燥火瞬间被浇熄。她轻轻地眯起清眸，沉下面容。

尾随在姚凌后面的小太监不安地搓着手，垂头嗫嚅道：“皇后恕罪，奴才已经劝阻贤妃娘娘，但是，但是……”

路映夕面色漠然，挥了挥手，示意他退下。

那小太监逃命似的急忙退避。两宫娘娘即将大战，他一个卑微奴才可不要成了被殃及的池鱼。

“姚贤妃，深夜不眠，倒是好兴致。”路映夕曼声启口，不动声色。

“如果不是臣妾及时赶来，只怕皇后娘娘已经犯下弥天大罪。”姚贤妃神色冷凝，凤目中一片深沉。

“如此说来，姚贤妃是有心帮本宫了？”路映夕淡淡一笑，随口问道。

“皇上金口已开，要囚南宫神医三日。皇后不是想抗旨犯上吧？”姚贤妃扫了动弹不得的南宫渊一眼，眸中闪过隐晦的波动。

“本宫自然不敢如此大逆不道，有人却胆大包天，擅改皇上旨意，加用酷刑。”路映夕脸色一冷，语气转为肃杀。

“何人这般斗胆？”姚贤妃波澜不惊，淡声再道，“不过臣妾现在却是亲眼看见，皇后私放南宫神医出天牢，而且想要带人离宫。单是这一点，皇后恐怕就难以向皇上交代了吧！”

“姚贤妃这是在威胁本宫？”路映夕扬眉，听此话意，姚贤妃似乎另有所求？

“臣妾不敢，只请皇后让南宫神医速回天牢，以平事端。”姚贤妃面无表情，又补一句，“有些事，不宜追究，臣妾自是不会多嘴。”

“姚贤妃的意思是让本宫也不要追究？”路映夕扬唇冷笑。原来，是这样。

姚贤妃颔首，抿唇不语，眸光似刃，再次掠过南宫渊。

“但，如果有下一次，又当如何？”路映夕盯牢她，要她许一个承诺。事情已很明显，姚贤妃不是想置师父于死地，而是要活生生地蹂躏虐待，以解不明的怨气。

“往后的事，谁能预知？”姚贤妃并未软化，脸上那道长长的刀疤此刻看起来异常阴森。

路映夕呵呵轻笑，明眸清亮，缓缓道：“姚贤妃，今日的事，就算闹到皇上面前，也未必只有本宫一人理亏。”

姚贤妃嘴角绷紧，凤眸中迸出缕缕寒光，略作妥协道：“好，就依皇后所言。”话中深意，已然明朗。

“来人，送南宫神医回天牢。”路映夕扬声一喝，甚是果决。师父受的苦，只能以后再讨回来。如果现在真要找皇帝做主，只怕皇帝会偏袒姚贤妃，大事化小，小事化无。

她转身解开南宫渊的穴道，轻声道：“师父万万要保重。请不要让映夕一再担心。”

南宫渊低叹：“映夕，师父连累你了。”

路映夕轻轻摇头，语意坚定：“映夕知道师父有苦衷，只希望师父能为自己多着想。有些事，不应由天，而应由人。”

南宫渊没有接话，堂外那小太监缩头缩脑地进来，躬身恭敬道：“南宫神医，请。”

待到两人离去，药堂里只剩下二女子伫立对视。

“姚贤妃，师父与你有何仇怨？你几次三番与师父过不去，当真觉得师父软弱好欺？”路映夕索性把话说开，不再顾忌。

“南宫渊，是臣妾的同胞兄弟。”姚贤妃突然蹦出一句话来。

“你是师父的亲妹妹？”路映夕不禁讶然。

“是。”姚贤妃目光沉沉，蕴着寒意，“所以，这是臣妾的家事，望皇后不要插手。”

说完，她便躬了躬身，冷淡地离开，瘦削的背影隐隐透着一股孤凉。

路映夕揣着诧异的心情回了宸宫。

皇帝尚未就寝，半躺半靠在龙床上，闭目养神。

“皇上。”她走近，温声道，“臣妾问过姚贤妃，姚贤妃说，她与师父是同胞兄妹。”

皇帝没有太惊讶，像是并不在乎，懒洋洋地睁眸看她：“皇后去了斋宫？”

路映夕低眸不语。看来皇帝已经收到消息，洞察一切。

“映夕。”皇帝忽然柔了嗓音，叹息般地劝道，“每个人都有自己的难处，也有各自的做法，你实在无须事事上心，累坏自己。”

“臣妾明白。”她乖顺应声。她也不想这样劳心，但是事情与师父有关，她看不得师父受苦。

“你如此放不下，可有想过朕的感受？”皇帝幽深的瞳眸浮起幽光，似含深沉的无奈。

路映夕抬眸望他，轻答道：“一日为师，终生为师。臣妾不是忘恩负义之人，尽的只是本分，报的只是师恩。”

“但愿你口亦对心。”皇帝淡淡瞥她一眼，不予置评，顾自躺下。

“臣妾去沐浴梳洗。”她屈身一礼，退了出去。

皇帝合目长叹，心中思绪纷杂。他想要尽量对她好，可她却在撼摇着他的念头。一个心在别的男人身上的女子，如何值得他真诚以待？

三日平静而过，南宫渊被释放。路映夕并未因此而感到安心，暗自琢磨着如何让皇帝同意放师父出宫。

秋日的午后，阳光融融，穿透过尚绿的树叶，斑驳地洒落地面。

路映夕在湖畔的水榭里煮茶弹琴，等候皇帝议政完毕后前来。

筝弦被拨动，泠泠的乐声响起，宛若珠玉落盘，又如花底莺语，极为动听。

彼岸，御辇缓缓停下，皇帝驻足，狭眸中闪过一抹惊艳。到底，她还有多少绝世才华？奇门遁甲，医道兵法，琴棋书画，竟样样皆精！

那水榭之上，竹帘高卷，灿阳斜照在路映夕身上，染起一层薄薄的金光，仿佛高贵神祇落了凡尘，犹带仙气。

皇帝轻眯眸子，隔岸欣赏。

晴朗的阳光衬亮她欺霜赛雪的玉容，明艳灿目，动人心魄。悠扬的琴声划空飘来，洒脱飞扬，没有一丝自怜矫揉，只有无尽的清逸不拘。

皇帝轻点脚尖，一纵身，飞掠向水榭，稳稳落地。

曲至尾声，琴音渐消，犹有余音绕耳，久久不散。

“皇上。”路映夕从琴座后站起，绽开唇一笑，“剑伤未愈，皇上也不悠着点。”

“皇后今日好雅兴。”皇帝长眉斜挑，笑得戏谑而又温柔。

“臣妾见天气晴好，便想出来晒晒太阳。”路映夕笑着走向茶桌，边道，“皇上，喝乌龙茶可好？”

“想让朕见识一下你泡茶的本事？”皇帝笑，趋近落座。

路映夕笑而不语。旁侧炉上的水已沸，她利落地过水洗茶具。

过了须臾，她递上紫砂茶杯，道：“皇上请用。”

皇帝接过，俊脸带笑，眉目温情。杯中茶水，色泽青褐光润，清香四溢。

“上等好茶。”皇帝啜了一口，赞道。

“皇上不怕臣妾在茶里下毒？”路映夕笑吟吟地道，明眸中不掩炽亮光芒。

“若是这样，朕可谓是败在美人计之下，也算风流潇洒。”皇帝不以为意地笑道。

“臣妾是真的下了毒。”路映夕笑靥甜美，如花盛开。

“哦？莫不是情毒？”皇帝朗声大笑，“朕早已拜倒在皇后的石榴裙下，何须再多此一举。”

路映夕凝眸，一点点敛去了笑意，语声清寒：“臣妾想求皇上一件事。”

“何事？”皇帝悠然自得，不疾不徐问道。

“帝姬所中之毒，已祛了大半。余下的毒素，臣妾有把握彻底清除。”路映夕注视着他，留意他脸上的表情。

皇帝未置可否，笑望她，等她继续说下去。

“师父本非宫中人，无端惹起纷乱，臣妾看着甚是烦心。”她蹙了蹙眉，坦言道，“恳请皇上让师父离宫，无谓徒惹纷争。姚贤妃与师父之间的纠葛，臣妾不想理会，更不想看到宫中因而乌烟瘴气。”

皇帝唇角轻扬，优雅散漫，并不表态，问道：“皇后方才说，对朕下了毒，可介意告诉朕，是什么样的毒？”

话语无比客气，锋锐暗藏。

“皇上的那杯茶里，并没有毒。是臣妾这一杯有毒。”她端起茶杯，轻晃了一下，逐渐有股猩涩之味漫溢开来。

“皇后以自己的性命来要挟朕？”皇帝眼神一沉，冷光骤现。

路映夕轻缓摇头，菱唇微弯，回道：“臣妾怎会不惜命？这杯中的毒，不会伤了臣妾。可若行闺房事，毒性就会发作，转渡到男子体内。”

皇帝冷冷勾唇，深眸中已迸出怒光。掌中小小的茶杯被他狠力捏紧，几近崩裂。这该死的女人。他才刚对她软了一分心，她就得寸进尺。难道非要逼得他冷心无情，她才高兴？

“臣妾黔驴技穷，无可奈何，才出此下策。皇上莫怒，臣妾今生今世只属于皇上一人，无论在什么情况下，都绝不会另嫁他人。这是臣妾对皇上的许诺，亦是誓言。如若臣妾悔誓，就让上苍惩罚臣妾生不如死，不得善终。”路映夕举杯对天，字字恳切。

皇帝并未动容，冷笑道：“这可叫做威逼利诱？只可惜这诱惑不够大，无法令朕动心。”他确实从未打算放过南宫渊，总有一天要赶尽杀绝，免留后患。南宫渊身份特殊，出自玄门，深谙兵法，虽然锋芒不露，但他心中十分清楚，此人是将相之才，终将成为他的敌人。

“再加五万邬国骑兵，可足够？”路映夕语速缓慢，目光紧锁着他。她看得出来，他动了杀机。或者应该说，他迟早都会杀了师父。原本她想要等，等一个不伤和气的机会。可是眼下形势，前有狼后有虎，她再也不可以等了，否则师父即使不死，也会身残。

“你以为南宫渊离开了皇宫，就可保万全？”皇帝眼光似锐芒，在她清艳的脸上移动。

“臣妾相信皇上为人磊落，不会暗施毒手。”路映夕定定回视他，已听出他话里松动之意。邬国与皇朝结盟，派兵十万相助，现在她又添了五万，于慕容宸睿而言，只有利而无弊。反过来想，对她来说，也未尝没有益处。这五万骑兵，是新兵，缺乏实战历练，让他们出战，算是一次练兵。

“如果这次朕想要做小人，你又有何计策？”皇帝捺下心头愠怒，冷声问道。他从未见过这样的女子，如此大胆，却又如此机智。她谈判的能力，简直胜过老练朝臣。可她做的这一切，全是为了保护一个男人。他敢肯定，如果南宫渊有难，她甚至愿意以命抵命。

“皇上英明睿智，必定不会做徒劳无功的事。”路映夕微微一笑，自信傲然，“师父并非无牙老虎，只是忍而不发罢了。臣妾亦非有勇无谋之辈，既走了第一步，又怎会不妥善安排后路。”

“朕今日是第一次听你弹琴，悦耳如天籁。”皇帝忽然冒出一句不着边际的话。

“嗯。”路映夕点了点头，等他的后话。

“但是，朕不想听见第二次。”皇帝的声音极冷，犹如寒冰冻结。

“是。”路映夕应声，心底轻微颤动了一下。

“你和朕谈的这个交易，朕允了。不过，你最好牢牢记住，你今日说过的每一句话。”皇帝冷扫她一眼，搁下手中茶杯，拂袖起身，出了水榭，踏上小舟，径自划回岸。

路映夕端坐不动，低眸盯着桌上那只精巧的紫砂杯。杯未碎，却裂开一条缝隙，蜿蜒环绕着整个杯身，就如同她与皇帝之间出现的一道沟壑，虽然肉眼看不见，但已然造成。

“不会后悔。”她低声自语。只要曦卫护送师父回了邬国，就有追魄堂的人暗中保护，再无危险。而她以后不会再束手束脚，能够全心应对时局变化，不受掣肘。

可是，为什么心中会有一些惆怅和感伤？她不是无知无觉，她能感受到，近日慕容宸睿对她渐生几许柔情，今日她亲手将他推远了。

第二十九章
暗流涌动

凤栖宫还在修葺，路映夕早前留了一手，没有把晴沁带来宸宫。于是，便由晴沁给曦卫带去消息，护送南宫渊回邬国。事情似乎十分顺当，没有人半途杀出来阻止南宫渊离开。路映夕心中仍有不安，皇帝说的对，离宫未必等于万全。

“皇后还不能安枕？”低沉的嗓音近在身畔，带着毫不掩饰的讥嘲。

路映夕静躺半夜，无法入眠，突听他的声音入耳，着实一震。

“皇上也无困意吗？”她没有假装已寐，轻声应道。

“朕的皇后怀揣心事，辗转难眠，朕又怎能独自好眠？”皇帝轻笑，声音凉薄得听不出一丝欢意。

“皇上，沛关攻下了吗？”路映夕刻意转开了话题。这两日，他总是阴晴不定，再无前几日的隐约温柔。

“朕已下令延迟进攻，等待你邬国的那五万援兵。”黑暗中，皇帝的语气透着一股寒意。

“皇上想用邬国骑兵当先锋军？”路映夕皱眉。他这分明是挟恨报复。新兵势弱，有何能力充当先锋？只应留作后援，他不可能不明白这道理。

“皇后不舍？”皇帝挪身侧卧，在漆黑中凝视她，“五万士兵，换取南宫渊一人性命，如此才可衬托出南宫渊的矜贵。皇后若现在才后悔，已晚矣。”

“臣妾只是就事论事。”路映夕口吻沉静，徐缓道，“兵不贵多，贵于精。何况沛关之战，应当从地利着手，无谓硬拼。”

“皇后终于愿意献策了？”皇帝似漫不经心地问道。

“臣妾没有身临其境，所以才一直不敢草率出谋划策。”路映夕平静应对，“如果皇上不怪罪，那臣妾就说一说愚见。”

“说。”皇帝简单地吐出一字，右臂突然伸展，将她揽进臂弯。

温热的体温，熨烫她微凉的身躯，她不自在地蠕动一下，才又开口：“沛关一带，山多林密，最宜设置陷阱。与其强攻，不如引敌来犯。”

“皇后果然擅用计谋。”皇帝不冷不热地回了一句，褒贬难分。

路映夕无奈轻叹，她不想邬国兵马平白牺牲，只好献计。

“龙朝自恃熟悉地形，定一早就设好陷阱。”她娓娓说道，“若要迷惑敌军，就必须假作上当，溃败而逃。当敌军乘胜追击，便引其入瓮。”

“纵使此计成功，也只是小胜。”皇帝用下颚摩挲着她的发顶，像是缱绻的温存。

“是，而且经此一役，龙朝受挫，必会生了警觉，处处防备。”路映夕身子僵硬，他的呼吸吹拂着她的发丝，令她颊上生痒。

“嗯，然后？”皇帝悠然追问，有意无意地下移，坚毅下巴碰触她的颈项肌肤。

“龙朝不敢大肆反攻，此战便能拖延数月。”路映夕口中冷静地分析着，却被他似有若无的举动扰乱心神，蹙眉接着道，“待到冬日天寒，海城的滨河冻结成冰，我军就能两面进攻，再不必忌惮龙朝水师。不过，最重要的一点是，备足粮草。”

“皇后想得十分周全。”皇帝似是赞许，道，“初春，龙朝挑起战端，进犯三国交界地，就是看准距离冬季还早，即使进攻未遂，亦能自保。不想时光如梭，大半年转瞬即过。”

路映夕微微弯唇，接言道：“龙朝只是没有想到邬国与皇朝迅速结盟。”若非如此，也许邬国已被龙朝吞并。局势不由人，更不由她。

“朕与你的姻缘，也就由此开始了。”皇帝语声轻柔，意味深长。

“或许，这就是姻缘天定。”路映夕心生感叹。是否在她出生之时，就已注定了？

“皇后也信命数？”皇帝收紧手臂，把她彻底搂进怀里，极近地对上她的眼眸。

“只信五成。”路映夕答得非常诚实，“如果天要毁人，臣妾不会逆来顺受。”

“何谓毁？性命？自由？抑或幸福？”皇帝直勾勾地逼视她。

“臣妾没有仔细想过。”她很轻地摇头，有所保留。

皇帝忽然翻身，将她压在身下，眸光深深，低沉道：“夫为天，朕即是你的天。朕不会毁了你，但也容不得你反抗。”

“皇上？”她一怔，心底难抑惊慌。听他话中意思，是今夜就要……

皇帝未再言语，蓦地俯身，封住她微张的唇。吻势霸道，不容她退避，舌尖撬开她的贝齿，长驱直入。

唇齿间灼热纠缠，她脑中轰然空茫，只觉两人气息交融，不辨彼此。

皇帝胸前的剑伤刚刚结痂，他却浑然不理，右臂强而有力地箍牢她的纤腰，唇舌火热，近乎狂烈的与她深深缠绕。他并非柳下惠，每夜她清幽的体香窜入他鼻端，都在无形地诱惑他。他忍耐，只因不屑强夺，可他的尊重，得到什么回报？

思及此，心火愈旺，已然分不清是妒火还是欲火。

他的吻蜿蜒落至她敏感的颈窝，抬起一手，略显粗暴地扯开她的衣襟。

“映夕。”他低唤，瞳眸中升腾起两簇幽蓝火焰，仿佛令寝屋内的空气燃了起来，连带要灼伤她晶莹的雪肌。

“皇上？”她心跳失速，怦怦杂乱，惶恐地回望他。

“朕只问你一句话。”他的大手停留在她胸口，只差少许就要罩上，目光隐忍而火热。

“什么？”她的脸颊涨红得似要滴出血来，声音有些颤抖，身躯微微战栗着。

“是否甘愿把自己交给朕？”他的嗓音低得不能再低，沙哑中蕴含强烈的渴望。他不是今夜才想要她，有过无数次冲动，只是一忍再忍。

她怔忪看他，浓黑长睫无措地扇动，既慌乱又害怕。她曾说服过自己，也知道这样的事迟早会发生，可是，仍然感到恐惧。身与心，她都想为自己保留。这个愿望，太奢求了吗？

“回答朕！”他从牙关里蹦出三个字，视线扫过她半敞的衣裳，那粉色亵衣根本掩不住诱人春光。天杀的，他何必再坚持所谓的尊重。

她迟迟未答，清眸如被露水沾过，迷蒙而无辜。她心里已绞成一团，挣扎于顺从或抗逆的纠结选择。

“你不说话，朕就当你默许了。”皇帝难耐地低吼一声，再次压下身来，与她密不可分的紧贴，一举含住她柔嫩的唇瓣。

他的吻带着天生强势的霸气，异常火热猛烈，每一次吸吮，都像要把她席卷吞噬。

“唔……”她本能地推拒，这种征服式的强悍引起她骨子里的倔强。

“不许拒绝。”皇帝略微抽离开唇，低声喝道，旋即又狠力覆上她的双唇。

“不！”她下意识地伸手，猝然一把推开他压迫下来的胸膛。

“不？”皇帝退开些许距离，怒视她，俊容被强忍的欲火折磨得有点扭曲。

路映夕拉紧衣领，垂眸低低道：“皇上恕罪。”

“恕罪？你犯了什么罪，需要朕饶恕？”皇帝声音生寒，夹杂怒气。

路映夕小心翼翼地避过他，坐起身来，轻声道：“皇上也希望臣妾心甘情愿不是吗？为何不能等那一日？”

皇帝冷冷地笑起来，心头热火顷刻间被凉水浇灭。她果然还是不愿意。心甘情愿的那一日？难道要他等到发白齿摇？从没有一个女子敢这样忤逆他。

“皇上对自己没有信心吗？”路映夕低垂眼帘，脸上嫣红未退，低着声道，“皇上是天下间难得一见的优秀男子，应有自信，假以时日臣妾必会全心爱上皇上，那么又何必急于一时。”她只能赌他的骄傲，也是赌自己的骄傲。因为，越不容易得到，男人便越想得到，她相信他亦不例外。

皇帝冷嗤，深眸阴暗，没有接话。她的心思，他怎会看不穿。她想得没错，他是有傲气的人，强占一个女子的身体又有什么意思。

“皇上，臣妾自幼生活在皇宫深苑，平日接触的不过是一些宫婢太监。臣妾对于世间情爱，不甚了解。”她干脆把话说得更明白，抬起眼觑他，“臣妾与师父之间，情同亲人，并非爱情。臣妾懵懂驽钝，但皇上圣明，应知臣妾所言非虚。”

她说得斩钉截铁，其实心里犹有几分迷茫。她对师父，是亲情吗？可是为何与对父皇的感情截然不同？究竟，什么是爱情？

“你有一张能言善辩的巧嘴。”皇帝冷淡道，掠过她被他吻得红肿的樱唇，眼光不由沉了沉，染上几许暗热，“舌灿莲花，叫朕都不禁心生佩服。”

“皇上谬赞了，臣妾说的只是真心话。”路映夕觑他一眼，心中暗暗松了口气。她又逃过一劫，不知道下一次是否还有此好运。

“朕认同你的话。但，并不表示朕会照你的话做。”皇帝轻勾唇角，勾出一道邪气弧度，“你可知，闺房之事，男人具有天生的优势？倘若某日你触犯了朕的底线，朕不会再顾虑什么君子风度。朕得不到的，朕就会亲手毁了。”

“那皇上与姚贤妃又有何差别？”路映夕脱口道，随即自知冒失，补充道，“玉石俱焚，伤人亦伤己，臣妾觉得，极端的行事作风总是不太好的。”

皇帝沉默不言，冷睨她，半晌，徐徐抽回视线，自顾自躺下。

窗外，缕缕月光照射进来，驱散了几分黑暗。路映夕心中一叹，君威难测，看来往后她要加倍小心，切不可大胆捋龙须。

皇帝合目躺在一侧，心情比她更加复杂。杀了南宫渊，毁了她，他的世界是否才会得到平静？

南宫渊离宫已两日。时至七月初七。路映夕起得分外早，心中莫名翻腾，眼皮直跳，一种不祥之感侵遍全身。

恍惚记起十一岁那年，师父告诉她牛郎与织女的故事。师父对着夜空念了一首诗，她听着只觉词句琅琅，格外好听，并不懂其中深意。

“柔情似水，佳期如梦，忍顾鹊桥归路。”

如今再回想，她才模糊忆起师父当时并没有念出后半阙。

“两情若是久长时，又岂在朝朝暮暮。”

她从来都不知道，师父曾经有怎样的故事，也不清楚这些年来师父如何看待她。她与他之间，情愫朦胧，似爱非爱。她原本坚信，这世上再也不会有比师父更优异出众的男子。可现在她动摇了，甚至隐隐有种背叛的愧疚。

“映夕。”皇帝唤她，打断她兀自回忆的怅然。

“皇上要去早朝了吗？”她坐在镜台前，扭头看他。

“嗯。”皇帝已梳洗完毕，一身明朗帝袍衬得他英俊高贵，“今晚夜宴，你自行准备。”

她颔首，起身恭送他出寝门。

皇帝挺俊的背影渐渐走远，却留下一句悠长的低吟："河汉清且浅，相去复几许？盈盈一水间，脉脉不得语。"

她注视着消失于门扉的明黄衣角，不期然想到他曾说过的"爱，不得"。而又思及，前夜，他最终没有占有她。她知晓，并非她辩才高超，而是他有傲骨。

她发觉自己似乎越来越懂他，无须言语，或许仅仅眼神流转，便能意会。如果，没有身份的对立，如果，都没有过往，她是会爱上他的吧？她的防线，好像只剩下了身体的坚守。这个念头令她感到无比害怕。

轻轻摇头，抛开纷乱杂绪，她去命人筹备今晚的宴席。

七夕夜，照宫例，宫中各嫔将在乞巧楼共聚。此宴，名为祭祀牛郎织女二星，实为争夺皇帝青睐的大好时机。

秋日气爽，湖水烟波浩渺，湖畔一座阁楼彩锦满布，在明耀阳光下愈显奢华绚丽。

路映夕闲暇无事，就先行过来观赏。举步踏上木筑斜梯，上了二层，她靠在栏沿，眺目远望。

湖岸边，有一道高大身影正朝阁楼方向大步走来。她弯唇一笑，那人应该是来找她的。

过了片刻，便听嗒嗒的脚踩木梯之声。

"皇后凤安。"硬着嗓子的请安，一听就知是何人。

"范侠士，近来可好？"路映夕缓缓转过身，笑望他。

"好。"范统看她一眼，生硬答道。为何每次她都这副笑吟吟的模样？当真活得这般快乐？

"范侠士是来找我的？"周遭清寂无人，路映夕便不再端皇后架子，悠闲问道。

"是。"范统惜字如金，言简意赅，"沛关战役，需要防瘴气之药。"

路映夕"唔"了一声，并不追问下文。

范统炯目睁大，朗声肃然道："还请皇后不吝赐予。"

"赐予什么？"路映夕做迷惑状，疑问道。

"防瘴气之药。"范统重申，眼中流露一丝恼怒。

"没有。"路映夕摊了摊手，一派轻松。

"皇后深谙医术，应知配制的药方。"范统忍住不耐，拱手恭敬道。

"不会。"路映夕十分干脆地回道，清眸中尽是点点笑意。在这深宫中，只有与这耿直之人相处，才最惬意自然。

"真的不会？"范统皱起剑眉，半信半疑地盯着她。如果她不会，皇上怎会叫他来讨

药方?

“告诉你一个秘密。”路映夕露出神秘兮兮的表情，走近他一步，压低声音道，“其实，我自幼跟着师父学的是毒术，而非医术。也就是说，我最擅使毒，不谙医道。”

说着，她陡然伸手在他面前一扬。

范统惊了一跳，忙后退两步，怒问：“你对我下毒？”

路映夕收回手，笑眯眯地看着他，道：“范侠士，你胆敢污蔑本宫？”

范统额上暴出青筋，被她的话堵得哑口无言。她在耍着他玩。

路映夕忍不住愉悦地笑出声来，一早阴霾的心情此刻消散无踪。原来她真有劣根性，以捉弄人为乐。

范统哼了哼，怒瞪她一眼，敢怒不敢言。这样的女子居然是一国之后。不配，半点都不配。

“范侠士，天上不会无故掉馅饼，你要本宫给药方，就要答应本宫一个条件。”路映夕好整以暇地看着他，灿烂笑容不减。

“是何条件？”范统脸色一黑，没好气道，“保护皇后周全还不够？”

“别怕，本宫没有无理的要求，只是想听一个故事。”路映夕稍稍敛笑，正色道。

“什么故事？”范统那一对好看的剑眉再次皱起。

“你的故事。”路映夕清晰地道。

“为什么？”范统的眉头已扭成一个川字，心中不解且怀疑。她这般古灵精怪，莫不是又想愚弄他?

“今日是七夕佳节，本宫有听故事的兴致，就这么简单。当然，你可以不答应的，不过药方就没了。”路映夕话语闲散，却摆明了是威胁。

范统重重地闷哼一声，极为不悦。

“不想说？那就不勉强了。”路映夕扬唇微笑，作势要离开。

“范某有皇命在身，皇上等着范某前去复命。改日再说，就当范某欠下这个故事。”范统抿了抿唇角，面色冷峻，隐含几分懊恼。他是不是太容易妥协了？他的过往，并不光彩。说与她听，只怕会吓着她。

“好，就改日。”路映夕也不再为难他，浅浅笑道，“本宫即刻就回宫写下药方，半个时辰后你来取。”

“多谢皇后。”范统揖身一礼，率先跨步离去。

他走路的样子似带着疾风，利落爽朗，如同他不善迂回的个性。

路映夕眼中含笑，心里却有丝酸涩。苦中作乐，大抵就是她这样了。这两日来，曦卫没有传回师父的消息，她心底的担忧渐浓，仿佛有什么大事将要发生。

皇帝今日下朝较早，返来宸宫时神色有些奇怪。

“皇上，可是乏了？”路映夕端上一杯清茶，柔声询问。

皇帝接过，握在手中半晌，没有就口饮茶。

“映夕，今夜是七夕。”他忽然说道，眸中光泽黯沉。

“是。此夜星繁河正白，人传织女牵牛客。”她轻轻接腔，心有不明。七夕罢了，他为何郁悒？

“朝中有人谏言，朕登基多年，至今未有皇子，应当充盈后宫。”皇帝目光凉寒，并无丝毫喜意。

“所以要在今日佳节献上美人？”她淡淡一笑，凝眸睇着他。无可否认，他确实是不太迷恋女色的帝王。传言龙朝君王后宫三千，是切实的三千佳丽。就连她父皇，也有嫔妃十四人，贵人名分以下近百人。

皇帝点了点头，抬眼看她，沉声道：“朕厌恶后宫纷争，更厌恶必须出于延绵子嗣而……”他一顿，没有再说下去。他已经为了巩固江山纳娶四妃一后，难道往后还要为了皇族血脉延续而与一个个陌生女子亲热？没有人比他自己更清楚，夜里突然醒来，看见枕畔那人陌生模糊的容颜，心生凉意的感觉。

“那么先拖延一阵子再议？”路映夕温言提议。她同样厌恶后宫纷争，更厌恶与人分享夫君。她认命，但不是认一世的命。将来，如果她有幸获得自由，她就会去追求自己真正想要的生活。如此想来，慕容宸睿倒是一生都逃不脱帝王之命。

“今夜，你想法子替朕婉拒了。”皇帝挑眉觑她，薄唇轻扬，眼露霁色。

“由臣妾出面？”路映夕不由一愣。这岂不是害她？朝臣与宫嫔肯定会认为她没有容人之量，想要独霸君宠。

“皇后善于谋略，此等小事，必定难不倒皇后。”皇帝唇边的弧度扩大，笑得不无恶劣。

“臣妾恐怕难担当此重任，还望皇上三思。”路映夕蹙起黛眉，暗暗扫他一眼。他又要替她树敌？这招真可谓杀人于无形。

“无须想得太严重。即使有人不满，朕也会为你撑腰，何须惧怕？”皇帝笑睨她，此时有了饮茶雅兴，慢悠悠地举杯轻啜。

路映夕深感无语，左手负于背后，攥成拳头，直想朝他胸口伤处再补一拳。就因为她使计送走师父，他就如此耿耿于怀？可恨，可恼。

皇帝眼光跳动，搁下茶盏，握住她的手腕，拉扯靠近，然后将她的拳头包裹在掌心里。

"恼朕了？"他轻轻笑道，俊朗的眉宇舒展开来，瞳眸中似有一道划破流云浓雾的耀目金光，勾人心弦。

"不恼。"她口是心非地回答，睁眸瞪着他。

"朕喜欢你这模样，似薄嗔，似羞恼，风情独特。"他笑容温和，如若暖阳，略带促狭，"如果你一直是如此，朕的心怕是保不住了。"

"皇上的心，稳稳嵌在皇上的胸膛内，没有丝毫风险。"她气苦，使劲抽了抽手，耳根却不自控地泛起绯红。她不怕明刀或暗枪，最怕这种旖旎调情，不知该如何抵挡。

他松开她，手顺势滑至她的腰际，笑道："这可是你的弱点？"话未落，两指一掐，正中她的腰肉。

她惊然，随即发觉痒，忙侧身避了开，嘴角不自觉弯起，颊畔露出小巧梨窝。

"皇上使诈。"她一语双关，不甘又道，"充盈后宫是件好事，皇上不如就安享艳福吧。"

"倘若朕艳福无边，皇后一点也不吃醋？真叫朕心凉。"皇帝勾了勾唇角，笑得邪魅。

"自古以来，后宫便奉行雨露均沾，臣妾为何要吃醋？"她反唇相问，微扬下巴，与他对视。她若不爱他，自是不会介意。她若爱他……

她不去想后者，只故意和他斗气，明眸圆睁，倔气地望向他。

"嘴硬。"皇帝低笑，不以为忤。

她动了动唇，最后还是决定闭嘴不言。他总能看透，她又何必再多说多错。在感情的拉锯战中，她是否真的不是他的对手？

"朕等着'那一日'，你心甘情愿对朕袒露心扉的那一日。"皇帝语声笃定，眼神灼灼，一瞬不瞬地盯着她。自认识她以来，他从未见过她为后宫争斗之事发火，只为大局以及在乎的人生怒。她的心胸并不狭隘，而对喜欢的人极为重情重义，不惜一切代价去保护。被她爱上的男子，应该非常幸福。他竟真的觉得期待。

感受到他紧盯的视线，路映夕不自在地背过身，想了想，索性闪身进了内居。这样的相处太危险，她还是专心思量如何应付今晚的事，别被他扰乱了心神。

她穿过珠帘，颗颗串线珍珠轻荡，发出叮当脆声。皇帝没有唤住她，目光不移，眸中闪动光芒。他有把握，她会爱上他，爱得忘记昔日的青涩少年情。到那时，他才会杀南宫渊。

第三十章
七夕夜宴

天阶夜色凉如水，坐看牵牛织女星。

湖畔的彩锦阁楼繁华热闹，彩灯处处，摇曳生辉。丝竹管弦乐声，不绝于耳，岸边舞姬水袖翩然，妩媚轻灵。而在宽敞的阁楼上，摆放着金龙大宴桌，坐北朝南，帝后并肩而坐。两侧按品阶列座，宫嫔们皆是精心盛装，艳丽照人。

不过皇帝显得有些意兴阑珊，示意大伙儿随意之后，便自顾饮酒。路映夕端庄静坐，微笑着不多言。

贺贵妃为人较为圆滑玲珑，笑吟吟地说道："臣妾听说江南一个地方的习俗，每逢七夕，少女们便会偷偷地独自一人躲在南瓜棚下。"

一名年轻婕妤好奇地问道："为何要躲在南瓜棚下？"

贺贵妃笑得亲和，回道："传说当夜深人静，于南瓜棚下，能听到牛郎织女相会时说的悄悄话。而待嫁的少女，日后就能得到不渝不变的爱情。"

那婕妤非常捧场，露出恍然大悟的表情，拊掌道："很是浪漫呢，不知这是哪儿的习俗？"

贺贵妃眼角一瞥，唇角含笑，并未答话。

旁边的韩淑妃低哼了一声，开口道："臣妾祖籍阴山县，有此传说。"

贺贵妃像是不经意地笑问："韩淑妃年少时，可曾应过这七夕节的景？"

"臣妾自幼家规严谨，怎会做这般荒谬之事。"韩淑妃冷淡答道。

路映夕旁听着，心知这两人结下宿怨已久，出声打圆场道："今夜良辰，不如大家一起玩个小游戏，助助兴。"她看向皇帝，请示道，"皇上觉得击鼓传花如何？"

"也好，朕也想欣赏欣赏爱妃们的才华。"皇帝淡淡笑着点头。

他此言一出，各人都面露期待之色，唯独姚贤妃自始至终漠然沉默，面无表情。

随侍的太监机灵地送上小巧花鼓和一株四季桂，路映夕接过花鼓，温声道："就由本宫击鼓吧。"

她背身闭眼，开始缓缓地敲鼓，一下一下，极具节奏。她耳力敏锐，心思剔透，完全能够控制让花落至何人之手。

过一小会儿，当鼓声停止，那朵四季桂正好落在坐于末位的栖蝶才人手中。

"啊？"栖蝶小声惊呼，慌忙道，"奴婢驽钝，没有才艺……"

在座众人的份位都在她之上，她卑微自称奴婢，也不愿出风头，路映夕暗自看在眼中，越发感觉此人不简单。

"无妨，吟首诗也可。"皇帝出言解围。

"奴婢识字不多，不会作诗，皇上恕罪……"栖蝶怯懦地回话，垂头不敢抬起。

"栖蝶才人可会跳舞？"路映夕突然问道。她想及，栖蝶与她肖似，也许是天生，也许是有意模仿。若是后者，难道细微至舞艺都相似？

栖蝶微微抬眼，水眸无辜如小鹿，轻声回道："回皇后娘娘，奴婢曾见过宫中舞姬练舞，自身是没有学过的。"

"这样说来，你是会一些的？"路映夕笑了笑，又道，"可看过惊鸿舞？"

栖蝶点头，口吻一派天真："奴婢看过，此舞十分美丽妖娆，可又像仙子落凡那般的脱俗飘逸。"

"那么你试着跳一曲，让皇上和大家看看如何？"路映夕说着转头看向皇帝，清眸中含着兴味之色，"皇上以为呢？"

"朕听闻过此舞，也见舞姬跳过，可惜极少人能跳出'翩若惊鸿'的仙姿。"皇帝说道，手一扬，已然下令，"栖蝶，你就舞一曲试试，跳得不好也无妨，这舞易学难精。"

栖蝶犹豫了会儿，才诺诺道："是，奴婢遵命。"

席上众人面带笑容，隐有轻蔑，各自暗忖着，这区区才人，宫婢出身，年方十六，哪能领会惊鸿舞的韵味？即使让她跳了，也不过是丢人现眼。

栏沿处的一排乐师领命奏乐，便听悠扬琴声骤响，如碧海潮生，落英玉华。

栖蝶走至阁楼中央，亭亭玉立，粉红宫裙外罩着轻纱霓裳，随风漾起裙摆，袅袅生姿。

音符一顿，渐显高昂，只见栖蝶脚尖一旋，衣袖和裙裾摆动流曳，如水波荡漾。随着乐声从缓转急，她的舞姿跟着变得激扬，柔软似柳的腰肢向后弯下，宽袖卷起朝天扬去，勾勒出两道粉色流霞。她腰际上系的银铃不断清脆作响，悦耳动人。

此情此景，可谓美人翩翩，丰神楚楚，秀骨姗姗。众宫嫔看得震惊，脸色复杂得一变再变。

曲子在清扬高亢之后慢慢转为舒缓，栖蝶的步履亦变得柔婉娴雅，如闲庭信步，又似游弋于轻舟之上。柳腰轻巧后仰，衣袖微妙轻抖，仿佛曳云委地，流霞轻舞。曲音渐悄，已到尾声，她挺腰旋直，向前盈盈倾身，长长裙缦铺陈在地，仿如绽开一朵美丽的睡莲。

舞毕，在场十多人鸦雀无声，怔忡失神。

这尚带稚气的女子在跳舞时，竟清雅绝伦宛如九天玄女下凡。

皇帝最为淡定，率先抬手鼓掌，赞道："好舞艺。"

这时众人才缓过神来，跟着拍手鼓掌，纷纷称赞。

“栖蝶，你实在太谦虚了，一身才华，今日真令本宫大开眼界。”路映夕浅笑嫣然，不动声色。或许只有她看得最清楚，栖蝶此舞纵然跳得极佳，却不是真正的惊鸿舞。形似，神不似。可能她仍然隐藏了实力。可以预见，这豆蔻年华的女子，再过几年，必能成为倾国倾城的妖媚人物。

“皇上皇后过奖了，奴婢只是偷学着舞姬们的舞步，也不知跳得对不对。”栖蝶已敛去起舞时的自信神色，恢复了怯生生的模样，垂眸低头走回座位。

“不管对不对，这舞跳得是极美的。”路映夕微微一笑，评价中肯。她可以跳得比栖蝶更好更出彩，但师父说过，不可以随便在人前起舞。

“听皇后此言，皇后也是善舞之人？”皇帝忽然凝望她，眸光灼亮，似带芒刺。他听过她弹琴，已惊为天人。莫非她跳舞更胜栖蝶一筹？如果真是如此，会是何等的魅惑之姿？单是想象，已令他心旌神摇。

“臣妾没有跳舞天分，就没有勉强去学了。”路映夕谦逊地回道。

“皇上。”冷不丁，一道略微沙哑的嗓音响起。从头至尾不曾出过声的姚贤妃，此刻开了口，淡然说道，“栖蝶才人身怀龙种，不应费力跳舞。”

“是朕疏忽了。”皇帝忙转向栖蝶，问道，“不碍事吧？”

“不碍事，多谢皇上关怀。”栖蝶赧然应声。

“是臣妾大意，幸好栖蝶才人无碍，臣妾自罚一杯。”路映夕歉意地举杯向众人，一饮而尽。其实她根本忘记了栖蝶怀有身孕，应该说，她从未曾认为栖蝶真的有孕。

“皇上，栖蝶才人跳出令人如此惊艳的一舞，是否应有奖赏？”姚贤妃又道，语气无温如昔，似乎只是顺口一提。

皇帝沉吟须臾，道：“朕原本打算待栖蝶诞下皇嗣再作赏赐，既然今日佳节，那就今日先晋升栖蝶为三品婕妤吧。”

“谢皇上隆恩。”栖蝶惊喜站起，跪拜谢恩。

姚贤妃并不看他们，说完要说的话就径自啜茶不语。

路映夕默默思忖，姚贤妃和栖蝶何时站在了同一阵线？她们之间是否已有了什么协议？

未及多想，一名朝臣踏上阁楼，恭敬行礼，禀道：“启禀皇上，十七名秀女已在外等候，可要让她们进来献舞？”

“不必了。”皇帝摆了摆手，散漫道，“朕方才已经欣赏过美妙歌舞，今夜不想再看。”

那名朝臣显然是被众臣拱来做出头鸟，闻言不禁有些紧张，迟疑道：“但，但是……”

皇帝不耐，咳了一声，止住他的话茬儿，继而转眸望向路映夕。

"侍郎大人。"路映夕无奈，只好启口道，"两个月后便是先帝祭日，选秀之事还是留待明年初春再议。照先祖立下的宫规，三年一次采选，莫要违了祖例才好。"

那礼部侍郎讪讪道："皇后言之有理。"

皇帝唇角微扬，插言道："既如此，就退下吧。"

礼部侍郎悻悻然揖身一礼："微臣告退。"

路映夕暗觑皇帝一眼，以唇语无声说道，逃得了和尚逃不了庙。

皇帝无所谓地耸肩，推迟一日是一日。

两人无声的眼神交流，被姚贤妃看在眼里，登时心如火烧。她强自按捺住，一声不响。

各怀思量的七夕宴，至亥时，无惊无险地结束。只有栖蝶一人出了风头，惹得众嫔眼红。

散席时，皇帝上了御辇，路映夕自用凤辇。

目送御辇先行，而此时夜色下有一人静悄悄地靠近她的凤辇。

"小沁？"她压低声，绕到辇车后方的阴暗处，才疑问道，"你一直在此等着？有何事待禀？"

晴沁面有焦虑，大概已等了很久，低声急速禀道："娘娘，有消息传回，南宫神医半路遇袭，如今下落不明。"

路映夕心尖颤抖，顿时手足生凉。

回到宸宫，路映夕独自伫立在清寂无人的庭院中，良久不能缓神。

师父遇劫了，竟连十名曦卫都护不住他？其实单凭师父一人之力，都应该能顺利返回邬国。除非，他自愿被人掳走？

她仰首，远望夜幕。星空璀璨，闪耀得炫目。周遭，幽幽萦绕着一股清雅的桂花香。良辰美景，抚不平她心中的酸涩无力。她不想怪师父，她想去理解，可是再努力，她也想不明白，为什么师父要任人鱼肉？他难道不知，她会担心？他难道不知，她会因此寝食难安？

深深吸了口气，她扬唇笑得有些苦涩。今年的桂花开得特别早，比往年早了一个月。她还记得，那一年，亦是桂花清香扑鼻的时节。她缠着师父，非要他吹笛，伴她的惊鸿舞。清越的笛声，飘扬的舞衣，她旋绕在他身旁，眼里容不下旁人，只有那一袭浅灰色素衣，那一张儒雅面容，被她牢牢铭记。

仅就那一次。后来她再也没有跳过舞。她对他说的话，一贯言听计从。

"几回花下坐吹箫，银汉红墙入望遥。"她低低吟唱，自谱曲调，纤细的腰身轻盈旋动，已然起舞。

晚风吹来，卷起她月牙白的裙袂，似在漆黑夜色中划亮一道月光，辉泽顿生。灵巧的身姿，犹如鸿雁在空中翱翔，飘逸自如。

“似此星辰非昨夜，为谁风露立中宵。”她口中清唱，舞姿不断，翩如兰苕翠，宛如游龙举。

歌声渐高，清亮玎玲，仿如空谷的天籁之音。她足尖轻点，素手微展，宽袖飞出，化作一朵怡然浮动的云絮般，又如明净无垢的初雪。

夜穹下，一抹白影，如梦似幻。那一头如瀑长发，黑似浓墨泼洒，那一身洁白裙裾，随风飞扬，两色映照，分外眩迷耀目。

歌喉曼妙，悠扬动人，气息不乱。只见她双足旋得愈疾，腰肢柔软似水蛇，弯仰而下，复又优美弹起。这样的转圈就仿佛绽放出一朵又一朵美丽的白茶花，明灿夺目，可又瞬间消失，神奇而魅惑。

曲至中段，她忽然跃身一纵，掠上桂树顶梢。脚踩不堪一踏的细细枝桠，她依然旋转，就像月光下的仙子，出尘中带着一点点的顽皮。

歌缓音悄，她徐徐勾起菱唇，拂动宽袖，凌空一舞。绝丽的容颜绽出妖娆光芒，窈窕身形环绕着那细枝摆出撩人之态，犹如那树枝正是她最亲密的情人。只是一个表情、一个身姿，一个眼神流转，竟好像亮过星光，胜过百花，叫四周的一切景物失了颜色。

这，才是真正的惊鸿舞。

清新为始，灵动为衬，最后却是回眸一笑百媚生。

不远处的长廊下，有一道颀长身影默默倚柱站立，狭长深眸中光泽一闪再闪。从惊艳，到震慑，再到折服，直至悸动。他已不知可以用什么言语来形容自己此刻的心情，只觉得那盈立树梢的女子，不似人间凡者，更似天宫的仙女，又似妖媚的精灵。

“妖孽。”他在心中低咒一声，感觉有股热力侵袭四肢百骸，无法抵挡。

双拳无声握紧，他咬牙，抑制自心底升腾而起的阵阵欲望。他从未像今夜此时这般想要她，非要不可！非征服与占有不可！

最终，他还是没有现身，俊脸紧绷得近乎铁青，脚步悄然地离开。

路映夕不察，驻足树顶，迎风静立。许久，才轻轻跃了下来，折返寝宫。

天色已蒙蒙亮，东方天际露出鱼肚白。

皇帝辗转了一夜，未曾入寐。他几乎要恨起自己来。还等什么？为什么不即刻要了她？这傲骨，活生生折磨的只是他自己。

“皇上？”路映夕睡得浅，感觉他整夜辗转反侧，不由奇怪，“皇上还没有睡下吗？是否有事挂心？”

"朕在想那一支惊鸿舞。"皇帝的嗓音有点哑，像是忍耐着什么而喉头发紧。

"皇上觉得栖蝶婕妤跳得可好？"路映夕更觉疑惑。皇帝看过栖蝶跳舞之后，心生欣赏爱怜，念念不忘？

"好。"皇帝缓缓吐出一个字，听不出喜怒。

"既然皇上喜欢，等栖蝶婕妤诞下龙嗣，再让她常常跳给皇上看吧？"路映夕心不在焉地建议。暗想着，不知道小沁那边收到消息了吗？曦卫连夜追查师父的下落，可有音讯？

"嗯。"皇帝不冷不热地应了一声，有几分阴阳怪气。他要先征服她的心，再占有她的身，可这么做明显是为难他自己一人。他也不知，为何他对她有一种珍而重之的自发自觉。

"皇上要起身早朝了吗？"路映夕边问，边要掀被下床，却被他毫无征兆地一把搂住。

他的右臂桎梏着她，十分用力，像要把她嵌入他体内一般，有种恶狠狠的态势。

"皇上？"她疑看他，觉得不对劲，又说不上缘由。

"朕知道你会跳舞。"他目光灼灼，仿佛透着热烫的温度。

"臣妾只会观赏而已。"路映夕轻蹙了下眉。该不会昨夜被宫婢看见了？但她并未察觉当时周遭有人走动。

"过分谦虚，何尝不是过分骄傲？"皇帝略松了手上的力道，俯身欺下，将自己整副身躯都压在她身上。

"皇上！"她低呼，恼怒推他。他这是要压死她？堂堂一国之君，倒像个无赖。

"朕累得紧，让朕抱会儿。"他不动如山，就这么贴压在她身上。

"皇上，这不叫'抱'。"她用膝盖撞他的腿，却被他矫捷避开。

"朕说这是抱，就是抱。"他答得霸道不讲理，身下的温香软玉驱散了他心中的郁悒，感到舒爽惬意。

"臣妾喘不过气来了。"路映夕既羞且怒，胸前的隆起被他紧贴着，无比亲昵，令她下意识地蠕动挣扎。

"别动。"皇帝眸光陡然一沉，变得炽热。

路映夕顿住动作，尴尬地别过脸去。她虽不谙男女之事，可也并非一无所知。那正抵着她的……

皇帝埋头于她柔嫩的肩窝，摩挲了几下，低声道："现在知道朕忍得辛苦了？为了你所说的君子协议，朕可是夜夜按捺，夜夜难眠。"

他说得有些夸张，路映夕无心反驳，全身僵着，丝毫不敢挪动，就怕引起他更炽烈的欲火，一发不可收拾。

皇帝的薄唇在她的颈项流连，细密的亲吻不停落下，让她觉得如被羽毛拂过，酥麻轻痒。

“朕是正人君子，君子也需要鼓励。”皇帝在她耳畔蛊惑低语，“朕能断定，你必然会跳惊鸿舞。何时跳一曲给朕看？”他不想让她知道，他偷窥了她的舞姿，更不想硬逼，但他确实极想再次一睹那惊世的风采。

“臣妾不会……”她微颤。他温热的呼吸吹入她耳里，带着调情的邪气。

“这张樱唇明明格外的柔软。”他抬起头来，一瞬不瞬地盯着她，修长手指滑过她的双唇，“为何偏要嘴硬？”

“臣妾不会跳惊鸿舞……”她不改口风，眼神染了几许迷离和不安。

如她所预感的，他俯下封住她的唇瓣。没有强势进攻，他只在唇间游移，犹有余力低喃，“若不答应朕，朕今日可不止要一个吻了。”说着，他挺腰一动。

“别！”她本能惊喊。

“那么，你是答应了？”他勾起薄唇，眸光闪动邪魅之色。

她僵硬地点头，几不可见。

“很好。朕要你在朕生辰之日，为朕献舞。”他的语气傲然，似乎夹杂一丝豪情。他要后宫每一个人都看见，他的皇后是何等风姿，无人可媲美。只有她，才配与他并肩俯瞰天下。

路映夕抿唇，皱眉不言。她本没有把跳舞之事看得严重，只是师父不准。真跳了又会如何？会招惹灾难吗？

“竟敢在朕面前神游太虚？”皇帝在她唇上狠狠啄了一下，才展眉缓了口气，“就这么说定了。朕要去洗漱，准备上朝。”

他利落地翻身下了龙床，唤来内监伺候。

路映夕裹在锦被里，伸手捂唇，一边思忖着，皇帝的生辰在寒冬，离现在还早，那就到时再作打算吧。

“映夕。”皇帝正更衣，忽然扭头看过来。

“皇上有事吩咐？”她起床，微微低头，颊上余留着一点燥热。今晨是她第一次这么真切感受到他的欲望。只因她说过的那几句话，他便愿意一直忍？

“朕尊重你，希望你也尊重朕。”皇帝沉了声，正容说道。

“臣妾当然敬重皇上。”她毕恭毕敬地应道，心下诧异莫名。他为何有此一言？

“如果你需要朕的相助，可以开口。”他语声沉缓，顿了顿，又道，“但是，别在朕眼皮底下擅作主张。”

她轻轻抬起眼，见他神色微冷，低应一声：“是，臣妾谨记。”他终究还是想着庇护姚贤妃，难忘旧情。她不管这些，倘若姚贤妃敢对师父下狠手，她一定会旧账新账一起与她算！

第三十一章
一波又起

还没探查到南宫渊的下落，却听闻了另一个惊人的消息。

“小南，你把事情详细说一遍。”路映夕坐在宸宫内殿，眉心紧锁。

“是。”宫女小南垂首恭声道，“禀皇后娘娘，今早婕妤主子说身子不适，奴婢便去请了太医，太医说，婕妤主子动了胎气。”

“现下情况如何？”路映夕语气沉凝，眸中清冷光芒一闪而逝。

“皇后娘娘恕罪。”小南忽地双膝跪下，俯首请罪，“太医询问奴婢，婕妤主子近日有否不宜的剧烈之举，奴婢想起昨夜七夕宴，便如实回答。太医说，极可能是因跳舞而动了胎气，才导致滑胎。”

“胎儿未能保住？”路映夕惊诧。

“是。”小南低低应声。

路映夕轻叹了口气，道：“你先起身。请的是哪位太医？”自从她的寝宫被焚毁，小南就调去了偏殿伺候栖蝶，今次的事，小南其实是知晓内情的吧？

小南依言站起，秀气面容并无一丝慌乱，沉静回道：“徐晋徐太医。”

“本宫现在就去凤栖宫，探望栖蝶婕妤。”路映夕从高座上缓步走下，神情肃冷。

“娘娘……”小南微微皱眉，露出为难踌躇的神色。

“怎么？本宫去不得？”路映夕语气转锐，直盯着她。

“奴婢不敢阻拦娘娘。”小南再次跪地，恭敬禀道，“婕妤主子伤心过度，拒不见人。皇上已经赶过去，正在宽慰婕妤主子，让奴婢过来告知娘娘一声。”

路映夕衣袖一挥，示意她退下：“本宫明白了，你回去好好伺候着。”

“是，奴婢告退。”小南如释重负，起身离开。

朱门外，明亮的阳光照射进来，路映夕眯眼，眼中寒色泛动。栖蝶根本没有怀孕，何来滑胎之说？这一回，又是出于什么目的？恐怕不只是想陷害她这么简单。

姚贤妃与栖蝶之间似乎达成了某种默契，难道，姚贤妃襄助栖蝶的前提是……不容皇嗣存在？如果真是如此，姚贤妃应该以为栖蝶确实怀了身孕。皇帝登基七年，只有林德妃生有一名帝姬。众多宫嫔秀女，全都没有诞下麟儿，难不成这背后都和姚贤妃有关？皇帝全然不知，被蒙在鼓里？若是皇帝默许纵容，未免太叫人心寒。

路映夕出了内殿，心底一股凉气汩汩冒上来。骄阳普照，却分毫也暖不了她。姚贤妃连对皇帝都无惧，还会对什么人忌惮？师父若落到了她的手上，真真是九死一生。

没有吩咐宫人备辇，路映夕漫无目的地走在大太阳底下。她的寝宫即将竣工，再过几日就可以搬回去。到时，要追踪师父的消息，应该能便捷一些。

漫走了两刻钟光景，经过一条石径，径旁有座凉亭。她远远看见亭中立着两道身影，分外眼熟。

几乎是反射性地，她闪身躲到排排树荫后，猫身靠近。

距离越是拉近，那二人的对话声便越听得清晰。

“凌儿，你万万要考虑清楚。”那男子的嗓音压得很低，带着溢于言表的挣扎痛苦。

“住口！”冷冷的呵斥出自一张薄削的红唇，“你竟敢直呼本宫名讳？你忘了自己的身份？”

“微臣失言，望娘娘恕罪。”极为压抑的男声，听着让人不自禁怜悯。

“本宫要做什么事，轮不到你置喙。下次本宫也不会再应约出来。”女子的嗓音冷漠依旧，毫无温度。

“凌……娘娘，请三思，切勿做令自己后悔的事。”相比之下，男子的语气愈显苦口婆心。

“本宫行事，从来不后悔。”固执的傲气，一展无遗。

“娘娘，他是你的……”男子忧心，欲要再劝。

“闭嘴！”女子截断他的话，“够了，如果你要说的就是这些，本宫已经听到了，你可以退下了。”

男子沮丧，颓然一揖，踏出凉亭，告退离去。

路映夕心诧，虽知沈奕私底下听命于姚贤妃，却未料到这两人之间竟似有暧昧关系。

那厢，姚贤妃仍驻足于亭中未走。她微仰着脸，望向天空，神情若有所思。明媚的光线流泻而下，照在她残伤的脸上，仿佛照出难以言喻的哀伤。

路映夕眯着眸子静观，心忖，也许姚贤妃正在思虑师父的事。

“姚贤妃。”她蓦地扬声一喊，从藏身的大树后走出，落落大方地朝凉亭行去。

“皇后！”姚贤妃大惊，浑身一震。但也只是瞬间的反应，很快她便定了神，漠然抿唇。

“青天白日，姚贤妃在此私会尚书大人，果真是肆无忌惮。”路映夕嘲讽说道，话语尖锐犀利。

“还请皇后慎言。”姚贤妃已敛心神，并未被她震慑，冷淡道，“臣妾只不过是出来走走，沈大人恰巧经过，来向臣妾行礼请安。”

见先声夺人无用，路映夕不再故作厉色，温和了口气道：“姚贤妃，本宫无意与你为难，只希望你顾念同胞血缘，手下留情。”

“臣妾不明白皇后的意思。”姚贤妃神色凉淡，回得滴水不漏。

“姚贤妃，你真的从来不曾做过令自己后悔的事？”路映夕忽然问。

“不曾。”姚贤妃摇头，甚是坚决。

“即使是曾经伤了皇上的心？”路映夕放轻了音量，柔声问。

姚贤妃的凤眸中倏然迸出火光，硬声回道：“皇上的心，岂是平常人能伤得了的？”

路映夕轻轻叹息：“不，你错了。他并没有你所想象的那般强悍，并非不会受伤。你可有想过，这些年来，你在斋宫不问世事，是谁保你的清净？无论外面如何的狂风暴雨，你可曾受了半点侵袭？饶是你做了不该做的事，他可曾责怪过你？究其原因，不过是因为当年他失信于你。你是重情之人，他何尝不是？”

姚贤妃一窒，撇过脸去，冷冷道：“有些事一旦发生了，就不是事后可以弥补的。敢问皇后，若有人刺你一刀，深不见血，穿透心房，事后那人再来向你致歉，捧上珍宝以弥补过失，你可会原谅？”

“如果，原谅能令自己的心舒服一些，我会。”路映夕以“我”自称，语声真诚，“对别人犯过的错耿耿于怀，等于在惩罚自己。原谅和宽容，不是为了放过别人，而是为了放过自己。”

姚贤妃无声冷哼，道：“皇后是旁观者清，但旁观者又怎知个中滋味？如人饮水，冷暖自知，臣妾多谢皇后今日的教诲。”

“姚贤妃，我只说最后一句。”路映夕细看着她，很轻很郑重地道，“如果你曾经起过一丝后悔之心，现在就不要再重蹈覆辙。”

姚贤妃默然，长睫低垂，看不出神色变化。半晌，她屈身一礼：“臣妾谨记皇后箴言，臣妾告退。”

路映夕低声一叹。顽石难点头，她不知道姚贤妃能否软了一点点心，不要狠毒凌虐师父，只能如此期盼。

午时已过，她神思不属地返回宸宫。

皇帝已在寝居，正独自用膳，见她返来，懒懒抬头，道：“皇后为了何事愁眉不展？”

她收起繁杂的心情，温声询问：“皇上，栖蝶婕妤那边可还好？”

“她很伤心，朕想让她静一静。”皇帝答得平淡。

“皇上似乎并不伤心？”路映夕牵唇一笑，话带芒刺。

“皇后要看到朕伤心才舒心？”皇帝斜睨她，似笑非笑。

她不语，款款绕过他，走到旁侧落座。

皇帝挑眉，指责道："言语不敬就罢了，行为举止也越发没规矩了。"

她坐定，抿嘴笑了笑，忽然想起什么似的道："皇上今早曾说，如若臣妾需要相帮，只需开口便是，皇上可还记得？"

皇帝饶富兴味地颔首："皇后万般能耐，何事需要朕相帮？"

"臣妾想请皇上劝劝姚贤妃。"她看他一眼，点到即止，彼此心照不宣。若能不动干戈，自然最好。姚贤妃终究是师父的嫡亲妹妹。

"好。"皇帝十分干脆地应允，不问何事，却又拖长尾音道，"但是……"

"若是事成，臣妾提前为皇上跳一支惊鸿舞，如此可好？"她浅浅含笑，心中并未抱太大希望。姚贤妃偏激顽固的性子，非一朝一夕造成，只怕很难劝服。而且，她和皇帝都不知晓，姚家曾经发生了什么事，导致如今骨肉相残。

"不好。"皇帝一口否决，薄唇徐徐勾起，划出一抹邪恶弧度，"你从未主动吻过朕，倘若此次朕能化干戈为玉帛，朕要你好好地……"

话未言尽，余留无限想象。

路映夕脸色涨红，不知是被激怒还是羞赧。

"朕不贪心，这次只索一个吻。"皇帝戏谑道，抚摸了一下自己的唇角，让她意会，"不过，以后可就要逐渐涨价了。"

"皇上做成这次的事再说吧。"路映夕沉住气，淡淡道。

"是有些棘手。"皇帝自语着说，站起身来，"朕现在就去，只管一试。"

路映夕静静地目送他，黛眉轻皱。或许皇帝早就想打破他与姚贤妃之间的僵局，只是苦无机会。此次，也许能令他们有一个堂皇的理由，追溯身世，借而敞开心扉，倾吐积压已久的真话，或情话。

她抬起手来，用指尖为自己抚平皱起的眉头。他们是否旧情复炽，与她无关，她只希望师父平安无恙。

她这样告诉自己，努力扬起嘴角。

等了一阵子，皇帝从斋宫回来，脸色不太好，不知在姚贤妃那里受了什么闲气。路映夕正优哉地翻着书卷，并不急于追问。皇帝在她身旁重重一坐，竟像孩子般地负气。

"皇上？"她搁下手中书册，转头看他，"姚贤妃不愿听劝？"

皇帝低哼一声，恼道："朕足足说了一刻钟，她却只回朕一句'臣妾不明白皇上的意思'。"

路映夕忍俊不禁，闲闲道："皇上临去之前，似乎胸有成竹。"

皇帝表情不悦，抿起嘴角，不出声。其实事情不尽如此，只是他不便告诉她。姚家过

往的秘辛，他知晓不多，只算一知半解。当初凌儿背叛家门，入住宫中，他因为尊重她，不曾当面深究细问。如今到了她口中，倒成了他不够关心她的指证。方才她言辞含恨，明里暗里怨责他的薄幸。她说，如果要问缘由，要干涉她的做法，当年就应该那样做了。而现今，他已没有资格过问。

“不行就算了。”路映夕轻轻一叹，笑容退去，几许愁云染上眉心。如果必须使用强硬手段，怕不只令皇帝为难，也会伤了师父的心。姚贤妃似乎是他们都紧张的人。

“你想怎么做？”皇帝沉眸看她，问道。

“皇上会继续帮臣妾吗？”她反问。

皇帝点头。他无法置身事外，欠凌儿的，他今生一定要还，否则一世背负着愧疚，他始终心难安。就算要铲除南宫渊，也不应由凌儿出手。

“皇上可以派人暗中查探吗？”路映夕接着问。她需要皇帝的助力，用以迷惑姚贤妃的注意力。

“朕已经命小范着手去查。”皇帝瞥她一眼，劝诫道，“你不要心焦，朕保证，无论花多少人力物力，都会替你查出结果。”

路映夕浅淡扬唇，不置一词。结果？若是费时太久，最后查出的结果是一个噩耗，又有何用？

“南宫渊也非无能之辈。”皇帝忽道，脸色冷了些许。

“嗯？”她狐疑望他。

“既然南宫渊愿意留在皇朝，他所想的，就绝非是拖你后腿。”皇帝语气锋锐，索性把话说明，“你一味担忧，故而当局者迷。南宫渊看似温雅无害，然则锋芒内敛。他又怎么会没有自保的能力？他只不过想自己解决陈年纠葛，不想拉你下水。你若信任他，就应放手让他自己去处理，他迟早会重新出现于你面前。”

路映夕不由一愣。皇帝果真明睿，早把一切看透。她不是不懂其中道理，只是难免担忧。

“皇上是希望臣妾坐视不理，独善其身？”她轻笑，隐有一丝淡嘲。说穿了，皇帝是怕她伤害姚贤妃。人皆有私心，因为人都偏心。

“你可以认为朕不公允，但你与朕半斤八两。”皇帝勾唇，淡淡一笑，“你和朕太像，每做一件事，都有明确目的。纵然是关心他人，亦都其来有自。”

“臣妾是这样不纯粹的人？”路映夕蹙眉，疑问也似自问。

“你还未曾真正纯粹过，或许将来会有那么一天。”皇帝说得玄妙，话中含有深意。

路映夕哑然无话。自她嫁入皇朝之后，她的世界就变了样，曾经坚定不移的观念，屡遭自己质疑。是否日子再久一些，就会彻底被颠覆？

第三十二章
女扮男装

隔日，路映夕备仪仗前往凤栖宫。

殿中清幽如旧，宫婢们各司其职，安静伶俐。路映夕没有让人通禀，直入偏殿，不料在后苑回廊被宫女小南拦下。

“皇后娘娘，婕妤主子身子孱弱，正在小憩。”小南禀道，秀丽脸上却未显不安之色。

“那么本宫就等她醒来。”路映夕半眯起清眸，不容她轻易打发。栖蝶和姚贤妃已结成同盟，难保栖蝶没有插手师父的事。

小南躬了躬身，不敢再搪塞，恭声道：“娘娘请去前厅稍坐会儿，奴婢这就去唤醒婕妤主子。”

“不必，本宫去栖蝶婕妤寝房外等着。”路映夕一面道，一面举步而去。

小南不着痕迹地皱眉，默默跟随在后。

行至苑居，还未靠近寝门，就已经听到乒乓异响。路映夕停步，静静倾听。

“滚出去。”

“婕妤主子，您今日还没有喝药……”

寝房之内，传来主仆二人的对话声，一人暴躁，一人惶恐。

“都说了不喝，你给我滚出去。”

“但是太医说……”

“闭嘴，我的身子我自己会不清楚吗？把汤药统统倒了。”

跟着便听哐当碎响，疑似瓷碗摔地的声音。

路映夕心中惊讶，原来栖蝶真实的性子是这般刁蛮任性。由此可见，她平日的演技何等精湛。她终究是霖国公主，虽然长年潜伏在皇朝宫中，但依然不减骨子里的高傲。

寝门内匆匆走出一个宫婢，捂着额头，鲜血透出指缝，看样子，是被瓷器碗碟砸伤。她见了路映夕，不敢吭气，只恭敬行礼。

“小南，带她去敷药。”路映夕转头，对身后的小南吩咐道，“本宫自己进去就行。”

不等她回话，路映夕已快步走入栖蝶的寝房。

内间房里，一片狼藉，满地瓷片。栖蝶正靠坐床头，脸色难看，犹有几分冲冲怒气。她没有身孕，更未滑胎，却每日被不知情的宫婢催着喝药，憋了一肚子气，忍不住烦躁。

“栖蝶。”路映夕脚步无声，轻巧地绕过屏风，蓦然出现在栖蝶眼前。

“皇后娘娘，”栖蝶顿时一惊，慌忙下床，屈膝行礼，“皇后凤安。”

“快起身，回床榻躺着。你身子弱，就不用理会这些缛节了。”路映夕温和微笑，眼眸一低，扫过地上被汤药浸污的羊毛毯子。

“奴婢失仪……”栖蝶垂着脑袋，声音讷讷，渐渐哽咽起来，“奴婢心中烦闷哀伤，才，才……”

泪水如断线珠子，颗颗滚落，她泣不成声。

“栖蝶。”路映夕沉了声，明眸中幽幽浮起严厉光芒，“无须再在本宫面前做戏。”

栖蝶低泣不断，没有抬头。

“你的身份，本宫清楚。”路映夕语速缓慢，冷厉得震慑人心，“堂堂的高贵公主，委身为婢，若说没有不可告人的企图，无人会信。”

“皇后，”栖蝶终于抬起头来，清美稚嫩的脸庞泪水斑驳，无辜而可怜，“奴婢蠢笨，听不懂皇后的话。什么公主？奴婢是栖蝶啊，皇后娘娘，您怎么了？”

“你——”路映夕一顿，凝目盯视她。

“奴婢不该胡乱发脾气，奴婢错了，请皇后娘娘责罚。”栖蝶柔顺地跪下，啜泣道，“奴婢以后不敢了，娘娘原谅奴婢这一次吧。”

路映夕定定地看着她，不发一语。看来她是要演戏到底了。分明是心高气傲的脾性，却能屈能伸，卑微奉承，长期忍耐，不得不说这样的人也是一种人物。

“起身吧。”平淡了口吻，路映夕倦怠地摆摆手。

“是，谢娘娘。”栖蝶依言站起，战战兢兢地立在一侧。

“栖蝶，本宫与你做个交易。”路映夕不逼她承认身份，径自说道，“你应该知道，如今后宫尚有一席妃位虚悬。如果你能替本宫查到一个人的下落，本宫就劝皇上晋升你为德妃。”

栖蝶沉默了片刻，才小声问道：“何人的下落？”

“本宫的师父，南宫渊。”路映夕坦诚道来，目光清冽，紧盯着她。

栖蝶轻轻摇了摇头，一脸茫然：“南宫神医不是出宫了吗？皇后娘娘不知他去哪儿？”

“你想清楚了？”路映夕眼光锋锐地扫视她。

“想清楚什么？皇后娘娘，奴婢愚钝，听不明白……”栖蝶困惑地回视她，两人就如鸡同鸭讲。

“机会只有一次。你选择盟友与敌人，要慎重。”路映夕字字清晰，神色冷凛。她相信，栖蝶一定听得明白。

栖蝶眼中快速地闪过一抹迟疑，但仍是摇了头，惶惑道：“皇后娘娘今日说的话，奴婢都听不懂，娘娘您没事吧？”

路映夕扬了扬菱唇，语声透寒："很好，本宫知道你的决定了。"

话毕，她便转身离去，纤长背影看起来甚是决绝。栖蝶默默注视着，心里无端打了个寒战。

路映夕没在凤栖宫多作停留，直返宸宫。她已经确定，栖蝶贪图的不是妃位，那么，姚贤妃应承给栖蝶的东西，必定更具吸引力。这两人联手，她往后的日子定然凶险更甚。

进了寝宫，见皇帝刚下朝回来，正在品茶歇息。

"都退下。"路映夕低声宣退旁侧侍立的内监。

内监们看了皇帝一眼，见他没有异议，恭顺应道："是，皇后。"

直至无人，路映夕才单膝跪下，轻声唤道："皇上。"

皇帝懒洋洋地抬眸睨她，一副诧异状："皇后为何行如此大礼？"

"臣妾恳请皇上应允一件事。"路映夕望着他，神情平淡而毅然。

"何事？"皇帝也不叫她起身，反而自椅中站起，居高临下地睥视她。

"望皇上格外开恩，允许臣妾出宫一趟。"她微仰着脸，语调不高，但掷地有声。

"你这口气，可不像是在求朕。"皇帝负手绕着她踱步，像存心令她窘迫。

"臣妾确实不是求，而是交换。"路映夕浅浅弯唇，双目中亮起璀璨的光华。

"哦？朕倒很感兴趣，你能拿什么与朕交换。"皇帝斜勾薄唇，笑得玩味。

"皇上不缺金银，不缺美人，不知皇上可有希冀之物？"路映夕跪地未起，仰眸望他。

"自然是有的。"皇帝朗笑，眉目生辉，格外的英俊不羁，"朕希望社稷安定，希望百年琴瑟，虽非实物，可也是世上珍稀难求的东西。"

"这两样，不在臣妾的能力范围之内。"路映夕扬眉，笑道，"臣妾只能完成皇上先前提出的要求。"

"朕提出的要求？"皇帝微怔，随即忆起，拊掌一击，道，"好，这倒也是难得之事。"

"臣妾想要今晚乔装出宫，天亮之前一定返来。"路映夕直言，不再与他客套迂回，"如果皇上不放心，可以派人跟着臣妾。"

"朕有何不放心？难不成你会趁机私逃？"皇帝长眉一挑，笑吟吟道，"其实确实是一个好机会，你出了宫，若能寻到南宫渊，大可一去不复返，从此逍遥于山野间。"

他说着，伸手虚扶一把，让她起身说话。

"臣妾断不会如此妄为。"路映夕站定，与他对视，正色道，"臣妾自知身份，更清楚肩上担的责任。"

"责任之心，怎敌冲动之念的魔力？"皇帝意味深长地回道。

"臣妾并非冲动之人。"她淡淡地笑，安之若素。她心底的的确确有那么一点波动，如果能够从此消失于纷乱尘世，隐避山林，何尝不是一种逍遥自在的幸福？可是，师父自幼就教导她，做人一定要俯仰无愧于天地。她又怎能背信弃义，令邬国与皇朝盟约破裂？若因此导致邬国生灵涂炭，她就成了千古罪人。

“有时候，人会高估自己的理智和定力。”皇帝笑得高深，深眸中光芒莫测。让她出宫一趟也好，他想看看，如果面临抉择，她会割弃什么。

路映夕抿嘴不语，只是恬静浅笑。能否查到师父下落，尚是问题，此时她何必庸人自扰，想些无谓的事。

“你答应朕的事，朕就等你回来再向你索讨。”皇帝再道。

“多谢皇上。”她微微屈膝，恭顺一礼。

“待天黑，朕让小范领你从北侧门出宫。”皇帝上下打量了她一会儿，眼中笑意更浓，“你可以乔装成侍卫，以免太过引人注目。”不知她做男子装扮，会是何种风情？

“是。”路映夕简略应声，又道，“不过臣妾没有侍卫服。”

“朕现在就命人取一套过来。”皇帝坐言起行，走向寝门，对候在门外的心腹低声交代。

不过片刻，就有一名老内监恭敬地捧上一个锦盒，而后乖觉地退出。

路映夕暗暗蹙眉，看皇帝的样子是要她即刻换装？

“映夕，去换上给朕瞧瞧。”果不其然，皇帝开口说道，眸中不掩盎然兴味。

“是，臣妾遵命。”她无可奈何，取出锦盒中的服饰，转身入了内间更衣处。

褐紫色的侍卫服，有几分铠甲的样式，布带束腰，金甲护胸。路映夕拆了髻，将长发盘于帽内，挺直腰脊在铜镜前一站，面上神情倒也显得英气凛凛。

“换好了？”皇帝悠悠然绕过屏座，“让朕瞧瞧花木兰的英姿。”

路映夕旋过身来，对上他的端详。

皇帝莫名“唔”了一声，目光变得奇异，半晌无语。

“皇上？是否不像男子？”路映夕疑问，扭头再看看铜镜里的影像，还未发觉异状。

“你——”皇帝像是忍着什么话，眼角轻微抽动，低扫她的胸前。

顺着他的视线，她低头看去，这才想起自己忘记了缠布裹胸。

皇帝终于忍不住，薄唇一动，爆出一串大笑，边笑边揶揄道：“是朕忘了，忘了朕的皇后有一副玲珑有致的好身材。”

路映夕闷哼，不理睬。皇朝的女子衣裳，以宽松为主，繁复多层，而男子服饰极为简便，衫紧袖窄，使得身形线条毕露。

“别勉强束胸。”皇帝瞄她胸口一眼，眼神戏谑，“若缠坏了，朕可要心疼。”

“皇上见过女扮男装的人？”路映夕微侧了身子，语气悻悻。

“见过。”他只回了两字，眼底不易察觉地浮动晦暗之色。那是多年前的事了，那时凌儿并不是如今这般冷淡，有些俏皮淘气，经常女扮男装，磨着他要他带她去市井游玩。

路映夕皱了皱眉，见他识趣地避到屏座外，才重新整理自身装扮。她如他所言，没有缠布裹胸，却在腰身绕了层层布条。再在他面前出现时，赫然就是一个臃肿的小胖子。

皇帝愕然，再次放声大笑："映夕，你……你真聪明。"

路映夕撇嘴，暗瞪他一眼，没有吭声，坐至梳妆镜前，涂抹了一些东西在自己脸上。

皇帝直盯着她的动作，口中啧啧称奇："如果朕不是在旁看着，真要被你糊弄过去了。"他顿了顿，又挑剔道："肤色太黑了，只剩一双大眼睛忽闪忽闪，像猫头鹰。"

"吓着皇上了？"她不冷不热地搭了一句，手上未停，连雪白颈肌都涂黑了，还在脸颊及颧骨粘了几颗大痣，痣上长毛，丑陋不堪。

"你何苦把自己整得这般丑？"皇帝看不下去，直摇头。

"以免被宫中人认出，徒惹事端。"路映夕涂抹完毕，站起身，冲他咧嘴一笑。

皇帝扶额，深感无力："别对朕笑……"

"为何？"路映夕做不解状。

皇帝别过脸去，觉得惨不忍睹，边道："你笑起来很美，但你这张脸太丑，极美与极丑的冲突，朕承受不了。"

"皇上，以貌取人，失之子羽。"路映夕轻咳两声，低了嗓子，粗声粗气道。

"那几颗长毛的痣，朕认为实在没有必要。"皇帝用眼梢余光飞速瞥她一眼，道，"朕只要一想起，若朕要吻你，就会被那奇怪黑毛拂搔，就顿生怪异感。"

"可是臣妾觉得，脸上有痣颇有个性。"路映夕露齿而笑，一派粗野。

皇帝转回头，看她须臾，突然道："你在耍着朕玩儿？"

她嘴角的笑弧扩大，不再掩饰捉弄人的顽心。

"好大的胆子，竟敢消遣朕。"皇帝恼道，忽地大步趋前，伸手在她脸上胡乱擦抹。

她左闪右避，不禁笑出声来。他以为能看见她变装后的别样风采，她偏要扮丑唬他。

"当个俊秀公子不好？"皇帝斥道，"存心害朕失了晚膳胃口，你好恶毒的心思。"

"皇上，这也算恶毒？"她不以为意地笑，敏捷闪过他又探来的大手，"臣妾是要出宫办事，可不是嬉耍玩乐。"

"让朕一睹你男装的清秀模样也不愿意？"皇帝微愠地横她一眼，心下却无一丝怒意，甚至有些愉悦。他喜欢她这样开朗笑闹的样子，有一点点狡黠，又有一点点无邪。他越来越觉得，她是一个多变的女子。平时沉静镇定，跳舞时风情万种，玩笑时顽皮可爱。就好像那一支惊鸿舞，风姿变幻，引人想要一窥再窥。

"皇上有这爱好？"路映夕故意露出质疑的神色，从上到下地瞄他。

"并没有。"皇帝配合着她，大声辩驳，"朕正常得很。"

她呵呵直笑，话语温软，却是犀利："皇上若无偏爱，又怎会急于看臣妾乔装？"

皇帝摩挲着下巴沉吟，半晌才道："若非朕心中清明，倒要以为你介意吃醋。"

“说不定臣妾真是吃醋呢。”路映夕敛了笑，似真似假地回道。方才的只字片语，已足够她猜出，曾经化作男装的女子是姚贤妃。

“如果是，朕会感到很欣慰。”皇帝微勾薄唇，那优美的唇边掠过一道涩然的弧度。他与她之间，情愫朦胧不明，可是极具力量，无声无息地入侵他的心。他并不是爱不起，只是怕了爱，尤其爱这样一个注定与他敌对的女子。

“皇上不厌烦醋劲大的女子吗？”路映夕抬眸看他，问得隐约有几分认真。

“厌烦。”皇帝如实回答，但又道，“如同小酌怡情一般，凡事都不该过了度，否则就会失去最初的趣致。你冰雪聪明，应知这个道理。”

路映夕轻点了下头，接言道：“臣妾明白，酗酒伤身，人贵自知与自制，若过于放纵自己，便会养大了心魔。”

皇帝微笑：“映夕，你所懂得的，比许多女子多。有时候朕会忘记，你还不足十九岁。”

“其实臣妾懂得的道理，大多女子也都懂。说易做难，这句话对每个人都适用。”路映夕没有自得，语气平和。

“朕希望，当需要做时，你也会如现在这般明理。”皇帝说得语重心长。

路映夕淡淡摇头，道：“皇上高估臣妾了。臣妾只是一个普通女子，所期盼的，与其他女子无异。”假若易地而处，她虽不会像姚贤妃那样偏激固执，可也会同她一样感到失望与悲伤。

“你所期盼的，是什么？”皇帝深望她，问道。

“世间女子最期盼的，不都是一个可倚赖终生的良人吗？”她轻声答道，眼底闪过一丝惆怅。如果她与师父并非师徒关系，师父可会是她的良人？像师父那么温和儒雅的男子，无论谁做他的妻子，一定能够幸福一生吧？

“如何才算是良人？”皇帝再问道，目光暗了暗。

“死生契阔，与子成说。执子之手，与子偕老。良人当如是。”她笑起来，明眸璀亮，“而且，只能携一人之手。”

“朕明白。”皇帝点头，没有赞同，没有反驳，只问道，“若现实艰难，不能达成，又当如何？”

“这世上的路，不只一条。若是此路不通，便应转道。”路映夕语声轻柔，却坚定。

皇帝不由叹息：“你的性子，亦是极犟。”

路映夕不否认，浅笑望他。不知何故，他遇上的女子似乎都是倔强性烈。或许，他内心偏爱的就是这类女子。

“时辰不早了，朕宣小范前来，预先交代事宜。”皇帝无意再谈论下去，面色淡薄，转身步出了内居。

第三十三章
夜闯龙潭

夜幕低垂，月上梢头，凉寒似水。

路映夕穿着一身侍卫服，跟在范统身后，静静随行。

范统脸色古怪，还在回想刚才见到她时的情景。先前他去宸宫面圣，看到皇上身旁站着一个中等身量的黑脸男子，原本没有多作留意，待到那人开口说话，他才发现居然是皇后。他何止是感觉讶异，简直是震惊。她把自己的美貌毁得可真够彻底。尤其颊上那一颗颗黑痣，长着稀疏毛须，丑陋至极，仔细一看，还有点令人作呕。可是，她的眼睛还是那么明亮，仿佛凝聚天上繁星，灿然光耀。

两人沉默地行至北侧门，有皇帝手谕开路，顺利无阻地离开了皇宫。

离宫门稍远，到了僻静无人处，路映夕才笑眯眯地出声："有劳范侠士了，不如我们约好寅时在此相见，到时再一同回宫。"

范统扭头看她，月光下她一口洁白贝齿闪着光泽，反倒让人忽略了她肤黑貌怪。

"范某曾应允过皇后，若能力所及，就必会保护皇后周全。"范统神情严峻，一贯的不苟言笑。

"要陪同我一起也可，但你该改口了，不然惊坏路人。"路映夕粗着嗓子道。

"是，夫人。"范统顿首，改口唤道。

"夫人？"路映夕好笑地觑他一眼。

范统僵了僵，不自在地咳了声，重新唤道："路兄，未知接下要去往何处？"

路映夕满意地点头："范兄，你可听说过修罗门？"

范统顿时一凛，惊疑看她："路兄莫不是想夜闯修罗门？"

"不是闯。"路映夕扬唇微笑，道，"是偷潜进去。"

"你疯了。"范统脱口直斥，随即又觉失礼，讪讪道，"单凭你我二人之力，潜入修罗门必死无疑。"

"为何？"路映夕神色从容，心中顾自思忖，姚贤妃早年脱离了修罗门，其父亦已身亡，但此杀手暗盟仍屹立江湖。这几年来，如若姚贤妃私下有外力协助，必定和修罗门有关。

"修罗门的杀手，无不是一等一的高手。"范统皱起剑眉，觉得她任性且无知，谆谆训诫道，“而且，修罗门之中机关遍布，绝不是能轻易潜入的地方。其门人手段狠辣，那些机关并不是拦阻困人之用，而是赶尽杀绝的厉害埋伏。”

“那又如何？”路映夕闲散地再问道。

范统眉头扭紧，加重了语气：“范某知道路兄轻功非凡，内力深厚，可是机关阵法防不胜防，请勿意气用事，逞强而为。”

“范兄不敢去？那就在此等我吧，我去去就来。”路映夕笑看他，其实有他同行也不错，他为人重义，若遇危难，他不会弃她而逃。

范统无语良久，生了几分怒气，好半天才蹦出一句话来：“你非去不可？”

“是，非去不可。”路映夕点头，带着不容错辨的决绝。姚贤妃不可能把师父囚在宫中，若无密道，要从宫外暗渡一个人进斋宫，实属难事。排除了皇宫，剩下最有可能的就是修罗门。所以，即使修罗门是龙潭虎穴，她也必须去。

“好。”范统低喝一声，目光炯炯，“就由范某去。”

“你一个人去？”路映夕略感诧异。她亲自出马就是因修罗门太凶险，曦卫不足以胜任。而范统武功虽高，却不谙奇门遁甲，也是入不了修罗门，这一点，范统应该心里有数。

“范某不能让皇……路兄冒险。”范统神色坚毅，没有一丝畏惧，大有视死如归之态，“寅时，在此相见。如果范某没有依时返来，请路兄自行回去。”

路映夕凝神看他，不由好奇，问道：“范兄，你所效忠之人并不是我，为何甘愿舍命？”

“范某所效忠之人，要范某保护路兄，范某就一定会鞠躬尽瘁死而后已。”这番酸儒的话，从范统口中说出异常铿然真诚，他顿了一下，补充道，“何况，范某曾输给路兄一个赌约。大丈夫言而有信，范某不会食言背信。”

路映夕叹息着摇头。这样纯良忠厚的人，实在珍贵难得。

“路兄不信范某？”见她摇头，范统两道浓厚剑眉又皱起，瞪目瞪她。

“信。”她轻轻回道，弯唇一笑，“那就一起去吧。你可不要与我再争论，不然天就要亮了。”

“不行，你不可以去。”范统坚持地盯着她。

路映夕笑容渐深，不睬他，径自脚尖一点，纵身飞掠。

范统一怔，狠狠瞪着她的背影，迅速展开轻功追上。

夜幕下，两道影子疾行于民宅瓦顶，犹如一阵晚风，吹过便无踪。

路映夕早前已经得到消息，又仔细研究过京都地形图，知晓修罗门的确切位置，可当她真正到了修罗门的总舵时，还是忍不住吃了一惊。

竟是义庄。

大屋前，白绸披挂，灯笼随风飘荡，烛火幽幽摇曳，阴气逼人。

她相信曦卫查探的信息不会出错，那么，修罗门是在义庄的地底？地下石宅？真如名字一般，修罗地狱，气势悚然。

两人盘踞义庄屋顶，谨慎戒备。

“在此等我。”路映夕以唇语无声说道。

范统炯目大睁，剜她一眼，极不赞同她轻举妄动。

“我去查入口所在。”路映夕悄声又道，“你若随我下去，会拖累我。”

她并非故意说重话，可若不这么说，范统不会听从。

范统默然，横眉怒对，路映夕冲他微笑，不再滞留，轻巧地跃下屋顶，眨眼间消失于浓重的夜色中。

这座义庄占地颇广，后院尤为宽敞空荡，一眼扫去只有苍翠大树和一口古井。

路映夕屏息，小心翼翼地猫腰摸索。出于多年精研奇门五行的直觉，她预感入口的机关就在这院落里。

藏身井边的一棵大树后，她微微凝眉，心中有种怪异感。这义庄里，竟连看守的人都没有，鸦雀无声，更显阴森诡谲。

她不敢贸然四处兜转，只眼观八方，观察周遭环境。敏锐目光正落在那口破旧的古井上，突然听闻一阵异常风声。

她浑身一凛，抬眸，只觉疾风似电，夹杂一道银光，飞射屋顶。紧接着，就见范统在屋瓦上滚了一圈，直坠地面。

路映夕心道糟糕，定睛细看，却见范统利落地凌空翻身，稳稳落地。

心下稍宽，她当机立断地纵身跃向范统，一把拽住他的手腕，速速退离。

身后怪风仍响，细微而急促，嗖嗖擦过他们两人的衣角。

直至离义庄较远，那连绵不断的暗器才追踪不上，四周气息转为平静。

在一条幽暗的巷子里，两人停住了脚步。

“你——”范统低低出声，声音哽在喉头，麦色脸庞似乎泛起可疑的潮红，手臂用力一抽，从路映夕手中挣脱。

“范兄没事吧？”路映夕自若，淡笑问道。

“没事。”范统哑着嗓子回道，举目看她，“只怕我们一进入义庄，就已经被人发觉。”

“嗯。”路映夕应了一声，思索着道，“修罗门的高手确实深不可测。如今打草惊蛇，再闯已无可能。”

“那么且先回去，这件事就交给范某继续查探。”范统拧紧眉毛，目光深了几分。她是千金之躯，本就不该亲身涉险。

“好，回去。”路映夕应得干脆。

范统反倒疑虑起来，站在原地不动。

路映夕轻笑，道：“我已经查到想查的东西。”

“查到了什么？”范统不明白。刚才他们什么都来不及做，就被人发现了行踪。

路映夕含笑不语。按照修罗门的一贯做法，有人潜入他们老巢，他们势必狙击到底。可是方才的暗器不过是警告之意，这说明他们早已收到风声，近日会有人上门。想得再深一层，即是姚贤妃暂时不想与她撕破脸，不想击杀她或皇帝派出的人。种种迹象，都足以证明，确实是姚贤妃和修罗门掳走了师父。既然如此，她无须冒险再入修罗门，只需从姚贤妃身上下手便可。而最重要的一点是，修罗门入口机关的位置所在，她已有了九成把握，但她目前人力单薄，不是时机。

“那就即刻回去吧。”范统不追问，只想尽快护送她回去，以防有失。

“天还未亮。”路映夕弯唇，笑容满面。

“是何意思？”范统又皱眉，觉得她十分麻烦。

“出来之前，我应允过某人，天亮回去。现在还有几个时辰的时间，难得外出，我要到处逛逛。”她说着，好整以暇地看他。

“夜深人静，有什么好逛？”范统心中不满，语气不佳。

“范兄，你时时可以外出，所以不觉得外面世界有何稀奇。我已经很久不曾呼吸外面的空气。”路映夕笑着道，眼神诚恳，掩埋怅然之色。

范统一时无言。他也清楚，宫中女子犹如金丝雀，被囚于金贵鸟笼中，不得自由。思及此，心似瞬间软了一分，不过嘴里还是冷冷淡淡地道：“不知路兄想去哪儿？”

“京都可有好玩的地方？”路映夕兴致勃勃地问。想来令人唏嘘，她嫁入皇朝这么久，只曾与皇帝微服出巡过一次，且只到过城门而已。

“好玩？”范统琢磨着这二字，摇头回道，“集市店铺早已收摊打烊，这个时辰，除了……”他没说完，直接下结论道，“没有什么地方可玩，还是回去吧。”

“除了什么？”路映夕接着他的话，问道，“这个时辰，是否只有青楼酒肆还在招待人？”

闻言，范统眼角一抽，抿唇不屑回答。

“范兄，难道你不曾去过那些烟花之地？”路映夕绕着他踱步，故意审视着他，“范兄守身如玉，莫非心里早有意中人？”

“守身如玉是形容女子。”范统忍不住恼火，含怒道，“君子坦荡荡，应当洁身自好，那种不应去的地方，本就不该去。”

“看来范兄是个绝世好男人。”路映夕调侃笑道，“以后范兄娶妻纳妾，我定当送上厚礼。”

“娶妻便足矣，何须纳妾。”范统随口回道，然后向她拱手一礼，“先谢过路兄的好意，范某不贪图贵重厚礼，只要一句祝福就足够了。”

“你肯定你不会纳妾？”路映夕倒有兴趣追问，认真地瞧他，“你确定你能做到‘一生一世一双人’？”四国的民风相近，男子大多三妻四妾，女子亦可改嫁。信奉专一的人，尤其男子，这世间太少。

“家里有一个女人已经很麻烦。”范统如此回答。他不曾爱过人，可是他相信自己，若有那么一天，他会全心对待，永不变心。

“说得很有感悟似的。”路映夕笑了笑，心中有些酸涩。若说女人多，当属帝王家，而麻烦也是最多。

“在宫中日久，多少看到了一些事。”范统点到即止，说得有分寸。他有幸蒙皇上引为知己，的确知道了不少宫闱事。其实做君王并不容易，不仅背负着攘外的责任，还有安内的义务，肩头所扛的重量，非常人可想象。

“范兄可还记得，你欠我一个故事？”静谧暗巷里，两人相视而立，似在茶楼闲谈般的散淡。

“记得。”范统颔首。

路映夕不催促，凝望他，等着他叙说。

范统不响，眉头渐渐锁紧。

“范兄？”路映夕唤了声，惊觉不对劲。他的面色为何开始变得青紫？

范统伸手摸了摸后背，感觉有点酥麻，又像失去知觉般的僵硬。

路映夕凛了神色，走至他身后，细看他的衣衫。没有渗血，衣料也没裂，她抬手探去，触上他的背脊。

范统一震，不自在地低声道：“在屋顶时，我大概中了暗器。”

“你怎么不说？”路映夕震惊。这样看来，这暗器应是十分细小，如棉针般深入人体。

“当时我只觉微微一痛，以为是暗器擦伤皮肉，没有留意。”范统羞愧垂首。先前情况危急，她又拉住他的手，那一瞬的腻滑触感令他分心，没有深思异状。

“让我看看。”话落，路映夕袖中的匕首已滑出，动作迅速地割开他后背的衣衫。

“不可！”范统低呼，急急避了开，“男女授受不亲。”

路映夕不理会他，强硬地捉住他的手，搭上腕脉。

范统使劲挣脱，额角已泛起一层冷汗。

“暗器有毒。”路映夕松手，叹道，“范兄，你还剩三日的命。”或许她估计错误，姚贤妃和修罗门不是手下留情，而是以毒伤人，借此警告她别再多事追查。如果今次前来的是曦卫，曦卫必会自尽殉职，但范统并非她的死士，而她也不能眼睁睁看着他毒发身亡。

“范某技不如人。”范统苦笑。他原本自豪自己武功精深，此次却马失前蹄。她的内力，显然高于他，才能无声无息不被人发觉。

“放心，毒性不会立时彻底发作。”路映夕温声安慰，再道，“你先自行护住心脉，别让毒素窜行。暗器应是银针，我必须马上替你逼出，否则银针游走体内，会十分危险。”

“有劳。”范统的声音平稳，心底五味杂陈。原本是要保护她，谁知要她救他。

路映夕再次行至他背后，双手轻旋，掌心贴于他的背。过了小片刻，她皱眉收回手，“找不到银针在你体内何处，无法以内力逼出。”

“如果天意如此，无谓勉强。”范统淡声回道，没有丝毫惊惧。他一介孤家寡人，无牵无挂，生与死他看得并不重。

“有其他办法。”路映夕叹了口气，缓缓道，“我已看见针孔的位置，可以从此处吸出银针。”

“万万不可。”范统猛地转头，“一则男女授受不亲，二则倘若银针上余留残毒，路兄也会中毒。”

“又是男女授受不亲！”路映夕故作轻松地耸肩，打趣道，“为了这六个字，你连命都可以不要？”

范统的神情极为正经，语气低沉：“名节，对女子来说，比性命更重要。何况，若令路兄中毒，范某又如何向恩人交代。”

他口中的“恩人”自然是指皇帝。不过他对女子的名节，似乎出乎寻常地看重。路映夕寻思了会儿，悠悠道：“罢了，回去再想法子。”

“嗯。”范统低应一声，举步先行，步履已然虚浮。

路映夕轻轻摇头叹息，跟上前去，猝然出手，点了他背后的穴道。

第三十四章
诱情攻势

范统身子僵直，又惊又怒，梗着脖子急道："不要胡来！"

路映夕平静地走到他面前，微微一笑："范兄，你体内的银针会随着你的走动而游走，难道你希望毙命于半途？"

"就算是死，也不能伤了路兄分毫。"范统满面怒容，不假思索地驳道。

"因为我的身份？"路映夕笑意温和，眸中却是不可撼摇的坚定，"就算银针上有余毒，也只是少许，我可以运功逼出，不会伤及自身。"

"那也不行。"范统继续反对，语气十分坚决。

"那么，我们就这样僵持到天亮好了。"路映夕无赖般地摊手。

范统气结，脸色愈发涨红，不禁痛恨自己拙口钝舌。

"不要运气抵抗。"见他语塞，路映夕笑着叮咛一句，绕到他身后。

嘶的一声，范统背后的衣衫被撕裂得更开，一道斜长疤痕赫然入目。伤疤从肩头斜划到腰侧，约有两尺长，犹如狰狞的巨大蜈蚣。

路映夕心中暗叹，果真是每个人都有故事，都曾经历过沧桑风霜。

"请路兄闭目。"范统内心挣扎半晌，蹦出一句话来。

"闭上眼睛我就看不见针孔位置了。"路映夕莞尔，这人实在古板得很，不过古板得倒有些可爱。

范统再度无言，额角隐约现出青筋，感觉到她柔软的手碰触他的背脊，心头猛然悸动了一下。

路映夕看准那个细小的针孔，俯脸凑近，双唇印上。

范统又是一震，连耳根都泛红，面颊上滚滚热烫。他活了二十八年，从未近过女色，不觉得女人有什么值得欣赏之处。可是此刻，他竟觉心旌神摇，胸口阵阵热潮翻涌，心波荡漾。

路映夕不知他所思，全神贯注地用力吸吮，暗自运起内力，从口中灌出，熨烫他的背肌。

顷刻，一根冰凉银针被她轻咬在齿间。

吐落银针，她先合目调息，然后伸手解开范统的穴道。

一得自由，范统立即急急地转过身看她，忧切问道："路兄，你无碍吧？"

"无碍，余毒很浅。"路映夕云淡风轻地回道，抬眼看他，发觉他的气色分毫没有好转，印堂已泛出青黑色来，心下不由一叹。这毒不简单，看来是修罗门的独门毒药。虽然她对毒草颇有认知，但也必须取血仔细研究，才能知道其中含有哪几味毒。而研制出解药，恐怕需要大半月时间。

"速速回去。"范统不放心地皱眉，她的唇瓣染了一抹紫色，看上去妖艳反常。

"嗯。"路映夕点了点头，交代道，"为防毒素扩散，我们要步行回去，不可运功。"

"路兄你先回去，我独自慢行即可。"范统压低了声音，再道，"回去后马上宣太医，尽速祛除余毒。"

"我中了余毒，同样不宜运用轻功。"路映夕耸了耸肩，脸上神情轻松。宣太医无用，她只是齿碰银针就已中毒，可见有多棘手。

"这——"范统懊恼，垂头低低吐出一句话，"范某连累路兄了，抱歉。"

"范兄何时变得这般婆婆妈妈？"路映夕笑睨他，不等他答话，径自先走出了暗巷。

已是三更天，路上几乎不见行人，只有两个老更夫巡夜，敲打着铜锣，扯着嗓子喊："天干物燥，小心火烛——"

路映夕和范统并肩走在街上，慢行如散步。

更夫觉得奇怪，瞥向他们二人，嘴里嘀咕道："世风日下，人心不古啊。"

路映夕闻言抿嘴窃笑。范统还未领悟，疑惑地侧眼看她。

恰巧刮起一阵夜风，凉寒沁人。范统一愣，急匆匆地加快脚步，窘迫又狼狈。

"范兄，走慢点。"路映夕笑着扬声喊。

"慢不得。"范统头也不回，仿佛身后有野兽在追逐。

"范兄，你最好停下等等我。"路映夕不急于追上，慢腾腾地走着，边道，"不然我落在后面，即使不想看，也只能看了。"

范统脚步一滞，讪讪回过身。若是在校场上，他裸着上身，也非稀奇事，但现在……

"范兄莫急，我与你平行就看不见了。而且这个时辰路上行人寥寥，你不算妨碍风化。"路映夕缓缓跟上来，唇边噙着一丝揶揄笑意。

范统闷哼磨牙。他背后一片凉飕飕，不知衣衫被她撕成怎样的破碎。方才他未想及，现在才不由得怀疑，指不定她是故意的。银针之孔，不过是细微的小小位置，何须撕开他整片衣衫？

路映夕看他一眼，含笑道："范兄别误会，我是为了寻找银针的位置，可不是为了饱眼福。"

"你——"范统低声迸出一个字，恼羞成怒地甩头，重重地踏步前行。

路映夕闲步跟上，说道："从这里走回去，少说要两个时辰。长路漫漫，范兄，不如你讲个故事解解闷吧。"

范统哼了一声，余怒未消，不肯开口。

路映夕愈觉好笑，他的反应倒像是姑娘家被调戏。

好半晌，范统才不情不愿地启口，低沉沉地道："我是孤儿，至今都不知晓亲生父母姓甚名谁。我由养母带大，直至十岁。"

"养父呢？"路映夕敛容，轻声问道。

"没有。"范统恢复一贯的冷峻，用字简洁，"养母一生未嫁，无子无女。据说我尚在襁褓之时，就被她抱回抚养。"

"你的养母姓范？"路映夕再问。其实她想问，为什么他的养母会给他取这样一个名字。

"是。"范统的语气越发淡漠，毫无起伏，"我天生胃口极大，一餐需食五大碗米饭。这就是我名字的来由。"

路映夕没有笑，只觉恻然。他的养母待他似乎并不好。

范统突然转头看她，目光幽深，语声凉淡："事实上，我从小生活在勾栏院。养母靠卖笑为生，几年前因染严重花柳，病逝。"

路映夕哑然，至此时她才明白，为什么他对女子的贞洁名节有一种异常的执着。

"十岁那年，我在街上与人打架，被打得鼻青脸肿。"范统不再看她，顾自行走，淡淡说着，"当时我趴在地上无力爬起，有一个怪人忽然将我拎了起来，说我的骨骼奇特，适合习武。后来我就拜他为师，开始练武。"

"那人是何身份？"路映夕好奇地问道。

"是一个怪老头，无亲无故，一人住在荒僻山上。他的脾性怪异，动辄打骂，非常暴躁。有时他饮醉了酒，下手不分轻重，有几次我险些死在他手里。"范统目视前方，脸上近乎没有表情，似在叙说别人的故事，"我后悔过，想逃回养母身边。每次都在半路被他捉住，又是一顿好打。到了我十八岁那年，我的武功终于超越了他。我回去探望养母，那时养母已患病，境况落魄。那一天她的态度特别慈和，絮絮地说了很多话。"

路映夕静静聆听着。他虽说得平淡，但是可以想象，那些年他过的是怎样的非人生活。

"我在那天才知道，原来我师父是养母的旧相好。"范统忽然扬唇笑了笑，那笑容包含了百般复杂的滋味，"师父大概是很爱养母的，可惜养母对他无情。我正好成了师父发泄怨恨的一个出口，不过我想，师父应该也知道，即便他虐待我至死，养母都不会为我流一滴眼泪。"

路映夕不忍地低垂眼帘，心里有股涩涩的感觉滑过。在那样畸形的环境下成长，他还能保有正直忠义的性格，是多么难能可贵的事。

“自从十八岁打赢了师父以后，我就认为自己天下无敌，狂妄自负地想要开山立派。”范统扯动嘴角，自嘲地道，“在江湖上莽撞地胡闹了一番，吃了不少亏，终于开始学乖。但已经来不及，树敌太多，日日遭人追杀。”

“后来遇到了‘恩人’？”路映夕轻轻接言。

范统颔首，双目中渐渐升起光亮，“那年我二十二岁，第一次遇见令我彻底折服的人。不是因为武功的高低，而是那种与生俱来的慑人气魄。当时我正被仇家追赶，躲在一座破庙，有一位衣着光鲜的公子进来避雨，我见他温文尔雅，又落单一人，便恶从胆边生，想打劫他。因为我身无分文，饿了好几日。”

“他教训了你？”路映夕露出浅浅笑容。那时皇帝应该还未登基，比较自由，可以出宫游历。以皇帝的性情，又岂会容人爬到他头上？

“没错。”范统一点也不觉惭愧，眼眸中反而闪着钦佩的光芒，“他没有动武，只与我打了一个赌。他把自己身上的银两都给了我，和我约定十日后原地相见，如果到时我能毫发无损地出现，他就输给我一千两黄金。”

路映夕笑着摇头，问道：“他当时是不是铁口直断，你仇家甚多，必逃不过血光之灾？”

“是。”范统点头答道。

“你听了之后，是否觉得很不服气？”路映夕又问。

“是。”范统再次点头。

“这个赌约，值得你从此为他卖命？”路映夕不太理解。不过是激将法罢了，皇帝一定早前就已察觉到破庙附近有异状。

“我输了赌约，答应为他效劳半年。”范统眼中的光泽又暗了下去，沉了声线，“那半年，颠覆了我二十二年来的所有观念。若不是有幸遇上他，今日的范统或许就是一个流寇窃贼，又或者早已死于乱刀之下，变成一堆白骨。”

“嗯。”路映夕望他一眼，眸中带着鼓励的温柔。她自然听得出来，故事到此，已到尾声，他无意再说下去。她想鼓励的是，忘记不幸的过去，面向光明的未来。

对上她柔和似春风的眼神，范统默默地别过脸，却抑不住骤然急速的心跳。他从不轻易对人诉说自己的过去，为何面对她却能说得这般自然？他好像下意识地认定，她听过以后，绝对不会轻视他。他的身世，他后来已辗转得知。原来，养母是他的生母，师父是他的生父。他们都不要他，都拿他当磨心，折磨他从不手软。

夜，更深了一分，万籁俱寂。两人静默着，许是有些疲累。

返到皇宫时，天色灰蒙蒙，天空阴沉得似要压下来，令人窒闷。

路映夕叮嘱范统好好休息，等候她的消息，然后便回了宸宫。

时辰尚早，皇帝竟已起来，正在悠闲用着早膳，也不知是一夜未眠，还是早醒。

“皇上。”路映夕入内，行礼请安。

皇帝瞥她一眼，皱起长眉，“去把这难看的妆卸了。”

“是，皇上。”她从善如流，进了内居，稍作梳洗。

皇帝搁下银筷，眉宇紧锁，并未舒展。他派人暗中跟着她与范统，因为不想被他们察觉而隔了些距离，可也大致知晓发生了什么事。她脸色不对，应是中毒了。

静坐须臾，不见她从内间出来，皇帝霍然站起，疾步朝里走去。

披衣木架旁，只着寸缕的女子斜躺在地，鹅黄色的亵衣衬得她的肌肤晶莹剔透。春光诱人，皇帝无心欣赏，大步跨前，一把将她抱起，低唤道：“映夕。”

把她抱到龙床上，盖好锦被，他马上扬声道：“宣太医——”

他的声音太响，路映夕含糊地嘤咛了一声，似是抗议。

“映夕？”皇帝俯身，关切看她。

她没有醒来，只是无意识地呻吟。皇帝探手摸了摸她的额头，发现一片冰凉，再转而牵住她的手，心头登时一紧。她不是新毒发作，而是寒毒发作。

“升暖炉。”皇帝大声对外喊道，想了想，又觉不够，迅速脱了衣袍，翻身上床。她体内新旧两种毒素交错，现在发作起来，只怕会格外痛苦。

在锦被底下，他褪去了她的亵衣，紧紧将她搂在怀里。

两具光裸的身躯亲密相贴，体温交融。同床共枕多日，此刻却才是最贴近的一刻。

太医来得很快，诊断后束手无策地离去。宫婢奉上驱寒姜茶，亦安静地退下。

皇帝从始至终都紧抱着路映夕，不曾下床。厚实锦被已添至三层，暖炉也燃起，他浑身冒汗，但怀里的人儿仍冷得打战。

他腾出一只手，端过摆放在床头矮几上的瓷碗，自饮一口，低头吻住她的唇，慢慢渡到她口中。

如此反复，一小口一小口，直至碗中姜茶告罄。

支着身子俯视她，他忽然发现自己这一连串的举动太过温柔。就算她是因他而中寒毒，他也无须这般竭诚尽心，可是，他似乎真的感到心疼。

眼前静躺着的女子，巴掌大的小脸洁白得几乎透明，浓黑的睫毛长长垂掩盖下，高挺的琼鼻下方是绯红艳丽的菱唇。毋庸置疑，她是绝色的清丽女子。他自幼看惯美人，自问不受美色迷惑。可偏偏看着她时，总是会突生一种悸动感觉。

“冷……”路映夕微微蜷起身子，蹙眉发出细细的呢喃。

皇帝叹息一声，躺回被中，重新将她搂紧。

在迷蒙混沌中，路映夕本能地寻找温暖来源，双手攀上他的颈脖，整个人贴上去。

皇帝顿时一僵，打了个激灵。她的身子寒冷似冰，可又那般柔软滑嫩，她不规矩的小手四处游移，在找着最热烫的地方。

“路映夕。”皇帝瞪她，恼恨低喝。

“唔……”她咕哝一声，像是回应他，手下却不停，放肆地抚摸，往他腰际以下探去。

“该死的！”皇帝低咒，一把捉住她玩火的手。如果不是知道寒毒发作时不可行房，他现在就要了她，再也不管那见鬼的骨气。

她挣扎着要抽回手，皇帝干脆翻身压住她，单手运气，掌心贴于她胸口，汩汩热流延绵灌注，勉强镇压她体内的寒气。

隔了片刻，皇帝调息收手，吐出一口气。他的剑伤初愈，现在强行运功渡真气给她，不免有点气虚疲惫。

路映夕幽幽睁开眼睛，犹有一丝迷茫。她病发了？心口没有抽痛，那也就是说并非心疾发作，应该只是寒毒。

逐渐回过神来，看见身旁皇帝合目养神，她皱了皱眉，下意识地掀被一看，陡然一惊。她竟一丝不挂？

冲口欲出的尖叫，被她死死地咽回肚内，咬着牙唤道：“皇上？”

“你醒了？”皇帝侧过身，睁眼看她。

“皇上渡了真气给臣妾？”她一边问，一边不着痕迹地挪移，想下床穿衣。

“嗯。”皇帝挑眉看她，臂膀一伸，不容抗拒地揽她入怀，“想逃去哪儿？你需要休息，别逞强。还有，你在宫外中了什么毒？连太医都诊断不出个所以然。”

“不知。”路映夕如实回答，用手臂抵在他胸膛，稍微隔开两人之间的距离。

皇帝不满地横她一眼，刻意挺身贴近，挤开她的手臂。

“皇上！”她恼火，怒视他，苍白脸颊却显出一抹可疑的红润。

“念完经就不要和尚了？”皇帝一手扣住她的柳腰，一手抚上她的面颊，以指尖画着她精致的轮廓。

路映夕已说不出话，只觉浑身汗毛竖起，羞恼到了极致。他温热结实的胸膛，若有似无地摩擦她的肌肤，最可恶的是，他居然将腿盘了上来，牢牢压制住她的双腿。这样暧昧的姿势，叫她如何休息？

“放心。不能吃，朕不会硬吃。”皇帝斜勾嘴角，笑得很是邪恶。

“那么请皇上放开臣妾。”路映夕已是咬牙切齿，从牙关里迸出话来，“臣妾不倦，不需补眠。”

她现在半点也不敢挪动，紧绷僵直，倒忘了仍有几许寒气在体内流窜。

“但是朕困倦，你陪朕躺一会儿。”皇帝不理她眼中射出的怒箭，薄唇扬着谑笑，“朕担心了一整夜，难以安眠，你说你是不是应该略作回报？”

“可是臣妾中了毒，要好好研究这毒性。”路映夕仰着脸望他，试图说服他，“一人计短，二人计长。臣妾想去太医署一趟，向太医们请教。”

“不用去了。”皇帝眼光隐隐一沉，淡淡道，“之前太医说，你体内的毒暂时不会发作。朕不会让你有事，你先安心睡一觉。”

“皇上有法子取到解药？”路映夕锐敏地抓住话中的他意。

皇帝不答，只道：“睡醒再说，朕还有一个时辰才上朝。”

说着，他手掌略微用力，抚摸着她腰际细腻的肌肤，瞳眸幽暗了几分。是他太暴殄天物，一直忍耐。此刻如此亲密的相拥，令他顿悟，他早该日日拥她入眠，即使不占有她，也可肌肤相贴地抱着她。

路映夕僵着不敢动，他的掌心有粗茧，带来微刺的触感，令人阵阵酥麻。

皇帝感受到她的僵硬，低声轻笑，稍调整了姿势，将她推过身去，从背后环抱住她。

“这样可自在一些？”他在她耳畔问。

路映夕不出声，身子依旧有些绷紧。

“朕说过，会等你心甘情愿把自己交给朕的那一天。安心睡吧，朕只是想就这样抱着你，没有任何阻隔的拥抱。”皇帝温热的气息吹拂着她的发丝，旖旎而温存。

“臣妾习惯穿着寝裙入睡。”路映夕弓着背，努力减少两人碰触的地方。她感觉得到，他的体温异常的高，可能欲火正盛。

“从今日起，你要为朕改了这个习惯。”他用下巴轻磨着她的发顶，话语霸道又温柔。

她无语，只当没听到。

“只要你答应了朕，朕现在就移开一点。”皇帝低低地笑，听起来很像坏笑。

她含糊地“唔”了一声，充当应允。

“如果你总是这么乖顺，朕能省不少心。”皇帝满意地抱紧她。

路映夕心中嘀咕，你省心，我不省心。

皇帝亲吻着她的长发，无声道，一次侵蚀一点，慢慢的，你会接受最后的那一步。

第三十五章
春色撩人

路映夕醒来时，已是日落西山。寝居里幽谧宁馨，暖炉中烟气袅袅飘散。

她伸个懒腰爬起，感觉体内寒气已退，只不过仍有些虚软。她周身肌肤覆着一层薄汗，应是被厚厚的锦被裹得太严实之故。

她唤了宫婢进内，吩咐备水沐浴。

在皇宫之中，最奢华的浴池名叫“碧漾池”，唯有皇帝可用。即使她贵为皇后，平常也只是使用浴堂里的大木桶。今日宫婢却告知她，皇帝授意，往后她可以随意去碧漾池。

皇帝专属的浴池，大得令人瞠目。约莫有五丈余阔，十丈多长，内有四尺深浅，凿有水道，随时蓄满干净温水。路映夕屏退侍候的宫婢，举目环顾。浴壁以纹石为质，金石镂成奇花繁叶，杂置其间，十分华丽。

她宽衣踏入碧漾池，将全身浸泡于温热水中，不由发出一声舒服的叹息。她原以为皇帝不注重享受，其实也不尽然。

腾腾热气氤氲池水上空，模糊了视线。她靠着池壁闭目冥思。范统中了毒，她也食入了微量毒素，三日之内必须取到解药。想要解药不外乎两种途径，一是找上修罗门，二是与姚贤妃谈判。相对而言，后者比较可行，不过，她该拿什么筹码去谈？

正深思着，忽听池旁描金彩漆的衣架发出吱呀轻响。

“何人？”她陡然睁眼，立即把光裸的身子沉入水底。

“能进入碧漾池的，除了朕，还会有谁？”闲适的低笑声渐近，带着戏谑的调侃。

闻言，路映夕并未感觉放松，反而愈加戒备。他该不是想鸳鸯浴？

她浸在水里，慢慢游到浴池的另一侧，与他遥望。所幸水面上铺满芬芳花瓣，不至于令她彻底暴露。

“又想逃？”皇帝不逼她，弯身蹲下，就在池岸这么盯着她瞧。

“臣妾能逃去哪儿？”路映夕自嘲苦笑，早知就不该贪图新鲜，入了他的专属地。

“朕今早被暖炉熏得浑身冒汗。”皇帝语速缓慢，像是有意拖长音调，观察她的反应。

“臣妾已沐浴完毕了，皇上请到外堂饮杯茶，臣妾更衣之后即刻命人换水。”路映夕皱眉说道。

“这偌大的池子，换水耗时。”皇帝斜挑起长眉，直勾勾地盯着她。她一头乌黑的长发被水浸湿，缠绕在胸前，衬着凝脂般的雪肌，格外的诱人。

“那么？”路映夕恼怒望他，心知他存心要看她的窘样。

“知道朕为何开凿了这个池子吗？”皇帝转了话题，分散她的注意力。

“为何？”路映夕接腔问，心下默道，筑造浴池不是为了沐浴，还能为了什么？

“朕不好美食，亦不好美色，唯独对沐浴有严苛要求，此处必须随时蓄着热水。”皇帝说得一本正经，好似沐浴是何等大事一般。

“臣妾明白。”路映夕双手抱在胸前，语气淡淡。她在宸宫住了段时日，自然知道皇帝有多繁忙。他的时间几乎都花在处理朝政上，凡事亲力亲为，并不盲目依赖辅政大臣。很多时候她已经就寝，他还在御书房批阅奏章。每日这样劳碌，入眠前的沐浴就成了唯一享受，他可于水中静思，又可舒缓疲劳。

“既然明白，你应该不会再试图阻拦朕下水了吧？”皇帝徐徐勾唇，问得理所当然。

路映夕心中愤愤，撇过脸去，不愿目睹他宽衣解带。

不多时，便听哗啦啦的波荡水声，知晓他正向她游过来。

思忖片刻，她忽然转眸对上他，绽唇一笑，手臂扬起，运出掌风，衣架上披着的裙衫被掠卷而来，落至她手中。

她快速地裹上裙衫，浅浅笑道：“皇上平日习惯了单独沐浴，臣妾就不在此扰皇上清净了。”

皇帝手臂一展，果断地揽住她的腰，又引起一阵水波声响。

“朕不介意与你共享沐浴之乐。”他低眸看她，目光灼灼。

“可是臣妾已经浸泡了好一会儿，被热气熏得头晕。”路映夕不挣扎，任由他搂着，只用言辞推托。

“水温太高？”皇帝故意曲解她的话，“那又何苦穿着裙衫，湿衣沾身，更加难受。朕帮你脱了。”说着，手下已经开始动作，攀上她的衣襟。

“不用了，皇上。”路映夕低喊，紧揪着领口，但仍拗不过他强劲的力道，衣裳半褪，香肩外露。

皇帝突然俯头，在她肩头印下一吻，薄唇缓缓下移，靠近酥胸。

池水正好漫到她的胸口，皇帝皱了皱浓眉，抬头没再进犯。

路映夕脸颊羞红，含怒瞪他。虽然不知不觉间已经习惯了他的拥抱，可是肌肤相触的亲密还是会令她惊急羞恼。

“‘那一天’到底是何时？”皇帝深感无奈地叹了口气，凝望她绯红似云霞的清丽脸庞。

路映夕不发一语，紧抿菱唇。但不知为何，她有点想笑。他这副欲求不满的模样，让

人一下子忘记了他的深沉和凌厉，感觉他仅仅是一个寻常男子。

皇帝扫视着她，低哼一声："在看朕的笑话？"

她抿着唇笑，温声答道："臣妾不敢。"

皇帝看她半晌，唇角一点点勾起，无声邪笑。

路映夕已熟知他这笑容的含义，顿时心生警觉，戒备地盯着他。

"你临出宫之前，答应了朕一件事。"皇帝施施然启口，眸中炽芒闪烁。

路映夕一愣，她差点儿忘记了，她确实应承过，如若他恩准她离宫一趟，她就主动吻他一次。

"别告诉朕，你患了健忘症，什么也不记得了。"皇帝嘴边噙着一抹笑，显然是在消遣她。

"臣妾记得。"路映夕点了下头，暗自咬牙，一脸慷慨就义的神情。

"记得就好。"皇帝半合双眸，慵懒倚靠池壁，等着她献上香吻。

路映夕目不斜视，不敢低看，因为他全身赤露，一丝不挂。她稍稍凑近，飞快地在他唇上一啄，然后便退了开。

皇帝睁眼睨她，语声促狭："看来你还不知道何为吻，朕决定今日好好教导你。"

路映夕圆睁眼眸，心头震颤，惊觉自己是掉入猎人陷阱的羔羊。

池波荡漾，水面晕开层层的涟漪，映射着金石的颜色，靡丽眩目。皇帝的眼神幽深而魅惑，俊脸微微俯近，扣住她纤腰的大手略一用力，便将她揽到胸前。未等她反应，他已猝然低头封住她的唇。

他的拥抱霸道有力，不容她动弹，但是唇舌极为温柔，引诱般地扫过她的唇瓣，循序渐进地探入她的檀口。

路映夕脑中一片混乱，想要挣扎，又顾忌着他赤身裸体。只是片刻的迟疑，他的舌尖就已窜入，纠缠挑逗着她，诱惑她一同投入热情激吻。水温像是不断升高，他的身躯火热发烫，连带熨暖了她的身。

皇帝脚踏池底，长身玉立，即使不着寸缕，姿态仍犹如神祇般高贵傲然。他的吻，始于征服的欲望，渐渐地，他已忘记了攻心的企图，只剩本能的汲取。越吻得深，越抱得紧，就越发不满足。他的手抚上她的胸，再往下探，手势已然有一种难耐的急迫。自下腹传来的阵阵燥热，令他神思混沌，心跳失速。

路映夕轻轻颤抖着，隐隐察觉危险太甚，即将逼近底线。

"皇……唔……"她才想说话，就被他强悍地堵住。

男子独有的阳刚气息将她整个人团团包围，他的薄唇温软而又热情。攻势是这样地猛烈，叫她不知如何招架。

她身上裹着的裙衫，无声无息地滑落，漂浮在水面上。玲珑的女子身段，健硕的男子身躯，散发着原始的诱惑，不自觉间互相贴紧，不余丝毫的间隙。

他的唇不曾抽离，一手扣牢她的腰际，另一手四处探索，直抵禁忌之处。

路映夕浑身大震，瞬间清醒了几分，使力狠狠地推他。

“嗯？”皇帝略微移开些许距离，深深凝视她。

“不要。”她很轻地说，嗓音中抑不住那一丝战栗。

“你想逃避到什么时候？”皇帝深望着她，眸光炽烈如火。

“皇上说过，会等‘那一天’。”她的声音轻轻浅浅，有些飘忽不定，眸中犹留一抹迷离。

“就是今天。”皇帝声线低沉，却异常坚决。

“今天？”路映夕一凛，恐惧之感顿生。

“映夕，你已经不再抗拒朕的碰触，为何还要自欺欺人？”皇帝看着她，语气沉沉，夹杂一丝忍耐，“你的身体比你的心诚实。”

“不是。”她直觉反驳。

“你并非接受不了与朕亲密。”皇帝目光幽暗，缓声道，“你的坚守，意义何在？怕失了身又失了心？你想留身与心给何人？”

路映夕重重摇头，可却说不出反驳的话来。他把她看得这样透，或许连她自己都不敢这样深层地剖析自己。

“君无戏言，朕说了今日便是今日。”皇帝沉声说道，松开了手，“朕会去一趟斋宫，无论用什么方法，都会尽力取到解药。今夜，一定是朕与你的洞房夜。”

他的语调平稳有力，那种天生的霸气无法遮掩，震慑得她愣愣失神。

第三十六章 疑似告白

晚膳时分，宫灯初上，照亮夜色。

路映夕端坐在膳桌前，不曾举筷，心头纷乱，耳畔还回荡着皇帝的那一句话。今夜，是洞房夜。

她搁下手中银筷，着实没有进食的胃口。皇帝去了斋宫，未知情况如何。如果他顺利索到解药，那她大概逃不过今晚的事了。

其实早在嫁入皇朝之前，她已做好心理准备，甚至做了最坏的打算。她曾想过，倘若皇朝皇帝是一个性情暴戾的男子，她也会暂且忍下。相比邬国的社稷安定，她的皮囊又算什么？可是，为什么现在她益发犹豫起来？是她太过纵容自己，还是慕容宸睿有意无意迁让使她得寸进尺？也许她的坚持是无谓的。只要能够保住心，何必在乎身体的片刻归宿？

轻轻站起，她走出寝居，站立庭院中。

夜风闷热，即将有一场暴雨降临。她仰天眺望，不知师父如今身在何处，可有受苦？

“皇后娘娘，范侠士求见。”一名内监疾步走来，躬身禀告。

路映夕缓过神，温淡回道：“请他在前殿等候。”

“是。”内监领命，匆匆退下。

路映夕微蹙眉头，举步前往。范统是否受不住毒发了？

殿堂中，灯火明亮，一身粗布衣袍的范统负手而立，听见脚步声，便利落转过身来，拱手道：“皇后凤安。”

路映夕屏退左右，才开口道：“范兄，无碍吧？”她细细端详他，忍不住皱眉，“你的气色极差，是否强行运气逼毒？”

“这毒刁钻狠辣，竟逼不出分毫。”范统面色发青，神情却是淡然，“生死有命，范某不会强求。不过皇后中的只是些许余毒，应该有办法医治。”

“如何治？”路映夕听出端倪，定定望着他。

“南宫渊以医术闻名天下，若有他在，皇后定能化险为夷。”范统微微低下眸子，避开她直直逼来的眼光。

“就算师父在此，也来不及研制出解药。”路映夕轻叹一声，道，“范兄，余毒易解，因为发作的时间迟缓，能拖月余。不需要劳烦师父，我可以为自己解毒。可是你中毒太深，非解药不可。”

“皇后何必欺瞒范某。”范统抬目，肃容注视她。最初他也觉得她仅是中了余毒，不会太严重，后来越想越觉不对劲。她若能自医，刚回宫时就应该先往太医署，而且白天皇上宣见他时说太医们束手无策，她也没有祛毒方法提出。

“该聪明的时候倒未见你这般敏锐。”路映夕淡淡一笑，不再隐瞒，“这毒确实厉害，只是少许，就已窜行五脏。你会毒发得比我快，大约三日之期。我应该能比你多撑几日，师父若在这里，确实有可能治愈我。”

范统剑眉拧起，双目透出一丝忧心之色。

“范兄，你是否有我师父的消息了？”路映夕看着他，平静问道。

范统很浅地点了下头，没说话。

“他在何处？”路映夕没有过早欣喜，看范统的神色，恐怕师父的境况堪虞。

“在修罗门。”范统声音低哑了下去，迟疑道，“今早回宫之后，范某便安排了眼线守在义庄附近。”

“查探到什么？”路映夕语声无波，异常冷静。

“没有。”范统迎上她清冽的明眸，心中莫名一跳，口中的话不受控制地吐出，“修罗门放话，南宫渊就在他们手中。皇后若要见人，今夜子时去往义庄。如若不然，等着收尸。”

路映夕眼神一沉，泛起冷光。

范统暗自懊悔，一时无言。

“多谢范兄告知。”路映夕敛眸，沉静道，“皇上去了斋宫，待皇上回来，再做打算吧。”

范统又沉默了会儿，道：“皇后千万不要以身犯险，范某愿意代皇后前往。”

路映夕轻轻摇头：“距离子时尚早，不急。”范统身中剧毒，即使他去了，也是无用。

范统心中清楚这一点，没有再赘言，抱拳揖身，告辞退下。是他太不经思虑，可他若不说，万一南宫渊毙命，而又得不到解药，她就会陪他共赴黄泉。若是如此，他死不瞑目。

路映夕目送他离去，见他高大如青柏的身躯似有一分伛偻，不禁喟叹。范统为人重义，这次的事，肯定使他纠结难受。

回了寝居，她坐在窗旁，静等皇帝返来。就算皇帝能够拿到解药，她也必须再出宫一趟。师父的安危，她不可不顾。

半个时辰过去，听得珠帘清脆声响，有人走入了内居。

她站起，淡淡笑道：“皇上，可还顺利？”

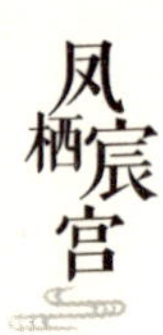

皇帝脸色铁青，负于背后的双手攥得极紧，回道：“明日一早，会有解药。”

“明日？”姚贤妃既然愿意交出解药，就等于默认一切，又为什么要等到明日？

“嗯。”皇帝不愿多说，绕过她，一头倒在软榻上，面容疲倦，似乎心力交瘁。

路映夕替他端来一杯热茶，心想，姚贤妃并非容易被劝服的人，他到底如何周旋的？

皇帝闭着双眼，就着她的手喝了口茶，长舒一口气。

“皇上还没用过晚膳吧？可要传膳？”路映夕侍立一旁，心中默默斟酌着，他已特许她出宫一次，还会不会再同意一次？

“不必，朕没有胃口。”皇帝声音惫懒，摆了摆手。

“姚贤妃承认了与修罗门尚有来往？”路映夕试探地问。

“她出身修罗门，有其独门解药，亦非罕事。”皇帝四两拨千斤地回道。

路映夕轻嘲地扬唇，目光微凉，扫过他英俊的脸庞。

皇帝倏然睁眼，正对上她眼中的一抹讥诮。

“朕费尽心力，是为了谁？”他冷淡睨她，隐有一丝怒气。

“是为了臣妾？”路映夕反问。范统是他的江湖知己，又是得力部下，他怎么会眼睁睁看着范统毒发身亡？而救她，只算是顺手之便罢了。

“即使只有你一人中毒，朕也会为你寻得解药。”皇帝沉下声，面色不豫。

“累皇上劳心，是臣妾的罪过。”她话语恭谨，不想争辩这个话题。

皇帝突然低叹，缓缓道：“朕方才与凌儿大吵了一架。”

路映夕讶异看他，他也有那样沉不住气的时候？会和人吵得脸红脖子粗？真是难以想象。

“曾经纯真俏丽的少女，怎会变成如今的模样？”皇帝似在自言自语，感慨万千，“初识时，她说她不止一面，说她实则是个内心阴暗的人。朕却不信，只欣赏她快乐雀跃时的甜美笑靥。现在想来，确是朕的过错。朕把心之所向的伴侣形象强加于她身上，说穿了，朕只是爱上了自己心里塑造出来的一个幻象。”

“皇上对姚贤妃说了这些话？”路映夕轻问。

皇帝点头，皱着眉道：“朕说的都是实话。”

“实话，大多是不动听的。”路映夕唏嘘，“皇上那样说，姚贤妃便会认为皇上抹杀了过去的一切。”

“朕并不是这个意思，纵然当中出了错漏，朕也不会否认曾经喜爱过她。”皇帝沉声回道。

“女子心细，会往深处去想。”现在的姚贤妃，比起从前敏感更甚，皇帝的一言半语只怕都会令她反复咀嚼，质疑揣测。

“朕发觉，对于‘心较比干多一窍’的女子，只能好言软语，说不得半句重话。”皇帝撑起身子，靠坐着，举目望她。

“皇上是指臣妾吗？”路映夕轻笑起来。他这话倒是说得十分真诚，可惜后宫处处都是这样的女子。有些是天生如斯，有些是被宫闱环境熏陶，不由自主地改变。

“你？”皇帝睇她一眼，淡淡勾唇，“朕对你期望很高，你别叫朕失望才好。”

路映夕不接茬儿，只道：“皇上辩才无碍，成功劝服姚贤妃，臣妾敬佩万分。”

“这般谄媚？”皇帝低声笑，继而正了神色，道，“希望你不会怪朕，在朕眼中，救你和小范的命更为重要。”

路映夕心头微震，他这话的意思……

“朕答应凌儿，只取解药，不插手南宫渊之事。”皇帝无奈叹息。这七年，他一直包容凌儿，近来已快触到底线了。他可以不理会她如何处理姚家恩怨，但除此事之外，他不会再任她偏激行事。

“就算会因此出了人命，皇上都不理？”路映夕脱口斥问，旋即就觉自己可笑。师父的命，她看重，可皇帝或许正想坐享其成。

皇帝没有生怒，平淡道：“南宫渊是凌儿的兄长，血浓于水，朕相信凌儿不会狠毒弑兄。”

路映夕静默。是，她也认为，姚贤妃不会杀了师父，却不表示不会折磨师父。另外，今夜子时之约，看情形是要她的命。

默想片刻，她轻浅开口：“皇上，修罗门向臣妾下了战帖。”

皇帝一惊，断然道：“朕不允你去。”

“师父悉心教导臣妾十三年，这份师恩，臣妾不能不报。”路映夕铿然回道。

皇帝怒从心起，腾地站起身来：“你明知南宫渊没有性命之危，还是要去？”

她轻轻一笑，应道：“人家既已欺上门来，臣妾又怎可做缩头乌龟？”

皇帝怒剜她一眼，批道：“匹夫之勇。”

“臣妾只是想出宫去看看，若当真凶险，定会及时而退。”路映夕放缓了语气，温言道。

“不准。”皇帝抛出铮铮的两个字。今夜本是他和她的春宵良辰，现下倒成了凶险之夜，叫他怎能不恼?

“那一件事，是美好之事，应当在美好氛围下发生。皇上可认同？”路映夕与他对望，话语温软。

皇帝无法反驳，脸色更差。肌肤相亲，身体交缠，可若她的心飘远别处，于他而言，确实是一种侮辱。

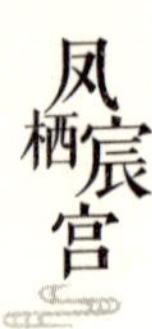

“约定如昨可好？”路映夕的嗓音越发柔和，轻轻道，“天亮之前，臣妾必会返回。臣妾欠下皇上一个吻，皇上随时可以索讨。”

皇帝不吭声，眼神晦暗不明。单是亲吻，已经满足不了他。这并不是重点，今次的情况与昨夜不同，她不是前去探查，而是迎战。其中的危险，不言而喻。

路映夕也不紧逼，让他思考。时辰尚早，她该静气凝神，养精蓄锐。

随着时间流逝，逼近亥时，皇帝英气的脸上逐渐露出一丝烦躁。若是在几月之前，他绝不会有半点犹豫，不会顾虑她的心情。可现在他竟怕她会怨恨他。

虽然他不愿深思，但心底隐约知晓，就算凌儿不至于杀了南宫渊，也极可能因为路映夕不出现而生愤，断了南宫渊一指或一臂以作警告。

“如果朕一定不让你去，你会如何？”默然良久，他启口问道。

“皇上曾说，夫为天，臣妾自是不敢忤逆。”路映夕神色宁静，不显焦急，淡淡道，“师父此次遇劫，也许是命中注定，臣妾能做的不过是略尽绵力，如若不能，不敢怨天，唯有恨自己无能。”

这番话，不轻不重，却击中皇帝心坎。她说不敢恨他，不是不会恨。

“终有一日，你会恨朕。”他像是对自己说，唇角轻扬，掀起一抹苦涩，“即使不是这一次。”

路映夕听出他话里的松动之意，微微一笑：“皇上会担心这一点吗？”

“会。”皇帝颔首，望着她的目光专注而郑重，“朕不会欺骗自己。朕已为你动心，这是不争的事实。”

路映夕怔了怔，没料到这种时刻他会吐露告白之言。

皇帝伸手，握住她的柔荑，低沉道：“朕希望你明白一件事。上次你为了大局不惜自伤，朕亦是一样的人，如果将来朕不得不伤害你，但愿你明白，那就如同朕忍痛自伤。”

路映夕无话可回，心尖细微颤动，又酸又涩，又错杂着丝丝清甜。

他低头，轻柔地摊开她的手心，凝视那一处凹陷残伤，眸光温柔。

“皇上。”她唤他，却没有接着说话。为什么她不觉得他是在蓄意攻心，为什么她觉得他是出自真心的表露？

皇帝抬起她的手，凑到唇边，浅浅一吻。

微温的触感，可她感觉似被烫伤，仓皇缩手。

“映夕。”皇帝任她抽回手，抬眸凝睇她，一字一顿道，“朕让你去。但是你要记住，你若令自己受伤，会有人心痛。”

“是。”路映夕低应一声，偏过头去，不愿与他视线纠缠。她宁可相信，他口中会心痛的人，是师父，而非他。

第三十七章
受人要挟

赶在子时之前，路映夕出了皇宫。这次她没有范统相伴，只有数名藏身随行的暗卫。皇帝终究不放心她独自一人，也许是担忧她的安危，又或者是监视。她不想探究他的心态，默默凛了心神，一路奔赶。

抵达那义庄，恰是子夜。夜空乌云蔽月，不见星光，凝重阴暗。

义庄门口却是灯笼盏盏，悬挂摇曳，像在恭迎他人光临。大门正洞开着，无一人巡守，寂静得有些诡异。

路映夕伫立庄前，屏息侧耳，明眸中闪过一抹锋芒。四周潜伏着许多人，呼吸都很轻微，应是高手。

她没有踏入义庄，驻足于石阶下，淡淡扬声："路映夕应约前来。"

半晌，无人回应，幽静无声。

她不着急，静笃等待。她没有打算硬闯，在敌暗我明的情况下，只能谋定后动，冲动会坏事。

"哈哈——"突然，一串阴恻恻的大笑声破空传来。

"请阁下现身。"路映夕头也不抬，平静说道。

忽闻风掠衣衫的微响，一道黑色身影凌空飞下，其势猛然凌厉，似秃鹰啄食般地朝她飞来。

路映夕早有防备，迅捷地侧身一避，与那人拉开半丈距离。

那人立定地面，口中怪笑不止，却是黑布蒙脸，不见其貌。

"阁下可是修罗门门主？"路映夕盯着他，沉声问道。

"阁下就是路映夕？"那人不答，细长眼睛横扫她，"传闻中的邬国美人，原来长这副模样。"

路映夕抿唇淡笑，不响。她乔装侍卫，抹黑脸庞，自然丑若无盐。

那人看着她，又桀桀怪笑，"可别误会，在下这是夸赞之言。虽然你刻意遮掩，但单单从一双灵动眸子就能看出是美人胚子，难怪师妹对你万分忌惮。"

"阁下是姚贤妃的师兄？"路映夕神情自若，闲淡搭话。

那人嗯哼一声，似乎对宫廷的称谓极为不屑。

“不知阁下可愿意让我见一见我师父？”路映夕像是随意一问，面带微笑。

那人的细眼中乍闪一线锐光，阴沉回道：“既然请你来，总会让你见。”

“何时可以见？”路映夕仰头望了望夜色，神态轻松，道，“夜都这么深了，难道要等天亮？那又何必约在子时。”

“如此心急？”那人怪声怪调地嬉笑，“师妹说的时候我还不信，现在看来倒很可能是事实。既然这样，你又何苦霸着后位，何不与心系之人私奔逍遥？”

路映夕微微眯起眸子，不吭声。

“好吧，若你有胆子，就跟我入内，你想见的人就在义庄里面。”那人摆出请的手势。

路映夕有片刻迟疑，一旦走进去就难再出来，里面必定已布下天罗地网。

“怕了？”那人拿眼角瞥她，轻蔑讥道，“还以为你对南宫渊情深义重，也不过尔尔。”

路映夕深吸口气，正要举步，身后一道焦急呼喊远远传来。

“路兄三思。”范统急急奔来，额上冷汗直流，气色极差。

路映夕回身看去，不禁吃惊：“范兄，你怎么来了？”他剧毒未解，勉强运功赶来，只会令体内毒素加快发作。

范统粗声喘息，顺了顺气，道：“庄内凶险难料，不如就由范某代路兄进去。”

“你算个什么东西？”一旁的黑衣人插话，恶声唾道，“你以为修罗门是什么地方？就凭你，想进就进？”

范统面色一僵，目露怒光。

路映夕浅浅一笑，道：“范兄，你的好意我心领了。你先回去吧。”

“不。”范统咬牙蹦出一个字。他无法安心，他曾应允过要护她周全，不能就这样看着她入虎口。

路映夕不着痕迹地蹙眉。此处附近，至少方圆三里都蛰伏着修罗门的人，范统能安然无恙到此，应该是修罗门故意放他前来。现在她若让他离开，只怕平白叫修罗门擒了范统。

权衡利弊，她温和出声道：“范兄，陪我一同进去如何？”

范统顿首，一脸凛然。

“相信阁下不会不同意吧？”她转而再向那黑衣人问道。

那人不屑地哼了声，兀自往义庄内走去。

范统忍下心中愤慨，悄声对路映夕叮咛道：“路兄千万要小心，如果情况不对劲，就速速撤退。好汉不吃眼前亏。”

“嗯。”路映夕应了一声，跟上那人脚步，进入义庄。

不同于庄外，义庄内阴森幽暗，沿路偶见一盏悬壁灯烛，荧荧闪闪，像煞幽冥鬼火。

路映夕和范统都敛了心神，沉默凝气。

路映夕暗思，这里处处布着五行阵法，如果没人带路抑或不深谙奇门之术的人，确实难以偷潜闯入。

那黑衣人领头带路，穿过前厅，将他们引到内堂。

路映夕微皱鼻尖。她似乎闻到了一股很淡的草药味，是师父身上独有的味道。

黑衣人打亮火折子，点燃四壁的油灯，一时间堂中大放光亮。

厅堂的正中央，放置着一具木棺，棺盖半开，内有一人。

路映夕忽然轻笑，开口道："阁下可别告诉我，我师父已经逝世。"

"虽不中，亦不远矣。"那人卖着关子，站在棺木边。

"愿闻其详。"路映夕不露一点急切，淡然道。

"你若答应在下一个要求，南宫渊就能活；你若不肯，他就要长眠此棺中。"那人用指节轻敲棺木，发出节奏急促的笃笃声，在这静夜里分外扰心。

"阁下直言便是。"路映夕笑了笑，不怒亦不怯。

"很简单，只有四个字——下堂求去。"那人倏地止住敲棺的动作，厅堂里变得死寂。

路映夕挑起黛眉，笑意愈浓，徐徐问道："有人想取而代之？"

"这你不必管，你只需要想，南宫渊值不值得你救。"那人的语气锐利起来，"别跟我说什么盟国之约，这些我统统不理。你可以向皇帝请旨，主动入住冷宫，自愿摘下后冠。"

路映夕没有回话。照她估计，姚贤妃也许并不是想当皇后，只是看不得有人占了后位，就如同容不下其他宫嫔诞下皇嗣。她自己得不到，便不许任何人得到。

"当然，你可以选择不答应。"那人眼中泛起寒光，杀气一闪，"你大可试试，能不能从我手中救走南宫渊，能不能拖着一个昏迷者和一个中毒者逃出此地。"

路映夕抿唇不语。她确实没有这般通天的能耐。如果只有她自己一个人，或许还能顺利突围，这已有风险，更何况带着师父和范统。

"老实告诉你，我先前收到消息，皇帝根本不管这事，就算我杀了南宫渊，皇帝也不会怪罪师妹。"那人突然吐露实话，不掩内心感情，"只要不会牵连师妹，我什么事都做得出来，不怕你邬国的报复。"

言下之意，此事由修罗门出面，姚贤妃隐于背后，必要时姚贤妃可以推卸责任，置身事外。

"我有一事不明，希望阁下不吝告知。"路映夕瞥向棺木，问道，"我师父武功非凡，又精通药理，你们如何制服他的？"

"不费吹灰之力。"那人低低阴笑，回道，"南宫渊自觉欠着师妹，一点都不反抗，乖乖到修罗门做客。"

路映夕不由皱眉。果真如她所料，师父自愿受人掣肘。师父难道不曾想过，会因此害了她，害了邬国？她不是在乎皇后之位，只是天下未定，邬国前景未卜，她若被囚禁在冷宫，就有许多事无法去做。

“以你的功力，应该能听得出，南宫渊现在气息平稳，只是中了迷药。我给你三天时间考虑清楚。三日后，如果你仍旧是高贵的皇后，那南宫渊只能下黄泉。”那人用力拍了棺盖一下，发出嘭的重响，“该说的我都说完了，恕不远送。”

路映夕心有忧虑，又看了棺木一眼，终究投鼠忌器，不敢轻举妄动。

见她怔怔出神，身旁的范统轻扯她的衣角，低声劝道：“从长计议。”

路映夕走近棺木两步，低头看棺内之人。俊逸温雅的面容，那么熟悉，可却双目紧闭，仿佛沉沉酣睡，全然不受红尘琐事影响。

她无声叹息，旋了身，与范统一起离去。

离开义庄很远，路映夕才放慢了脚步，轻轻呼出一口气。她赶来时，动用内力，导致毒素窜行，当时不觉辛苦，现下才感觉双脚虚软。

“路兄可还好？”范统皱起剑眉，担忧地看她。

“无碍。”路映夕转眸回视他，愕然一惊，“范兄，你唇色发黑。”

“没事。”范统嘴硬回道，其实他从初到义庄时就已强忍不适，现在早就遍体冷汗，眼前还有些模糊。

“以你此时的状况，恐怕无力自护心脉，让我帮你。”路映夕伸手，想要扶他到僻静的小巷。

“不行，路兄你已自顾不暇，怎能再耗费真气。”范统坚决摇头，随着摇头的动作，他更觉眼黑，几欲昏厥。

路映夕趁机一把捉住他的手臂，强行带他到巷子里。

范统一路挣扎，奈何实在虚弱，半推半就地入了暗巷。

路映夕不废话，迅速为他输入真气护住心脉。

待到运功完毕，两人都长吐一口气，软绵地靠着墙根席地坐下，顾不上窄巷肮脏。

“路兄，我又连累你了。”范统扭过头看她，愧疚道。

“范兄，你又婆妈了。”路映夕也侧过脸看他，苦中作乐地取笑道。

两人相视莞尔。随即路映夕便合目调息，过了良久，才觉恢复了些许体力。

“明早就有解药了。”见她睁眼，范统才低声说道。

“嗯。”路映夕点了点头，勉强扯唇一笑，“明日就雨过天晴了。”

范统凝望她，神色肃然，道：“对范某来说，确实如此。但对路兄来说，明日依旧是阴霾雨天。”

“你说的对。”路映夕唇角扬起的弧度慢慢垂了下来，目光黯淡，“其实我并不眷恋皇后之位，只是想不明白，为何师父甘愿任人鱼肉。”

“他可能有苦衷。”范统劝慰道。

“苦衷……”路映夕轻念这二字，神情幽然。她应该理解师父，而不是埋怨。虽然她不清楚姚家的往昔恩怨，可她应当相信师父，他这样做必有他的理由。

“路兄，回宫之后你打算怎么做？”范统关心地问。三日之期，转瞬即过，她会如何抉择？

“还未决定。”路映夕摇头，疲惫地靠墙，“当不当这个皇后，并非我能够做主的事。”她若能不顾一切，当初就不会嫁入皇朝。

“真累。”范统感慨，长叹一声，“世上最辛苦的人，除了皇上，或许就是皇后了。”

“哦？”路映夕瞧他一眼，忍不住弯唇。

“笑什么？”范统被她看得发窘，微恼地瞪回去。

“范兄的见解十分独特。大多数人习惯抱怨自己辛劳，不会设身处地为他人着想。”路映夕笑着道。

“范某此言绝非无的放矢。”范统正容，语声真切，“范某在皇上身边多年，知道皇上有多辛苦。而作为女子，为国和亲远嫁他方，入主中宫，必须处处拿捏分寸，亦是不易。”

路映夕不由对他刮目相看。平时见他冷峻少言，看似粗枝大叶，原来他有一颗剔透的心。

“范兄，易地而处，假若你是我，你会怎么做？”她真诚地问。

范统皱了皱剑眉，答不出话来。

路映夕没有追问，站起身拍了拍衣衫上的尘土，道：“范兄，该回去了。”

她走在前面，背影看起来很坚强，又像透着一股凄清。范统慢步跟上，心中莫名其妙地发涩。以前每次看见她，他都觉得她的笑容碍眼，可此刻，他非常想看到她快乐地笑。

第三十八章
皇室秘辛

回到皇宫，已是寅时末。宸宫里一片安静，皇帝却还未就寝，倚靠在软榻上翻着书卷，神情漫不经心。

“皇上。”路映夕轻唤一声，站立榻旁。

“去梳洗，然后睡一觉。”皇帝什么都不问，只这样淡淡一句命令。

“是。”路映夕身心皆疲，无力气闲谈，依言去洗漱更衣。

不一会儿，她便上床缩进锦被里，准备先行歇息。她还有三日时间，不急于一时。养足精神，才能理智思考。

“把解药吃了。”皇帝不知何时走到了龙床边，向她摊开手，掌心里有一颗赤色丹药。

“多谢皇上。”她接过，不啰唆地直接吞咽。

“不怕朕欺骗你？”皇帝在床沿坐下，凝目看她。

“生死有命，富贵在天。”她微笑闭眼。她生来即是尊贵的命格，不知有多少人艳羡她的出身。可是富贵不等于幸福，每个人都有自己的辛酸和难处。

皇帝脱了靴，躺上龙床，一边说道：“你出宫之后，凌儿就送来了解药。她说，若是解药无效，她会负全责。”

路映夕轻轻应了一声。姚贤妃的话，是指解药无毒，让她放心服用。其实她一点都不担心，姚贤妃再大胆，也不会当着皇帝的面毒害她。况且，姚贤妃正捏着她的死穴，如果想要她的命，多的是隐晦的方法。

两人静了许久，皇帝才又开口：“情况如何？”

“有点棘手。”路映夕轻声回道，仰面平躺着，闭目养神。

“如何棘手？”皇帝再问道。

“皇上登基七年，为何至今尚未有皇子？”路映夕突然冒出一句话来，转过身子睁眼看他。

皇帝怔住，一瞬就恢复正常，云淡风轻地答道：“上天不愿赐福，朕也无能为力。”

路映夕轻扬唇角，略带嘲讽。只怕不是天意，而是人为。

“你以为实情是什么？”皇帝眸光幽深，泛起冷意。

“臣妾不知。”路映夕低敛眸子，温声应道。

“你以为朕放任凌儿只手遮天？”皇帝语含愠意，沉着声道，“朕再纵容，也不会不顾皇家的血脉。”

“林德妃因何逝世？”路映夕缓缓问道，语气平和无波。她必须知道皇帝对姚贤妃的纵容程度，才方便估量怎样行事最恰当。

“因为朕。”皇帝眼神一暗，染上晦痛之色，“是朕误会她，亲手伤了她，害她难产过世。”

“与姚贤妃有关吗？”据她猜测，应该是姚贤妃从中挑拨，才导致皇帝误会林德妃。

“追根究底，是因为朕判断错误，是朕的责任。”皇帝神色深沉，长眉皱起，转而道，“朕多年没有子嗣，你认为是因凌儿之故？”

路映夕没有应话，静静望他，等待下文。

“朕最初也同你一样，怀疑过凌儿。”皇帝的嗓音越发低沉，竟有几分悲凉，“后来朕又怀疑被朕宠幸的女子。但原来都不是，是朕的问题。”

路映夕吃惊，发愣地看他。他是说他无法人道?

“朕不是这个意思。”皇帝看穿她的想法，横她一眼，继续道，“大约两年前，一位老御医病逝之前告诉朕，朕受寒毒侵蚀已久，难令女子有孕，即使幸运怀上麟儿，也极易滑胎。”

“之前贺贵妃有孕，是极为难得之事？”路映夕无语半晌，轻轻问。

皇帝点头，苦涩地笑了笑。

路映夕心中感受复杂，说不出是什么滋味。当时贺贵妃滑胎，她见皇帝没有流露一丝痛惜之色，本以为他不甚在乎，可原来他是痛麻痹了。她知道寒毒的厉害之处，只是没想到会这么严重。父皇暗中害得贺如霜小产，之后鬼使神差地，她为皇帝渡毒，这算是天理循环吗？以后她也会无法孕育子嗣吗?

睡至晌午，路映夕起了身，心思恍惚，立在窗旁长久出神。似乎无可选择，若要救师父，就只能放弃后位。她并没有把握，慕容宸睿会同意她入住冷宫。这次的事，慕容宸睿言明不插手，倒未必是纵容姚贤妃。一则他根本不关心师父的死活，二则他或许想看看她会为师父牺牲到怎样的地步。

“皇后娘娘，贺贵妃求见。”恭敬的禀声在寝门外响起。

路映夕回神，应道：“宣。”

过了一小会儿，贺如霜款步进入，屈膝行礼：“皇后娘娘凤安。”

“赐座。”路映夕吩咐宫婢看座，然后屏退了闲杂人等。

贺如霜端坐下方，柔美面容带着清浅的微笑，待到左右无人，才温软启口道：“如霜

许久没来向皇后姐姐请安，还望皇后姐姐海涵。”

“缛节繁琐，能免则免。”路映夕淡笑，寒暄问道，“身子可大好了？”

“多谢皇后姐姐关心，已无大碍。”贺如霜抬眸看她，语气柔和，娓娓道，“姐姐莫怪如霜直接，近日皇上频频驾临斋宫，如霜实在担心。”

“担心何事？”路映夕只作不解，疑问道。这段日子以来，贺如霜安分守己，在白露宫静养，今日终于要出关了吗？

“姐姐曾经帮过如霜，如霜此生都会牢记，定会感恩图报。”贺如霜站起行了一礼，接着道，“如霜并非托大，只是姐姐入宫较晚，可能不太清楚后宫里的一些往事，以及某些人的性情。”

“本宫确实不太清楚，妹妹若不介意，可否告知一二？”路映夕温和睇她，接言道。

“姐姐不怪罪如霜多嘴，如霜自当知无不言。”贺如霜微微蹙起柳眉，美眸中浮现一丝幽然，“当年，林德妃怀上龙种，据传皇上有意立她为后。可过不多久，就发生了一件惊天大事，莫说立后，林德妃甚至险些当场人头落地。”

“那时到底发生了何事？”路映夕不禁好奇。皇帝提及过话头，但每每都未言尽。

“林德妃出身官宦之家，养尊处优，身份矜贵。她初嫁入皇宫，便被封妃，受厚赐，之后又早早怀上皇嗣，风光无二，荣极一时。”顿了顿，贺如霜轻叹一声，“大抵是应了那句‘盛极则衰’的老话，宫中才开始流传她将坐上后位，憾事就发生了。那时如霜还未入宫，这些事是几名老嬷嬷私下碎嘴时被如霜凑巧听见。据说林德妃临盆之前的几个月，后宫里流言纷纷，说林德妃私会男子。这话传到了皇上耳里，皇上英明，自是不会听信谣言。但有一夜，皇上去林德妃的寝宫，发现她寝居里确实藏着一个男子。林德妃也亲口承认，她对那男子有情，而且她还求皇上，放她出宫。”

“怎会如此？那男子是什么人？”路映夕无法置信，难道并不是有人栽赃嫁祸？

“听说是她的远房表兄，两人青梅竹马，自幼玩耍在一块儿。奈何女方家世显赫，而男方家境落魄，犹如云泥之别。那男子为了林德妃，千方百计入宫当守门侍卫。”贺如霜轻轻叹息，“在旁人看来，林德妃已是天下至为高贵而幸福的女人，岂知她根本不觉快乐。”

“如人饮水，冷暖自知。”路映夕亦叹。静默片刻，再问道，“后来如何？皇上可有降罪于林德妃与那男子？”

“林德妃哀求不遂，自愿饮鸩谢罪，只求皇上放那男子一条生路。想来皇上当时一定万分挣扎，最后，皇上压下了这件事，要林德妃安心待产，而那男子被放逐北方苦寒之地，永不可回京都。”贺如霜姣美的脸庞浮起感伤之色，继续道，“可是，事情还未完结。在那之后，林德妃郁郁寡欢，日渐消瘦。皇上不再去探望她，直至有人向他进谗言，说林德妃腹中孩子并非龙种，是那名男子的骨肉。皇上并没有尽信，去找了林德妃求证。不知为何，林德妃竟毫无一丝求生意念，全不辩解，默认了他人的恶意诬陷。皇上震怒，欲一掌击毙林德妃，但最终还是没有狠心下手。只是，林德妃身子孱弱，皇上那一掌虽未落在她身上，仅是掌风也已叫她承受不住。”

路映夕听着，皱眉思索。如果只是谗言，事情应该不会发展到那样的惨况。

“后来，林德妃难产，要求见皇上最后一面。”贺如霜垂眸，唏嘘道，“原来林德妃的表兄半路被人劫杀，林德妃以为是皇上下的密旨，所以她心如死灰，只想一同奔赴黄泉。待诞下帝姬，她咽气前告诉皇上，孩子确是皇家血脉。小帝姬长得极像皇上，背后有一块肖似的胎记，林德妃临终前所说的话应是事实。”

路映夕不由长叹。皇帝是知道的吧？幕后推动的黑手，是何人。可死去的是一个失贞的妃子，他又怎会愿意为其讨回公道?

“姐姐。”沉默了会儿，贺如霜轻唤她，再说道，“林德妃逝世之后，皇上原本有意追究。但‘那一位’手段厉害，自认了罪行，并在皇上面前亲手毁了自己的容貌，又请旨从此长住斋宫，以赎罪孽。”

路映夕抬眸直视她，温言问道：“如霜妹妹，今日你说的这一切，可是要提醒本宫警惕？”

“正是。”贺如霜郑重点头，一脸肃穆。

“妹妹有心，本宫有数了。”路映夕对她淡淡一笑，便不再多言。

贺如霜擅长察言观色，见她已有送客之意，就起身行礼，识趣告辞。

路映夕慢慢收敛了唇畔的笑容，明眸中闪过凛冽清光。贺如霜选择投靠她，把赌注下在她这边，也就是赌姚贤妃输。但于她而言，输赢没有意义。她只知道，她决不会走林德妃的那条旧路。

第三十九章
春宵迟来

皇帝下朝返来，略带倦意，懒懒倚在榻上。

路映夕顾自立在窗前，遥望天际。如果他并不会盲目纵容，那么她是否可以与他商量，入住冷宫是权宜之计？

“映夕，过来。”皇帝合着眼，散淡开口。

她转过身，缓步走到榻旁，恭顺道：“皇上有何吩咐？”

“坐。”皇帝指了指榻沿。

她依言坐下，随即就发现他不怀好意，他的手臂顺势缠绕上她的细腰，然后把头枕在她的腿上。

“皇上？”她低眸看他。

“朕这两日没有睡好，累得紧。”皇帝抱怨，语气里似有一丝孩子气。

“那皇上先睡一会儿？到了晚膳时辰，臣妾再叫醒皇上。”路映夕挪动了一下腰身，反倒被他抱得更牢。

“朕就这样睡。”皇帝抬起眼角望她，薄唇扬起一抹懒洋洋的笑弧。

“臣妾会腿酸。”挣脱不开，路映夕索性静坐不动，“皇上也会脖子酸。”

“你可知情趣为何物？”皇帝忽然叹气，像是拿她没辙般地无奈，“朕想与你亲近，你却总是万般推托。”

路映夕不吭声，她现在有什么心情去想何为情趣？

“你还欠朕一个吻。”皇帝悠悠说道，语意深长，“朕不着急，就让你且先欠着，等你了却心事，朕再索讨。”

“臣妾确实有心事。”路映夕答得格外诚实，“而且，也只有皇上才能帮臣妾。”

“哦？”皇帝眉毛一挑，闲闲道，“朕已为你取到解药，令你无恙。还有什么比你的性命更重要？”

“有许多事，比臣妾的性命更重要。”路映夕不理他话里的芒刺，说道，“国义、亲情、师恩，都是生命中至为紧要的东西。臣妾是这样认为，相信皇上与臣妾是同一类人。”

“朕虽曾有太傅，也认同应当尊师重道，却很难体会那般深厚的师徒感情。”皇帝语声依然闲散，但眼神渐沉。他没有义务救南宫渊，甚至，他应该杀了他。可她似乎觉得他理当胸襟宽广，救一个她喜欢的男人？

“相处十三年，感情如何不深厚？”路映夕口气很淡，也不担心冲撞他，徐徐道，“皇上不也是一个重情重义之人？虽然看似深沉寡情，其实从来都不愿意赶尽杀绝。这是皇上天生的仁心，臣妾只是希望皇上多仁慈一次。”

皇帝似被戳中软肋，低声冷笑起来：“朕何来慈悲心肠？你无须巧言令色。”

路映夕不与他争辩，接着说道：“有人要臣妾拱手让出皇后之位，其实这不仅挑衅了臣妾，亦是无视皇上威严的行径。”

“让位？”皇帝皱起眉头，眸光沉冷。他现在已不在乎背后的事情有多复杂，只介意她为了南宫渊，什么都甘愿放弃。

“嗯。”路映夕轻轻应声，试探地询问道，“依皇上之见，臣妾该如何是好？若易地而处，皇上可会妥协，或决然反击？”

皇帝突地坐起身，目光幽寒，直直盯着她看，沉声道：“不用和朕兜圈子，说，你想如何？”

“臣妾想暂且搬入冷宫。”路映夕温声回道，后面还有一句话没来得及说，就已被他冷冷截断。

“休想，朕绝对不会允许。”皇帝蓦然站起，甩袖离去，挟怒而决绝。

皇帝没有走远，只在后园踱步。

天色已渐渐暗下，一阵晚风吹起，萧瑟凉寒。

路映夕追来，在拱形园门旁止了脚步，远远望他。挺俊的身形，明黄的帝袍，金色的皇冠，他看起来犹如天神，霸气尊贵，而又孤高桀骜。

“你准备窥视多久？”冷不防地，皇帝转过身来，淡漠地望向她。

“皇上。”她躬了躬身，稍稍走近，却无言语。她该如何理直气壮说服他？她可以坚持入住冷宫，却不能真的弃了后位。废后之事，关乎两国盟约，更甚者，关乎天下局势。他若废了她，不论内情为何，在两国子民看来，都是背弃盟约的行为。除非，她失贞失德，罪行昭告天下。

“为何不说话？你追着朕到此，不就是为了游说朕？”皇帝勾了勾唇，冷淡而嘲讽。

路映夕抿唇，视线掠过他，移到他身旁的假山池塘。流水潺潺，清泠澄澈，池内饲养着锦鲤，色彩斑斓。池鱼被圈养，只得方寸范围里的自由，她何尝不是？

皇帝见她目光怔然，皱眉道：“这鱼乐池有何不妥？”

“鱼乐池？”路映夕缓神，转头看他，微笑道，“这名字取得甚好。子非鱼，安知鱼之乐，亦不知鱼之苦。”

“你在埋怨朕？”皇帝眼光沉寒，如冷风扫过她。

"臣妾并无此意。"路映夕语声温淡，理性地道，"人人都有难为之处，臣妾如是，皇上亦如是。"

"哦？如此说来，你不会再强求？"皇帝冷眼看她，面色阴沉。

"皇上误解了臣妾的意思。臣妾是想，皇上与臣妾是夫妻，理应同富贵共患难，所以臣妾才坦言与皇上商量。"路映夕温和回视他，不疾不徐地道，"这次的事，孰是孰非，臣妾不愿追究，只希望能够和平解决。"

"如何和平解决？"皇帝淡淡扬唇，眸光却是一片阴郁。

路映夕环顾四周，四下幽寂无人，她才低声道："只需半日时间，等到臣妾救出人，一切便可恢复原样。"

皇帝抚掌，轻拍两下，冷冷笑道："好精的算盘。"

"皇上并不会因此而有损失，臣妾会感激皇上一世。"路映夕软言轻语，微垂着眸子，姿态柔顺。

"朕要你的感激何用？"皇帝丝毫不动容，语气冷硬，"你倒说得轻巧。你以为废后是一件儿戏之事？朕若颁下圣旨，废了你，难道隔日又对全天下的人说，朕拟错了诏书？荒谬！"

"无须天下皆知，只需一人相信。"路映夕凝望他，把心中所思全盘托出，"臣妾先提早搬入冷宫，皇上若是愿意襄助，臣妾相信皇上一定有法子让那人信以为真。"

"你要朕欺骗凌儿？当面拿废后的诏书给她看，转个身就撕毁假诏？"皇帝笑起来，笑意未抵眼底，幽冷目光紧锁着她，"朕的皇后有一颗七窍玲珑心，聪慧非凡，只可惜，这天赐之能并未用在该用之事上。如果你真聪明，就应该知道，朕没有义务帮你。你与朕从不是真正的夫妻，你拿这顶帽子来压朕纯属徒劳。"

"若是真正的夫妻，又如何呢？"路映夕轻问，心尖隐约颤了颤。她太卑鄙，脑中竟闪过一念，想用这个筹码诱他。

皇帝的眼神骤然森寒，似冰刀迸射向她。她为了救另一个男人，甘愿献身与他，这对他是何其大的侮辱。

路映夕抿紧菱唇，暗自懊悔。她说错话了，事实上她只是认为，她终究会成为他的人，一拖再拖也仅是缓刑罢了，既然如此，不如物尽其用。

两人皆无言，气氛死寂。皇帝的眼中仿似冰火交杂，面上已是盛怒之色。

但慢慢地，他嘴角扬起，薄唇中逸出低沉沉的笑声。

路映夕踌躇看他，却见他唇角愈扬愈高，笑声高昂不断，似不可抑制。

"朕决定帮你。"毫无预警地，他的笑声戛然而止，吐出一句话来。

"嗯？"路映夕惊疑。他明明生了怒气，为何眨眼间就变色？

“一直以来，朕都不愿勉强你，因为这是朕对你的尊重。今日你自己开了口，也就说明你不再需要朕的这一分尊重，那么朕又何必无谓坚持。”皇帝的声音十分冷酷，无波无澜地道，“你迟早都会是朕的女人，朕对这一点从不怀疑，只是朕没有想到，会是在这种情况下。”

路映夕怔然。她一时冲动脱口而出，原不过是试探一问，怎料因此激怒他。

“什么君子风度，什么骄傲骨气，都是虚无可笑的东西。”皇帝睨她一眼，冷冰冰地抛下这一句话，就绕过她，出了园门扬长而去。

入夜，终于下起了倾盆大雨。两日来的闷热被雨水驱散，同时带来淅沥沥的潮湿。

路映夕被四名宫婢环绕，侍奉她沐浴。如此隆重其事，自是因为皇帝下令。

这是她第二次踏入碧漾池，可已无半点欣赏的心思。

池水澄净，温度适中，水面撒满了娇嫩花瓣，悠然飘浮着。宫婢蹲跪在池岸，为她舀水梳发，抹香拭身。她犹如木偶傀儡，任由她们动作，神思空茫。

就是今夜了吗？她再也没有理由推拒。是她自己主动提出，又怎能矢口反悔？何况，师父不能不救。

初及笄时，她曾经幻想过，将来会嫁给怎样的男子，会有怎样的缠绵悱恻。她一直拿师父作为标准，觉得男女之间的感情应该细水长流，温暖宁和。她若能嫁给师父，一定会是十分幸福的吧？必定不会有争执纠结，也不会有挣扎矛盾，一路温馨顺遂，直至终老。

但她嫁的是慕容宸睿，一个深沉复杂的男人。他带给她的，只会是波涛起伏，骇浪翻涌。想要平淡和简单，实在太难。

至于感情，她不敢去思索。怕想得深了，自己会失去昂首迎上的勇气。

“皇后娘娘，您的长发真真顺滑，就像上等丝缎一样。”侍候的宫婢语带艳羡，轻声说着。

“不只长发，娘娘的肌肤也似柔缎般细嫩，吹弹可破。”另一名宫婢笑着搭话，羡慕中带着一丝丝逢迎。

路映夕淡淡笑了笑，只道：“浸泡久了头疼，就这样吧，你们先出去，本宫自行更衣。”

“是，娘娘。”四名宫婢齐齐站起，屈膝行礼，乖顺地退了出去。

路映夕赤身踏上池岸，身上的水珠沿着玲珑曲线颗颗滚落，妩媚动人。

她走去漆金雕龙的衣架旁，取起丁布巾裹紧湿发，还未及穿衣，就听有人轻步走来。隔着木架望去，她陡然一惊，忙披上外罩裙衫，顾不及穿内衬亵衣。

“沐浴完毕了？”皇帝缓缓走近，神情闲适，看不出喜怒。

“是的，皇上。”路映夕下意识地揪着衣襟。她已开始紧张，控制不住地感到惶恐。皇帝在她之前已经沐浴，现在是要催她回寝宫上龙床？

“怕吗？”皇帝的语气很淡，又走近两步，立于她面前。

“怕。”她答得极轻，几不可闻。

“你曾告诉朕，你失去守宫砂是因为药性，可是属实？”皇帝盯视着她，瞳眸深不见底。

“是。”她轻轻点头。

“很好。”皇帝勾唇淡笑，伸手扣上她的纤腰，略一使力，就将她带进怀中。

“皇上？”路映夕惊然望他。难道他想在这里……

“就在这里。”皇上似知她所思，钳在她腰间的大掌加重力道，揽她紧贴在他身上。

两人靠得这么近，一股清淡的龙涎香窜入鼻端，路映夕全身僵硬，心跳蓦然失律，变得紊乱疾速。

皇帝俯下头，凑近她的肩颈，似有若无地磨蹭着，口中低低道：“很香。”

以她的角度，看不见他的表情和眼神，所以她并不知道他心中隐忍着几分郁悒。他终究是介意，无论她有意还是无意，都已侮辱到他。这一次他不会再体贴她的感受，半途停手。她敢说那样的话，就要为自己所说的话付出代价。所以，他选择在沐浴池，而非龙床之上，只因她不配。

“皇上，回寝宫再……可好？”路映夕不明他所想，只想先缓口气。

皇帝不予理会，在她颈项轻轻啃啮，蜿蜒而上，吻住她小巧的耳垂。

路映夕一颤，脸颊顿时烧红。

皇帝察觉到她的战栗，抬首凝视她。

“皇上……”她低唤，明眸中波光浮动，如蒙一层雾气，越发显得清美无邪。

“箭已在弦上，你的聪明才智此时可派得上用场？”皇帝嘴角微勾，谑语调戏，“要不要试试用你善辩的口才劝退朕？”

路映夕默然，思绪激荡。就算躲得过这次，下次呢？

“你想清楚，是为了救南宫渊，还是你心底并不排斥与朕亲密。”皇帝的眸底起了波澜，闪动阴鸷之光。

路映夕还是安静不语，微仰着小脸看他，说服自己不要退却。她不想去思虑他话里的深意，即使她已不再如从前那般抗拒他的碰触，也不代表她爱上了他。

“爱上朕不好吗？”皇帝突然问。

她凝望他片刻，回道：“不好。”

“为何不好？”皇帝再问。

“天子之家，是世上最不容易生存的地方。”路映夕非常诚实，声音轻浅，徐缓而清晰，“九重宫阙，处处弥漫无形硝烟，爱上皇上的女子必须步步小心，毕生警惕，这样爱人太辛苦，此为其一。皇上肩负着社稷重任，心怀着鸿鹄之志，爱上皇上的女子若希望与皇上携手并肩，就需为皇上分忧，同打天下，这样爱人太沉重，此为其二。皇上尊贵非凡，后宫必会不断充盈，爱上皇上的女子要忍受与许多人共享夫君，这样爱人太心酸，此为其三。”

皇帝听完她一席话，一时无语。她的剖析直白而残酷。荣华权势的背后，必与牺牲联结。大多女子只知飞上枝头便可一朝富贵，却未想代价多重。

良久，他叹道：“映夕，爱人并不是交易，不应这样逐一权衡利弊。”

“嗯。”路映夕没有反驳。她不是不懂这个道理，也非她天生冷静理智，而是现实枷锁太沉重，她挣脱不了，所以不敢恣意妄为。

“映夕，人生苦短，偶尔纵容一下自己又何妨？”皇帝低叹，深邃眼眸中流露出一丝隐约的怜惜。她才十八岁，与她同龄的少女正是天真烂漫的时候，她却连憧憬怀春的权利都被剥夺。

“一夜纵情，可算及时行乐？”路映夕绽唇一笑，故作轻松地歪头看他。

“勉强算。”皇帝说得像是十分不情愿，眸中却浮现笑意。也许她自己没有发觉，“一夜纵情”，已泄露了她内心潜藏的真实情绪。如果无情，如何纵情？

想到此，皇帝的眸光温柔了些许。

“映夕，试着敞开心扉，待朕以诚，朕会相同地回报你。”他低下头来，几乎碰触到她的唇瓣。

路映夕往后仰退，面颊又发热，心跳又乱了节奏。要开始了吗？

空气中，暧昧的气息萦绕，皇帝的薄唇缓慢落下，轻柔地亲吻她，在唇上逗留片刻，探入她口中，纠缠她的舌。一只手悄然扯落她裹发的布巾，乌黑如瀑的美丽长发顿时顺滑披下。他的手未停，慢慢褪去她单薄的外罩裙衫。

春光，乍现。

第四十章
初夜如斯

湛清色的纱窗，轻薄如烟，窗外滂沱大雨还未停歇，噼啪的雨声模糊飘进来。碧漾池上空氤氲着一层水汽，温热而旖旎地笼罩着池岸旁的两人。

皇帝衣冠整齐，路映夕却已一丝不挂。她面色潮红，在他胸膛前微微颤抖，额上沁出细密的汗珠，竭力自抑着紧张惶恐。

皇帝的薄唇四处游移，时而啃啮她的耳垂，时而轻咬她的脖颈。大手已抚上她的酥胸，五指微张，罩住高耸的浑圆。那尺寸犹如天生打造般地契合，恰好嵌满他的掌心。

他低声发出一声感叹，抬头再次吻上她的粉唇，唇齿纠缠间隐约添了几缕柔情。

路映夕僵着，任他亲吻，暴露空气中的裸背阵阵发凉，可心底却渐渐滚烫起来，已分不清是羞是愤还是哀。她想怨他，想怨师父，可是她又那么清楚，一切都是她自己的选择，没有人强迫她提出以色诱人的条件，是她把自己推入难堪的境地。

唇上，皇帝的吻慢慢变得激烈，像是惩罚她的心不在焉。她被他延绵不断的噬啮咬痛，心中突然清明了几分。他不在寝宫宠幸她，偏要在碧漾池，不正是因为气怒她，故而要折辱她？

察觉她又分心，皇帝的手掌施力一掐，无声警告，同时舌尖撬开她的檀口，猛烈吸吮。

路映夕不自觉地闭紧了眼睛，他的霸道仿佛具有毁灭的力量，她感觉连呼吸都被他吞没，虚软的双腿几乎站不稳。

“映夕。”低沉的嗓音夹杂着难耐的欲念，皇帝突然松开了她，后退两步，定定凝视着她。

青丝如缎，雪肌似玉，容颜若花，玲珑身段勾人心魄。这样的她有一种惊人的美，带着迷离懵懂的纯真，又有不自知的妖冶妩媚。

一股热流从脚底涌起，直蹿上小腹，皇帝的眼神一暗再暗。

“皇上？”路映夕声音微颤，望着他恍神。他愿意停手吗？她可以穿上衣裳了吗？师父的事该怎么办？

“朕有个问题想问你。”皇帝暗自攥起双拳，手心里还残留着她细嫩肌肤带来的绝佳触感。

“是，皇上请问。”路映夕环手抱住自己，强压下不安。人在赤身裸体时，就像被拔光锐刺的刺猬，失去自卫武器而异常恐慌不安。她现在就是如此。

“你对朕可有一丝丝感情？”皇帝尽量控制着语气，胸腔里却似有烈火在燎烧。否认不了，他介意得要命，从来没有一个女人能令他这样纠结矛盾。他厌恶自己的不干脆，甚至恨起自己至此还顾忌她的感受。这是他与她的第一次，他不想留下遗憾。她曾说过，夫妻间的云雨欢爱是一件美好的事，他还是想带给她一次美好的回忆。

路映夕没有立刻回答，秀眉轻轻蹙起。

“一丝一毫也无？”皇帝追问，目光紧迫地盯着她。

“不是。”路映夕声音飘忽，回得有些模棱两可。她一直不敢深究，可其实多少是有一点感觉的吧？但那种莫名的感觉，又是何含义呢？只是因为他注定是她的夫君？感情事太深奥，她觉得比读懂兵法战略更加困难。

“好。”皇帝柔了声，道，“朕让你自己选，要去宸宫，还是在这里。”

路映夕垂眸，半晌，轻声吐出几个字：“就在这里吧。”那张龙床，他说不曾有女子睡过。而她虽躺过许多夜，但它仍旧是干净的，未曾沾染暧昧气息。既然如此，就让它继续保留那份洁净，或许有一日，会有两情相悦的人缠绵其上。

皇帝闻言眸底闪过一抹暗光，意味不明。他与她之间，到底还是没达到那样的地步。也罢，他的龙床就留待更适合的时机。

他手一扬，扯落衣架上的长巾，平铺在池岸边，然后走近她，将她抱起，放在洁白长巾上。

青丝散开，漆黑光亮，宛如一处惊心动魄的瀑布，叫人不禁看痴了眼。

他的眼光灼热，再无遮掩，似乎升腾起两簇火焰，要将她燃烧融化。他自行宽衣，线条完美的颀长身躯如刀斧雕琢，没有分毫缺陷瑕疵。

路映夕禁不住又战栗，视线不敢乱移，只定在他的脸上。他深邃的双眼里倒映着她的影子，像是铭刻长留，不会消退一般。

“映夕，别怕，朕不会伤害你。”他试图缓解她的紧张，醇厚温柔的声音近在她耳畔。

“是吗？”她极轻地喃喃，话语含在嘴里，仿若自问。

“朕尽量轻一些。”这句话隐含着暧昧色彩。话落，他低头，沿着她的唇她的颈啄吻，直吻至胸前。

路映夕顿时浑身激灵，心乱如麻。素手抬起，想要推拒，又僵在半空。

皇帝捉住她的手腕，紧紧握着，凑在她耳边低语道：“映夕，你还欠朕一个吻。”说着，他将薄唇贴在她的唇瓣上，一动不动，等着她主动献吻。

两人身体相贴，他欺压在她身上，占尽掌控权。路映夕心下一横，将他推倒，翻身反

制住他，胡乱地蹂躏着他的唇。因青涩不知技巧，几度碰撞上他的齿，但不服输的心性被激发，她不管不顾地啃咬他，像一只小兽般横冲直撞。

皇帝感觉唇舌微微发疼，可却低低笑起来，胸膛震动，触碰着她的肌肤。他喜欢她这副野蛮的模样，一反平日的老气横秋。此时她的任性激烈，才符合她的碧玉年华。

他的低笑声听在她耳里，只觉他是在嘲笑她不谙人事，她唇下泄愤般地越发使力，辗转揉着他的薄唇，不时重重咬上两口。

皇帝吃痛，可忍不住又笑，狭长深眸中盛满欢愉光亮。她发起狠来，别具风采。

路映夕甩开垂下的长发，狠狠盯着他。既然无可避免，那么她要掌控主权，不要逆来顺受。

“你想如何蹂躏朕？”皇帝笑看她，索性摊平了双手，一副任她欺凌的样子。

“蹂躏至死。”她咬着牙瞪他，心底波涛汹涌，忽生一股豁出去的大无畏。

“朕倒是很想领教领教。”皇帝嘴角斜勾，邪气地笑。

她越看他的表情越恼怒，猛一低头，咬上他的脖子，要吸他血似的使劲。

皇帝倒抽了口凉气，没有阻止她的蛮横举动。

她一路啮咬，从颈肩到胸膛，嘴下毫不留情，致使他上身遍布细小的齿痕。

“朕怀疑你是某种动物转世。”皇帝笑话她，眼中炽光闪耀，火热而危险。

她哼了哼，不睬他，在他肩头用力咬下一圈印记。他的肌肉结实，害她咬得费力，直到牙根发酸，她才松了口。

皇帝忍着疼，挑眉低看，肩上有些许血丝渗出，齿印深入肉中，看来这印记会在他身上停留许久。

“在朕身上做标记，以示主权？”他扬唇轻笑，眸底闪着暗芒，不待她反应，猛然搂住她侧翻了身，将她牢牢压在身下，“轮到朕做印记了。”

路映夕抿紧菱唇，倔气地直视他，心中只恨自己刚刚没再咬得狠力一些。也不知何故，她对他有诸多不满，积蓄已久，需要发泄。

皇帝看她一眼，嘴角噙着一抹坏笑，蓦地俯首，咬上她的前胸。

路映夕低呼。这人太恶劣，竟选在这个地方。

皇帝合齿，轻轻咬了一下，抬头起来端详了会儿，深觉可惜地叹道：“朕下不了‘口’，这印记过一两日就会退了。”又道，“不过无妨，待退散了朕再补上。”

不给她说话的机会，他再次低头，落下细细密密的亲吻，时深时浅，强悍和温柔兼具。

碧漾池的水在退温，但空气正在升温，暖烫了两人交缠的身躯。

女子柔软的身体如花绽放，男子健硕的宽背热汗滑落。

两人互换着侵袭和承受的角色，无人甘愿服输，无人甘愿被征服。

夜深，雨止。

碧漾池岸旁的白色长巾被揉皱得不成样子，孤零零地被弃在地上。

路映夕浸泡在早已泛冷的池水里，面无表情，失神发呆。

过了很久，她觉得自己恢复了足够的冷静，才起身穿衣，披散着湿漉漉的长发返回宸宫。

寝宫幽寂。纱罩宫灯高悬四角，散发橘黄的光辉，映照在皇帝冷漠的侧脸上。

皇帝靠坐龙床，见她走近，冷冷启口道："凤栖宫已经修葺完毕，明日你搬回去。"

"是，皇上。"她淡淡应声，忽视自己心底滑过的酸涩感。这就是她的初夜，炽烈的热情之后，只剩下冰冷的灰烬。

"把汤药喝了。"他指向床头矮几，语气无情。

"是，皇上。"她仍是这三个字，端起瓷碗一口饮尽。这是避孕汤药，她自然清楚。按照后宫规矩，被宠幸的妃嫔皆是天明起身后才服用，而现在她成了特例。

"有没有话要对朕说？"皇帝睨她，目光森冷。

路映夕摇头，微微扬起唇角，无言自嘲。

"那么，你承认之前欺骗了朕？"皇帝语声透寒，眸光瞬间又冰冷了几分。

"臣妾并没有欺骗皇上。"路映夕站立在龙床前，腰脊挺得笔直。她双腿间犹留痛楚，可占有她的人却在质疑她的贞洁。多么可笑。

"你要朕如何相信你？"皇帝脸色紧绷，再也控制不住地暴出额角青筋，"从一开始你就没有守宫砂，而如今——"

他咬着牙关，眸色染怒，现出冰寒幽蓝。

"没有落红。"她代他把话说完，轻嘲地再道，"臣妾不怪皇上不信任。上天弄人，徒叹奈何。"莫说他，连她自己都万分意外。为何她没有落红？为何她要承受与别人不同的命运？她曾认为上苍公允，但现在她只觉得上天何其不公。

"先前你说，是因为心疾之故，才失去了守宫砂。事实呢？朕亲眼所见的事实，与你的话并不符。"皇帝直直地盯着她，眼光如锐刀，划过她素净的脸庞，"映夕，假若你是朕，你会如何想？"

他还在自控，压抑胸腔里翻腾的怒火，只是双手紧握成拳，骨节泛白。

"臣妾也会有怀疑。"路映夕态度平静而冷淡，不为自己申辩，只道，"臣妾说过，皇上与臣妾是同一类人，疑心很重。所以臣妾十分理解皇上此刻的心情。"

这番言语在皇帝听来就是事不关己的风凉话，深深地刺痛了他，他终于抑不住愤怒，

猛地一掌拍在床板上。

坚厚的紫檀木被他击拍得裂出一条缝来，可知他用了多大的力道。

“路映夕！”他喝道，俊容阴沉如乌云密布，“你立刻给朕滚出去。朕的龙床，你没有资格躺，马上滚回凤栖宫。”

“是，皇上。”她极之恭顺，屈身行礼，旋身离去。就算她雄才善变，对于这件事也无话可说，没有任何证据能够证明她的清白。与其在此被他追问得屈辱不堪，不如独自清净。她和他之间本来就存在着诸多猜忌，现如今的情况，就更不必希望他对她会有坚定不移的信任。

盯牢她的背影，皇帝双目怒瞠，几欲崩裂。她居然这般潇洒，连解释辩白，连愤怒回击都不屑。不久之前的火热缠绵，对她来说似乎毫无意义。可他却还深刻记着那流窜四肢百骸的快感，也还记得他无法抗拒她带给他的致命吸引力。甚至，在过程中他根本没有发现不对劲，直至激情退却，他渐渐清醒，才发觉她竟然没有落红。

他并非不懂男女情事的青涩少年，他曾偶然听老嬷嬷说过，有极少数的女子天生没有落红。但能入宫的秀女，都经过严格检查，他从未亲身经历过这样的事。唯独路映夕，因盟约，享有特权。他原本不太在乎，即使之前见她手臂上没有守宫砂也不过是觉得恼怒。可现在，他既痛且恨。

路映夕出了宸宫，没有命人备辇，在夜幕下漫走着，步伐缓慢沉滞。

雨后的夜风带着凉寒之气，吹在潮湿的长发上更觉凄冷。她瑟缩了一下，清丽面容没有一丝波澜，平静得几乎死气沉沉。

一步一步，她往冷宫的方向走去。